LE
GRAND BLONDINO

Du même auteur au Serpent à Plumes

Je pense souvent à Louis-Ferdinand Céline, 2006.

LE SERPENT À PLUMES

ROMAN

STURE
DAHLSTRÖM

LE GRAND BLONDINO

Traduit du suédois par Léna Grumbach et Catherine Marcus

Titre original : ***Den Store Blondino***

ISBN 978-2-268-06276-1

Première partie

« Mais si tu te décidais à suivre Medarus...
en fidèle compagnon de voyage
dans le plus bariolé des mondes et à partager
avec lui les expériences horribles et terrifiantes,
folles et bouffonnes de sa vie
tu te réjouirais sûrement de la profusion de vues
que propose cette boîte d'optiques. »

E. T. A. Hoffmann

1

SEUL DANS ma chambre, j'éclate d'un grand rire qui rebondit entre les murs, résonne par-dessus les toits, puis descend, fluet et cristallin, couvrir mes rires précédents.

Devant ma fenêtre gronde cette ville décrite à outrance par des écrivains et des peintres assis sur leurs chaises froides à attendre depuis des siècles. Attendre quoi ? Pourquoi cette attente perpétuelle ?

Alors que moi, je danse au lieu d'attendre. Un homme qui danse ne se morfond pas dans des méditations sur la mort ou sur l'inspiration, il danse jusqu'à ce que le public en délire se lève et applaudisse, il danse jusqu'à ce que les lustres en cristal se mettent à osciller et que les petits hommes dans l'orchestre tombent évanouis de leurs chaises, il danse jusqu'à ce que le directeur du théâtre arrive au pas de course et hurle qu'il faut arrêter ce fou de Suédois avant qu'il bousille tout le bâtiment.

Je passe beaucoup de temps dans ma loge au théâtre. Ici, j'ai un lit confortable, mes livres, ma table de montage, mes notes, mes films et ma caméra. Les murs sont couverts d'esquisses et de synopsis, les copies du travail en cours serpentent autour de mes pieds pendant que je remplis mes carnets de nouvelles séquences. En ce moment, je travaille simultanément sur trois films.

Et tout autour de moi j'ai la réalité, c'est-à-dire le théâtre. Si on regarde d'un peu plus près cet établissement, on s'aperçoit vite qu'il n'est pas seulement un théâtre, mais aussi une formidable maison de passe. Les Français sont réalistes. L'activité de bordel rend le théâtre économiquement porteur, le père des putes peut se dire directeur de théâtre la conscience tranquille, et les filles du cabaret se dire comédiennes plutôt que putains. *Vive la France !*

En ce moment, je monte une scène qui se déroule dans une pièce à géométrie variable. Une pièce algébrique qui rétrécit, visages de putes qui flottent, logarithmes qui s'estompent, femmes en fonte qui défient l'apesanteur. Je m'adresse des grimaces dans la glace, traverse tout excité la pièce à petits pas sautillants, jette un rapide coup d'œil par la fenêtre et me dis que, si ça se trouve, je suis ailleurs. Je me vois dans un studio de tournage à New York en train de regarder par l'objectif de la caméra, lentement et résolument j'assimile une toute nouvelle façon de réaliser un film. J'ai l'impression d'être un élu, sûr de mon chemin à travers un labyrinthe de temps argenté, puis je retourne continuer mon travail à la table de montage. Pour finir, je suis tellement épuisé que je me jette sur le lit et laisse le film se dérouler tout seul derrière mes paupières. Subitement je sens la peau de mes mains se fissurer. Un instant après, la peau de mes jambes et de mon dos éclate. Je ne suis pas spécialement surpris, je mue en général une fois par mois. Je me lève, me suspends par le pied à un crochet au plafond et vois ma peau psychique usagée me quitter dans un froufroutement, et former un tas translucide par terre. Quelqu'un entre dans la pièce et me regarde, pendu là.

– Nom de Dieu ! Qu'est-ce que tu fous, Fitzenstrahl ?

Je lui montre fièrement ma nouvelle peau qui est lisse et rose et encore un petit peu humide. Il secoue la tête et s'en va. Aveugle, insensible et hermétique. Un somnambule, comme tous les autres.

Je reste accroché là un moment au soleil. Un reptile à deux pattes suspendu à un crochet vissé dans un plafond à Paris. Quand je suis sec, je me détache et retourne à mon travail. J'utilise trois machines à écrire. Une pour les idées de film, une pour ma correspondance privée et une pour des notes autobiographiques. La partie autobiographique voit le jour pendant mes heures de loisir, c'est plus ou moins écrit au vol, pianoté lors des pauses entre les spectacles de danse, les films, les histoires d'amour et les voyages. Dans un jour futur, ces notes vont faire le bonheur des chercheurs.

Villon, Rabelais, Céline, Eisenstein, Nijinski. Et descendant en ligne directe : F. Éric von Fitzenstrahl, Suède. Je sens leur sang excité bouillonner en moi, j'entends leurs voix tonitruantes contre mes tympans, je vois passer des fragments de leurs effigies dès que je ferme les yeux : *Eyelid Movies.*

Je suis danseur, donc. Je travaille à un endroit qui s'appelle le Théâtre-Cabaret. Je me fais appeler le Grand Blondino.

C'est par hasard que j'ai eu ce boulot de danseur : un remplacement au pied levé. L'homme du célèbre couple de danse du théâtre est subitement tombé gravement malade et le directeur était dans tous ses états. J'ai offert de venir le remplacer en expliquant que j'avais vu son numéro des centaines de fois et que j'avais déjà fait de la danse classique à Stockholm. Le directeur m'a cru et m'a laissé faire un essai.

J'ai enfilé un habit de cérémonie et j'ai entraîné ma partenaire sur la scène. Pendant les trois premières minutes, je suivis le schéma prévu : de longs pas glissants. Quand le public fut suffisamment rassuré et bâillait en douce, je commençai à laisser traîner une jambe derrière moi. Ma partenaire eut l'air effarée. Le public pâlit. Ces enfoirés étaient habitués à s'assoupir un moment pendant le numéro de danse. À se gratter distraitement.

Tout à coup, ils furent complètement réveillés. Ma jambe gauche ne traînait plus, mais elle était comme bloquée. Le public éclata de rire. Cela me donna une fabuleuse inspiration et je continuai à improviser. PA-DONG-PA-DONG-PA-DA – et me voilà parti comme un taré sur les planches. Jusqu'à la fosse d'orchestre à une vitesse démente, puis retour, talon, pointe comme un cosaque, et en rond, en rond sur place, mes pieds commencèrent à fumer. À un moment, je tournai le dos au public et m'effondrai, les pans du frac traînant derrière moi. Je dansai toujours, mais ne mesurai désormais que soixante centimètres. Ma partenaire se débattit de toutes ses forces quand je la fis tournoyer dans mes bras. Plus vite, plus vite, chuchotai-je, plus vite. Dans mon esprit, je m'appelais déjà *the Great Blondino.*

Le public applaudissait debout. Délire complet. Trois rappels.

Ma partenaire m'a passé un savon à la fin du numéro. C'est une danseuse tout ce qu'il y a de plus classique, avec des visées sur *Le Lac des cygnes* et *Coppélia*, et elle ne voulait rien avoir à faire avec ma danse de cinglé. Mais le directeur était d'un autre avis. À présent, elle danse docilement avec le virevoltant Blondino. Qu'on dit avoir totalement bouleversé la chorégraphie burlesque.

Peu à peu, j'ai amélioré notre numéro et inventé de nouveaux pas stupéfiants. Ma ballerine me hait, elle dit que j'ai mis fin à sa carrière.

– Vous détruisez mon art ! crie-t-elle.

J'aime bien tourbillonner comme ça avec elle dans la pénombre. Quand elle est vraiment épuisée, il m'arrive de poser la main sur ses fesses. Elle n'a pas la force de protester. Elle se tient immobile comme une statue et laisse la sueur couler dans ses chaussons. Je vois en vous, Fräulein, je vois le sang rouge et bouillonnant, les poumons chatoyants et veinés, l'ossature et les immenses distances résonnantes, les lueurs soudaines qui pénètrent les pupilles et explosent tout au fond du crâne, le foie et les reins luisants qui oscillent doucement, suspendus telles des cloches d'église, les...

– Votre chorégraphie est détestable, Herr Fitzenstrahl !

– Ma danse est comme mes films. Elle n'a rien à voir avec les académies et les institutions, l'esthétisme des vieux schnocks ne m'intéresse pas.

– Vous êtes destructeur !

– Un peu bizarre, à la rigueur, Fräulein.

Je l'oblige à s'entraîner deux heures tous les jours. Elle transpire et elle geint quand je la force à me porter d'un bout à l'autre de la scène, elle me lance des jurons et me supplie d'arrêter.

– Vous allez devenir célèbre dans le monde entier, Fräulein. Sans vous en douter, vous êtes par pur hasard devenue un instrument de l'histoire.

– Je n'en peux plus !

Mais elle aime bien les applaudissements. Elle salue, s'incline et reçoit les bouquets de fleurs qu'on lui tend.

– Une attaque contre l'ordre établi de la chorégraphie !

C'est ce qu'on a entendu hier en pleine représentation. Un homme s'est levé en brandissant les poings au-dessus de sa tête. Il était du corps de ballet de l'opéra.

F. Éric von Fitzenstrahl est allongé en train de fumer. Il écoute le vacarme de la rue. Le chaos. Les pneus des voitures se consument dans un grésillement, jusqu'aux jantes, une femme en pleurs se tient sur une jambe à la flèche du clocher, les bancs de l'église sont bondés de gens nus, le prêtre est d'une obésité monstrueuse, il est coincé dans la chaire et s'époumone avec sa voix de castrat, le bois s'effondre sous son poids démesuré, il se retrouve, tout blanc, par terre où il ne bouge plus, les fidèles fondent tels des cierges sur les bancs, un alcoolo fait sonner les cloches comme un fou...

Les filles du cabaret habitent l'annexe du théâtre. Elles passent leur temps allongées à moitié nues dans leurs chambres, raides de marijuana et de piqûres de moustiques. Leurs cuisses sont tatouées de têtes de serpents et d'images de saints. J'aime particulièrement les images de saints.

Je m'arrête tous les jours bavarder un moment avec elles, on parle de la vie et de l'amour. Elles veulent que je fasse un film sur leur vie. Il faut qu'il y ait beaucoup d'amour, disent-elles, style *La Dame aux camélias*, un truc romantique et tragique qui nous fera pleurer quand on ira le voir. Quand je leur explique qu'il faut au moins trente mille francs pour faire un court-métrage, elles promettent d'essayer de réunir l'argent.

Je pourrais faire un film éblouissant sur un bordel, mais il serait totalement différent de ce qu'elles imaginent.

L'une des filles s'appelle Carmela. Elle veut que je lui tienne la main quand je suis assis à côté de son lit. Je me sens en sécurité avec vous, Fitzenstrahl, dit-elle. Vous êtes le seul à vous soucier de moi, vous êtes presque comme un frère pour moi.

Carmela est espagnole et très sensible. Elle est belle, mais ce qui me fascine le plus, c'est sa voix. Elle est dotée d'un organe qui rappelle celui d'une basse russe. Quand je l'écoute, j'entre tout doucement en vibration sur ma chaise.

– Vous m'aimez bien, señor Fitzenstrahl ?

– Oui, Carmela. Beaucoup.

– Vous ne me méprisez pas parce que je travaille au Cabaret ?

– C'est un boulot comme un autre, Carmela. Je n'y vois rien d'étrange.

Je me demande si elle a l'intention de m'offrir un café aujourd'hui. De telles petites gentillesses allègent la vie. J'ai besoin de tendresse. Beaucoup de tendresse. Chère Carmela, je t'entends à présent. J'entends tes talons de pute crépiter dans le grenier. Un jour, j'irai peut-être avec toi quand tu retourneras dans ton pays. J'habiterai une grotte à Grenade. Tiens, la voilà.

– Ils parlent encore de vous dans le journal aujourd'hui, señor Fitzenstrahl, dit-elle de sa voix sombre.

Elle se tient au milieu de la pièce. Sa basse caverneuse résonne. Les Français aiment sa voix, prétend-elle. Ils paient volontiers quelques francs de plus pour sa compagnie. Avant de la sauter, ils éteignent et lui demandent de leur parler dans le noir. Ils jouent peut-être à s'être fourrés au lit avec un grizzly ou un membre du chœur de l'Armée rouge.

– Qu'est-ce qu'ils écrivent dans le journal, Carmela ?

– Vous ne l'avez pas lu ?

– Non.

J'essaie d'imaginer ses parents. Ils sont tout courtauds et habitent sous les tuiles bombées en haut d'une cathédrale glaciale. Ils sont bleus de froid et leurs petits corps frissonnants sont couverts de poils de dix centimètres de long. Ils chantent avec des voix piailleuses.

– Qu'est-ce que vous chuchotez, señor ?

– Je chante toujours tout bas quand vous entrez dans la pièce. Vous m'inspirez.

– Ah bon ?

– Oui.

– De quelle manière ?

– Nous habitons le Théâtre de l'Enfer, Carmela.

– Je ne comprends pas ce que vous voulez dire.

Elle regarde la loge. Se repose sur une jambe comme un petit poulain. Sa voix fait vibrer la pièce. Les tableaux se détachent des murs.

– Qu'est-ce que vous faites ici toute la journée, señor ?

– Je travaille à mon développement.

– Quel développement ?

– Mon développement spirituel, Carmela.

Sa propre voix la fait tant trembler qu'elle se brise, ses cheveux se défont et vont se fixer sur les murs tel un papier peint velu, le plancher s'assombrit d'une moquette de petits duvets, les carreaux des fenêtres noircissent de poils qui lentement gagnent le centre de la loge. Du calme, Fitzo, du calme, du calme.

– Ils disent dans le journal que vous avez encore nargué le public au cinéma, señor.

Les longs cheveux commencent à se retirer, ils disparaissent, aspirés par les murs et le plancher. Tout redevient normal. Il ne s'est rien passé.

– Je peux aller le chercher si vous voulez, señor.

– *Gracias*, Carmela. *Usted es muy amable.*

Tu es gentille, Carmela. Elle est usée et gentille. Les putes sont des êtres sensibles. Tendres. Tolérantes et généreuses comme les ivrognes chez moi en Suède. Parfois, quand j'en ai terminé avec mes numéros de danse, je lui achète une demi-heure de travail. Je ne la baise pas. Simplement, je trouve qu'elle a besoin de souffler. Prendre un peu de repos de ce limage sans fin. En général, elle somnole, assise sur le bord du lit, pendant que je lui parle de mon pays et de ma vie. Si elle s'endort pour de vrai, je la touche avec mon pied. Doucement et tendrement. Elle sursaute, l'air effrayée.

La peau de Carmela est grise d'amour. Elle est couverte de marques et de bleus. Parfois, en remerciement de ses services, elle se fait tabasser par un touriste ivre, mais elle ne se plaint jamais. Elle dit que la vie est bien meilleure ici que dans son petit village des montagnes où elle devait trimer quinze heures par jour.

Le Suédois ferme les yeux. Rit doucement tout seul. « *For all your ills I give you laughter* », écrivait le vieux moine. Lui savait. « La vie est souffrance », dit Bouddha. Et moi, qu'est-ce que je dis ? Je dis que le rire est notre seul antidote. Le rire et l'amour. Et le film. Les images animées sont mon antidote.

– Donnez-moi de la gentillesse et de l'amour !

– Vous criez encore, señor Fitzenstrahl.

Elle est de retour, un journal à la main.

– J'étais en train de penser à Rabelais. Il arrive encore à me faire rire.

– Parfois je m'inquiète un peu pour vous, señor. Je n'aime pas ce rire.

– Il ne vous arrive jamais de rire, Carmela ?

– Si, mais pas de cette façon-là.

– Le rire est bénéfique pour les poumons et pour la musculature du ventre.

– Tenez, lisez ce qu'ils disent de vous, señor.

« Nouveau scandale à LUMIÈRE

Le cinéaste d'avant-garde suédois Frans E. Fitzenstrahl a récemment présenté quelques-uns de ses travaux les plus controversés ici dans la ville. La projection s'est terminée en tumulte généralisé. Le public a crié, hué et martelé les sièges. Certains ont jeté des tomates et des œufs pourris sur l'écran. D'autres ont promis de passer à tabac le Suédois s'il osait encore se montrer à LUMIÈRE.

Le lendemain soir, le même scénario s'est reproduit, mais cette fois-ci, le Suédois était préparé. Quand l'agitation et les lancers d'œufs ont commencé, notre avant-gardiste est tranquillement monté au balcon d'où il a vidé sur le public trois seaux d'urine fumante, tout en laissant les haut-parleurs déverser à plein tube la fougueuse musique populaire de sa patrie. Puis il a fait savoir que si quelqu'un tentait la moindre objection au cours de la séance suivante, il lâcherait cinq essaims d'abeilles dans la salle après avoir bloqué les portes.

Depuis, le calme règne à LUMIÈRE. »

– Cela ne vous ressemble pas, señor. Je n'aurais jamais cru que vous pourriez vous comporter ainsi.

– L'esthétique de la résistance, mon amie. Il faut à tout prix discipliner le public français. Couper court aux excès de la racaille. L'autorité et la dignité de l'artiste ne doivent en aucun cas être sapées.

– Pourquoi est-ce que vous riez tant ?

– J'utilise le rire comme une conjuration, Carmela.

– Une conjuration contre quoi ?

– Contre la stagnation. Contre l'ennui. Cette contagion de somnambulisme qui se répand partout.

– Ça y fait quelque chose ?

– Vous avez de beaux pieds, Carmela.

– Vous trouvez ?

– Des pieds d'oiseau.

– Il faut que j'y aille maintenant. J'ai un client qui attend.

– *Adiós*, Carmela. *Y gracias.*

Carmela ressemble à une divinité d'Amérique latine. Jambes courtes. Longues oreilles. Une idole à moitié enfouie dans la terre. Je creuse doucement, la dégage et la soulève. Elle est lourde. Calme-toi maintenant, Fitzo, ne laisse pas les choses s'emballer de nouveau. Concentre-toi un max. Un peu de discipline.

On prétend que l'homme se distingue des animaux par deux points fondamentaux : il baise tous les jours s'il en a l'occasion et il a le don de rire. Celui qui part d'un bon rire cordial et qui baise autant qu'il peut se distingue ainsi davantage des animaux que celui qui mène sa vie dans la morosité et le célibat. Le rire m'aide à devenir plus humain de jour en jour, et celui qui devient de plus en plus humain finit peut-être par devenir un peu divin, ce qui est probablement le but de l'évolution. En tout cas, c'est mon but à moi.

Je tends vers la divinité.

2

PLIÉ EN DEUX et couvert de sueurs froides, Fitzenstrahl court dans un rêve, une fiction avec lapins et aboiements de chien. Par un accroc dans le rêve, il se voit allongé dans une loge de théâtre à Paris, il est transparent et dur comme verre.

– Fitzenstrahl !

Va-t-en, Louis. Je ne suis pas là. Je suis retourné en Suède hier prendre la direction de l'Institut du Film.

– Fitzo, espèce de fumier ! Je sais que t'es là !

Tu te trompes, Louis. En ce moment, je traverse les forêts embrumées de mon pays et les cristaux d'élan s'étalent sur mon visage. Je laisse faire, de la même façon que je laisse tout le reste s'étaler et vivre. Dans mon pays, on doit faire de son mieux pour renforcer l'idée qu'on a de soi-même. Épauler son ego. L'armer.

– Ouvre, enfoiré !

Le Suédois s'est redressé dans le lit. Le rêve de fuite défile simultanément à côté de lui. Dieu du ciel, donne-moi un seul jour sans persécuteurs ni barjos qui braillent. Paix, j'ai besoin de paix.

– Salopard !

Trop de Yankees à Paris de nouveau. Ils essaiment grâce au cours élevé du dollar. Je les aime bien, mais pas par muées.

– Dans exactement trente secondes, je défonce la porte.

La solitude, donne-moi la solitude. Ils ont raison. Cette planète est surpeuplée. Et les occupants en trop ne sont pas les meilleurs.

– Reste vingt secondes !

Louis est sympa. Grand, dégingandé et gentil. Mais gentil seulement à condition qu'on le maintienne à sa place. Les Américains ont besoin d'être domptés. D'être dressés et européanisés. Brisés. Face contre terre, Louis. Si je te laisse te relever une seule seconde, tu te transformes en diable de Coca roulé dans la bannière étoilée. Et tu as de vilaines mains. On dirait qu'elles sont bouillies.

– T'es un enfoiré, Fitzo !

Derrière la cathédrale, un troupeau de gens au pâturage. Ils ont les yeux affolés et nerveux, les lèvres qui dégoulinent de salive verte, et l'herbe a fait gonfler leur petit ventre. Allez vous faire foutre. Ne me dérangez pas. Le cinéma, c'est une chose, la réalité en est une autre. Buñuel le savait. Fellini le sait. Maya Deren le savait. Et Ron Rice. Mais tous puisaient leur nourriture de l'autre côté de la frontière. C'est là qu'on la trouve. De quoi me nourrir, donne-moi de quoi me nourrir.

Le rêve défile sans rien perdre de sa clarté. Fort et roulé en boule près du lit, embrouillé comme du fil de fer tordu. La cathédrale stagne, imposante, dans la lumière là-dehors.

– Fitzo ?

Le faire attendre. Macérer pour qu'il baisse le ton. Maintenant. Fitzenstrahl se lève et se traîne jusqu'à la porte.

– Pourquoi t'as pas ouvert ?

– Je dormais.

– Tu te branlais, oui, enfoiré !

– Ne sois pas vulgaire.
– Tu m'as pas fait entrer la dernière fois non plus.
– J'étais occupé.
– La pute poétesse je suppose.
– Des négociations.
– Bull.
– Qu'est-ce qui t'amène, Lou ?
– T'as dégoté de la pelloche, il paraît.
– Du noir et blanc. Rien qui t'intéresse.
– Tu peux me donner la moitié, non ?
– Impossible.
– Salaud, ce que tu peux être radin !

Lou arpente la pièce. Fouine. Un grand mec voûté de San Francisco, né dans les brumes du Golden Gate il y a vingt-huit ans. On a fait des films underground ensemble à Mill Valley et à Sausalito en passant nos soirées à boire du vin californien bon marché.

– On dit que les flics te cherchent à Pueblo Coño, Fitzo. Qu'est-ce que t'es allé foutre là-bas ?

– Rien, Lou. Un quiproquo.

– Si les autorités ici l'apprennent, tu seras bien emmerdé. Ils te livreront peut-être aux Espagnols.

– Comment va ton nouveau film, Lou ?

– Ça a fait un putain de foin dans les journaux de Madrid dernièrement. Ils ont écrit des kilomètres sur une sorte de Suédois qui prétendait avoir trouvé un mammouth à trois mille mètres d'altitude.

– Un mammouth ? Il n'y a pas de mammouths en Espagne, Lou.

– Toi, t'en as bien trouvé un. T'as baratiné les journaux comme quoi il datait d'il y a des millions d'années, t'as fait clôturer le périmètre et payer un droit d'entrée à des milliers de touristes, *right* ?

D'un geste brusque, Lou sort un vieux journal de sa poche arrière et montre des photos et des gros titres.

– *Oficina de Turismo* a avalé toute ta salade. Ils croyaient que les gens allaient affluer du monde entier, gueule-t-il.

– C'était une sorte de mammouth, Lou.

– D'après les journaux, c'était un putain de canular.

– Tout dépend de comment on voit les choses.

– T'as ramassé combien dans l'affaire ?

– Quatre mille deux cents.

– Dollars ?

– Oui.

– Putain !

– *Oficina de Turismo* m'a proclamé chef de tout le bazar.

– Ne me dis pas qu'ils t'ont aussi confié la caisse et la compta ?

– Si.

– Seigneur !

– Prends une bière, Lou. Prends-en deux.

– Qu'est-ce qui te rend si généreux tout à coup ? Je te reconnais pas.

– Je suis riche.

Lou boit et regarde la cathédrale.

– Des chèvres. C'est écrit dans le journal que t'as acheté soixante-dix chèvres par le biais d'un vétérinaire là-haut dans les montagnes. Puis les paysans les ont menées à trois mille mètres d'altitude pour ton compte et les ont abattues avant l'arrivée du froid.

– En sacrifice à la divinité de la Suède.

– Qui s'appelle Mammon. Les Suédois sont devenus de foutus margoulins. Vous êtes fous aussi. Tous autant que vous êtes. De la folie collective.

– La folie fait des thunes. Et de la pellicule vierge.

– Tu les as dépouillées, les chèvres, et tu les as congelées là-haut. Comment est-ce que ça a pu devenir un mammouth ?

– Je les ai entassées pour en faire une seule masse de chair. J'ai cousu les peaux autour, puis j'ai endigué un ruisseau pour qu'il arrose tout ça. En gelant, l'eau est devenue transparente comme du verre. Je me suis retrouvé avec le plus grand mammouth de l'histoire du monde.

Lou roule sur le lit en se bidonnant.

– Combien de temps avant que ça éclate ?

– Deux mois. Je n'ai laissé personne approcher à moins de vingt mètres.

– Mais quelqu'un a fini par approcher malgré tout.

– Des scientifiques. Ces fumiers ont commencé à scier le mammouth.

– Je dois reconnaître que t'as une putain de créativité, Swede.

– Merci.

– Pourquoi t'as pas bossé sur le filon Nobel là-bas ?

– Il n'y avait pas d'écrivains dans cette partie-là de l'Espagne, Lou. Aucun littéraire.

– Rien que des mammouths ?

– Oui.

– Est-ce que tu peux me prêter cinq cents balles, Fitzo ?

– Avec plaisir.

– Avec plaisir ? Le sacrifice de chèvres t'aurait rendu charitable ?

– Tiens, Lou. Prends-les.

L'Américain prend les billets et les met dans sa poche.

– Compte-les, Lou.

– Pas la peine. Je te les rends dès que j'ai fini le boulot de pub.

– Compte-les.

Lou compte. Il a l'air surpris.

– Il y en a six cents. T'es malade, Fitzo ?

– Rempli d'amour pour le monde.

– Ho, ho !

– Tu peux prendre la moitié des bobines aussi.

Le Suédois pose la moitié des bobines sur la table.

– Toi, t'as une autre combine en vue, Swede. Tu cherches à me graisser la patte, là.

– Ne les prends pas alors.

– Allez, donne.

Fitzenstrahl enveloppe les bobines de film dans du papier kraft. Lou l'observe avec méfiance. Soudain il saute sur ses pieds et vérifie une des boîtes. La tâte.

– Simplement pour m'assurer que c'est bien du 16.

– Bien sûr, Lou, bien sûr.

– Ça se passe comment avec la pute poétesse ?

– Je suis en train de traduire son premier recueil.

– Entre ses jambes, oui.

– C'est une grande poétesse.

– Et tous les soirs de la semaine, tu la sautes, c'est ça ?

– C'est une fille de bonne famille, Lou. Extrêmement honorable.

– Honorable ? Pas depuis que t'as fait sa connaissance en tout cas.

– Tu as mangé, Lou ?

– Tu veux dire que tu m'invites ?

– Chez Manolo, on va chez Manolo. J'aime la bouffe espagnole.

– Arrête de me tenir sur le gril, Fitzo. Accouche. T'as besoin de moi, pas vrai ? Pour un truc louche.

– Tu es ingrat. Je te prête de l'argent. Je te donne la moitié de mes pellicules vierges. Je t'invite à manger, et toi, tout ce que tu fais, c'est gueuler et dire que je te graisse la patte. Qu'est-ce qui t'arrive ? Tu n'as pas confiance en ton prochain ?

– Ton prochain est une bite.

– Jack Nicholson dans *La Dernière Corvée.*

– Jack Nicholson a raison.

Ils dévalent l'escalier en dansant, ils chahutent et rient, pensent au vin, au potage et au T-bone steak.

Ils s'installent parmi des hommes d'affaires, des fonctionnaires solennels et des épouses aux yeux sombres. De loin, Manolo adresse un sourire au Suédois.

– Du potage, Manolo, et des steaks. Et un pichet de rouge.

– *Sí, señor.*

– Saignants les steaks, Manolo.

– *¡ De acuerdo !*

Lou jette un regard méfiant autour de lui. Sa grande moustache tremble. Ce mois-ci, il tourne un film de pub. Il prend des boulots commerciaux de temps en temps pour une agence. Dès sa production livrée, il part faire la java à Cannes ou à Barcelone.

– Comment se passe ton boulot de pub, Lou ?

– Bientôt terminé. Tu viens fêter ça avec moi à Madrid quand on m'aura payé ?

– Il faut que je bosse. Je suis sur un nouveau film, tu le sais.

– De la motte encore une fois ?

– Ce n'était qu'une expérience, Lou.

– Un beau jour, tes expériences vont te mener tout droit à l'asile.

Les convives autour de nous sont penchés sur leurs assiettes, l'air affamé. Bientôt ils vont se mettre à s'empiffrer, à croquer les fleurs qui garnissent les tables, les couteaux et les fourchettes, de gros bouts d'assiettes. Les épouses se tiennent prudes et regorgeantes de seins, les jambes écartées sous les tables. L'une me baise des yeux et bouge lentement ses cuisses. Cette nuit, elle va effacer son mari quand il s'agitera sur elle et elle va le remplacer par moi pendant quelques minutes pour provoquer un orgasme particulièrement prolongé.

– C'est une bonne vie qu'on a, Louis. Variée et poétique.

– Une vie de merde.

– De quoi tu te plains ? Tu es payé pour faire ce que tu fais.

– J'ai jamais le temps de faire ce que je veux. Toi, mon salaud, t'as autant de temps que tu veux et pourtant, tu lèves jamais le doigt pour travailler.

– Dieu n'a jamais voulu que je travaille. Je suis dispensé, hors des consignes. Mais je sais y faire quand il le faut absolument. J'accepte même des boulots de comédien. En ce moment, je danse. Ça, c'est aussi un boulot, Lou.

– C'est idiot. À quoi ça sert ? Puisque t'as de l'argent ?

– Je suis cinéaste. J'ai écrit quelques bouquins. J'ai été musicien de jazz. Maintenant je suis chorégraphe aussi. Tu as devant toi un multi-artiste, Lou.

– Un multi-fumier.

– En fait je suis magicien. *The Great Blondino.*

– Ha, ha !

– Une fois de temps en temps, je crée du grand cinéma. Vraiment grand.

– Je sais que t'as fait un ou deux trucs pas mal.

– Un ou deux ? Il y en a au moins cinq qui jouent dans la cour des grands.

– Tu te fous de ma gueule.

– La cour des grands, je te dis. Sixième prix au festival de Knokke.

– Et vous n'étiez que six concurrents dans la catégorie 16 mm, *right* ?

– Je sacrifie tout pour le cinéma, Lou. Même mon honneur par moments.

– Fastoche. T'as pas d'honneur à sacrifier.

– Tu es d'une humeur mortelle aujourd'hui, Lou. Une humeur de foufoune rance.

– Comment veux-tu que je sois de bonne humeur dans ce putain de pays ? Je hais les Français et leurs foutues grenouilles. Comment est-ce que tu peux bosser dans un trou à rats pareil ?

– Je m'y plais. Tu devrais te mettre à la danse, Lou. La danse rend l'homme aimable avec son entourage. Ça tient aux pirouettes.

– Tu es fou, Fitzo. Complètement, totalement fou à lier.

– Comment se porte ta sœur ?

– T'occupe pas d'elle.

– Je ne l'ai jamais touchée.

« J'ai été amoureux d'elle pendant plusieurs mois. À Sausalito. Une petite nana mince qui fumait de l'herbe et qui voulait se marier. Son père disait vas-y mollo avec elle, mon petit gars, si tu lui enlèves la culotte, t'es coincé pour la vie, je m'en porte garant.

– Le vin est fini, dit Lou irrité.

– Tu veux le même ?

– Oui.

– Que veux-tu faire de ta vie, Louis ?

– Comment ça, faire ?

– Que veux-tu faire d'autre que boire et baiser et gagner de l'argent et fignoler un film tous les deux ans ?

– Deux films par an, voilà ce que j'aimerais faire.

– Fais-le alors.

– Et je ferais ça comment, d'après toi ? Il faut que je gagne des thunes aussi.

– Les dieux se chargent de celui qui consacre cent pour cent de son temps à l'art.

– Ils se chargent de que dalle en ce qui me concerne.

– Les dieux seront de ton côté si tu t'actives un peu. Tu passes une grande partie de ta vie dans un demi-sommeil, Louis. Tu dois accélérer ton tempo vital.

– Accélérer ? Alors que la machine tourne plein pot vingt-quatre heures sur vingt-quatre ?

– Tu pourrais tenter le truc du mammouth au Mexique.

– Jamais.

– Si moi je peux bosser avec le prix Nobel, toi tu pourrais bosser avec le prix Pulitzer. Tu n'as qu'à te faire appeler Pulitzer Junior.

– C'est suicidaire. J'arrive pas à comprendre comment tu fais.

– De la stratégie.

L'épouse qui baise avec les yeux s'est avancée sur sa chaise. Elle ne va pas tarder à se retrouver par terre, jambes écartées en train de hurler. Son mari n'est pas à l'aise. Il sent confusément que quelque chose se trame, mais sans savoir quoi.

– Les Espagnols sont vachement offensés. Les gens se moquent du canular du mammouth, et il faut jamais se moquer des Espagnols. Bientôt ils vont débouler par la frontière et te coffrer, Fitzo.

– Il y avait deux mammouths là-haut dans le glacier. Mâle et femelle. Les ovaires de la femelle étaient pleins d'ovules. Le mâle était plein de spermatozoïdes. Du sperme congelé. Des ovules congelés. À l'*Oficina de Turismo*, ils étaient emballés comme des fous quand j'ai annoncé qu'avec l'aide de la science, j'allais produire un bébé mammouth, ça n'a pas existé sur terre depuis des millions d'années.

– Mais il n'y avait pas de mammouths.

– C'est secondaire. Ici, c'est l'hypothèse qui est intéressante.

Louis soupire et boit du vin. Il s'affaisse tout doucement sur la table.

– Je suis fatigué, Swede. Chaque fois que je te vois, ça m'épuise. Je suis obligé d'aller me coucher pour le reste de la journée.

– J'irradie de l'énergie et de la poésie. Le rayonnement électrique de l'homme sauvage et son magnétisme animal.

– Je me tire maintenant, Fitzo.

– Rentre avec moi un moment. Il y a un truc que je veux te montrer.

– Je sens que je vais dormir vingt-quatre heures d'affilée après ça.

– Allez, viens.

Fitzenstrahl paie la note. Manolo mérite un pourboire un peu plus gros aujourd'hui. C'est un chic type de la belle ville de Málaga, où j'ai écrit mon premier livre. Et c'est la ville de naissance de Picasso.

Ils entrent par la porte de derrière. Le théâtre est plongé dans l'abandon des lundis, silencieux et sans putes.

– Comment tu fais pour vivre dans un bordel ?

– C'est un milieu intéressant, Lou, intéressant d'un point de vue social.

– Un milieu de chtouille, oui.

– C'est un bordel propre, Lou, aseptisé.

– Il est où, ton fusil ? On m'a dit que tu gardes un fusil de chasse à l'éléphant sous ton lit.

– Pas de fusil, Lou. Ce ne sont que des rumeurs. Les personnages légendaires sont toujours victimes de rumeurs.

Assis sur le lit, l'Américain montre du doigt un écriteau sur le mur.

F. Éric von Fitzenstrahl
Pirotécnico

– T'es encore sur un coup fumant, Swede.

– Des expériences. Une activité scientifique. À l'instar de Strindberg, j'ai un penchant pour l'histoire naturelle.

– Il y a une putain d'odeur ici.

– De la poudre.

– Pourquoi ?

– Il faut que je les tienne à distance, ces enfoirés.

Fitzenstrahl ouvre le tiroir d'une commode et montre à l'Américain un grand échantillonnage de fusées de feu d'artifice. Il brandit une grosse pièce à l'allure d'une bombe, approche une allumette de la mèche et la jette devant les pieds de Louis. L'Américain s'échappe par la porte comme un rat. Le Suédois pose le pied sur la mèche.

– Un jour, tu vas te tuer ! crie Lou.

– Du respect. J'exige du respect. La poudre inspire le respect.

– Complètement cinglé.

– Cinquante fusées dans une courbe balistique parfaite dirigées sur eux quand ils vont envahir la cour. Dix bombes qui vont rouler dans l'escalier et les accueillir s'ils tentent de monter. De la stratégie. Le fusil de chasse à l'éléphant pour le corps à corps.

– Les Espagnols ?

– Les Suédois.

– Qu'est-ce que t'as encore été fabriquer ?

– Rien. On a des opinions divergentes sur la liberté et sur l'art. Des idées différentes sur la façon d'interpréter les lois.

Le Suédois sort un énorme fusil d'un placard.

– Tu veux tirer une balle, Lou ? Vas-y, vise le plafond.

– Merde, non !

– Prends quelques fusées, alors. Des bombes. Mets-les dans tes poches. Ça peut toujours servir, des trucs comme ça.

– Faut que j'y aille, Fitzo.

– Prends une bière.

– Heineken ?

– Tuborg.

Lou montre une porte. Elle est fermée avec un cadenas.

– La section d'expérimentation, Lou. Top secret.

– De quoi tu parles ? Comment ça, top secret ?

Lou bondit et se met à tirer sur la porte.

– Fermée à clé, Lou.

– Ouvre la porte, *man*.

– Impossible.

Lou force la porte et pousse un sifflement. La pièce est remplie d'étranges appareils.

– Ne touche à rien, Lou. C'est du matos brûlant.

– Qu'est-ce que tu fabriques avec cette camelote ? Il y a de l'électronique pour des milliers de dollars là-dedans.

– Je fais des expériences. Des inventions.

– Tu inventes quoi, bordel de merde ?

– Des machines de résistance. Les Suédois ont toujours détesté leurs génies. Ils nous ont forcés à l'exil. Strindberg. Söderberg. Almqvist. Swedenborg. Ingmar Bergman et bien d'autres. Des génies en exil, mais des génies faiblards. Je suis un génie fort. Un génie qui fait de la résistance. J'ai l'intention de devenir le premier génie vivant de mon pays. Tous les autres ont dû attendre d'être morts.

– L'HP, direct.

Lou prend un appareil par terre. Il ressemble à l'intérieur d'un poste de télévision ou à un instrument météorologique ou militaire compliqué. Il le repose en secouant la tête. Prend un ballon en plastique vide.

– Un ballon, Lou. Il soulève jusqu'à douze kilos.

– Je vois que c'est un ballon. Qu'est-ce que t'en fais ?

– Les Suédois sont à mes trousses. Je dois me défendre. Une question d'intégrité. À un poil de foufoune près ils me démasquaient à Madrid.

– Ils ont découvert ton bluff du Nobel, c'est ça ?

– Je n'ai pas encore réussi à faire un film vraiment bon, Lou, mais je vais y arriver. Je porte en moi dix ou quinze grands films, et il n'y a aucun fils de pute qui va m'empêcher de les faire.

– Pourquoi tu collabores pas avec les Suédois ? Pourquoi t'essaies pas d'obtenir un soutien culturel ou une subvention de l'une de ces institutions d'État que vous avez là-haut dans vos forêts ? Ce serait vachement plus simple que tout ce cirque.

– Tu ne comprends rien aux Suédois. Trois fois je leur ai montré mes films et mes synopsis. Il y a eu un silence de mort à l'Institut du Film, et ils m'ont fixé comme si j'étais un fou dangereux. Je n'ai pas obtenu un centime.

– Pourquoi t'essaies pas d'avoir des sous aux States ?

– Dans vingt ans, je vais pouvoir couvrir mon pays de gloire. Je vais devenir un des rares Suédois célèbres à l'étranger. Un emblème de la Suède. Bergman, Strindberg, Fitzenstrahl. Mais ces cons ne savent pas ce qui est bon pour eux. Ils ont toujours une génération de retard sur leurs génies. Ce sont les Suédois qui doivent financer mes films puisque ce sont eux qui vont en tirer bénéfice. Il n'y a rien d'immoral dans mon bluff du Nobel ni dans mes autres petites irrégularités. Ils me versent une sorte de soutien culturel contre leur gré.

– Abrège, c'est pire qu'une conférence, ce que tu racontes.

– Ils ont payé mes trois derniers films avec ce que j'appelle un « soutien culturel indirect ».

– Et tout ce baratin, quel rapport avec l'électronique ?

– Ils me mettent des bâtons dans les roues. S'ils continuent, je passe à l'attaque. Je vais au Danemark, en voiture. Je loue une remise dans le port d'Elseneur et je prends position.

– Pourquoi ? Mais pourquoi ? Pourquoi ?

Allongé sur le lit, Lou n'arrête pas d'agiter les jambes.

– L'instinct de conservation du génie.

– Je dirais plutôt du parano de première.

– J'emporte l'électronique et les ballons et le fusil. Je place les Suédois sous observation. Je guette leurs prochains mouvements. Je tire six coups de fusil toutes les heures en plein dans le flanc vert de la Suède.

– T'es complètement fou. Tu pourrais tuer quelqu'un.

– Impensable. J'ai tout sous contrôle. Je vais m'acheter une lunette neuve pour le fusil et une paire de ces nouvelles jumelles militaires. Il faut canarder à mort un pays qui a le projet d'arrêter votre activité. Un tir constant inspire du respect, Lou.

– Et ce putain de matos électronique ? Qu'est-ce que t'en fais ? Tu le balances à la mer ?

– Je remplis un ballon de gaz. J'y suspends douze kilos d'électronique et je l'envoie en Suède quand le vent souffle dans le bon sens.

– Pourquoi ? Qu'est-ce que c'est comme électronique ?

– Des bidules compliqués, Lou. Ça ressemble à des trucs pour ordinateurs. Des composants incompréhensibles que j'ai trouvés à la décharge industrielle. Inutiles et montés de façon à brouiller les pistes de leurs experts. J'envoie toute la saloperie d'Elseneur quand il fait encore nuit. Un peu plus tard, le matos arrive de l'autre côté du Sund. Je tire dessus pour le faire descendre et je le fais atterrir sur une place en plein centre-ville. Ça a l'air hyperdangereux et ça foutra un putain de bordel quand ils vont le découvrir. Ils auront la trouille de leur vie. Les flics. Les militaires. Les experts en bombes. Moi, je regarde tout ça dans mon télescope électronique. Ces crétins s'approchent de l'engin au ralenti. Ça prend des heures. J'ai aussi installé des pétards qui partiront quand ils vont se mettre à trafiquer les circuits. Je suis sûr qu'ils vont chier dans leur froc. Détaler comme des rats. Ça peut durer des jours. J'ai l'intention de tout filmer. Tu as vu mon nouveau téléobjectif ?

– Qu'est-ce que tu vas faire de tes rushes ?

– Je suis déjà allé à Elseneur une fois et j'ai envoyé toute une cargaison d'électronique aux Suédois.

– Qu'est-ce que tu vas faire avec ce film ? T'es sourd ?

– Le vendre aux États-Unis. Une guerre de guérilla se finance. Ce seront les meilleurs gags vus sur les écrans depuis les années vingt. Il faut simplement que le montage soit fait par un maître. Moi.

– Qui achète des trucs comme ça, d'après toi ? La télé ?

– Oui. Ils sont friands de séquences de vingt minutes. Les célèbres *Documentary Slapsticks* de Fitzenstrahl.

– T'es pire qu'une foutue pipelette aujourd'hui. T'as d'autres bières ?

– Quand j'enverrai le dernier paquet d'électronique, je joindrai un message écrit : NE FAITES PAS CHIER FITZENSTRAHL. SALOPARDS !

– Fitzo ?

– *Yes,* Lou ?

– Un jour t'iras droit au casse-pipe. Tu peux pas continuer comme ça. C'est pas normal.

– Je déteste ce qui est normal.

– Retourne aux États-Unis, Fitzo. Ils parlent toujours de toi à New York et à San Francisco. T'es presque célèbre là-bas.

– Je reste ici. Je suis européen. J'ai encore un tas d'idées si tu as envie d'y jeter un coup d'œil, Lou.

– Non.

– Pourquoi pas ?

– J'ai eu ma dose pour aujourd'hui. Je m'en vais maintenant.

L'Américain se lève et descend l'escalier en marmonnant, sans dire au revoir. Allongé sur le lit, le Suédois se marre.

Des Ford T grinçantes tournent en rond dans une plaine poussiéreuse… des gens nus aux yeux écarquillés, inondés de lumière jaune, se distinguent derrière les vitres des voitures… le celluloïd déforme leur visage…

Deux hommes en noir marchent vers une maison défraîchie issue du fonctionnalisme… ils sont grands et pâles, et d'une extrême minceur… on ne voit que la moitié droite de leur visage…

Hôtel pour Aveugles… deux vieillards sont assis dans le hall… ils sont secs comme des corbeaux… tout à coup, l'un soulève le chapeau de l'autre et lui mord la tête, vif comme l'éclair… *Fade out…*

Fitzenstrahl bâille. Sur son lit, il se met à rire et laisse son alter ego onirique suinter par les fissures du sommeil.

3

EN ME réveillant aujourd'hui, j'avais l'impression d'être recouvert de fourmis mortes. Je n'ai pas bougé. J'ai senti des millions de petites pattes glacées sur ma peau chaude. Sur le front, les joues, les lèvres – même sur les paupières. J'ai allumé la lumière et regardé mes mains. Il n'y avait rien. Je me suis regardé dans la glace. Pas de fourmis.

– Herr Fitzenstrahl ?

Ma partenaire. Elle se tient devant ma porte, prête pour l'initiation aux nouveaux pas de danse. Chaussons roses, guêtres chaudes en laine et bardée d'énergie allemande.

– J'arrive dans dix minutes, Fräulein. Faites vos assouplissements en attendant.

Il paraît qu'elle a dansé dans le ballet de Berlin. Sous la direction du célèbre Dorfenblitz. Mais à présent tu danses sous la direction de Fitzenstrahl, ce qui est une tout autre paire de manches.

Elle s'appelle Erika von Herrlichhausen et prétend être comtesse. Elle a réellement l'air d'avoir du sang bleu dans les veines. Un profil d'oiseau élégant, des cheveux aile de corbeau ramassés en chignon au sommet de sa noble petite tête, de longues et fortes jambes de danseuse qu'à l'occasion je verrais volontiers en ciseaux autour de ma taille. Impensable, Fitzo, impensable. En tant que danseuse à l'opéra, elle s'estime bien au-dessus de nous, artistes de cabaret ordinaires. En dehors du boulot, elle nous parle à peine. Les putes ont peur d'elle. Tout le monde a peur d'elle. Comment s'arrange-t-elle pour ses orgasmes ? Est-ce qu'elle baise ? Probablement pas. La baise nuit à son art et la fréquentation de la populace tue son inspiration.

Fräulein Herrlichhausen. Un compas humain dont la vie jusqu'à présent a consisté à jauger la scène selon les critères classiques. Première position, lever la jambe, incliner, écarter – Seigneur Dieu ! Ce que je peux détester le ballet classique figé et stéréotypé.

Elle réside dans la plus belle pièce du théâtre. Plusieurs fois, je l'ai observée par le trou de la serrure. C'est vilain, Fitzo, très vilain. Oui. Mais un chorégraphe doit tout connaître de ses danseurs. En étudiant leur vie privée, il peut analyser plus facilement leurs possibilités sur scène.

Les murs de sa chambre sont couverts d'impressionnants portraits de famille. Hussards à cheval, vieilles femmes hautaines sur des chaises qui ressemblent à des trônes, et en arrière-plan des châteaux avec tours et créneaux. Et des affiches avec son nom en gras. Elle-même reste la plupart du temps à méditer allongée sur son lit, raide comme un bâton de verre.

Fräulein Herrlichhausen. Une femme entre trente-cinq et quarante ans qui vit dans le mensonge et fait semblant de faire toujours partie du corps de ballet de l'opéra.

En ce moment, je la regarde s'entraîner. Elle a la peau blanche comme la craie. Sa petite chatte musclée se bombe sous le mince justaucorps. Est-ce que les danseuses de l'opéra se rasent la motte ? Probablement. Ce serait déplacé si de petits poils noirs s'échappaient de la culotte au beau milieu d'un saut audacieux. Du plus mauvais effet sous la lumière des spots. Utilise-t-elle un rasoir électrique ou peut-être du savon à barbe à l'ancienne avec rasoir et cuir ? Ça, c'est une merveilleuse idée, Fitzo, une merveilleuse vision. ZOOM !

– Ah, vous voilà enfin, dit-elle, acerbe.

– J'ai passé la matinée à travailler quelques nouveaux pas.

– Ho, ho !

– J'ai parlé avec un spectateur hier, Fräulein. Il est venu me voir juste après notre numéro et il a exprimé sa grande admiration pour vous. Il vous a comparée à la grande Katiaslova.

– C'était un chorégraphe, vous croyez ?

– Probablement. Ou le chef du ballet de Copenhague. Il avait un accent danois.

– Est-ce qu'il a laissé un message pour moi ?

– Il a dit qu'il avait l'intention de venir vous voir danser tous les soirs pendant quelque temps.

Un mensonge, Fitzo, un gros, gros mensonge. Mais un mensonge au service de l'amour.

– Un jour, j'aurai l'occasion de travailler de nouveau à l'opéra, j'en suis sûre.

– Je l'espère sincèrement, Fräulein.

La petite garce. Elle fait ses étirements pendant qu'on parle. Une jambe en l'air et l'arrondi de sa petite chatte à pirouettes qui se présente droit devant ma tronche. Si je lui arrachais son justaucorps pour mettre fin au mystère ? Si je me penchais en avant et posais un léger baiser sur sa foufoune ? Impossible, Fitzo, impossible. Tu aurais les flics aux trousses pour le restant de ta vie.

– Je hais mon travail ici, dit-elle.

– Je sais, Fräulein. Mais il faut bien manger aussi en attendant le succès définitif, n'est-ce pas ?

Elle ne répond pas. Elle ondule et plie et étire. Un centimètre de plus et elle va exploser entre les jambes.

Je me débarrasse de mon survêtement, sans la quitter des yeux. Est-ce que mes regards lui plaisent ? Est-ce qu'elle voit la turgescence sous mon caleçon noir ? Est-ce que je suis un obsédé sexuel ? Un satyre ? Est-ce que je souffre d'hypersexualité ? Bien sûr que non. Je suis sainement et naturellement excité, voilà tout. Excité comme toute personne en bonne santé, à la rigueur un tout petit peu plus.

Pour commencer, nous passons en revue tout le programme. Fräulein vole par-dessus la scène, les jambes en désordre. Je la prends par les bras, la redresse et la fais pivoter sur les pointes comme une toupie – un fouet à la main, je pourrais la maintenir en mouvement pendant des jours. Je prends sa main et quitte la scène avec elle en courant comme un fou pour entrer aussitôt de l'autre côté, je la force à me porter en décrivant un cercle pendant que je lève mes jolies jambes de danseur à la lumière des spots, je la traîne par les cheveux pour finalement la faire tournoyer comme un moulin à vent – je la lâche et elle s'envole au-dessus des toits comme une comète, je...

– Arrêtez, Herr Fitzenstrahl, je n'en peux plus !

Balivernes ! On continue, encore et encore. Je l'étends de tout son long sur un petit banc. L'enroule dans l'énorme couverture de soie rouge qui fait partie de nos accessoires. On ne la voit plus. Elle est empaquetée comme une momie. Je saisis des deux mains le bord de la couverture. Subitement, je tire d'un coup sec et laisse la rombière rouler comme un rondin sur la scène jusqu'à la fosse d'orchestre où elle s'arrête, tout étourdie. Au début, elle a vigoureusement protesté contre ce numéro. Elle prétendait que mon traitement sévère lui donnait des bleus au cul. Maintenant, tout va comme sur des roulettes et le public jubile tous les soirs.

– Je n'en peux plus aujourd'hui, vous...

– Vous pouvez tout. Vous êtes forte comme un petit cheval.

Elle s'effondre par terre et crie qu'elle a l'intention de quitter son travail au théâtre.

– Vous le regretterez, Fräulein.

– Ma décision est prise.

Il paraît que les tensions érotiques sont un vrai problème sur les lieux de travail. Certains métiers sont plus exposés que d'autres. Des frottements perpétuels contre les parties sensibles du corps exigent une délivrance. Je la soulève à bras tendus, la retourne et laisse une main reposer contre son ventre dur. Je la fais lentement tournoyer dans l'air. Elle est légère comme de la neige fraîche sur une branche. Sans que je comprenne comment, elle repose sur ma paume de toute sa chatte. Lentement, lentement je la fais pivoter, plusieurs tours, je suis un manège manuel dans une foire, je suis une grande roue horizontale sur le point de s'écraser, elle a les yeux fermés et elle tournoie, ses cheveux volent, sa chatte bombée brûle contre ma main, comme le museau fendu d'un petit lapin chaud, maintenant tu aurais dû être ici, Fellini, avec tes papes et tes cardinaux bleu ciel, maintenant tu aurais dû me voir tourbillonner avec ma bien-aimée sous le chapiteau, sous l'œil étincelant des feux d'artifice, maintenant tu aur...

– Laissez-moi descendre tout de suite !

Elle crie et gigote, elle me tape sur la tête avec ses poings, je la bascule et la dépose par terre.

– Espèce de crétin ! hurle-t-elle.

Elle est assise devant moi, haletante. Mon doigt-manège a fait entrer le mince justaucorps dans sa fente.

– Je ne veux plus de tout ça, vous... vous... vous êtes détestable !

– C'est quoi ce foutu délire ?

– Je démissionne.

Je me contenterais de peu. Me contenterais de pouvoir poser ma joue entre ses jambes juste un petit instant pendant qu'on discute le prochain pas.

– Vous m'avez entendue ?

– Faites comme vous voulez. Comme ça le directeur n'aura pas à vous virer. Il trouve que vous commencez à avoir l'air usée et fatiguée. Il a peur que vous n'ayez plus assez de forces pour continuer.

– Des forces ? Moi ?

– C'est sans doute pour ça qu'il a demandé à Carmela d'apprendre toutes les figures de notre numéro.

– Carmela ! Cette petite vermine empotée, elle est incapable de faire le moindre pas de danse.

– Il paraît qu'elle dansait le flamenco à Grenade.

– Des vulgarités de gitans, ce n'est pas de la danse, ça !

– Un grand art, d'après moi.

Puis, dans un allemand cassant :

– Est-ce que le directeur vous a déjà parlé de consulter un médecin, Fräulein ?

– Un médecin ? Pourquoi devrais-je consulter un médecin ?

– Il a l'impression que vous boitez d'une jambe.

– C'est un fou, celui-là. Boiter ? *Moi ?* C'est grotesque.

Ça, c'était vachement immoral, Fitzo. Tu es un vrai enfoiré. Oui. Mais la fin, les moyens, etc. Je suis simplement obligé d'entrer un petit peu en elle. Trois centimètres suffiraient. Ou quatre. Elle se domine maintenant. Réfléchit. Ses défenses s'effondrent lentement.

– Quels sont ces nouveaux pas que vous avez inventés, Herr Fitzenstrahl ?

– Des symboles. J'ai pensé que nous pouvions incarner les quatre éléments dans notre prochaine danse.

– Et de quelle façon pensez-vous incarner les éléments, si je puis me permettre ?

– La partie féminine du duo représente la terre et l'eau ; la partie masculine, le feu et l'air. Vous êtes allongée sur le dos et vous faites des mouvements souples avec les hanches et les bras, figurant la houle. Moi, qui exprime le feu et la destructivité brûlante, je vais m'approcher de vous. Un feu sur le point d'anéantir tout sur son chemin, un feu qui va vous parcourir...

– Jamais ! Je refuse. Vous voilà au courant.

– Comme vous voulez. Carmela peut commencer l'entraînement tout de suite. Les danseuses de flamenco ne sont pas étrangères à ce type de symbolique, à plusieurs endroits chez Lorca on trouve une chorégraphie semblable.

– Faites voir vos dessins.

Je lui montre des esquisses de pas. Elle a l'air effrayée.

– Je promets de faire un essai, mais à une condition.

– Quelle condition ?

– Qu'on supprime le passage avec la couverture.

– Impossible. Allongez-vous par terre maintenant et cessez de vous compliquer la vie. Vous devez apprendre à combattre cette fausse fierté. La fierté a gâché la carrière de plus d'un grand artiste.

Je l'instruis, penché sur elle.

– Excellent, Fräulein, un-deux-un-deux. Des mouvements souples et ondulants. Pensez tout le temps à la mer éternelle et sa houle paresseuse.

Fitzenstrahl jette un rapide coup d'œil sur les sièges vides. Nous sommes seuls dans tout le théâtre, seuls dans l'univers, seuls avec les entités des éléments et les démons et dieux de l'art chorégraphique.

Il déchire un paquet et étale un fin voile argenté sur sa partenaire.

Elle bondit dans un hurlement.

– Et ça, qu'est-ce que c'est censé représenter ?

– C'est du tissu argenté. Ça donne l'illusion de la mer. Vos mouvements sont transmis à travers la surface du tissu, vous bougez de façon rythmique et...

– C'est idiot !

– Ne soyez pas si terriblement négative, Fräulein.

Je tire le tissu sur son visage et lui demande de commencer ses ondoiements.

– Plus souple si vous pouvez.

The Great Blondino à genoux devant l'ondulation de la mer. Il soulève doucement le tissu argenté sur les pieds de sa partenaire, avance la tête et regarde. Le tissu masque la tête de Fräulein et elle ne le voit pas, elle ondoie et gondole dans la lumière métalliquement crevassée – son cul musclé, fait pour les pirouettes, est gonflé de puissance. Je pose mes mains brûlantes sur ses petits chaussons roses, les laisse glisser le long de ses tibias jusqu'aux genoux, et sur ses cuisses brillantes de soie, des cuisses parfaites pour *Le Lac des cygnes*.

– Qu'est-ce que vous êtes en train de faire, espèce de goujat ?

– J'exprime le feu. Le crépitement du feu quand il passe sur l'eau.

– J'ai l'impression que ça va paraître obscène vu de la salle.

– Non, non. Le feu et l'eau n'ont rien d'obscène.

Elle bouge en parlant. J'ai sa petite chatte de première position à cinq centimètres de mon visage. Il y a un faible relent de femme chaude sous mon ciel d'argent. Je laisse mes mains passer lentement sur ses hanches glissantes.

– Herr Fitzenstrahl ! Je me demande vraiment si c'est convenable tout ça.

– La limite entre ce qui est convenable dans l'art et ce qui ne l'est pas est souvent mince comme un cheveu, Fräulein. Tout dépend du spectateur. Un public avec une imagination vicelarde peut faire paraître obscène l'art le plus spirituel. C'est particulièrement vrai dans la littérature. Les auteurs qui essaient de figurer la vie telle qu'elle est réellement sont souvent mal compris sur ce point.

Je passe lentement le plat de mes mains sur ses cuisses, décrivant des cercles qui s'approchent de plus en plus de sa chatte.

– Au ralenti maintenant, Fräulein. Vous devez essayer d'évoquer la mer dans votre esprit, faire corps avec le mouvement éternel de l'eau, devenir une partie de la houle universelle.

Elle n'a pas la motte rasée. Je sens les poils se dresser contre la fine membrane de la peau au bout de mes doigts. Elle a probablement une petite chatte extrêmement musclée, une chatte à grand écart qui ne dépasse pas la taille d'un oursin sur un rocher rose dans l'océan. Pour la troubler, je pose mon bras gauche en diagonale sur son ventre et sa chatte tandis que ma main droite se faufile sous le bord de sa culotte et commence son exploration.

– Lâchez-moi ! Allez-vous-en ! Laissez-moi... partez... vous... je ne veux plus jamais travailler avec vous... lâchez... n'essayez pas...

– Vous avez l'intention de gâcher toute ma chorégraphie avec votre foutue hypocrisie allemande ? Faut-il vraiment que je lutte avec vous chaque fois que je crée de nouvelles figures ? J'en ai assez de vos manières, Fräulein, assez de votre orgueil.

Elle rentre les griffes. Là, je lui ai fait perdre haleine un instant. J'ai presque cru que je l'avais vaincue.

– Je vous en prie, laissez-moi me reposer un instant.

– Volontiers. Mais gardez la position.

Elle reste sans bouger dans le temple d'argent. À dix centimètres de mon visage, j'ai la chatte d'une danseuse étoile.

Arrache-lui la culotte et tu la verras dans sa splendeur de rubis mijotés dans du beurre. Je baisse d'un geste vif mon caleçon et inspecte ma bite. C'est terrible, Fitzo, effrayant. Elle a l'air argentée, un sceptre détourné du trésor familial. Il n'y a qu'une pensée dans la tête de ma bite en cet instant : Entrer-entrer-entrer. Entrer, blanche, noueuse et collante, dans le palais de chair rouge du *Lac des cygnes*, entrer chez Tchaïkovski et ses tambours tendus de peau de foufoune, ses troïkas de velours, entrer-entrer-entrer pendant que le palais médiéval des Herrlichhausen brûle de fond en comble.

– Je ne peux pas continuer, dit-elle à voix basse.

– Vous avez l'intention de gâcher notre belle collaboration ? Les journaux écrivent des pages et des pages sur vous depuis que vous travaillez avec moi. Avant ils ignoraient jusqu'à votre existence. Ce numéro sera à la une de la France entière si vous vous y prenez comme il faut. Poursuivons à l'endroit où nous nous sommes arrêtés et ne faites pas d'histoires, je vous prie.

Ma voix sonne sourde et étrange sous le voile. Cela a dû la calmer d'une façon ou d'une autre puisqu'elle recommence à balancer du cul. Je m'allonge doucement sur elle, m'appuie sur les coudes et les orteils et laisse l'extrémité de ma bite renifler le mince justaucorps. Lentement, lentement, je commence à suivre sa cadence océane, de longs brisants vertigineux contre les récifs de corail. La soulever, la prendre sous le bras et courir vers la loge ? Non. Écarter sa culotte et passer à l'attaque ? Dangereux. Je pourrais encore me tordre la queue. Mieux vaut la baiser à sec encore un moment, bien l'échauffer.

– Arrêtez ça tout de suite !

De longs mouvements, Fitzo, de longs mouvements aspirants de baise d'éléphant. Si la culotte se déchire dans l'entrejambe maintenant, elle aura ma bite en elle jusqu'aux cordes vocales. Est-ce qu'elle accompagne le mouvement ? Oui. Encore deux minutes et c'est dans la poche.

Fitzo ? Mmm. T'es quand même pas en train de gicler dans le vide, bordel de merde ? Non, non, non. Sûr ? Oui, sûr. Tu entends bien à quel point je pense à mon nouveau film pour me retenir, combien je me concentre sur les prises de vue et les objectifs des caméras pour empêcher un orgasme à sec fatal. Tu vois bien que je marche tel un ectoplasme dans les rues de Paris, que je me cogne aux passants sur les trottoirs, contemple le fleuve éternel depuis les ponts, et alors, soudain, juste quand je suis sur le point d'entrer chez Shakespeare & Co pour acheter un livre de Montherlant, un éclair éblouit mon cerveau et ma bite explose, je claque la porte de la boutique et reste comme un crétin sur le perron et laisse le jute inonder le trottoir en une longue cascade saccadée tandis que ma reine des pirouettes crie et tape et cogne sa petite tête dure de Casse-noisettes sur les planches. Elle me griffe le visage avec ses longs ongles allemands et ça jaillit toujours de moi comme l'écume d'un extincteur rouge lorsque soudain elle roule sur le côté et se précipite en criant vers sa loge où elle claque la porte derrière elle.

Je reste par terre, un morse blessé avec le harpon tressaillant qui fouette l'eau.

Le roi de l'éjaculation précoce se relève délicatement et titube jusqu'à la noble loge de Fräulein.

– Fräulein ?

Il frappe à la porte et tend l'oreille comme un chien.

– Allez-vous-en !

– Je suis un homme très seul, Fräulein.

– Vous devriez l'être encore davantage. On devrait vous enfermer dans une cellule d'isolement.

– Je suis fou de vous. Je n'y peux rien.

– Vous avez raison – vous êtes fou !

– Il faut me pardonner, Fräulein, c'était malgré moi, je n'ai tout simplement pas su vous résister. Vous avez une aura érotique d'une force terrible, aucun homme normalement constitué ne pourrait y résister.

– Vous êtes un porc, Herr Fitzenstrahl, un barbare suédois, et vous n'avez pas une once d'intérêt pour l'art chorégraphique ni pour l'art tout court.

– Je ne vis que pour mon art cinématographique. Rien d'autre n'a d'importance pour moi. L'art cinématographique et mon amour pour vous.

– Ho, ho ! Vous vivez pour satisfaire vos instincts bestiaux et rien d'autre. Vous êtes un être humain inférieur, un immonde ver de terre scandinave que je ne voudrais pas toucher avec des pinces.

– Vous m'avez griffé au visage. Dix stries profondes laissées par vos ongles venimeux.

– Vous le méritez. On devrait vous labourer le corps entier avec des crochets de vipère.

– Ce sont de vraies plaies. Il faut peut-être les recoudre.

– Alors cousez. Et cousez-vous la gueule par la même occasion.

– Je n'ai pas de désinfectant.

– Je vous conseille d'en trouver. Buvez-en par litres entiers pour purifier et désinfecter votre immonde sang de violeur.

– Je n'ai pas essayé de vous violer. Vous m'avez rendu à moitié fou d'amour.

– Vous l'auriez sans doute fait si je ne m'étais pas échappée.

Mon œil contre la serrure. Elle est allongée sur le lit. Les guêtres en laine tire-bouchonnent sur ses longues jambes, ses cheveux pendent en tristes mèches. Elle a les deux mains posées sur sa chatte.

Je sanglote devant la porte blanche comme un grand écart.

– Pardonnez-moi.

Je m'en vais d'un pas traînant. Elle a raison. Je suis bourré d'instincts bestiaux. Il me faut absolument apprendre la maîtrise et le contrôle avant que tout ne parte en couille. Commencer une nouvelle vie. Ascèse et solitude exaltée. Un an dans le désert peut-être. Douches glaciales, flagellations et chemises de crin. Étaux pour parer aux terribles érections qui se manifestent toutes les quatre-vingt-dix minutes. Un qui serre la racine, un le milieu. Et un le gland sacrilège.

Il faudra oublier les jambes virevoltantes de Fräulein Herrlichhausen maintenant. Et les voûtes de ses grands écarts. Sublimer mes désirs. Et créer de la lumière.

4

MON PLUS gros succès de cinéaste, je l'ai connu à Londres il y a de cela quelques années. En vue de la séance, j'avais fait repeindre toute la salle en blanc. Pas seulement les murs et le plafond, mais aussi le sol, les sièges, les tapis, les armatures – tout. À l'entrée, le public fut prié d'enfiler des combinaisons et des chaussures blanches. Leurs cheveux, visages et mains furent poudrés en blanc par mes associés. Je montrai mes trente films simultanément. Des projecteurs pointaient telles des verges de taureaux scintillantes par des trous dans les murs, par des trous sous les sièges, des trous dans l'écran même. Les films étaient projetés sur les murs blancs, sur le plafond, sur le sol et sur les vêtements blancs du public. Un effet étrange se produisait en un point au milieu de la salle où se croisaient tous les rayons de projection. Plus tard dans une interview, j'ai comparé ce point avec la sphère spirituelle qui surgit sous une voûte d'église lorsqu'une grande assemblée pieuse est plongée dans la prière.

Le public juvénile est resté étrangement calme. Sans broncher, il s'est laissé inonder d'images et d'ombres. Certains ouvrirent grand la bouche pour permettre aux images de danser sur leur palais et sur leurs dents. D'autres fermèrent les yeux et laissèrent mes couleurs marteler leurs paupières. D'autres encore levèrent les mains dans le noir pour que la lumière vienne bouillir dans leurs paumes. Une vingtaine de jeunes couples se déshabillèrent complètement et laissèrent mes visions poétiques jouer sur leurs corps nus. À la fin de la séance, les spectateurs rendirent les combinaisons et sortirent heureux dans la chaude obscurité, un sourire aux lèvres.

La représentation fut un succès. Les journaux londoniens me qualifièrent de révolutionnaire et de génie. J'étais d'accord avec eux.

– Quel est votre but en tant que cinéaste, sir ?

– Je voudrais élever l'expression cinématographique en religion.

Cette réponse fut très mal reçue par certains. On ne s'attend pas qu'un artiste du film parle de choses spirituelles. Je continuai sur ma lancée et parlai d'un ancrage métaphysique et de la nécessité d'un total renouvellement du langage symbolique – c'est exactement le genre de conneries qu'ils veulent dans les magazines de cinéma.

Je travaille exclusivement en 16 mm. Je reste fidèle à ma bonne vieille Bolex, une caméra qui me donne toute la liberté nécessaire aux doubles expositions et aux assemblages dès le tournage. C'est une vieille caméra sensible. Mécanique, ou peut-être même organique. Pour pouvoir travailler avec de la pellicule moderne, j'ai été obligé de limer les dents d'un côté du tambour d'entraînement.

Plusieurs fois, j'ai essayé d'utiliser des caméras modernes et de l'électronique. Le résultat est toujours mauvais. La lumière et les couleurs perdent en spiritualité – les dispositifs actuels produisent ce que je qualifie de films « morts glacés ». Une caméra comme ma Bolex est un instrument noble. Un quasi-stradivarius. Mais seulement quand c'est moi qui l'utilise. Parfois je me dis le Heifetz du cinéma.

J'adore l'aspect argenté du film noir et blanc. Tout particulièrement j'aime les vieilles pellicules de l'aviation américaine que mes amis me trouvent au surplus de l'U.S. Army. Les rares fois où j'utilise du film couleur, je soumets les pellicules à un traitement spécial intense avant de commencer à filmer. Je les purifie par la musique pour en éliminer toute trace de matérialisme et d'impiété. Je pose les pellicules à côté de mon magnétophone, j'éteins la lumière et laisse les symphonies de Beethoven les marteler pendant douze heures tonitruantes. Le volume poussé à fond.

Lotta haïssait mes expériences de purification, il est probable qu'elle haïssait l'ensemble de mes activités cinématographiques.

Elle me jetait à la figure que je ne gagnais pas le moindre sou avec mes films. Mais je l'aimais quand même. Une année pleine à New York. Une fois, mes expériences l'ont tellement révoltée qu'elle m'a forcé d'aller voir un psychanalyste. J'étais allongé sur son divan en cuir et parlais de ma vie. Les expériences de film, les visions, les fantasmes, les livres, les persécutions – il avalait tout. L'homme était assis derrière ma tête. Pendant que je parlais, je l'entendais rigoler. Je n'y prêtais pas attention. Pour finir, il était tellement écroulé de rire que je fus obligé de tourner la tête. Connard de psy, pourquoi est-ce que tu ris ?

– Qu'est-ce qu'il y a de si drôle ?

Il était plié sur sa chaise, suffoquant de rire. Il essuya ses larmes avec un gigantesque mouchoir juif.

– Continuez, mister Fitzenstrahl, continuez.

– Je suis ici pour être analysé, pas tourné en ridicule.

– Continuez.

Je continuai. Je l'entendis hennir tout bas derrière moi. Quand la séance fut terminée, il était écroulé d'épuisement sur la chaise, jambes écartées. Je me penchai sur lui. Il agita ses mains poilues en signe d'impuissance.

– Revenez demain, mister Fitzenstrahl.

Il prétend que je souffre de ce qu'il appelle du mémotiasis, c'est-à-dire une mémoire croissante. Les images sont stockées dans mon cerveau comme c'est le cas de tout le monde, mais quand je les sors, elles se mettent à grandir et à vivre une nouvelle vie. Leur propre vie. Elles enflent tels d'immenses ballons, aspirent le présent et le futur, gonflent et débordent. Écoutez, Fitzenstrahl, il vous faut essayer de combattre cela. Un acte de volonté. Ça vous fera cinquante dollars.

– Cinquante ?

– Cinquante.

– Vous avez la monnaie sur mille ?

– Vous pouvez payer demain.

Le lendemain, il avait la visite d'un collègue. Est-ce que je permettais qu'il reste dans la pièce pendant la séance ? Avec plaisir. Naturellement. Ils chuchotent derrière moi. Pouffent de rire.

Je raconte les complots et les conspirations envers mon art. Les circonstances. Les interventions continuelles de l'entourage dans ma vie. Les gens autour de moi qui volent mon temps et embrouillent mon existence. Je leur fournis quelques exemples en me montrant très sérieux. Triste. Je parle des tracasseries d'une voix brisée. Au bout de quelques minutes ils commencent à s'esclaffer un peu. Dix minutes plus tard, ils hurlent de rire. Je me fâche et me lève.

– J'en ai marre de vous et de vos putain de rires.

– Ha, ha ! hi, ho ! Fitzenstrahl.

Furieux, je me dirige vers la porte. Ils me rattrapent en vitesse. Me demandent de rester et de continuer. Je dis non.

– Ce que vous racontez est d'une valeur inestimable pour la psychanalyse, mister Fitzenstrahl.

– Je m'en fous.

– Nous avons trois autres collègues qui assisteraient volontiers à une séance avec vous.

– Vous n'avez qu'à vous analyser entre vous. Vous en avez plus besoin que moi.

– Et si nous vous payons, mister Fitzenstrahl ?

– Combien ?

– Cent dollars de l'heure.

– Non.

– Deux cents.

Je me dirige lentement vers la porte dans l'intention d'accepter trois cents.

– Deux cent cinquante ?

– Trois.

– *All right.* Vous venez demain à la même heure ?

– *It's a deal.* Marché conclu.

Le lendemain ils étaient quatre. Le surlendemain six. Hurlant de rire et buvant du whisky. J'ai mis l'argent à la banque. J'ai acheté de la pellicule vierge et une nouvelle télé à Lotta. J'ai fini par me lasser des analystes. Je leur donnais un tas d'histoires démentes que je n'avais ni rêvées ni vécues. Ils gobaient tout. Quand je leur disais que toute cette merde était pure invention, ils répondaient que ça n'avait aucune importance. Mensonge ou vérité – on achète quand même. Vous revenez demain, Fitzenstrahl ?

Mais l'analyse me vidait de ma substance. Quand je m'installais devant la machine à écrire ou le carnet d'esquisses, il ne restait rien à raconter. J'ai pris peur et n'y suis plus jamais retourné. Lotta a gueulé et protesté, mais je n'ai pas voulu en démordre : encore une fois, j'avais eu affaire à des profiteurs.

Plus tard j'ai appris que l'un des analystes avait utilisé mon matériel dans un roman. Je l'ai acheté et je l'ai lu, c'était un bon roman. De plus, c'était la seule fois où j'avais été à peu près correctement payé pour une prestation artistique.

Et Lotta ? Lotta était finlandaise d'expression suédoise. Je l'avais rencontrée dans un club de jazz du Village, où je jouais de la basse deux fois par semaine. Quelques jours après notre première rencontre, j'ai emménagé dans son petit appartement. Ce fut la meilleure période de ma vie. Mais elle m'épuisait avec ses jeux érotiques. En voici un : elle mettait ses plus beaux vêtements et sortait en ville. Je devais attendre quelques minutes avant de la suivre. Lorsque je la croisai un peu plus tard dans Central Park, elle fit semblant de ne pas me connaître. Elle me regarda avec ses yeux violets comme si je n'existais pas et passa son chemin. Ça me fit comme une piqûre de guêpe.

Je la suivis. Elle marchait très vite, se retourna, l'air alarmé, en voyant que je la talonnais. Finalement elle se mit à courir. Je restai juste derrière elle. J'observai ses beaux mollets pendant qu'elle courait, j'écoutai sa respiration, sentis sa panique féminine comme une odeur ou une couleur dans l'air entre nous. Quand nous arrivâmes au fond du parc, elle disparut parmi les arbres. Je l'attrapai et la renversai dans l'herbe. Elle se débattit, me griffa et me cracha à la figure. Lorsque, après un long moment d'efforts, je réussis enfin à ôter sa culotte, elle ne résista plus et me laissa entrer profondément en elle, et elle cria, fort, là sous les cimes des arbres.

Où es-tu à présent, mon amour ? Avec qui est-ce que tu baises en ce moment ? Je t'emmerde, Lotta. Fous-moi la paix.

Certains jours elle m'interdisait de l'appeler Lotta. Elle prétendait que son véritable prénom était Yrla ou Ärla. Pendant les jours Yrla, elle changeait de personnalité.

Son visage s'assombrissait, ses mains avaient l'air très chaudes et presque écorchées, tire-toi, foutu cinglé de cinéma, tire-toi d'ici, qu'est-ce que tu me veux ? Pendant les jours Yrla, elle quittait fréquemment la maison sans jamais dire où elle allait. Quand finalement elle revenait, elle m'obligeait à la baiser, et à la rebaiser et elle griffait et crachait comme une tigresse au lit.

D'autres jours, elle était pâle et froide, presque austère. Elle faisait penser à une nonne ou à une sainte. Durant ses jours d'ascète, elle fermait à clé la porte de sa chambre. Je frappais et appelais, mais sans obtenir de réponse. Je fulminais d'amour. Pourquoi est-ce que tu t'enfermes, pourquoi est-ce que tu restes sans rien dire comme une momie gelée dans ton lit ? Serait-elle une femme caméléon ?

Lorsque je finis par ouvrir la porte, elle dormait déjà ou faisait semblant de dormir. Glaciale et inaccessible. J'arrachai le drap et embrassai ses cuisses fusiformes et sa belle foufoune bombée, j'embrassai la peau douce du ventre et les seins que j'imaginais remplis de bourdons. Sa peau était sans éclat maintenant, d'albâtre et translucide, si bien qu'on pouvait deviner d'autres teintes sous la première couche de derme et d'autres races et femmes et siècles. J'étais fasciné par son apparition de sorcière et par sa merveilleuse chatte roulée en boule sur le lit tel un hérisson. Comme un fruit divin qui pousse entre ses cuisses, toute sa force, son agilité et son intelligence étaient concentrées dans sa chatte.

À mon tour maintenant de la forcer à baiser. Elle resta sans bouger, sans orgasme. Lentement et obstinément je la remplis de sperme. Quand j'en eus terminé avec elle, on dormit pendant plusieurs jours.

Un jour, elle a disparu. J'ai continué à faire la bringue en ville en attendant qu'elle rentre. Deux mois plus tard, j'ai reçu une lettre de Londres dans laquelle elle me demandait de sous-louer son appartement et de lui envoyer l'argent. J'ai fait ce qu'elle me demandait, puis je suis parti à San Francisco où j'ai rencontré un mec qui l'avait croisée à Londres. Il avait eu du mal à la reconnaître. Elle se comportait bizarrement. Disait des trucs étranges. Elle a changé, Fitzo, si j'étais toi, je l'oublierais. Elle vit avec un mec louche qui ne parle pas anglais. Elle a demandé de tes nouvelles.

Je pense à elle tous les jours. Es-tu toujours en Europe, Lotta ? Peut-être même ici à Paris ? Qu'elle aille se faire foutre !

Toujours est-il que j'ai réalisé un court-métrage de dix minutes avec Lotta dans le rôle principal. C'est devenu un petit film lyrique, un film délicat et plein d'amour. Ce qu'il y a d'étrange, c'est qu'on n'y voit plus Lotta. Elle a pratiquement disparu du film, elle a pâli et s'est effacée. Tout ce qui reste, ce sont des taches d'une femme transparente. Rien d'autre n'a été effacé de la pellicule, tout est net, distinct et vivant. Elle est peut-être morte.

Fitzenstrahl bâille dans son lit douillet. Se fige et redresse la tête. Des pas derrière la porte.

– Herr Fitzenstrahl ?

– Fräulein Herrlichhausen. Allez-vous en. Ne me dérangez pas.

– Il n'y a pas de répétitions aujourd'hui ?

– Prenez votre journée, Fräulein.

– J'ai quelqu'un ici qui voudrait vous voir.

– Impossible. Je ne peux recevoir personne en ce moment. Je travaille.

– Ce sont mes parents, Herr Fitzenstrahl. Ils ont fait tout le chemin depuis l'Allemagne.

– Montrez-leur la tour Eiffel et les Champs.

– Ouvrez la porte, Herr Fitzenstrahl, dit une voix en allemand.

– Elle est ouverte.

Je reste allongé, immobile, et attends. Fräulein entre telle une ombre, se glisse jusqu'au lit sur la pointe des pieds, vêtue de son plus beau justaucorps, celui pour les premières. Entre mes paupières mi-closes, je la vois virevolter dans la pièce. Quelques secondes plus tard, quatre personnages en habit de cérémonie entrent. Ils penchent sur moi leurs visages sombres d'oiseau, ils soupirent, ils murmurent et regardent. Trois hommes et une femme. Un des hommes est très vieux et maigre, l'âge a donné une teinte bleu ciel à son visage et il a du mal à tenir debout. C'est probablement Herr Herrlichhausen en personne. La femme doit être la mère et le jeune homme derrière le père, le frère de Fräulein. Il a de grandes dents de cheval qui sortent de la bouche et lui donnent un air d'aliéné. Le quatrième est un homme de taille démesurée qui porte un petit sac à la main.

Je me redresse sur le lit pour les présentations, mais le géant me repousse sans façon. Il soulève le drap et se baisse pour écouter mon cœur, la bouche grande ouverte.

– *Gut ?* dit le père.

– *Ja. Gut.*

Fräulein danse comme une folle derrière eux, elle virevolte, saute, vole par-dessus les chaises et la table.

– Je m'appelle F. Éric von Fitzenstrahl, dis-je.

Personne ne prête attention à ce que je dis. Le géant pose son sac en cuir sur ma table. Il fouille dedans pendant un instant dans la pénombre, finit par en sortir un mètre de couturier, soulève de nouveau mon drap et rit. Les autres tendent le cou pour regarder. En effet, je dors toujours tout nu. Soudain il prend mon pénis à moitié endormi dans sa main énorme et commence à le mesurer. Je suis pétrifié de terreur. Totalement pris de court. Ma queue a l'air petite et peureuse dans la vilaine paluche de l'Allemand.

Quand il a fini de mesurer, il note le résultat dans un carnet et sort ensuite un instrument qui rappelle un pèse-lettre. Il écarte doucement mes jambes, pose la balance sur le matelas et pèse mes testicules. Il les pèse séparément et il est très minutieux.

– Satisfaisant ? demande le père bleu ciel.

– Excellent.

Le géant note le poids et remet précautionneusement le pèse-lettre dans la sacoche. Totalement envoûtée, la mère fixe mon membre flasque. Fräulein danse toujours, de plus en plus vite derrière leur dos. Le frère rit sans cesse comme un dément.

Soudain je sens une piqûre au pli du bras et vois mon sang bouillonnant couler dans un tube en verre. Dès qu'il est plein, le géant y met un bouchon, l'étiquette et le glisse dans la sacoche. La procédure se répète six fois.

– Qu'est-ce que vous foutez ? je crie en allemand.

Le géant pose son gros pied sur ma poitrine. Il chuchote avec le père et la mère. Le frère pointe la tête et me fait des signes avec la main.

Avant que quelqu'un ait eu le temps de réagir, le père chipe un des tubes, enlève le bouchon, le porte à ses lèvres et le vide d'une seule traite.

– Ça ira, dit-il en claquant la langue, prélevez-en un autre échantillon, docteur.

Le géant me pique dans l'autre bras et remplit le tube. Le père a des taches de sang sur les lèvres.

– On ne peut jamais vraiment être sûr avant de l'avoir goûté, dit Herr Herrlichhausen.

Tous les quatre me serrent la main avant de partir. Fräulein fait semblant de ne pas me voir. Avec force courbettes ils sortent et disparaissent en riant dans les escaliers.

Je me réveille quelques heures plus tard. Je me redresse dans le lit et examine mes bras. Les saignées sont bleu-jaune-vert et pourvues de petits pansements.

Quelques jours plus tard je reçois une enveloppe avec des timbres allemands.

Cher Monsieur Fitzenstrahl !

Comme prévu, l'examen s'est avéré satisfaisant. Nous nous sommes mis en relation avec le Palais de la Noblesse à Stockholm pour faire certifier votre noble extraction. C'est également avec joie que nous constatons que vous avez été champion de sabre aussi bien que d'épée.

Nous reprendrons cette affaire dès que d'autres informations vous concernant nous seront communiquées.

Veuillez croire en nos sentiments distingués.

Franz von Herrlichhausen
Sprützenglocken

5

THE GREAT Blondino déploie ses ailes noires au-dessus des eaux argentées du Guadalquivir. Il remonte les méandres du fleuve vers les sources. Des milliers d'Espagnols aux longues pattes rouges d'échassier sont perchés dans les arbres au-dessous de lui. Il continue son vol vers le nord jusqu'à ce qu'il aperçoive Paris, il pique sur un vieux théâtre, entre par la fenêtre ouverte, ouvre son bec de bois noueux en un énorme bâillement et se redresse dans le lit. Regarde avec satisfaction une pile de recueils de poésie sur l'étagère.

Le prix Nobel est vraiment une idée de génie. Il procure à une modeste et insignifiante nation de petits fermiers polaires une notoriété dans ce monde. Du pouvoir. Grâce à la perspicacité d'Alfred Nobel, nous les Suédois pouvons jouer dans la cour des grands et rouspéter avec eux. Achetez nos Volvo et applaudissez notre politique extérieure hypocrite, sinon il vous faudra attendre une cinquantaine d'années avant que votre nation barbare et inculte revienne sur le tapis pour un prix Nobel. Vous appuyez nos intérêts ? Tant mieux pour vous. Ça vous dit d'acheter davantage de voitures et de littérature de bas étage ? D'accord, je verrais ce que je peux faire pour vous. *You god damn assholes.*

Mes affaires Nobel ont commencé tout à fait par hasard. Pendant mon séjour à New York, je participais à diverses réunions littéraires. Circulant parmi les auteurs de best-sellers, un verre de champagne à la main, je souriais et m'inclinais, et disais ce qu'il fallait dire. On m'invitait souvent au souper qui terminait la soirée. Je faisais semblant d'interviewer quelques-uns des écrivains originaires de la côte est. Je leur racontais que j'étais suédois. On me demandait quel journal je représentais.

– Aucun.

– Free-lance ?

– En quelque sorte, oui.

Au fond de moi, je déteste ce genre d'écrivains et leurs foutus bouquins qui ressassent à n'en plus finir des disputes conjugales et la vie universitaire, même si leurs dîners sont superbes. Il faut les prendre de haut. *British Colonial Style.* Je me tape la cuisse avec une cravache imaginaire. Ça impressionne grandement les parvenus vulgaires qui m'entourent et qui s'empiffrent à grands coups de fourchette. Un d'eux me prit à part.

– Vous êtes suédois, c'est ça ?

– Tout à fait.

Il se présenta. Je débitai un nom, le premier qui me vint à l'esprit. Le hasard voulut que ce soit le nom d'un membre de l'Académie suédoise. Quelques minutes plus tard, je fus entouré d'écrivains. Je les assurai que je n'avais rien à voir avec l'Académie suédoise, que j'étais ici à titre privé, etc. Peine perdue.

L'un d'eux m'invita dans sa maison de campagne. Un autre m'offrit d'occuper son appartement de New York en son absence. Un troisième me fit comprendre qu'il était très riche. Bien sûr, je me ferai un plaisir de te sucer jusqu'à la moelle, *you bastard.* Je me la jouai inabordable et incorruptible. *Sorry, gentlemen*, mais je vais être terriblement pris pendant mon séjour ici. *You understand ?*

Le lendemain, ma chambre d'hôtel était rouge de fleurs et la boîte aux lettres remplie d'invitations prétentieuses. Aurais-je l'honneur d'assister à la première d'une nouvelle pièce ? Non merci. Un ballet ? *Nope*. L'opéra ? *Niet*. Me plairait-il de rendre visite à un auteur éminent dans le Connecticut ? Qui ça ? Jamais entendu parlé du gugusse. Des agents littéraires, des dramaturges et l'université, des producteurs de la télévision, des gens de la radio – en une seule nuit, c'est une meute entière qui m'avait envahi. J'ai fini par prendre peur et suis entré dans la clandestinité. Je me suis installé dans un petit hôtel à Long Island, où je passais le temps à réfléchir aux possibilités fantastiques qu'offrait la vanité Nobel. Les hordes d'auteurs feraient sans doute n'importe quoi pour devenir mon ami. Et le monde en est plein. Il en grouille. Et tous veulent atteindre le sommet. Ils mordent et se débattent comme de beaux diables. Et lèchent le cul de l'autorité. Pourquoi est-ce que je ne saisirais pas l'occasion de tirer profit de ma glorieuse nationalité ?

J'ai pris tout mon temps. Soigné le moindre détail. Immoral ? Comment ça, immoral ? Je me débrouille pour survivre, voilà tout. Je suis inventif. Un artiste doit bien veiller à gagner sa vie, et quoi de mieux que de se faire financer par des collègues ? Des collègues riches. Ces écrivains à gros tirages devraient être fiers de contribuer à faire vivre un génie comme moi.

Je ne vois pas non plus en quoi mes actes pourraient nuire à notre honorable Académie suédoise, que j'admire. Je lis les œuvres de ses membres avec le plus grand respect. Seront-ils amenés à me haïr ? Probablement pas, en tout cas pas personnellement. Comme plusieurs d'entre eux sont des génies, ils vont me comprendre. Entre génies, on se comprend.

Au fond d'eux-mêmes, ils sont de mon côté. Un membre de cette Académie a écrit ceci : « Le désir charnel sans action est une maladie. La voie des passions mène à la sagesse. Le rut du bouc est un don de Dieu, la nudité de la femme est l'œuvre de Dieu. » Peut-être cite-t-il Blake. En tout cas, ça figure quelque part dans sa prose. Et ça prouve que l'Académie suédoise est pleine d'une vitalité bouillonnante. Une institution sur la même longueur d'onde que moi en matière de philosophie de vie.

Le monde est plein de possibilités, il s'agit simplement de savoir les exploiter. Et le monde veut aider l'artiste, le monde est généreux. Tant qu'il n'en a pas conscience.

Pourquoi, bordel de merde, un artiste doit-il toujours être à moitié affamé ? Pourquoi devrions-nous accepter cela comme si c'était une loi naturelle incontournable ? Ne venez pas m'asséner que les films qui ont été faits le ventre creux sont meilleurs que les films rassasiés. Les artistes rassasiés sont des artistes géniaux. Et des rassasiés géniaux.

À présent il s'agit de bien gérer cette affaire Nobel. Déménager dès que ça commence à sentir le roussi. Disparaître dans un nuage de poussière et changer d'identité en un clin d'œil. Un artiste doit dès le départ s'orienter vers une vie incognito, prendre l'habitude d'endosser différentes personnalités et d'avoir plusieurs passeports, langues et rôles.

Je suis resté à Long Island quelques jours pour monter le projet que j'appelais *Fitzo's Vanity Fair*. J'ai aussi travaillé ma prononciation british. *Not my cup of tea, I'm afraid. Jolly good, sir. Excellent, my good man. Perhaps not, old chap. Splendid, gentlemen, splendid.* Cassant. Méchant. Vache. Arrogant. Je consacrai deux heures par jour aux gestes et mimiques de la classe supérieure anglaise. Le sourire dédaigneux de l'aristocratie. *Sherry, please.*

Si je gère bien cette affaire, je serai à l'abri pour le restant de mes jours. Des repas savoureux. Des prêts sans intérêts. Du pouvoir. Et de la pellicule vierge, des kilomètres de pellicule vierge. Rien que l'odeur d'un prix Nobel doit valoir un camion rempli de 16 mm. Et c'est ça, mon plus grand rêve dans la vie. Cinq tonnes de pelloche vierge.

Quoi d'autre ? Je pourrais obtenir une baise Nobel express – une bourre au vol, une petite faveur supplémentaire. Il serait temps d'avoir une candidate au prix Nobel maintenant. Ou deux.

Je dressai une longue liste de situations possibles et imaginables qui pourraient me causer du désagrément. Par exemple, un écrivain s'avance vers moi et dit : « X ? Vous ne ressemblez pas à mister X, je l'ai rencontré un jour à Paris. » « C'est mon père. Je suis X Junior. »

J'appris par cœur les noms des Prix Nobel de ces vingt-cinq dernières années. Je lus tout ce que mon homonyme avait écrit. En même temps j'étudiai les protocoles de réunion de l'Académie suédoise, ses règles et tout ce qui concerne les procédés pour désigner un lauréat. De l'esprit et du goût, messieurs, de l'esprit et du goût.

Mais New York m'a fait peur. Des gars malins, ces New-Yorkais. Ils repèrent la moindre embrouille derrière une belle façade parce qu'ils ont eux-mêmes des embrouilles derrière la leur. Je suis allé tâter le terrain en douceur à San Francisco. Là-bas, il n'y a pas beaucoup de candidats possibles, mais la vanité y est. J'ai fait attention à une chose : je ne prétendais jamais moi-même être mister X, ni que je représentais l'Académie. Une simple allusion faisait l'affaire. La fatuité s'occupait du reste, et – je m'en rendais compte petit à petit – la vanité internationale des écrivains.

J'ai aussi essayé Chicago et Los Angeles avant de rentrer en Europe, cette chère Europe, où j'ai pris la température à Madrid et à Rome.

C'est à Rome que j'ai connu mon plus grand succès, dans le luxe et l'abondance d'un château – le château d'un écrivain. Le châtelain croit encore qu'il sera candidat au prix Nobel dans quelques années. Il s'est fait un grand plaisir de contribuer avec les trente mille couronnes que j'estimais nécessaires à mon nouveau film, en me demandant d'oublier aussitôt sa générosité. D'après lui, ça ferait mauvais effet si la chose venait aux oreilles du public.

Les écrivains ne sont pas plus vertueux que d'autres. La carotte du prix Nobel peut amener le poète national le plus sérieux à présenter son cul sans vergogne. Ceci est particulièrement valable dans les pays de l'Est où je me suis évidemment concentré sur des auteurs reconnus par l'État, qui sont à la solde de Moscou et qui écrivent du social-réalisme dans le plus pur style de béni-oui-oui. Avant de quitter le pays, j'avais tout le gratin culturel à mes pieds. Quand tout était bouclé, j'ai soudain été appelé à Stockholm pour des consultations. *Adiós, you Commie Pricks.* Prochain arrêt, Paris.

Ici à Paris, je me suis pour l'instant concentré sur la Société de Littérature latino-américaine. Je m'y suis rendu vêtu de mon costume Nobel le plus élégant, fait sur mesure. Cravate discrète. Canne à pommeau d'argent. Chaussures faites main en peau de loutre. J'ai envisagé un monocle, mais j'en avais déjà utilisé dans un autre contexte et je me suis abstenu.

F. Éric von Fitzenstrahl s'installe dans un fauteuil confortable et sourit aimablement au Parnasse latino-américain. On le présente à divers poètes, à un membre du bureau, et il attend.

Du bon champagne, vraiment. Il a du corps. Un vrai bouquet littéraire. Qu'est-ce que vous attendez pour remplir mon verre, espèces de merdeux ?

Le membre du bureau mène un entretien chuchoté avec trois autres messieurs. L'excitation l'a rendu tout pâle. Quelques minutes plus tard, le bureau au complet est aligné devant moi. Je leur serre la main, m'incline et fais la conversation.

– Vous êtes Suédois, señor ?

– *Sí, soy Sueco.*

– De Stockholm, peut-être ?

– Exact.

– Vous êtes ici pour affaires, sans doute ?

– Je préfère ne pas qualifier mon travail d'« affaires ».

– Je comprends.

Un autre commence à me parler et il murmure :

– Qui donnez-vous pour prix Nobel cette année ?

– Nous les Suédois, nous évitons de discuter de cela en public.

– Pardonnez ma curiosité, señor. Vous êtes descendu à quel hôtel ? Nous aimerions rendre votre séjour le plus agréable possible et nous avions pensé vous proposer...

– Je suis ici incognito. Je souhaite avant tout éviter toute agitation autour de ma modeste personne. Je suis ici sous le nom de Fitzenstrahl.

– Señor Fitzenstrahl, si vous permettez une question indiscrète, quel est donc le but de votre visite ?

– Je m'intéresse aux poètes de l'Amérique latine. Je souhaite les connaître un peu mieux.

– Comment ? Nos poètes ?

Mes paroles eurent l'effet d'une piqûre d'amphétamines sur les vieux. Ils s'éparpillèrent dans la pièce en caquetant pire que des dindes d'Amazonie. Pour ma part, je me retirai à mon hôtel. J'ai un peu de travail à faire, señores. Le devoir m'appelle. Des lettres, des télégrammes. Je pense que vous comprenez ?

Ils comprenaient.

Je me tins à l'écart pendant quelques jours. Laissai le virus du Nobel les travailler au corps, qu'ils se demandent donc où j'étais passé. Bon sang, pourvu qu'il ne soit pas retourné en Suède ! Tu crois qu'il reviendra ? On ne sait jamais, les Suédois forment un peuple étrange, paraît-il.

Lors de ma visite suivante au club, on me présenta à cinq auteurs. Ils étaient tout rouges d'excitation, ils transpiraient et s'efforçaient de faire preuve d'une intelligence éblouissante. Ils parlèrent de l'abolition du Temps Linéaire. J'écoutai et affichai un sourire froid et malveillant. L'inconvénient avec le travail Nobel, c'est qu'on doit écouter des poncifs d'auteurs, et pour les supporter, il faut s'assommer au champagne. Un autre verre, señor ? Merci, je ne sais vraiment pas si... Tenez, señor. Merci, merci.

Si je réussissais à extorquer trente, quarante mille balles à l'un de ces types, j'aurais mérité l'argent. Mes oreilles ulcérées auront fait du boulot. « Les limites évidentes du réalisme. » *Sí.* « La nouvelle liberté littéraire. » *Sí, sí.* « Le déroulement sous-jacent d'événements logiques. » *Sí. Sí. Sí.* Seigneur Dieu, pourvu que je puisse partir d'ici avant de commettre un impair ! Rentrez chez vous écrire, espèces de tocards, ne restez pas ici à débiter des conneries. Emportez vos putain de chaînes d'associations et laissez-moi tranquille avec mon vin. Et avec la jeune demoiselle qui reste en retrait et m'adresse des sourires.

Un peu plus tard, après une manigance prudente de ma part, on me présente à la Femme Poète. Elle est assise en face de moi en ce moment et elle remue lentement les ailes. Un perroquet poétique sorti de la jungle, une jeune perruche diserte qui récite sa leçon par cœur sans jamais se troubler.

Elle adore l'Europe, dit-elle, oh, le berceau de la culture. Oh, la France, oh, l'Espagne. Et la Suède, elle a une admiration toute particulière pour la Suède et les Suédois, la Suède, le pays culturel par excellence. Strindberg, dit-elle, et lève les yeux au ciel, Strindberg, Lagerlöf et Ingmar Bergman.

– Et Nobel, señorita ?

– *Sí.* Alfredo Nobel.

Pendant qu'elle parle, je m'amuse à peindre son corps nu dans toutes les couleurs criardes dont je raffole. Pieds rouges, jambes aile de corbeau et cuisses vertes. Les seins jaunes, comme la croix du drapeau suédois. Le cou bleu et étranglé de frais. Je peins la chatte en dernier. Je la fais dorée, jusqu'à ce qu'elle ressemble au bonnet d'évêque fendu qu'un prélat âgé aurait posé sur sa chaise il y a un petit moment en s'exclamant : « Putain ce qu'il fait chaud ici ! »

– *La tradición latino-americano-española, como...*

Oui, mon amie. J'entends chaque mot que tu dis. Mais ne me dérange pas maintenant, je suis en train de te passer à la radio pour voir comment tu es sous ton plumage. Elle a forcément une petite chatte absolument merveilleuse. Poétique, métrique et métaphorique. Fitzo ? *Sí, sí, sí*, merde quoi ? Tu t'es promis de refréner tes passions. Plus tard. Pas juste là. Je l'aime déjà et l'amour est plus fort que l'art. Ne ferais-tu pas mieux de retourner avec les écrivains et de t'appliquer à consolider ta position de cinéaste ? Leur soutirer quelques milliers de couronnes comme une petite avance ? Plus tard, plus tard. Juste là, je suis assourdi de couleurs. J'en ai rien à foutre de vos chemises de crin et de vos étaux. J'ai d'autres chats à fouetter. Et qu'est-ce qui dit qu'une femme écrivain est forcément sans le sou ? J'ai toujours eu un faible pour la combinaison artiste-prospérité.

Elle croise les jambes et bouge les cuisses, qui m'apparaissent comme deux immenses réminiscences chaudes d'un jour, un mois avant ma naissance. Elle essaie à nouveau de dire quelque chose, mais sa voix est totalement couverte par le gargouillis bruyant émanant de son utérus. Les ovules clapotent en elle, tombent un par un à travers l'obscurité rouge et explosent en touchant le fond. Fitzenstrahl geint sur sa chaise d'Académie. Il lui parle probablement de Gabriela Mistral. Les odeurs de cette femme emplissent la pièce qui frémit de sperme, il écoute avec l'ouïe fine d'un chien les frêles sons métalliques que sa toison pubienne joliment bouclée lui envoient, il a le vertige, il est aveugle, il s'agenouille carrément devant son pubis et arrache les poils avec ses dents, par touffes entières, il les crache par terre, il parcourt sa chatte comme une tondeuse à gazon miniature jusqu'à tomber évanoui à ses pieds, des poils plein la bouche. Bon sang, Fitzo. Ne la laisse pas t'embobiner. Fais un effort. Pense à ton travail.

– Je n'y arriverai jamais !

– Pardon, señor Fitzenstrahl. Vous avez crié ?

– Ah bon ? Sans doute encore mon enthousiasme. La grande poésie me fait toujours réagir ainsi.

Imbécile ! Concentre-toi maintenant. Reste de marbre. Ne cède pas.

Ce qui cloche en moi, c'est que je suis paralysé par les femmes qui me bombardent de visions et d'hallucinations. Je sais que je suis un récepteur sensible qui aspire chaque vibration qu'elles me lancent. T'es faible, Fitzo, faible, faible. Oui. J'avoue. Tu te laisses dominer par elles. Oui. Dompter ? Oui. Un toutou, un foutu chihuahua, voilà ce que tu deviens dès qu'une femme s'installe en face de toi avec ses odeurs. C'est malgré moi. Dieu m'a équipé d'un sens supplémentaire en ce qui concerne les femmes. Chaque pore de mon corps s'ouvre vers elles comme un cratère affamé. Dès que ce sens supplémentaire s'enclenche, mon cerveau cesse de fonctionner, c'est ça le pire. En tout cas l'hémisphère gauche. Même la stratégie de baise disparaît. Je deviens aveugle, exposé et exsangue.

Tout en essayant de trouver un moyen de faire écran à son rayonnement, je m'entends parler de Borges, Vargas Llosa et Fuentes. Mais elle est critique, cette petite futée. Vargas Llosa n'est pas bon. Borges non plus. Manquent de rythme, à son avis. Je me rends compte que ma chaise s'approche d'elle, par sa propre force. Elle est convenablement assise comme il faut à vingt centimètres de mon genou droit. Je fais tout pour freiner la chaise. Impossible. Je m'arc-boute tout en me demandant quel effet ça ferait de planter les dents dans ses jolis tendons d'Achille.

Les cinq auteurs nous lorgnent en douce de leur coin. Ils voient le prix doré passer devant leurs nez sur des ailes rouges et atterrir sur l'épaule d'une femme. Ce qui est une chose affreuse en Macholand.

Quand j'ai fait comprendre aux vieux du bureau que je m'intéressais tout particulièrement aux travaux de la Femme Poète, ils m'ont raconté qu'elle était d'une très bonne famille. Des propriétaires terriens. Du sang espagnol jusqu'au bout des tétons. Elle saura brillamment représenter la culture de son pays quand elle va fréquenter le monde, señor.

Elle pose sa petite main brune sur mon bras. Je sursaute. C'est comme d'être branché sur la chaise électrique. Je m'enflamme un instant, me carbonise et me recroqueville telle une allumette. Je suis totalement obsédé par ce petit bout de femme, je suis tellement ivre d'amour que, si j'en avais eu la moindre possibilité, je lui aurais pondu ce foutu prix Nobel ici et maintenant.

– Señor Fitzenstrahl ?

Sourd, irrémédiablement sourd. Et muet. Toujours la bouche pleine de poils.

Le Suédois se lève vivement et se dirige d'un pas athlétique vers une fenêtre. C'est insupportable. Il doit y avoir un moyen de contrôler les érections. De les autoriser uniquement quand la situation le permet. Faudrait que je reprenne mes exercices de yoga, ou que j'invente des sortes de comprimés. Le célèbre antiaphrodisiaque de Fitzo, Vitebitemolle. Homologué par la Direction de la Santé comme remède naturel.

Je regarde par la fenêtre. La ville merveilleuse bouge au-dessous de moi à nouveau, elle tangue, se déséquilibre et entraîne les bâtiments, les véhicules et les gens dans la spirale d'un maelström qui disparaît dans la terre. La Femme Poète se tient derrière moi et regarde par-dessus mon épaule. Mes jambes tremblent, mon haleine forme une grosse tache noire sur la vitre. Je n'ose pas la regarder dans les yeux. Tout au fond de sa pupille de chat, des pumas se reposent dans une clairière, des femelles jaguars en chaleur roulent sur le dos au soleil, se lèvent et m'exhibent leurs ventres velus...

– Un peu plus de champagne, señor ?

– Merci.

Je réprime promptement une impulsion induite par le champagne. Machinalement, ma main s'est avancée toute seule. Dès que cette foutue paluche entend des voix de femmes, elle part de son propre chef. C'est pourtant simple, on ne touche pas la chatte d'une candidate au prix Nobel, Fitzo. En aucun cas ! Non.

J'ose un petit regard entre ses seins tachetés de jaguar, qui pourraient sans doute produire cinq litres par jour avec une alimentation appropriée. Je pose mon verre et croise les mains. Le sourire onctueux de prêtre maintenant. Celui qui mène toujours à la victoire.

– Un autre verre, señor ?

Que répondre à ça ? « Non » est un mot qui se marie mal avec cette noble boisson. Je tends mon verre, le fais remplir et me le verse dans le gosier. Siroter le champagne, paraît-il, est mauvais pour le foie, qui préfère le recevoir par bouteille entière. D'une seule traite maintenant. D'une traite ! D'une traite ! D'une traite !

J'adore ses petites oreilles et j'adore sa voix grave. J'adore ses longs doigts de poète autour du verre et ses seins en pommes de pin rouges qui viennent de s'ouvrir, non, elles sont peut-être marron ou carrément noires, avec un léger chatoiement vert comme les ailes des pies. Nous sommes assis dans un canapé à présent, je ne peux plus dissimuler mon érection avec les mains. Je me balance, penché en avant.

– Vous êtes bizarrement assis, señor ?

– Je sais. Je fais toujours des exercices physiques en position assise, parce que j'ai tendance à avoir des courbatures quand je bois trop de champagne.

Pendant un instant, j'ai l'impression qu'elle me parle d'un endroit sous le plafond, qu'au milieu de la conversation elle est montée pour me contempler de là-haut. Du calme. Ne laisse pas l'excitation faire de nouveaux ravages en toi. Si l'érection te monte au cerveau, c'en est fait de toi. T'es encore bourré, mon salaud. Bourré, bourré, bourré ! Quand les gens autour de vous se mettent à monter au ciel comme sainte Birgitte, c'est que vous êtes bourré. Ou profondément croyant. Je suis les deux.

Fitzo ? Merde, oui. Si tu te ridiculises maintenant, c'est foutu pour l'aventure Nobel dans ce pays. Vise la fenêtre de l'autre côté de la pièce. Ferme un œil pour maintenir la sainte équilibre. Écoute poliment. Envoie ton rire d'abstinent vertueux.

Tout à coup, je sens mon corps se figer. C'est quoi ce bordel ? Quelqu'un me tâte la bite. Une main légère et folâtre comme les ailes d'une libellule. Blême et terrorisé, je n'ose pas baisser le regard. Mieux vaut faire comme si de rien n'était et continuer à parler.

– *Sí. Cortázar y Neruda. Los dos.*

Qu'est-ce qu'elle fout, la malheureuse ? Elle me touche la bite comme ça, sans vergogne ? Au milieu de cette noble assemblée ? Sa main repose sans bouger maintenant. Immobile et lourde. Petite salope hypocrite. Je n'aurais pas cru ça de toi. Il n'y a donc plus de limites à ce qu'une femme peut entreprendre pour se placer dans la course aux prix littéraires ? Qu'est-il arrivé aux chastes catholiques ? Sont-elles devenues folles ? *Sin vergüenza.*

– Vous-même, vous êtes un grand poète, señor.

Son visage est l'image même de l'innocence. Mais pas sa main. Elle s'agite à nouveau. Caresse ma queue sur toute sa longueur. Quel culot, je n'y crois pas. Mais regarde je te dis. Non. Il faut attendre. Ce serait embarrassant pour elle d'être surprise dans cette posture éhontée.

Maintenant elle la tapote avec gentillesse. La confusion me fait piquer un fard. Que se passera-t-il si l'un des vieux la voit ?

– Notre club vous plaît, señor ?

– Une excellente organisation, señorita.

Elle la câline de nouveau. De longs mouvements déterminés. Enlever sa main ? Impossible. Les vieux le verraient. Elle donne des pichenettes distraites sur le gland tout en parlant. Ceci est inouï, Fitzo, inouï. Rien d'étrange à ce qu'une femme couche pour avoir le prix Nobel. Je l'accepte, je le respecte même. Mais ceci, c'est vraiment aller trop loin.

Von Fitzenstrahl pose un regard accusateur et sévère sur la poétesse. Elle lui sourit. Câline encore. Il faut mettre un terme à ceci.

– Hum, señorita !

– Pardon ?

Quel culot, alors. Elle ne comprend donc rien ? Il faut le lui dire carrément, en chuchotant.

– On pourrait vous voir, señorita. Il y a trop de lumière ici.

– Pardon, je ne comprends pas ?

– Ho, ho ! señorita.

Elle la serre fort maintenant. Un peu trop fort pour que ce soit vraiment sympa.

– Pas si fort, ha, ha, señorita, ha, ha !

Ma bite la rend folle. Passionnée. Elle la tire et la secoue comme une forcenée. Il faut mettre un terme à ceci, Fitzo. C'est allé trop loin. Je tente la voix de commandement. Le ton d'officier, pour souligner le sérieux de la situation.

– Maîtrisez-vous, pour l'amour de Dieu, señorita ! Arrêtez avant qu'il ne soit trop tard.

– Me maîtriser ? Arrêter ? De quoi diable voulez-vous parler ?

– Plus tard, señorita. Quand nous serons seuls. Autant que vous voulez. Mais pas ici.

Elle a l'air furieuse. Et étonnée. Elle se penche en arrière, les mains croisées sur les genoux. Les mains ?

La terreur me rend blanc comme un linge. Un coup d'œil prudent entre mes jambes et j'aperçois le va-et-vient régulier de ma main droite par-dessus la braguette.

La sueur perle sur le front de F. Éric von Fitzenstrahl. Il est profondément secoué. Mon salaud, t'es vraiment en train de te frotter la bite sans le savoir ? Oui. T'as perdu tout contrôle de tes actes ? Oui. Le dénouement est proche. Catastrophe. Chaos et *Götterdämmerung*.

C'est une saloperie, le champagne. Faites-moi avaler une bouteille de vodka, et tout le monde n'y verra que du feu. Une légère rougeur, peut-être, sera le seul effet perceptible. Alors que le champagne, c'est une autre paire de manches. Après huit, dix verres, il se passe des choses. C'est probablement conditionné par la génétique. Mes gènes de petit fermier suédois ne supportent tout simplement pas les boissons nobles. Je fais partie de la première génération champagne de mon pays. À nous de prendre les contrecoups. Nous sommes les martyrs des nouveaux riches.

Elle s'appelle Josefita Castrato. Un nom tout à fait à propos.

Elle s'est détournée de moi maintenant, parle avec son voisin de gauche. Offensée. Mais on vient à bout de tout avec de l'amour. Tout. Dieu soit loué, je me suis débarrassé de ma redoutable érection. J'ai un peu retrouvé mes sens. Par exemple, je n'ai plus l'impression que l'eau est en train de monter le long de mes jambes. Il y a juste un instant, je croyais que quelqu'un avait ouvert tous les robinets de la maison.

Sa gorge est rouge de colère. *All right.* Comme tu veux. Si tu ne tiens pas à ton prix Nobel, ça te regarde. Nous avons d'autres possibilités au sein de l'Académie. Pourquoi nous concentrer sur un seul candidat ? Quand on visite un pays pour une affaire de Nobel, il est important de répartir ses grâces. En général, je sélectionne quatre ou cinq victimes. Des auteurs majeurs de préférence, mais qui surtout doivent être fortunés. Des fils de banquier conviennent tout particulièrement. Avec une maison cossue à la campagne où je peux habiter et travailler sans être dérangé. Et il doit y avoir une femme aussi dans les parages, pour la parité. Nous permettez-vous de mettre à votre disposition un petit compte chèque durant votre séjour dans notre pays, monsieur Swede ? Un séjour dans mon modeste château à Las Lagunas, ça vous irez ? Avec domestiques et possibilités de chasser, avec des chevaux et des fréquentations ravissantes ? Je vais y réfléchir, señor Gomez. Y a-t-il un chauffeur ? *Sí*, naturellement, señor Swede, naturellement. Parfait. Je vous ferai savoir ma décision demain.

Maison de campagne et ce genre de choses se règlent presque automatiquement. Mais les possibilités d'amour posent toujours des problèmes. D'après mon expérience, les candidats au prix Nobel sont principalement des épaves de quatre-vingts ans qui ont écrit leurs meilleurs textes dans les années trente. Je les traite avec le respect qu'ils méritent tout en essayant de repérer leurs petites-filles. Elles n'y sont jamais.

Mais voici que j'ai trouvé Josefita. Mieux vaut lui parler sérieusement. Essayer de lui faire oublier cette déconvenue de câlinerie de queue.

Elle s'est de nouveau tournée vers moi. Ses joues de poète sont empourprées d'excitation. Je fais semblant de ne pas la voir. Dans la rue, les passants filent comme des pingouins en route pour la mer glaciale. *Achtung !* Un plongeon dans les égouts d'où ils remontent gluants de détritus. *Achtung !* Un tour aux grands magasins où ils dévorent le stock telles des hyènes affamées. Après leur passage, les vendeurs dépouillés s'époumonent, vêtus de leur seul caleçon. Poursuivez ! Stop ! Garde-à-vous ! Tout est enfin calme. Un silence de mort. Des visages de papier mince et blanc. Des yeux de plomb terne.

– Señor ?

– Ah ! señorita Castrato. Je croyais que vous étiez partie.

– À quoi pensez-vous, señor ?

– En ce moment, je suis en train de traduire votre poésie en suédois, señorita.

– Oh ! Vous êtes merveilleusement gentil.

– Je voudrais vous faire comprendre que je considère cela comme un privilège. Un jour dans l'avenir, je serai peut-être célèbre pour vous avoir traduite.

Cela fait son chemin en elle comme des clous rougis au feu dans de la graisse de cochon, ça grésille et ça fond.

– Je détesterais faire une simple interprétation de votre poésie de génie. Je vais plutôt essayer d'obtenir un reflet indo-européen qui transmet dans ma propre langue tout le spectre de votre poésie, j'ai l'intention de...

Ses yeux sont devenus troubles. Sa respiration saccadée et irrégulière. Elle se voit faire la révérence au roi. Sa petite langue de serpent s'agite de bonheur, ses pieds tremblent dans la fumée de cigare.

– Pour un résultat réussi à cent pour cent, j'ai évidemment besoin de votre aide. Certains vers vos poèmes sont si subtiles que même moi, qui parle et lis votre langue presque couramment, je ne peux leur rendre justice sans votre collaboration. Cela concerne en premier lieu le symbolique dans des vers tels que, par exemple, *el río que nunca llega al mar.*

– Je suis bien entendu à votre disposition quand vous le souhaitez, señor.

Vraiment ? Dans ce cas, je souhaite que vous vous mettiez à ma disposition exactement maintenant. Que vous vous allongiez par terre devant moi, écartiez les jambes et expliquiez la poésie que vous avez entre les cuisses. *Ferme ta gueule, espèce de con. Lentement, avec prudence maintenant.* Les poètes sont des gens sensibles, on dit qu'ils peuvent entendre vos pensées.

– Pourriez-vous faire un saut chez moi demain dans la matinée ?

– Avec plaisir, señor.

– Onze heures, ça vous irait ? J'habite un petit hôtel qui s'appelle le Théâtre-Cabaret ; 11, rue de Rue.

– Je serai là.

Je me lève. Lui fais un baisemain. Claque les talons et m'éloigne. Ma chère enfant – j'espère que tu n'es pas vierge ? Dans ce cas, je me retire en gentleman que je suis, car il existe certaines limites. Ça, c'est bien, Fitzo. *Adiós, caballeros.*

The Great Blondino à grandes enjambées sur le chemin du retour à son hôtel. Demain, mon amour, demain.

6

FITZENSTRAHL souriant et fredonnant dans la librairie. Josefita Castrato ? Bien sûr, monsieur, nous avons tous ses recueils en stock. En espagnol ou en français ? Espagnol, je vous prie.

Le libraire a de petits fragments de papier blanc sur les lèvres. Si ça se trouve, il se glisse derrière un rayon toutes les demi-heures, prend un livre et en croque un gros morceau. Ses dents jaunes ont laissé des traces profondes dans un des recueils de poèmes de Josefita.

– Premières éditions ?

– Oui. Toutes.

Autant les acheter tous, tant qu'à faire. Assimiler un max avant son arrivée. Josefita pourrait devenir une épouse idéale. Ensemble, un artiste du film et une poétesse peuvent maîtriser le monde. J'adore ses cuisses. Rapides et frotteuses. Énergiques. Faites pour la propulser partout sur des talons vacillants. Sa chatte bombée se distingue comme un petit animal roulé sur lui-même sous la jupe moulante. Une super femme pleine de pommes et de melons mûrs. Il n'y a qu'à les cueillir. Y planter les dents et sentir le jus des fruits couler sur sa chemise.

Les Français sont des mangeurs de viande. Les magasins ici sont remplis de chair, au point qu'on a du mal à passer les portes. Des carcasses d'animaux sont alignées devant les murs telles des momies, même ici dans la librairie il faut soulever d'énormes quartiers de viande pour atteindre le comptoir. Le libraire s'est agenouillé derrière un rayon.

– Je les prends tous.

Pas de réponse. Je me penche pour voir. Il est étendu de tout son long par terre.

– Hé ! vous, là !

Cette canaille s'est endormie. Il mâchouille dans son sommeil, un bouquin à moitié mangé à la main.

Je prends les livres, me dirige vers la caisse et paie. Vraiment une boutique étrange.

Le paquet de livres sous le bras, je rentre chez moi. Une journée magnifique. Attendez, mes salauds, que mon nouveau film soit prêt. Un chef-d'œuvre. Il se trouve que j'ai un certain nombre de critiques influents dans mon camp, des critiques visionnaires qui me qualifient de nouvel Eisenstein. Von Fitzenstrahl est aussi novateur que Buñuel et Dalí en leur temps. Vous avez raison, messieurs, absolument raison.

Des Français avec des sacs en papier. La petite brise du fleuve. Le soleil du matin sur la cathédrale. Je fixe les cloches d'un œil envoûté. Elles sont rouges comme de la chair, les battants gigantesques frappent l'intérieur des cloches avec un bruit claquant. Le sang gicle, fuse des clochers tel un brouillard rouge. Mais la chair est éphémère. Toute chair. Même celle de Josefita. Un jour elle sera rongée par des vers grouillants. Tout comme la mienne. Et la tienne. Chose que tu devrais méditer de temps à autre.

En fait, je devrais m'attribuer le prix Nobel de cinéma, pour les bonnes tranches de rigolade que j'ai fournies à mon public dans les salles obscures. Des rêves interdits et des visions poétiques. Maintenant, Fitzo. Plus qu'une demi-heure et elle sera là. Jamais je ne prendrais le risque de jouer mes petits jeux innocents de Nobel au Club Littéraire des Français. Ou à celui des Allemands. Je serais démasqué en un après-midi. C'est pourquoi je me cantonne aux petites nations des tropiques oubliées de tous qui dorment et bâillent le long des fleuves jaunes. Là où la méthode Nobel fonctionne le mieux, c'est dans de petites dictatures méconnues auxquelles les Suédois ne songeraient jamais à attribuer un prix Nobel. Les dictatures sont en manque de distinctions internationales, d'encouragements et de compréhension. Elles ambitionnent de communiquer avec un entourage réticent. Beaucoup de membres de la Société de Littérature latino-américaine viennent de ces pays. Ils ont été très surpris de ma visite, un peu nerveux même. Il ne leur est jamais venu à l'esprit de vérifier mon identité.

Allongé sur son lit de théâtre, il feuillette les cahiers de poésie. Il faut apprendre par cœur au moins un poème. Le lui réciter d'une voix tonitruante. Le traduire au pied levé et ensuite le lui lire en suédois, ce qui en général les terrorise. Il faut croire que notre langue héroïque a une résonance teutonne et effrayante aux oreilles sensibles des Latins.

Il ne tient pas en place. Les recueils de poésie de Josefita sont posés par terre, coupés et prêts. Il faudra les piétiner un instant pour qu'ils aient l'air usés à force d'être lus. Faire des marques d'ongle par-ci, par-là. Corner des pages et laisser des taches de pouces excités. Souligner des passages.

La bouteille de vin est débouchée, les chaussettes crades sont repoussées sous l'armoire, le lit est proprement et bourgeoisement fait, un lit innocent, vierge de toute baise.

– Señor Fitzenstrahl ?

Elle frappe doucement. Timidement. Dès que j'entends sa petite voix, je ressens comme un sifflement cinglant dans mon pantalon. PSIPP ! Entrez, *mi amor*, entrez. Je travaille comme vous voyez. Sur votre poésie.

– J'arrive trop tôt ?

– Non, non, señorita. Pas du tout. Soyez la bienvenue.

Satisfaite, elle fixe ses livres. Les compte probablement. Ses hanches ont quelque chose qui me met au bord de l'évanouissement. Les cuisses. Le maintien du cou. Merci, l'Académie suédoise pour Josefita. Et merci, cher Nobel.

Elle est en rouge aujourd'hui. La couleur de l'amour. Et du socialisme, ce que je prends pour une politesse envers ma nationalité. Des chaussures aux talons aiguilles, prêtes au meurtre. Un coup de pied, et tu te retrouves invalide pour la vie, Fitzo. Des chevilles fines, des veines où bat un sang sémillant. J'aimerais y percer un petit trou et en aspirer un quart de litre au nom de la sacro-sainte égalité. Et pour l'équilibre sexuel. Une lampée de sang féminin me ferait sans doute du bien. Me calmerait. Les poils sous ses aisselles paraissent vernis. Elle dégage une faible odeur après sa promenade.

– Je vous en prie, asseyez-vous, señorita. C'est un peu spartiate chez moi, comme vous pouvez le constater. C'est la seule solution quand on veut rester à l'abri des médias. Oui, asseyez-vous sur le lit, c'est le plus confortable.

Je suis aussi lourd qu'un lion de pierre. Je me vois grimper sur elle, je vois ma pétrification se répandre dans les creux de son corps, centimètre par centimètre, les bouts des doigts, les ongles, même les cheveux se pétrifient, cliquettent et se transforment en minerai. Merde, qu'est-ce qui te prend, Fitzo ? Arrête tes conneries tout de suite. Il faut la baiser maintenant. Elle veut être baisée, ça se voit. Non, ça ne se voit pas. Elle paraît nerveuse. Les jeunes femmes d'Amérique du Sud ne sont pas accoutumées à rendre visite aux hommes seuls. C'est dangereux, dangereux. Et nuisible à la réputation.

Elle aurait peut-être mieux fait d'emmener la gouvernante de la famille en guise de chaperon.

Je m'assieds doucement à côté d'elle, un de ses livres à la main. Je me relève et en prends un autre sur l'étagère au-dessus du lit. Pour l'atteindre, je suis obligé de me pencher un instant au-dessus de ma chérie. Un long instant, qui lui permet de voir la bosse de mon érection qui enfle le jean. Et sentir l'odeur de chair gorgée de sang. Il paraît que le jeu sexuel est à cinquante pour cent guidé par des odeurs et en cet instant je sais que je sens fort. Un bon et sain effluve de bite qui la mettra à genoux dans moins d'une demi-heure. Puis sur le dos, les jambes en l'air.

J'ai la queue à dix centimètres de son visage. Elle paraît terriblement agitée, bat en retraite vers le mur. Ceci ne s'annonce pas facile, Fitzo. Nous serons sans doute obligés de ressortir le grand jeu encore une fois. Le revers de la médaille Nobel.

Je me laisse tomber à côté d'elle, le livre à la main, montre un vers et lui demande d'en commenter la symbolique tout en plongeant le regard entre ses gros seins et leurs douces exhalations de lait. Elle explique d'une voix qui tremble. Qui se fait mordante et métallique quand je laisse entendre que très peu d'académiciens maîtrisent l'espagnol. Je m'arrange pour placer le prix Nobel à tout bout de champ. Le lauréat de l'année prochaine. Le montant du prix. Les comités. Les académiciens. Elle sursaute à chaque mot.

Josefita est remarquablement belle pour une poétesse. Petite, large d'épaules, forte, ferme, dure et douce – et éclatante de santé. Élevée par les nonnes, ce qui rend tout ça terriblement excitant. L'encens, les chapelets et les récitations de prières agissent sur les sucs de l'amour. Il n'y a pas de doute à avoir, sa chatte est forcément merveilleuse. Une chatte bleuâtre aux poils denses, que je me ferai un plaisir de masser et frotter comme une lampe d'Aladin. Parfois l'esprit se montre, parfois pas. Mais elle est toujours mouillée. Josefita est probablement métisse. Les yeux sont indiens. Et les pieds. Mais le cul est espagnol.

Fitzenstrahl ferme les yeux. Insistera-t-elle pour lire ses longs poèmes pendant qu'on fait l'amour ? Probablement. Je la laisserai faire – je suis prêt à pratiquement tout pour une bonne baise. Et pour quelques bobines de film. Et – naturellement – pour quelques grammes d'immortalité. Cynique, dites-vous ? Ne venez pas parler de cynisme quand il s'agit de mes affaires Nobel. Qu'est-ce qui est le plus immoral : se faire passer pour un représentant du comité Nobel, survivre et créer des films selon sa vision personnelle ou bien – ce que quasiment tous les cinéastes sont forcés de faire aujourd'hui – vendre son cul à l'État, aux banques et aux producteurs ? Moi, je n'ai en tout cas pas l'intention d'entrer dans la ronde des pédés et devenir une pute au service du pouvoir. De l'art syndical ? De l'art de banquier ? *Not me, babe.*

Je puise de la force en regardant la cathédrale. Laisse-moi faire un film avec toi dans le rôle principal, Josefita. Un film dégoulinant de sentimentalité latine, un film romantique, une sorte d'*Autant en emporte le vent* racoleur. Le métro s'engouffre dans les cryptes, se dissipe sous les voûtes, les passagers sont penchés par les fenêtres, le corps plié en deux, le conducteur nu court en hurlant dans les wagons, une bombe à la main, des prêtres aux allures de vautour volettent à travers la rame, leurs minces visages de tôle sont rouillés d'eau bénite, Josefita somnole dans un des wagons rempli de fumée et de bulles de savon, je la filme par un trou du toit tout en y lâchant une cinquantaine de rats d'égout, elle est totalement nue, un raz-de-marée d'insectes jaillit par la fenêtre, *fade out. Non, Fitzenstrahl, non, non, non !* Josefita est seule dans sa chambre, un orchestre de marimbas arrive en marchant sous l'eau, des bulles sortent de leurs bouches,

CUT TO : un agitateur politique en sombrero, il est entouré de centaines de microphones, il crie et gesticule, le feu prend dans le local, ses mains brûlent et ses chaussures fument, il se consume lentement, mais continue à parler jusqu'à ce qu'il s'effrite en un tas de cendres, un homme recouvert de miroirs de poche entre dans la chambre de Josefita ; *CUT TO* : un orchestre philharmonique en plein concert s'envole par-dessus les toits, la grosse caisse explose dans une détonation sourde tandis que les violons continuent de jouer, un homme avec de grosses cisailles de jardinier court le long de la rangée de violonistes et coupe en deux tous les archets, les cuivres fondent et coulent comme de l'or sur les chaises, les haut-bois ramollissent en un flot de réglisse qui s'écoule sur les chaussures des musiciens, l'homme aux cisailles tranche les pupitres à musique et les pans des habits, se précipite sur le chef d'orchestre et lui coupe sa baguette, non, Fitzenstrahl, non et non, ça ne fonctionnerait jamais. Des chevaux électrocutés sont effondrés sur les rails du tramway, Josefita les observe depuis sa fenêtre, un homme entre dans sa chambre et commence à examiner ses genoux, ils sont en acier, il examine ses dents d'acier, hoche la tête et disparaît en riant, les ongles et les cheveux de Josefita se mettent à pousser à une vitesse folle, elle les coupe aussi vite qu'elle peut, le tas de cheveux et d'ongles grandit autour de ses jambes, de l'autre côté de la rue, un Chinois nu à une fenêtre, il tient un gigantesque babouin dans les bras, un homme lance des valises du haut de l'Empire State Building, des centaines de valises, des milliers, quand il n'y a plus de valises il se met à lancer des matelas, il... Tu peux biffer ça, Fitzo, tu l'oublies, ça...

– Señor Fitzenstrahl !

– Je me suis laissé emporter par votre poésie un instant. Elle m'inspire un sentiment cosmique, vous comprenez.

Va-t-elle avaler de telles énormités ? Oui, oui, oui.

Je laisse des mots tels que « génial », « novateur », « magistral » couler à flots en guise d'appât de Nobel. Elle mord à l'hameçon comme un goujon affamé. En parlant, je me blottis insensiblement contre elle. Elle est glacée. Raide comme un cadavre. Difficilement réchauffable.

Le coït avant le mariage est totalement interdit aux femmes des pays catholiques arriérés. Inenvisageable. Que dirait son père propriétaire terrien s'il la voyait en ce moment ? Il l'a peut-être pourvue d'une escorte ? Un colosse d'Indien devant la porte, avec sarbacane, curare et machette ? Vaut mieux vérifier.

Le Suédois fait quatre petits pas vers la porte, l'ouvre d'un coup sec. Il n'y a personne.

– Je ne fais pas confiance au personnel de l'hôtel. Ils écoutent tout le temps aux portes. Hier, j'ai encore pris une femme de ménage en flagrant délit.

Josefita semble effrayée sur le lit. Minuscule.

– Mon prochain arrêt sera le Brésil. Je m'envole pour Rio dès que ma mission ici sera terminée.

– Le Brésil ?

Elle crache presque le mot. Elle voit un Brésilien abject et détestable sourire à Sa Majesté en recevant le prix. Son prix à elle.

– On écrit de la poésie géniale en portugais de nos jours, señorita. Mais à présent, c'est la vôtre qui nous préoccupe. On poursuit ?

– De quels Brésiliens voulez-vous parler ?

J'avance quelques noms. Elle renifle de mépris. Rit méchamment. Le portugais n'est pas une langue pour la poésie, dit-elle, ce n'est qu'une petite variante vulgaire de la noble langue espagnole. Un dialecte de pêcheurs.

Reviens à la charge, Fitzo. Ne lâche pas prise. Je me penche sur elle avec prudence. Un loup-garou, les yeux bordés de poils et toutes griffes dehors. Je sens mes canines grandir et s'incurver, ma bouche a du mal à les contenir, Z-Z-Z, l'air siffle entre les crocs quand j'essaie de parler, Z-Z-Z. Une pleine lune maintenant et tout serait foutu.

– Ce que j'admire aussi dans votre poésie, c'est la chaleur érotique qu'elle dégage, Z-Z-Z.

– Ah bon ?

– Je suis toujours bouleversé quand je lis vos œuvres, Z-Z-Z.

– Et comment dois-je prendre cela ?

– Comme un compliment. L'érotisme est un sujet extrêmement difficile. Les grands écrivains s'en tirent honorablement, tant qu'ils s'en tiennent aux bons vieux thèmes habituels, le vieillissement, la mort, la solitude, la condition humaine et ainsi de suite, mais quand ils essaient d'écrire sur notre plus grande joie, ça finit généralement en foutaises. Ils sont bloqués, les tabous crispent leur langue et tout se transforme en cendres dans la bouche. Vous, señorita, vous avez réussi à transmettre la joie de l'amour physique, vous êtes la première à avoir atteint une dimension érotique profonde.

Si elle gobe ça, nous sommes sur la bonne voie, Fitzo.

– De quelle façon êtes-vous bouleversé quand vous lisez mes poèmes ?

– Je ne sais pas trop comment l'exprimer. On pourrait peut-être dire que vos poèmes sont histo-dilatateurs.

Elle devient écarlate, respire lourdement par les narines.

– Je n'ai aucune intention de vous offenser. La vraie offense envers vous serait de ne pas avoir une réaction histodilatatrice en lisant vos œuvres.

– Vous avez eu le temps de traduire combien de poèmes ?

– Un.

– Un ? C'est tout ?

– Ce sont des poèmes difficiles. Un travail complexe. Si en plus on est exposé à une influence érotique en lisant, ça n'avance pas vite. Ça provoque une sorte de crampe du traducteur.

– Quelles sont les chances pour une femme de se voir décerner le prix Nobel ?

– Immenses. Nous nous efforçons actuellement d'atteindre un nouvel équilibre, nous...

– Est-ce que vous, personnellement, vous recommanderiez une femme comme candidate ?

– Oui.

– Je suppose que votre voix pèse lourd dans ce contexte ?

– Très lourd, señorita.

Je lui lis quelques phrases. Pose des questions. Mon bras derrière son cul brûlant. La basculer sur le lit et remonter ses chastes jupes de nonne ? Merde non, non. Laisse d'abord tes paroles la travailler, pénétrer son inconscient, jusque dans son minou. Qui est toujours prêt à se mettre au service de la carrière. Tout comme la bite.

Quelle connerie, les jeans. Les Américains sont des puritains. Leurs stylistes ne prennent pas en compte les érections, peut-être même pas les bites. Faut que j'arrive à l'expédier dans la jambe gauche du pantalon. La forcer vers le bas alors qu'elle tend vers le haut.

Les peaux couleur miel, j'adore les peaux couleur miel. Enduire tout son corps avec de la cire d'abeille tiède et la rouler dans des plumes. La petite veine qui bat si joliment sur son cou. De la vie. La preuve qu'une vie rouge et dynamique circule. Les vertèbres cervicales que je peux briser si je me penche sur elle. Ne bave pas, Fitzo. Et arrête de bafouiller.

Tout mon corps se raidit maintenant, je n'y peux rien. L'érection se répand comme l'air dans une poupée gonflable, mes jambes se tendent, mes bras s'écartent, ma langue est figée comme un bout d'acier dans ma bouche.

J'ignore comment, mais j'ai réussi à glisser un petit bout de ma cuisse sous la sienne. Le lit est mou. J'appuie sur le matelas et pousse la cuisse d'un centimètre encore. Vas-y, parle pendant que tu l'entreprends. Des voiles diaphanes de mots. Vous, la voix du continent latino-américain. Octavio, et pourtant pas Paz. Le monde doit prendre connaissance de vos œuvres. Toutes. Il faut que votre poésie soit traduite en toutes les langues, même en polynésien.

Son corps semble un peu plus détendu. Elle s'appuie pesamment contre moi. Je lui caresse lentement les cheveux. Paternellement et incestueusement. M'entends dire que je suis étourdi de sa poésie et de sa présence dans ma chambre. Coup d'œil rapide vers la fenêtre. J'ai cru voir son père sur une échelle, muni d'un ceinturon de cartouches. Bêtises. Conneries. Continue, continue avant qu'elle ne refroidisse. Je plante une bise amicale dans son cou. La lèche derrière l'oreille, en bon collègue. Camarades de lutte sous l'étendard de l'art. En pleine guerre contre le matérialisme et les mœurs légères. Sans parler du multipartenariat.

Elle a les yeux fermés maintenant. Elle est pratiquement assise sur mes genoux sans que je sache comment on en est arrivés là. L'air est saturé de ma voix soporifique qui glose sur la littérature, la robe rouge monte millimètre par millimètre, les jambes jaunes pendouillent par-dessus le bord du lit. Je tiens le livre devant nous de la main gauche, aperçois un bout de sa culotte bleu ciel avec le galbe bleu-noir de la chatte.

Fais donc une de tes erreurs maintenant, et tout sera foutu. Une fausse intonation, une sirène d'ambulance dans la rue, le roulement des cloches de l'église évoquant le péché, des voix d'enfants dans le jardin, un grincement du lit comme celui d'un confessionnal – les bruits du monde sont contre l'amour et travaillent inlassablement à tirer les femmes de la torpeur paralysante où les plonge le désir.

Chuchote ses poèmes maintenant, Fitzo, chuchote, chuchote, ne t'arrête pas...

Je laisse le livre glisser par terre sans un bruit. Pouvoir caresser des deux mains est une condition sine qua non pour parvenir à un résultat. Faut que je l'incline un peu, elle pend entre mes bras comme le pantin muet d'un ventriloque, comme une autre statue du Sommeil à Syracuse. L'odeur de colibri émanant de sa fente poétique se répand dans la pièce, la jungle vient gratter aux fenêtres, tout n'est que verdure et froufroutement de bambou, la maison s'emplit lentement de pâte à poésie geignante, se fait sourde et compacte comme du caoutchouc durci.

J'aurais aimé qu'ils me voient en action, les vieux de l'Académie. Leur envoyé grogne et bourdonne, un gorille mâle grimpé sur le lit avec une statue de poétesse dégoulinante dans ses bras, un homme aux yeux fous bouillonnant d'intentions anthropoïdes. Les vieux schnocks sont assemblés autour d'une table ronde à l'Académie, notre lit au centre de la table, la main de Josefita dépasse du lit, un des vieux la mordille doucement en tremblotant.

– Pourquoi faites-vous ça, malheureux ! je crie sans un bruit, comment croyez-vous que je vais pouvoir trouver des candidats idoines si les académiciens n'arrêtent pas de les mordre ?

Elle paraît presque endormie maintenant. Le poison fait son effet. Je me sens comme un anesthésiste penché sur sa patiente. Pense à la gestuelle, Fitzo. La coordination. Laisse tes mains de masseur caresser l'air au-dessus d'elle. Et battre tes ailes de papillon. Est-ce la première fois qu'un homme la caresse ? A-t-elle conscience de ce qui est en train de se passer ?

Fitzenstrahl avance au ralenti, comme le paresseux dans l'arbre. Serre les dents sur son sourire diabolique. Dieu ce qu'elle est belle ! Des cuisses jaune doré comme je l'imaginais.

Et les seins rebondis qui ronronnent telles des centrales électriques. Mais le plus beau, c'est son sexe proprement dit. Un miracle, Fitzo, un miracle. Est-ce qu'il existe des sexes féminins laids ? Évidemment que non. Le créateur sait très bien ce qu'il fait. À la femme la plus laide, la plus monstrueusement repoussante, il fournit souvent, pour l'équilibre, un sexe qui est un joyau. Ce qui explique pourquoi les femmes laides sont si souvent heureuses en mariage.

Là, remonte la robe rubis d'un autre centimètre. Pour l'esthétique et pour la perspective. Elle est allongée immobile, les jambes écartées devant moi. Fourrer le visage entre ses cuisses fraîches ? Pas encore, espèce de crétin. Oh Dieu ! On dirait un feu noir qui bâille à travers la mince culotte et les poils pubiens scintillent comme s'ils étaient laqués. Un instant j'ai l'impression que la chambre est envahie de somnambules aux corps blancs et nus, qui nous fixent de leurs yeux vitreux. Devant la fenêtre, le toit de la cathédrale s'écroule dans un vacarme infernal tandis que les morts se relèvent de leurs tombes et regardent autour d'eux d'un air stupéfait. Quand ils retournent sous terre, je suis à genoux devant elle. Elle est toujours immobile. Évanouie ? Va savoir. Son premier contact avec l'amour l'a-t-il fait totalement défaillir ? Je souffle doucement ma chaude haleine sur sa grosse touffe sud-américaine. Son parfum inonde la pièce d'un nuage rose, le soleil brûle mon dos, ses cuisses s'ouvrent de plus en plus. Elle est vierge – aucun doute là-dessus. Le prix Nobel vaut bien un hymen ? Bien sûr que oui. Dans mon art, j'éclaire souvent la réalité – ou plus exactement ce qui se cache derrière la réalité – en l'examinant point par point. Juste là, j'étudie le sexe divin de Josefita avec des ampoules de mille watts et un microscope.

Les doigts de Fitzenstrahl, dix hameçons flexibles sous l'élastique de la culotte. Lentement, lentement, il la baisse.

Égratigne-la avec ton ongle maintenant et elle se sauvera en hurlant par la porte. Mouvements calmes, oniriques. Mouvements de somnambule. Un centième de millimètre à la fois.

La culotte est baissée. On dirait des ailes de libellule autour de ses chevilles brunes. Enlève-la maintenant, enlève-la ! Bon sang, Fitzo, bon sang.

Il regarde droit dans le Miracle Fendu de Dieu. L'Image du Monde Fissurée et le Sens de la Vie. Et de l'Art. Du Film ? Oui, du Film aussi. Et la joie et le rire et l'honneur. Dieu, Dieu, Dieu – elle déborde de pierres précieuses scintillantes et savonneuses. Il faudrait récolter ses fluides d'amour dans une bouteille et la conserver pour ses vieux jours. L'honneur ? Comment ça, l'honneur ?

Tu ne peux pas faire ça, Fitzo. Un homme de bien comme toi ne peut pas se permettre de profiter ainsi d'une jeune femme inexpérimentée. Montre qui tu es maintenant. Remonte sa culotte. Oui, oui, je le ferai. Mais il nous faut d'abord attendre un instant. Graver cette vue sur la rétine à tout jamais.

Penché sur les huîtres salées, les moules et les oursins des profondeurs marines. Profondément, de plus en plus. Il geint et marmonne et ne bouge plus tout à coup. Josefita lève la tête.

– Señor ?

Décédé. Parti. Disparu dans une autre dimension. Qui a pour nom la Dimension du Sexe. Josefita agite les jambes au-dessus de sa tête. Lui tire les cheveux. Dieu. Ceci dépasse largement le baratin des philosophes. Et des théologiens. La métaphysique, c'est ici et maintenant. La mort et la naissance ne font qu'un, le présent et le lieu sont effacés. Je suis agenouillé dans le cosmos et replonge ma langue étirée dans la Temporalité.

– Señor Fitzenstrahl !

Non, j'ai dit non. Aucun homme – même pas moi – ne peut aller et venir à sa guise dans les dimensions.

Elle s'éloigne de lui. Son visage blanc comme la craie retombe lourdement sur le matelas. Elle le prend par l'épaule. Le secoue.

Elle est debout à côté de lui quand il relève la tête. Son triangle aile de corbeau et juteux à dix centimètres brûlants de son visage. Tu t'es évanoui, Fitzo. Les vapes de la libido débridée. Oui. Le dépassement des limites.

– Je crois que vous vous êtes évanoui, señor.

Non, non. Un peu de repos, c'est tout. Il regarde autour de lui. Sa robe rouge socialiste s'étale telle une fleur tropicale par terre, ses sous-vêtements légers comme des moustiques pendent translucides sur la lampe, ses petits bijoux de chaussures sont repoussés sous le lit. Il se redresse comme un ressort et se jette sur elle.

– Attendez, señor, attendez !

Le bras gauche autour de sa taille. La main droite fermement posée sur sa chatte détrempée. Deux doigts profondément plongés dans la fente.

– Verriez-vous un inconvénient à me montrer votre membre avant qu'on commence, señor ?

– Pardon ?

Fitzo debout, pâle et muet. Sueur glacée dans le dos. Ses mains, des mains de pierre qui pendent inertes des manches de la chemise.

– Vous m'entendez, señor ?

– Le montrer ? Comment ça, le montrer ?

– Ne prenez pas cet air étonné, señor. Réfléchissez. Vous êtes là, un parfait étranger qui projette de plonger son organe rigide et dur dans mes parties les plus privées et délicates. Ce n'est quand même pas trop demander de pouvoir inspecter l'organe avant de commencer. À mon sens, toutes les femmes devraient exiger de contrôler le membre avant que le coït ait lieu.

Je suis pantois. C'est parfaitement désagréable et offensant, cela. Le montrer d'abord ? A-t-elle complètement perdu la tête ?

Le Suédois à Paris se transforme en statue de pierre, incapable de se déplacer d'un centimètre. Il essaie de faire deux, trois pas, mais à l'étage en dessous, quelqu'un – peut-être Nils Ferlin, ce farceur de poète – l'a verrouillé en vissant deux gigantesques tire-fonds à travers le plafond et ses pieds.

– Qu'est-ce que vous attendez, señor ? Faites-le voir au grand jour maintenant !

Et pressée avec ça, cette insolente. En fait, je ferais mieux de laisser tomber toute l'histoire. Lui botter le cul et la mettre à la porte.

– Grouillez-vous, j'ai rendez-vous avec une copine dans une heure !

Ce qui se passe alors se passe contre mon gré. Je vois mes mains s'orienter vers ma braguette. D'une façon que j'ignore, elles ont été branchées sur le système nerveux automatique. Elles baissent la fermeture éclair et laisse la bite jaillir au soleil. Josefita s'y penche la bouche ouverte.

– *¡ Dios mío !* Mon Dieu !

– Quoi *Dios mío* ? Quelque chose ne va pas ?

Elle montre ma bite et éclate de rire. Danse autour de la pièce. C'est un rire méchant, un rire offensant. Fitzenstrahl se détourne. Froissé. Blessé. Une bite n'aime pas qu'on se moque d'elle. Mieux vaut la remettre à sa place dans le pantalon avant qu'elle ne s'affaisse comme un boyau à saucisse.

– Haha-hi-hi-hi-ho, hahahahahaaaaaaaa.

Putain de bonnes femmes ! Bientôt elles vont se mettre à exiger aussi une radio de la queue.

– À poil, Fitzenstrahl ! Vite !

C'en est trop pour moi. Le blocage total n'est pas loin. Mon grand défaut, c'est que je suis trop romantique et sensible. Les rires dans les contextes subtiles peuvent causer des blessures incurables et rendre l'homme impuissant à vie.

– Mais grouillez-vous !

Je déteste royalement sa voix à présent. Elle me rappelle celle d'un sergent. Les femmes ne sont pas censées donner des ordres aux hommes dans des situations tendres. L'initiative sexuelle doit être réservée à l'homme, il doit pouvoir dominer et séduire, il...

– Ho-ho, Fitzo !

Fitzo ? Merde, pour qui elle se prend ? Je l'ai déjà remarqué : je n'inspire plus de respect. Je perds un millimètre de dignité par jour. Et je déteste que des étrangers m'appellent Fitzo.

Exaspéré, il jette ses vêtements par terre. Se met au garde-à-vous devant elle, la bite tressaillant. Tout à coup, elle se penche en avant et l'attrape des deux mains. Fitzenstrahl se fige.

– Qu'est-ce que vous foutez ?

Elle ne répond pas. Profondément concentrée, elle la serre d'une poigne de fer. Halète.

– Lâche-la, bordel de merde, tu es en train de me l'arracher !

Pas de réponse. De plus en plus fort.

– Josefita ! Merde alors, arrête tes conneries !

Ses mains, des mâchoires de loup autour de ma queue. D'un moment à l'autre, elle pourrait disparaître dans mon corps. Le visage de Josefita est diabolique, elle geint, elle transpire, elle bave. Est-elle folle ? Suis-je encore tombé sur une démente ? Les poètes peuvent être monstrueux à fréquenter. On dit que certains évoluent à la frontière de la folie. Les perversions et les violences aussi sont fréquentes chez les artistes du mot, paraît-il.

Fitzenstrahl, désemparé au milieu de la pièce.

– Descends, mon bonhomme, descends, descends, descends !

Elle crie fort maintenant. F. pâlit.

– À genoux, Fitzo, à genoux !

Lui décocher une droite rapide sur le menton ? Vaut mieux pas. Un Fitzenstrahl n'a jamais porté la main sur une femme. Noblesse oblige. T'as l'intention de la laisser t'écrabouiller la bite, Fitzo ? Non. Mais tu vois bien que cette femme est en train de te l'enfoncer dans le corps ? Oui. Où est-elle passée maintenant ? Est-ce qu'elle ressort par le front ? Par le dos ? Est-ce qu'elle serpente comme de la viande hachée jaillissant des centaines de milliers de cheveux sur ma vénérable tête ?

Je lui flanque une torgnole avec le plat de la main. Fort. Elle semble vachement étonnée. Assise devant moi par terre, agrippée des deux mains à ma queue comme un orang-outan à une tige de bambou. D'après les psychiatres, il convient d'arrêter les crises d'hystérie à un stade précoce. Fitzenstrahl-Jung défait doucement les mains de Josefita. Une minute de plus et elle l'aurait serrée à mort. Étouffée.

– Merde, qu'est-ce qui t'a pris, Josefita ? Tu as perdu la tête ?

– J'aime les secouer, c'est tout.

– Tu seras gentille de foutre la paix à la mienne.

– C'était quand même pas si terrible que ça.

Vire-la, Fitzo. Mets-la à la porte. Qui sait ce qu'elle pourra inventer quand tu vas l'embrocher ?

Elle est étendue de tout son long par terre, jambes écartées. Impudique. Magnifique. Merveilleuse. Ouverte comme un pneu de vélo rouge qui vient de crever. J'y plonge les doigts, la dissolution coule, les rustines se ratatinent dans la chaleur, la pompe à air siffle. Je lui plante mes dents de requin et la traîne derrière moi dans le noir sous le lit. Son corps est avachi maintenant, elle geint lentement et pousse un hurlement quand je l'enfile et la trousse de plus en plus profond jusqu'à sentir son cœur battre contre le bout de ma bite. Je plonge vers les abysses, vers l'obscurité et le silence, vers les extraordinaires monstres beuglants, je plonge, les ouïes ouvertes et les nageoires battantes, vers les baleines tristes qui chantent, vers...

– Fitzo, Fitzo, Fitzo !

Tiens, tiens, c'est un autre son de cloche maintenant ? J'y suis peut-être allé un peu trop fort tout à l'heure ? Les Fitzenstrahl auraient-ils encore une goutte de sang de violeur dans les veines ? Des gènes de violeurs ? Dilués et affaiblis peut-être, mais quand même là, en train de guetter l'occasion.

– Tu ne peux pas essayer de la mettre un cran de plus, Fitzo ?

Un cran de plus ? Il n'y a plus de crans, aucun homme sur terre n'a davantage de crans que ça. Je suis allongé sur elle comme un zeppelin écrasé au sol rempli d'hydrogène en flamme, d'un coup de tringlette je la ramène dans la pièce, je cogne sa tête par terre, elle se prend des échardes au cul mais elle s'en fout, à droite, à gauche, partout dans la loge, sous le lit de nouveau, elle gargouille de bonheur, une baise de crocodile, un vautrage dans le fleuve, une bourre d'alligator dans l'oubli boueux des bayous avec des queues qui fouettent et des gueules grandes ouvertes, droit dans la fange des marais, de plus en plus profond jusqu'à ce que seules les écailles du dos se présentent au soleil, dans la rue les voitures en perdent les roues, les rails du métro ramollissent comme du caoutchouc, Fitzo le prince crocodile est en route pour les confins bavants de l'univers palustre, un instant il a l'impression que les somnambules aux corps nus et blancs sont de retour, alignés le long des murs avec des parapluies noirs ouverts dans les mains, il...

– Quel est le sens de la vie, Fitzenstrahl ? Pourquoi sommes-nous sur terre ?

Je pousse à fond les manettes de frein. Arrêt du cul en plein mouvement. Les poètes sont insensés.

– Tu m'entends, Fitzo ?

– J'ai bien peur de ne pas pouvoir répondre à ça juste maintenant, mi amor.

– Il doit y avoir une réponse. Un homme dans ta position connaît forcément la réponse.

Je jette un œil en bas. Ma bite se trouve coincée en elle comme un concombre rouge, un...

– Réponds, Fitzenstrahl !

– Le sens de la vie est de faire ce que nous sommes en train de faire, mon ange. Le sens est d'engendrer d'autres petits humains qui poseront ce type de questions. Ces questions représentent l'énergie universelle et le résultat de nos efforts.

Je fourre ma queue au fond d'elle tout en parlant. Elle gémit.

– Ça, ce n'était pas une réponse, Fitzo.

– Le sens de notre existence est l'art. Dieu a besoin de nos œuvres d'art parce que sans elles, sa vie serait insupportable. Dieu peut tout créer sauf une œuvre d'art humaine, puisque celle-ci ne peut être créée que par un être prédestiné à mourir.

– Est-ce que je peux emprunter ça pour un prochain poème ?

– Aucun problème. J'ai une source de réponses inépuisable.

– Merci, Fitzo.

Elle s'y remet. Serre et relâche, serre et relâche. Son cul travaille comme un rameur sur la Tamise. Une machine à baiser au féminin. Alfred Nobel n'aurait jamais pu imaginer une femme comme Josefita – en tout cas pas en lauréate du prix Nobel. Il l'aurait considérée comme une invention mécanique, un mouvement perpétuel de chair, de sang, de poudre Nobel et de dynamite, avec la foufoune comme un épais joint de caoutchouc enserrant la racine de sa queue. La machine pompe et aspire, elle tire et elle roule, tape du pied et vibre. L'ingénieur Nobel pousse un cri et essaie d'éteindre le moteur qui s'emballe, impossible, la machine cloche et déporte comme une presse à excentrique, elle grince et tape et force jusqu'à ce qu'elle jouisse dans une terrible crampe de train d'engrenages faisant rouler sur le sol de l'usine paliers fissurés et pignons fumants. Nobel est là par terre, sans défense et immobile, les médailles s'échappant de ses poches comme des pièces de monnaie, ce genre de femmes, c'est trop pour lui, il déteste les baises mécaniques, c'est un homme qui veut de la tendresse et de l'amour, des câlins, un mariage, des enfants et la sécurité.

Josefita ne bouge plus maintenant. Elle dégage de la vapeur sous les rayons du soleil. Elle ouvre les yeux, respire à fond et dit :

– On remet ça, Fitzo.

Ça arrive souvent aux hommes d'être violés dans notre monde libéré ? Oui, souvent. Mieux vaut la laisser faire pour ne pas rester sur le carreau, étranglé et outragé. C'est ça, le nouveau catholicisme ? Il y a sûrement un fricotage épouvantable dans les pays catholiques depuis que la pilule a pris le pouvoir. Méthode Ogino ? Au diable la méthode des jours sûrs. Ils peuvent foncer maintenant, puisque chaque jour est un jour sûr. Ils rattrapent le temps perdu et se démènent comme des lapins dans les fourrés. La morale n'était qu'un mince vernis, la morale est toujours un mince vernis.

– Qu'est-ce que tu marmonnes, Fitzo ?

Elle est de nouveau en action. Les jambes battant l'air et les poings serrés cognant le plancher.

– Vas-y, donne maintenant, Fitzo, donne-moi.

Elle jouit de nouveau et je prends appui sur les mains et les orteils pour regarder vers le bas sa chatte qui aspire, qui avale. Le jus jaillit d'elle par saccades, verre après verre, bouteille après bouteille jusqu'à ce qu'elle n'ait plus un seul endroit sec sous le nombril. J'y fourre ma bite et je la ressors, de longs coups charnus, je les vois très nettement maintenant, en file indienne derrière moi tenant leur verge rouge dans les mains, mon père et mon grand-père, mon arrière-grand-père, génération après génération, une longue file de Fitzenstrahl bien membrés qui s'étend jusqu'à Versailles. Ils attendent depuis longtemps, ils attendent une chatte comme celle-ci, le miracle des miracles. C'est moi qui suis l'élu, c'est à travers moi que le salut et la délivrance leur parviennent, c'est à travers ma bite qu'ils vivent la bourre finale et définitive, c'est à travers moi qu'ils giclent dans Josefita la plus grosse purée fitzenstrahlienne que l'histoire ait jamais connue, une sauce diluvienne qui explose devant son col de l'utérus telle une cascade d'un milliard de spermatozoïdes tirés des profondeurs des temps, extraits des textes védiques et des testicules oubliés de la Genèse. Je hurle comme un dinosaure sous la lune, je me dissous en une flaque de sperme clapotant par terre, semence, pain, vin et cendre, oiseau, mer et le ventre du loup...

– *Dios mío*, Fitzo, je ne peux plus en prendre – ça déborde.

Je suis une pièce mobile dans la machine à baiser empestant le caoutchouc, un piston qui fonctionne à vide, je pousse un râle et m'écroule sur elle. L'ingénieur Nobel se tient à côté de nous, un sourire de satisfaction aux lèvres et les bras chargés de bâtons de dynamite qui explosent lentement.

Je me retire doucement d'elle. Un regard rapide sur mon propre organe. Il est toujours là. Il tressaille toujours.

Trois minutes après, elle se redresse.

– On y retourne, Fitzo.

– Maintenant ?

– Maintenant.

– On devrait peut-être attendre un moment.

– Attendre ? Pourquoi ?

– Je ne me sens pas très bien. Un peu indisposé. Fatigué.

– N'importe quoi. Tu t'y mets, un point c'est tout !

– Donne-moi encore cinq minutes.

Elle regarde ma queue.

– Molle, dit-elle, molle comme une...

– Tu peux te dispenser des métaphores.

– Elle va se rétablir, tu verras.

– Ferme-la un peu, veux-tu. Je me concentre.

– Je coule toujours. C'est toute une tribu de Vikings que tu m'as filée.

– Les Suédois ont des testicules d'ours.

– Oh là là, qu'est-ce que ça coule ! Si j'étais lesbienne, je pourrais rentrer chez ma maîtresse et la mettre en cloque.

– Arrête, Josefita. C'est plutôt glauque, ce que tu dis.

– Mets-la moi alors !

Je tombe toujours sur des femmes exigeantes. Et futées comme des singes avec ça. Le plus souvent elles ont de tout autres buts dans la vie qu'avoir un mari et des enfants. Josefita a l'intention de baiser son chemin vers la célébrité, fût-ce au prix de baiser à mort l'ensemble des critiques littéraires. Et la moitié de l'Académie. Débrouille-toi pour ce putain de prix Nobel maintenant, Fitzo, sinon je te baise jusqu'à six pieds sous terre.

– Dépêche-toi.

– Tu peux bien patienter quelques minutes, bordel.

Les femmes finiront par avoir ma peau, à force de s'exciter comme ça.

– Je croyais que les Suédois pouvaient faire ça à l'infini. Tu te reposeras quand je serai partie.

Je lui caresse la chatte. Elle a un miracle entre les jambes. Achetez la Mousse miraculeuse de Fitzo. En promotion cette semaine.

– Ça y est, elle commence à se ranimer.

Ces foutus commentaires me tuent. Une bite n'a pas envie d'être analysée et commentée. Il faut la laisser tranquille, elle doit vivre sa vie hors des exigences de l'ère post-industrielle. Bientôt cette femme tirera aussi un chronomètre de son sac.

– Elle me plaît. Elle me va bien, Fitzo.

– Vraiment ?

– Tu n'as aucun souci à te faire. Ceci dit, elle aurait pu être un peu plus épaisse.

Des paroles détestables. Ignobles. Plus épaisse ?

Soudain, Josefita m'assaille de nouveau. S'enfonce ma bite bien qu'elle soit à moitié en berne. Exactement ce que je m'étais dit – voici venue l'heure des poèmes. Qui à mon avis sont plutôt de la merde. Fais-toi plus légère, petite garce.

Je reste sans bouger, paralysé par ses torsions et coups de butoir. Je suis un homme qui a toujours été fier de sa belle toison pubienne. Quand elle partira d'ici, je serai chauve entre les jambes. Ne frotte pas tant, señorita. Je serai obligé de m'acheter une perruque pour le pubis. Rousse, dans ce cas, et bouclée.

Le poème qu'elle récite maintenant traite de la solitude. *Soledad !* Mais j'ai le sentiment que tu ne souffres pas de solitude, petite enfoirée. Sa vie est probablement peuplée des chauds lapins de la littérature. Il faut mettre un terme à cette chevauchée.

Je la prends pas la taille et l'enlève. CLOC ! Je la retourne sur le dos et lui plante ma queue aussi énergiquement que je peux sans risquer ma santé. Elle hurle de bonheur.

– Je t'aime, Fitzo.

En réalité elle n'aime qu'elle-même et la poésie assez nulle qu'elle réussit à produire quand elle est de cette humeur-là. Pas un crack comme poète, mais une baiseuse de première. S'il y avait eu un prix Nobel de l'art de la baise, elle aurait dû le recevoir. Mais c'est quoi ça, maintenant ?

Elle est allongée sous moi, suintant. Subitement, la voilà avec une jambe droit en l'air. Incompréhensible.

– C'est quoi ça maintenant que tu fais ?

– J'aime bien de cette façon.

– Descends ta jambe !

– Non.

Non ? A-t-elle perdu la tête. Non ? Mieux vaut laisser faire cette furie. Elle débite les noms de tous les académiciens suédois maintenant. Elle a aussi appris quelques strophes d'un poète suédois. Elle me les récite, la jambe toujours en l'air. Je n'aime pas ces poèmes-là. Je les déteste. Je déteste également ce qui se passe entre ses jambes quand elle tient sa patte dressée comme ça. Ça fait ressortir un os pointu qui vient tout le temps frotter contre le bout de ma queue.

– Descends-la maintenant, cette putain de jambe !

– Pourquoi ?

Elle la descend. Lentement. Trop lentement à mon sens. Je n'aime pas ça, Josefita, ça n'augure rien de bon pour l'avenir. Ce type d'indépendance peut compliquer la vie d'un homme sensible.

– Je crois que je vais rentrer directement chez moi écrire un long poème sur notre coït. Ça te ferait plaisir, Fitzo, un tel poème ?

– Je détesterais.

– Tu détesterais ? Tout à l'heure, tu ne disais pas ça.

– Tu oublies que je représente l'établissement littéraire. Notre littérature doit rester pure et inattaquable.

– J'aime la sentir en moi quand on bavarde comme ça.

– Tu bavardais moins avant d'avoir lâché tes deux premiers orgasmes.

– J'écrirais bien un poème sur la joie de vivre.

– Je te le déconseille fortement.

– Pourquoi ?

– Nous tiendrions un tel poème pour frivole. Nous avons certaines normes. La joie n'est pas très admise dans mon pays. Seules les pleureuses professionnelles sont récompensées.

– Je vais jouir de nouveau, je le sens.

– Nous considérons la vie comme un enfer et nous estimons que la littérature doit refléter la vie. Le prix Nobel est un rail qui nous guide et nous aide à préserver le sérieux et la chasteté dans la littérature mondiale. Pour nous, il s'agit d'une sorte d'activité policière.

– L'amour physique est pratiquement un terrain immaculé dans la littérature, c'est ça ?

– Il est la tache blanche sur la carte littéraire. Nous veillerons à ce qu'elle reste blanche et pure.

– Et toi, Fitzo, n'as-tu jamais écrit sur la joie et l'érotisme ?

– Bien sûr que non.

– J'ai parlé avec un touriste suédois hier qui m'a dit que tu as un tas de passages érotiques dans tes poèmes, et dans ta prose aussi.

– Mensonge et calomnie.

– Tu lui avais déclaré que tu étais en train de cartographier les taches blanches de la littérature et que tu te considérais comme un explorateur de l'art. Un Stanley de la littérature.

– On veut traîner mon nom dans la boue.

– Mister Livingstone, I presume ?

– *Me Cheetah.*

– J'adore recevoir ton sperme, Fitzo. Il me brûle comme du feu. Il me rend tonique et heureuse.

– Pas trop tonique, je t'en supplie.

– J'étais enrhumée avant qu'on fasse l'amour aujourd'hui. Maintenant je ne le suis plus.

– Le sperme suédois est connu pour ses vertus thérapeutiques. Les étrangères en raffolent. Elles prétendent qu'il remplace une cure de vitamines.

– Je sens que je vais vouloir faire l'amour à outrance avec toi, Fitzo.

– Le sperme suédois est aussi considéré comme un bon remède contre les piqûres de moustique.

– Est-ce qu'on pourra le faire quatre fois par semaine ?

– Trois suffiront.

– J'aimerais faire l'amour avec toi tous les jours.

– Merci.

– Tu ne veux pas ?

– L'Académie a besoin de mes forces.

Elle est en forme et pimpante lorsqu'elle s'en va enfin. Quant à moi, cette baise m'a totalement épuisé. J'ai les oreilles qui sifflent. Des taches devant les yeux. Pouls faible. La bite presque écorchée. Je me couche et je dors pendant cinq heures.

Depuis, elle vient me rendre visite régulièrement. On traduit pendant une demi-heure, on boit quelques verres de vin et on va au lit. Elle baise sans doute ailleurs aussi. Probablement avec un critique. Et avec un lecteur de sa maison d'édition. Je n'ai rien contre, à condition d'avoir ma part.

– Est-ce que c'est vrai ce que tu dis, Fitzo, que tu es de la famille de Mark Twain ?

– Il y a plusieurs générations de cela. Personne ne sait vraiment ce qu'il en est.

– Du sang twainien dilué.

– Le sang génial ne se dilue pas.

– Je veux bien que tu me chuchotes des mots doux pendant qu'on fait l'amour, Fitzo, mais ne tombe pas amoureux de moi. Je n'ai pas le temps pour ce genre de conneries. Mais j'apprécie les orgasmes que tu me donnes. Ils sont différents. Nordiques.

– Des orgasmes de Viking. Est-ce que tu savais que tous les Vikings étaient des poètes ?

– Oui, je savais.

Elle est penchée au-dessus de moi, nue et jambes écartées. Les tendons d'Achille dorés, l'éclat nacré derrière les genoux, l'aine odorante, les entrailles vipérines gargouillantes et serpentantes, l'estomac empourpré de bile de pieuvre, le squelette léger comme du bambou creux, les systèmes glandulaires scintillants et glissants qui s'allument et s'éteignent en elle telles des lanternes qui balancent, les...

– Il faut que les poètes aient leurs orgasmes régulièrement, Fitzo. De la nourriture pour le cerveau.

Elle tripote ma bite avec son pied. L'entoure de ses orteils.

– *A caballo,* Fitzo. À cheval !

Pendant qu'elle me chevauche, je pense à Mark Twain. Une parente d'un autre âge me lissait les cheveux quand j'étais enfant et disait tu as les yeux et le front de Samuel et tu seras artiste. Puis elle se mettait à parler d'un Américain cinglé qui avait habité notre ville il y avait longtemps et qui avait prétendu être une sorte d'écrivain. Il s'appelait Samuel Clemens et portait toujours un costume de lin blanc, et il se lavait les cheveux tous les jours, ce qui le rendait plus célèbre dans la ville que ses écrits. Dix ans plus tard, je lisais *Huckleberry Finn* et *Tom Sawyer*. Et l'excitation me faisait rougir quand j'apprenais que Mark Twain-Clemens avait réellement séjourné dans notre petite ville.

– Fitzo ! Fitzo ! Fitzo !

Je le reconnais volontiers, elle me fascine. Fräulein Herrlichhausen aussi me fascine, elle cède un demi-centimètre par jour désormais. Hier pendant les répétitions j'ai réussi à écarter sa culotte et à entrer en elle le bout de ma queue sur deux centimètres avant qu'elle ne parte en criant vers sa loge.

Mais je ne suis pas pressé, Fräulein. J'ai Josefita. Qui la veut sur toute la longueur. Et d'un cran de plus. Si j'y arrive.

7

JE SUIS LÀ, dans mon bar de prédilection, en train de broyer du noir.

– *Hi, Fitzo, how are you ?*

Dégage. Fous-moi la paix.

– Mauvaise humeur, hein ?

– Des problèmes.

– Les gonzesses ?

– Des problèmes de film.

Elle s'en va. Une nana plutôt riche d'Omaha. Rien pour un homme aux testicules vidés qui se trouve au beau milieu de son Magnum Opus, de son chef-d'œuvre. Il faut que j'élimine tout le superflu. Je hais la lenteur, la longueur et la sentimentalité. *Accélère, Fitzo !* Je suis un cinéaste de la lumière. Mon travail tient peut-être plus du magicien que du cinéaste. Je double-expose et triple-expose – il est même arrivé que je superpose des plans en une dizaine de couches sur une seule bande pour obtenir un effet nourri de profondeur. Mais ce monde à moitié endormi ne me comprend pas.

Une fois j'ai essayé de filmer les vents pour les utiliser comme fond. Pas l'effet des vents sur les objets, mais les vents proprement dits, regorgeant de lumière quand ils passent au-dessus des montagnes tel du verre gazéifié. Ce fut totalement raté.

L'art cinématographique est mort. Il patauge dans les dollars jusqu'au cou. Il est en train d'étouffer. Patine sur les mêmes sentiers battus et rabâchés. Vous devriez avoir honte, salopiauds ! Où serions-nous si la peinture était aussi commerciale et dépourvue d'imagination que le cinéma industriel et institutionnel ? Où est donc le Picasso du cinéma ? Il est peut-être en moi.

– Monsieur Fitzenstrahl ?

– Mon nom est Auguste Rimbaud, neveu de...

– Pardon, j'ai cru...

La solitude n'est pas mon problème, tout simplement. L'aliénation ne prend pas sur moi. Les gens m'ont toujours utilisé comme une sorte de Grand Central Station où on peut entrer et sortir sans payer et m'inonder de banalités et de pensées sordides. Je leur donne mon âme, mon ego, mon corps astral, mon esprit, mon amour, j'insère mon existence tout entière dans mes films et la dépose en offrande devant leurs pieds, mais cela ne suffit pas. Ils veulent mon temps aussi. Et – si possible – mon espace. Je suis un homme envahi de poux suceurs de sang.

– Tu viens au ciné-club, Fitzo ?

– Non.

– Tu me prêtes dix balles, Fitzo ?

– Tiens ! Prends ! Prends tout, bordel de merde, et laisse-moi mourir de faim.

– Aujourd'hui tu es cerné par le nuage noir, Fitzo. On te voit à peine.

– Tant mieux.

– Qu'est-ce que tu rumines comme conneries là dans ton nuage ?

– Ça ne te regarde pas. Fous-moi la paix maintenant.

Un jour dans l'avenir, le cinéma aussi aura ses superclassiques. Les Dante, Cervantès et Shakespeare du film. Les Rembrandt, Bosch et Goya de l'image animée seront cristallisés par le poids des siècles. Mon but est de devenir l'un de ces classiques. C'est cela le sens de ma vie. Du point de vue étriqué des petits bourgeois et des puritains, cela peut paraître une vie chaotique et confuse, mais un jour elle va produire la perle. Je suis entièrement convaincu de ma grandeur, totalement fixé sur mon génie. Aujourd'hui justement je sens en moi l'étincelle divine, l'étincelle que les années et l'expérience vont lentement durcir pour produire le diamant.

Il commande une autre bouteille de vin. Le vin procure obscurité et invisibilité. Retranchement des hordes bruyantes du monde. À votre santé. Voici un homme aux genoux en cristal de roche et aux ailes de cuivre martelé.

Une fois, pour des raisons financières, j'ai été obligé de prendre un boulot de mannequin d'étalage dans une vitrine. J'étais habillé et maquillé comme les autres mannequins. Le but était que j'attire du monde en faisant de temps à autre un mouvement brusque pour me figer aussitôt. J'ai effectivement attiré du monde. Des attroupements qui se demandaient si j'étais un robot ou un être vivant. Je me tenais immobile, le chapeau tiré sur le front pour qu'on ne me vît pas cligner. Deux cents francs par jour et un putain de mal dans tout le corps. Mais j'avais mes petites sources de joie. Parfois une dame seule s'arrêtait devant la vitrine. Elle me fixait et les minutes passaient. C'est étrange, mais les femmes seules regardaient toujours ma braguette. Elles pensaient peut-être que c'était là précisément que ça bougerait si elles reluquaient suffisamment longtemps. Celle-ci a fini par se lasser et s'est intéressée aux objets exposés là. Toute son attention était focalisée sur un foulard rouge quand j'ai ouvert ma braguette en catimini et laissé ma queue pointer du pantalon de smoking. Tout ce reluquage m'avait donné une sorte de semi-érection. Rien de sérieux, seulement une légère turgescence. Quand elle m'a regardé de nouveau, j'ai commencé à bander pour de vrai. La dame a pâli et vacillé, elle s'est appuyée contre la vitre sans en croire ses yeux. Ma bite a lentement continué de grandir et je me suis retrouvé avec une érection splendide. La femme était hypnotisée. Elle a regardé pendant cinq bonnes minutes, puis elle est partie, les joues en feu. Au bout d'une cinquantaine de mètres, elle a fait demi-tour, et elle est revenue se rincer l'œil cinq minutes de plus. Elle regardait, rougissait et déglutissait. J'avais quatre de ces dames, des clientes régulières, en somme, qui venaient fidèlement me rendre hommage. Trois avaient des petits chiens qui regardaient aussi. J'ai fini par me lasser de toutes les quatre. C'était devenu une vieille routine archi-connue et leur présenter la queue ne me procurait plus d'excitation. Elles ont paru terriblement déçues quand je ne la sortais plus. L'une a même tapoté la vitre pour me rappeler à l'ordre. Je n'ai pas bougé. Elle est partie, furieuse. Entre-temps, j'en ai repéré d'autres. J'ai choisi précisément celles qui m'attiraient. C'est une des nouvelles qui a tout gâché. Je venais d'exhiber ma queue et commençais à bander quand elle s'est mise à crier. Un effroyable hurlement glaçant qui a ameuté tout le quartier. Quand la voiture de police est arrivée, j'étais déjà dans la cave du magasin en train de me débarrasser du smoking, puis j'ai disparu par une porte de service.

Le Suédois rit, assis là à sa table sombre. Je ferais mieux de pleurer. J'ai des soucis avec mon chef-d'œuvre et j'ai des soucis avec le directeur du théâtre de putes qui trouve que je vais trop loin dans mes spectacles de danse. Si vous persistez ainsi il y aura bientôt un malheur, monsieur Fitzenstrahl. Hier vous avez failli jeter votre partenaire dans la fosse d'orchestre. Il faudra y aller plus doucement à l'avenir.

Tout cela parce que Fräulein résistait. J'avais introduit seize nouveaux pas dans mon programme. Je la forçais à avancer vers moi sur la scène, jambes écartées en se dandinant comme un canard, et en bougeant la tête comme un cheval de trait. PA-TA-PA-TA-PA-TA-TA.

– C'est ignoble d'exiger une telle chose de moi, Herr Fitzenstrahl !avait-elle crié, il n'y a pas la moindre beauté dans une telle chorégraphie !

Mais von Fitzenstrahl ne se contente pas de la seule beauté. Le Picasso du cinéma est aussi le Picasso de la danse. Qui danse la joie et la vie et le rire et la mort.

Mon plus gros souci en ce moment, c'est que l'argent commence à tarir. Dans la présente affaire Nobel, l'amour pour Josefita m'a rendu aveugle. Et il est probablement trop tard maintenant pour entreprendre un autre écrivain du club de littérature. Aucun ne m'invite plus au restaurant et aucun ne souffle mot d'un chèque. T'as été un imbécile, Fitzo.

Le pire, c'est que Josefita commence à s'impatienter. Quand on s'envoie en l'air, il arrive qu'elle arrête soudain de bouger le cul et demande si j'ai été en contact avec l'Académie.

– Il s'agit de questions très sensibles, Josefita. Sous aucun prétexte on ne peut forcer la main à une institution telle que l'Académie suédoise.

– Tu leur as envoyé les traductions de mes poèmes ?

– Non.

– Non ? C'est quoi ce non de merde ?

– Il faut attendre.

– Ça fait des mois que j'attends.

– Ces choses-là prennent du temps. Peut-être pour la réunion d'automne.

– Quelle foutue réunion d'automne ? Tu disais que j'avais une chance d'avoir le prix dès cette année !

– Tout ça va s'arranger, Josefita. Je m'en occupe, je te dis.

Elle reprend son cul et refuse de continuer. Me laisse avec ma trique pointant dans le vide.

– Peut-être que tout compte fait tu n'as pas autant d'influence là-bas que ce que tu prétends.

– N'y pense plus. Je vais tout arranger le temps venu.

– Est-ce que tu es vraiment représentant de l'Académie suédoise, en fait ? Tu ne sembles jamais être en communication avec eux.

Je ne réponds pas. Me contente de paraître offensé. Ça fonctionne, mais ça ne fonctionnera pas bien longtemps encore.

Les rares fois où je rends visite à la Société de Littérature latino-américaine, on me traite avec raideur. Plus personne ne me glisse un verre de champagne dans la main, personne ne me tape dans le dos et demande comment je vais. De sales types, ces auteurs. Je m'en fous de vos histoires minables de dictateurs et de vos conneries d'abolition du Temps Linéaire. Personne ne peut abolir de temps, surtout pas le linéaire. C'est bidon ! Il faudra cinquante ans au moins avant qu'un de ces types affreux arrive à une quelconque proximité de notre honorable prix Nobel, j'y veillerai personnellement.

– *Pitié pour nous qui combattons toujours aux frontières/De l'illimité et de l'avenir/Pitié pour nos erreurs pitié pour nos péchés !*

– Serais-tu en train de te bourrer la gueule, Fitzo ?

– Apollinaire est le seul qui fait l'affaire ce soir.

J'adore ce café. Les visages de rat des serveurs, la grosse à la caisse qui se régale à compter les biffetons avec ses doigts poisseux et pointus, le sol crasseux, l'éclairage nul.

– Je n'abolis pas le temps – j'abolis l'espace !

– Arrête, Fitzo, merde. On te mettra à la porte si tu continues à gueuler comme ça.

Un cognac maintenant. Pour accentuer davantage l'obscurité et l'invisibilité. Et pour abolir la ténacité de l'espace.

Qui est ma marque déposée d'artiste. Dans un moment, je vais rentrer chez Carmela. C'est la première fois que j'ai une simple amie, jamais auparavant je n'ai pu accepter sur une base d'amitié un être pourvu d'une chatte, ce qui est une grande faiblesse. J'ai essayé, mais ça s'est toujours soldé par une partie de jambes en l'air. Une partie fatale pour l'amitié. Mais Carmela est ma copine, chatte ou pas chatte, voix de basse ou pas voix de basse. J'adore parler avec elle de l'Espagne. Quand elle raconte son enfance, elle se met souvent à pleurer. Je lui caresse les cheveux et la console jusqu'à ce qu'elle coupe la fontaine et ronronne dans le lit. Ses vieux parents croient qu'elle travaille comme bonne à tout faire à Paris. Sans se douter qu'elle les fait vivre en tapinant, que c'est sa foufoune qui leur a fourni aussi bien le frigo que la télé et le congélateur.

– Il y a une fête chez les Anglais ce soir, Fitzo.

Je ne réponds pas. Je me balance sur ma chaise. La nuit tombe autour de nous. L'ère glaciaire approche, la nuit éternelle est en route. En France, je fais souvent des rêves de guillotine. J'entends les gardes se faufiler vers ma cellule à l'aube. Je chie presque dans mon froc rêvé par pure terreur. J'entends le murmure du prêtre. Ils se jettent sur moi et m'entraînent. Je présente mon cou et attends le tranchant, les témoins ôtent leur chapeau, le bourreau se tient au garde-à-vous. J'entends la lame se détacher et cliqueter vers ma nuque, lentement, lentement elle tombe à travers la lumière grise, je sursaute, agite les jambes et crie. Le bourreau éclate de rire, les témoins se plient en quatre, les policiers hurlent de joie, un homme guilleret en noir lit d'une puissante voix de héraut : le citoyen suédois F. Éric von Fitzenstrahl a été châtié par la République et a enduré la variante française de la mort dostoïevskienne, où la lame de la guillotine a été remplacée par un seau d'eau glacée. Que ce châtiment lui soit salutaire et fasse de lui un homme meilleur. Vive la France !

Quand je me trouve en Espagne, je fais le rêve du garrot. Sur fond de musique de corrida. Aux États-Unis, je grésille sous le choc épouvantable de la chaise électrique tandis que ces fumiers font revenir du bacon derrière moi pour me faire croire que je suis lentement en train de griller. À chaque nation sa méthode particulière pour terroriser les citoyens qui portent haut la tête. Dans mon pays, ils utilisent la méthode du ralenti. Étouffement et rétrécissement lents. Une sorte d'exécution sur vingt-cinq ans. Pour des raisons humanitaires, naturellement. Le garrot psychique suédois est célèbre dans le monde entier pour son efficacité. Il produit des nains intellectuels à la louche. Ce qui n'est ni la faute de l'État ni de la société. Mais celle des citoyens. Qui acceptent de se laisser rétrécir. Nanifier.

F. ÉRIC VON FITZENSTRAHL. PRODUCTEUR DE FILMS SUBVERSIFS, CRÉATEUR DE CHORÉGRAPHIES HONTEUSES ET AUTEUR DE LIVRES IMMORAUX A AUJOURD'HUI ÉTÉ EXÉCUTÉ POUR LA TRENTIÈME FOIS.

Fitzo, sérieux à sa table. Faut que je modifie ma vie. Que je l'organise. Que j'évite les persécutions, les conspirations et les situations diaboliques.

Fitzo ? Oui ? Il existe une terrible possibilité, une explication effroyable à toutes ces bourdes incessantes et ces événements catastrophiques. Quelle explication ? Des choses pareilles ne s'expliquent pas, la vie est vache avec moi, voilà tout.

Fitzo ? *Yes ?* Tu ne pourrais pas envisager la possibilité que c'est de ta faute ? Que c'est toi qui pour une raison insondable attires ces désagréments récurrents ? Jamais, je dis jamais ! C'est impossible ! Tu te souviens de la Conspiration de l'opéra ? Non. Quelle foutue conspiration de l'opéra ? La chaussure, Fitzo, la chaussure. La chaussure ? Je ne me souviens d'aucune chaussure, je voudrais un autre cognac.

– Garçon !

Tu devrais aller au fond de l'histoire de l'opéra, Fitzo. L'analyser et la tirer au clair. Pourquoi as-tu agi ainsi, pourquoi ? Je voulais les réveiller, oui, c'est ça, je voulais secouer le public, pour moi c'est un péché mortel de dormir à l'opéra. Était-ce vraiment la raison, Fitzo ? Oui, oui, oui. Qu'en était-il réellement, Fitzo ? J'étais assis tranquillement dans mon fauteuil à jouir de la représentation. Par hasard, j'ai tourné la tête et j'ai découvert que le public dormait. Quelques-uns ronflaient même. La plupart dormaient les yeux fermés, d'autres fixaient la salle d'un regard vitreux. J'ai été outré. J'étais la seule personne éveillée dans tout l'opéra de Madrid. Quelle honte. Quel scandale. C'était révoltant. Tout à coup, je me penche en avant et enlève une chaussure, je l'enfile au bout de ma canne et la dresse en l'air. L'effet est au-delà de mes espérances. Les yeux s'allument telles des lanternes derrière moi dans la salle. Je suis assis au premier rang. Ils sont tous éveillés maintenant. Paniqués. Tout l'opéra semble électrifié par ma chaussure, je les entends retenir leur respiration et attendre. Attendre quoi, si je peux me permettre ? C'est tout ce qu'il y aura, mesdames et messieurs, une chaussure au bout d'une canne – point final !

Ma chaussure fait sensation et pas seulement dans la salle. Sur la scène, les chanteurs paraissent tellement consternés qu'ils risquent à tout moment de basculer dans la fosse d'orchestre. Ils continuent à chanter mais leurs voix sont faibles et quasi inaudibles. Après quelques minutes, je descends doucement ma chaussure, la remets à mon pied, me cale dans le fauteuil et profite du chant qui a maintenant retrouvé toute sa force.

Mais l'ambiance dans la salle est tendue. Les gens sont assis sur la pointe des pieds, abasourdis comme des chiens battus. N'importe quoi peut se passer ici, pensent-ils. L'homme à la chaussure peut par exemple se lever tout à coup, sortir son vilain pénis d'étranger et nous l'agiter à la figure, il peut se mettre soudain à hurler puis s'écrouler et rester à se débattre par terre, il peut faire un saut monstrueux dans la fosse d'orchestre pour s'emparer de la grosse caisse et s'en aller rouler avec dans l'allée centrale, il peut...

Mais rien ne se passe. L'homme à la chaussure écoute. Il se réjouit de voir que le public est redevenu attentif et éveillé.

À l'entracte, je bois un verre de xérès. Je parle avec mes voisins de fauteuil. M'incline et souris et fais comme si de rien n'était. Quand nous sommes de nouveau installés, je sens que tout le monde me regarde. On sent ces choses-là dans la nuque. Mille paires d'yeux concentrés sur un seul point réussissent à influencer ce point. Il s'agit de forces magiques. Est-ce qu'ils attendent que je hisse en l'air ma chaussure encore une fois ?

Au fur et à mesure que la représentation se poursuit, je sens que les chanteurs aussi ont les yeux pointés sur moi. Même lorsque la scène exige qu'ils se présentent de dos au public, ils me regardent. Ils tournent la tête et me fixent. Même chose avec les musiciens de l'orchestre. Ils lèvent les yeux de leur pupitre de partition, éloignent les cuivres de leur visage et attendent. Mais rien ne se passe. Finalement, tout le monde retrouve son calme et savoure la représentation.

Il y a un endroit dans *Samson et Dalila* qui m'excite toujours terriblement. La soprano chante son grand air pendant que le ténor attend son tour. Son intervention doit venir à la fin de l'air et elle est constituée uniquement du nom de l'héroïne : Dalila. Je m'inquiète toujours pour cette réplique.

J'imagine la possibilité que le ténor se lance trop tôt. Ou trop tard. En cet instant, je perçois comme toujours l'inquiétude monter. Je regarde avec angoisse le ténor qui se tient prêt. Il semble peu sûr de lui et transpire sous les projecteurs. Du regard, il implore le chef d'orchestre de lui donner un signe. Quand ? Maintenant ? Mais le chef ne fournit aucune aide, tout accaparé qu'il est par ses musiciens. Je serre les accoudoirs, tellement fort que mes jointures blanchissent. Mon cœur s'emballe à deux cents battements à l'heure. Tout à coup, ça monte en moi sans que j'y puisse quoi que ce soit : DALILA ! Ma voix est tonitruante.

Un froid polaire parcourt les premiers rangs. L'opéra paraît hivernal et glacial. Mes voisins sont gris d'épouvante. Qui a chanté ? L'homme à la chaussure ? Ils ne savent pas au juste. Car je darde mes yeux sur un petit homme trois fauteuils plus loin sur ma droite. Il rougit et laisse errer ses yeux, il écarte les mains, paumes vers le haut – il est innocent.

Sur la scène, la représentation continue. Le ténor est tout blanc, la soprano rubiconde. Le chef d'orchestre dirige l'opéra vers l'intervention suivante du ténor. Tout le monde attend. Le ténor hésite. C'était peut-être moi qui chantais après tout, pense-t-il, c'est tombé au bon endroit et dans le ton.

Au moment de l'intervention suivante du ténor, il est muet. Ses cordes vocales ne fonctionnent pas. Le chef le regarde. Le silence est terrible.

Je n'interviens plus. Je reste assis calme et tranquille et jouis de la représentation.

Quand le spectacle est terminé, je passe un petit moment au café de l'opéra. Commande une bouteille de champagne, de l'excellent Freixinet. Miam ! C'est délicieux. Et bon pour la circulation. Ti-li-di-lidaaaa.

À mes yeux, les clients de ce café ressemblent à des animaux empaillés ou des mannequins d'étalage. Ce sont peut-être des cadavres habillés qu'un dément a traînés de la morgue jusqu'ici (plus tôt dans l'après-midi, alors que le café n'était pas encore ouvert, il a garé la voiture volée devant l'établissement et les a portés l'un après l'autre, les a installés aux tables en glissant un verre entre leurs mains glacées) avant de s'éclipser de la ville.

– *Ciudadanos ! Españoles !* Fitzenstrahl se lève de sa table. Il frappe sur son verre et regarde aimablement tout le monde. L'ennui et la tristesse doivent être combattus à tout prix. Il faut dramatiser la vie.

– Je suis celui qui combat l'ennui. L'ennui est l'ennemi numéro un de la vie. Et cela signifie qu'il est aussi l'ennemi de l'art.

Cent clients embarrassés et ahuris le contemplent.

– L'absence d'événements et l'immobilité sont la malédiction de l'homme moderne !

Les clients sont pétrifiés. Madrid couvert de roses de givre.

– Accepter l'ennui veut dire accepter la Mort Vivante !

Silence de mort dans le local.

– L'ennui est la raison fondamentale des problèmes de l'homme. Homo sapiens était un chasseur et un aventurier, il n'était pas un oiseau en cage. Dans le train-train somnolent de la morosité, les maladies se mettent à germer de leur propre initiative. Un homme qui s'ennuie est une véritable serre pour les maladies mentales, les virus et les tumeurs.

Agitation à l'autre bout du café. Regards irrités de Fitzenstrahl sur un homme bien mis d'un certain âge qui frappe sans cesse son verre avec une cuillère. Et qui crie ensuite d'une voix de stentor :

– Il n'y a pas le moindre fondement à une telle affirmation, señor. Je suis médecin et je sais de quoi je parle.

Mieux vaut l'ignorer. Le monde pullule de coupeurs de parole et de fous. Que sait un médecin des problèmes de l'art ? Ferme-la, connard, et ne te mêle pas des affaires de von Fitzenstrahl. Continue, Fitzo, avant qu'il ne prenne le dessus.

– Même les guerres sont un résultat de l'ennui. Regardez bien les visages des généraux et des politiciens quand une guerre éclate : partout vous verrez des sourires guerriers. Regardez les visages heureux des simples soldats qui partent au front en chantant. Du patriotisme ? Ben voyons ! Ils marchent et ils rient parce que c'est la fin de leur désespérante existence routinière, la fin des ateliers et des mines, la fin de l'enfermement dans leur appartement de banlieue. Ils marchent avec plaisir parce que même les tranchées valent mieux qu'une vie dans l'ennui.

Fitzenstrahl attend et regarde autour de lui. Ce truc avec le patriotisme fonctionne en général à merveille. Là, maintenant. Un homme en uniforme se lève et agite les bras au-dessus de sa tête.

– De quel droit venez-vous affirmer tout cela, señor ? Vous offensez nos camarades tombés, nos mères et nos ancêtres !

Un colonel. Parfait.

Un homme de haute stature s'avance vers Fitzenstrahl. Il pose le bras sur son épaule et s'écrie :

– L'étranger a raison. Que les militaires aillent se faire foutre !

Le colonel vient sur nous à grandes enjambées. L'homme de haute stature lui fonce dessus, tête baissée. Une bouteille siffle tout près du Suédois pour aller s'écraser sur le mur derrière lui. Quelqu'un lance une chaise sur le lustre de cristal. L'homme de haute stature a dégradé le colonel en déchirant la veste de son uniforme. Ha, ha, ha ! Un homme d'une soixantaine d'années s'empare d'une table et la renverse sans autre forme de procès. Des bagarres soutenues se déroulent à trois endroits différents de la salle. Tire-toi de là, Fitzo, et fissa.

Deux hommes sautent sur le Suédois par derrière. Il les fait tournoyer, il donne des coups de pied, frappe et se roule par terre jusqu'à ce qu'ils lâchent prise. Trois autres arrivent, l'un avec un magnum de champagne à la main. Quatre hommes en smoking poussent le piano à queue noir devant eux dans la pièce, finissent par lui faire prendre de la vitesse, le lâchent et envoient l'instrument atterrir dans le café voisin après avoir traversé la cloison. Quelques messieurs scandalisés arrivent par la brèche, armés de pieds de chaises. Sans hésiter une seconde, ils s'attaquent à ceux qui sont le plus près. Fitzenstrahl seul sur une table, brandissant une lampe. Avec des ruades il tient à distance la horde en fureur tout en essayant d'attraper un vase de fleurs – ZOOOC – il se prend une chaise sur la nuque et tombe à genoux mais se rétablit et disparaît vers les cuisines en rampant sous les tables, les poursuivants sur ses talons. Un plongeur abasourdi et blême s'aplatit contre le mur, les bras chargés de vaisselle. Fitzo lui prend la pile d'assiettes et attend. Quand ses poursuivants se montrent à la porte, ils sont accueillis par une averse cinglante d'assiettes. Bzip ! SWITCH ! Soc ! SPLATCH ! En arrière, enfoirés ! POF ! BAM ! BANG ! Le plongeur va chercher d'autres assiettes. Von Fitzenstrahl, jubilant roi du frisbee, envoie valser trente assiettes à la minute. Le plongeur dispose des tas de munitions sur une table et se met à lancer lui aussi tandis que Fitzenstrahl détale tel un loup à deux pattes par une fenêtre. Première étage, merde. Ne saute jamais du premier étage. Suspends-toi au rebord de la fenêtre et gagne deux mètres de hauteur de chute. Maintenant. Oheeeeeeeeeeeeeee ! Puis file comme un renard dans les buissons.

Deux minutes plus tard, il se tient parmi la foule devant le café et regarde la bagarre. Voitures de police. Photographes. Gens de la télé. C'est incroyable. Et les hommes ne sont pas les seuls à s'amuser là-dedans. Une cohorte de femmes se crêpent le chignon et griffent comme des pumas. Vident des bouteilles de vin sur leurs hommes.

Le lendemain, les journaux étaient pleins de photos dramatiques.

AUCUNE TRACE DU PROVOCATEUR ÉTRANGER QUI SERAIT À L'ORIGINE DE LA RIXE AU CAFÉ DE L'OPÉRA.

Mais ça, c'était à Madrid, Fitzo, et maintenant tu es à Paris.

L'académicien F. pique du nez à sa table. Fatigué. Fatigué, fatigué, fatigué à en mourir. Je n'ai plus la force de penser à cette merde à l'opéra. Plus la force. Un autre cognac puis ce sera assez pour aujourd'hui.

Fitzo ? Oui. Se pourrait-il que ce soit ton inconscient, ton génie définitivement lumineux qui te plongent dans toutes ces situations chaotiques et périlleuses ? Pourquoi ? Pourquoi mon inconscient ferait-il des choses aussi dingues ? Ça n'aurait aucun sens. Tu ne t'en rends pas compte, Fitzo, c'est une chose que ton esprit est incapable de saisir. Voici ce qu'il en est : ton génie orchestre les événements de ta vie pour que plus tard tu puisses en faire des films d'une manière absolument réaliste et crédible. Tout grand art cinématographique est autobiographique, tu le sais. Mon Dieu. Seigneur Dieu.

– Fitzo ? Tu ne devais pas rester travailler chez toi ce soir ?

Josefita, le Serpent à Plumes. Du Paradis. Que faire ? Me glisser sous la table ? Faire le cuité H. S. jusqu'à ce qu'elle parte ? Trop tard.

– Tu es soûl, Fitzo, tes jambes se trémoussent sous la table.

Elle bluffe. Personne, même pas Josefita aux yeux d'Indienne ne peut me voir ici au centre de l'obscurité. Il n'y aura plus d'autres prix Nobel, Fita, il n'y a plus d'argent, tout est parti en fêtes et en beuveries, et les membres de l'Académie ont disparu en Suisse.

– Ah mais c'est Josefita, mon bel ange amazone. Je ne t'avais pas vue. J'étais en train de réfléchir à un de tes poèmes.

– Pété comme un coing, apparemment. La voix de sergent.

– *Escúchame*, Josefita. J'ai décidé de te proposer pour le concours de Miss Univers cette année. Tu n'auras aucun problème pour gagner. La lauréate du prix Nobel gagne un concours de beauté. Ça sera le titre de l'année, Josefita.

– Arrête tes conneries. On va chez moi. Grouille-toi.

Terminées les agréables rêveries et les analyses du génie perfide. Quand Josefita a décidé de s'envoyer en l'air, rien ne l'arrête.

– Tu paies maintenant !

Je fais souvent des rêves de condor. Je plane haut au-dessus des sommets enneigés des Andes, je sens l'effet thermique me porter de plus en plus haut, je suis libre, je suis l'oiseau divin et le dieu de plumes qui vole plus haut que toutes les créatures de la terre. Subitement je pique sur ma proie. Et me réveille au moment de m'installer devant un cadavre en décomposition et de me rappeler que le condor est un vautour.

8

Monsieur F. Éric von Fitzenstrahl
Paris OOXB
France

Cher Monsieur Fitzenstrahl !

Nous avons appris qu'un citoyen suédois – séjournant actuellement dans la capitale française – prétend indûment être un représentant de l'Académie suédoise. Des rapports concernant ce fait nous sont parvenus de plusieurs pays, entre autres l'Italie, l'Espagne et deux pays de l'Est.

Le rapport de la brigade des fraudes milanaise donne le signalement suivant du suspect : un mètre quatre-vingt-neuf, quatre-vingt-dix kilos, yeux gris-bleu, cheveux blonds. Il parle italien avec un accent espagnol. L'homme se comporte avec savoir-vivre et assurance, il a une tenue impeccable, possède une bonne connaissance de la littérature mondiale et parle couramment plusieurs langues.

Ce signalement a orienté nos soupçons sur « le cinéaste, poète, danseur, musicien, etc. » F. Éric « von » Fitzenstrahl.

Eu égard à une publicité inopportune – pour des raisons évidente, l'Académie suédoise doit être tenue à l'écart de tout type d'« affaires » – nous avons pour l'instant renoncé à porter plainte.

Si l'affaire venait à être connue des médias, le risque serait grand de voir traîné dans la boue le nom glorieux de l'Académie suédoise. Au cas où ceci viendrait aux oreilles du public, la police craint qu'un grand nombre d'escrocs se mettent à jouer le rôle de représentants de l'Académie suédoise. Ceci signifierait chaos, catastrophe et déshonneur nationale.

Par conséquent, nous vous demandons de renoncer dorénavant à vous mêler du travail de l'Académie suédoise. Le nom du prix Nobel ne doit en aucun cas être souillé, ni l'Académie suédoise rendue suspecte.

Nous vous implorons en votre qualité de Suédois et patriote.

Veuillez recevoir nos sentiments distingués,

le secrétariat de l'Académie suédoise.

L'Académie suédoise
Stockholm, Suède

C'est avec stupeur et indignation que j'ai pris connaissance de votre missive du 6 mai dernier. Je suis extrêmement surpris qu'une institution telle que l'Académie suédoise se permette, sans la moindre preuve, de lancer des accusations injurieuses envers un citoyen irréprochable.

Je n'ai pas l'intention – pour l'instant – de prendre de mesures, mais, pour que les choses soient claires, j'ai transmis l'affaire à mes avocats, maîtres Benoît & Benoît.

Des fautes peuvent évidemment être commises, même par des institutions. Je vous recommande cependant de limiter vos erreurs de jugement au domaine qui est le vôtre : le choix des lauréats de prix Nobel de littérature.

Je voudrais saisir l'occasion pour signaler que j'ai d'excellents rapports avec les agences de presse du monde entier. Pour l'instant je ne vois aucune raison de rendre publique votre lettre, car je considère toute l'histoire comme une crise de désordre mental institutionnel, une affection qui en Suède est aussi fréquente qu'un banal rhume.

Bien à vous,

F. Éric von Fitzenstrahl

P.-S. Mes avocats m'informent à l'instant par téléphone qu'ils ont l'intention de réclamer en mon nom des dommages et intérêts équivalents ou supérieurs à la somme du prix Nobel. Je reprendrai en temps voulu cette affaire.

Fitzenstrahl se roule par terre, secoué de rire. Les vieux de l'Académie vont frémir de contrariété en lisant ma lettre. La question de ma culpabilité sera certainement ajournée jusqu'à nouvel ordre. Il n'est pas impossible que Josefita soit derrière ceci. La petite garce, se serait-elle mise en relation avec Stockholm ? Serait-ce le châtelain écrivain en Italie ? Peut-être. Tu ferais mieux de te retirer des affaires Nobel pour quelque temps, Fitzo. Et renoncer à Josefita et ses merveilleux sucs incas ? Jamais. Une femme comme Josefita doit être sucée jusqu'à la moelle.

Au boulot maintenant. Avec la chatte charnue de Josefita dansant sur la rétine. Je n'ai pas trop de temps pour le travail ces jours fébriles. La besognette prend toute ma force. Et dès que je la pénètre, Josefita se met à déclamer ses vilains poèmes. Je sens ma bite se ramollir petit à petit. Aucune bite au monde ne supporte la mauvaise poésie.

Hier on m'a présenté son père au club. D'instinct, je ne l'ai pas aimé. Un imbécile plein de vantardise, de baratin sur l'argent et le bétail. C'est probablement de son sang malade qu'est issue sa poésie exécrable.

Jusque-là, j'ai réussi à la tenir éloignée du Théâtre-Cabaret le soir. Tout s'écroulerait pour moi si elle me voyait danser. Je peux entendre sa voix cinglante de sergent :

– Un académicien qui danse et fait le pitre dans un cabaret de putes ? Je pense que tu n'es qu'un foutu bluff, Fitzo !

– Une couverture parfaite, Josefita. Il n'y a pas un seul journaliste qui ait réussi à me percer à jour et à découvrir qui je suis réellement.

Il est hors de question que ce dialogue de cauchemar se réalise jamais.

D'un bond je quitte la table de montage et m'installe devant ma machine à écrire :

L'Académie suédoise
Stockholm, Suède

Lors de la réunion entre la fondation Nobel, des représentants de son établissement bancaire et l'Académie française, il a été décidé à l'unanimité que l'Académie suédoise sera immédiatement libérée de la charge de désigner les lauréats du prix Nobel de littérature.

*Dès cette année, aussi bien le choix des lauréats que la remise du prix Nobel de littérature seront assurés par l'*Académie française.

Les cérémonies liées à la remise du prix se dérouleront dorénavant à Versailles.

Veuillez recevoir mes salutations distinguées.

Pour l'Académie française,
Maurice Sortie

Fitzenstrahl, une ombre secouée de rire en route pour la poste avec les deux lettres. Envoi par exprès ? Oui. En recommandé ? Oui. Oui. Oui. Avec assurance ? Oui. Tout.

Mais ce n'est pas seulement l'Académie suédoise qui écrit des lettres de menace.

F. Éric von Fitzenstrahl
Le Théâtre-Cabaret
Paris

Très cher Herr Fitzenstrahl !

Nous n'avons pas encore réussi à tirer au clair ce qu'il en est de votre noble extraction. Malgré cela nous avons commencé ce jour à planifier votre avenir avec notre fille. Les cérémonies de mariage se tiendront ici au château de Herrlichhausen et la bénédiction nuptiale sera donnée par l'évêque Friedrich Grossklumf dans la chapelle du domaine. Nous vous demandons de vous convertir au plus vite à la foi de la Sainte Église catholique, apostolique et romaine.

Veuillez agréer mes sentiments distingués,
Franz von Herrlichhausen
Sprützenglocken

P.-S. Selon notre fille Erika, vous l'avez pénétrée d'environ trois centimètres à deux occasions. Le code d'honneur de notre famille considère cela comme un coït accompli, et aucun homme n'a jamais pénétré une femme de notre lignée sans prendre ses responsabilités.

Trois centimètres ? Coït accompli ? Me marier avec le sang dément des Herrlichhausen ? Jamais.

Je slalome à pas feutrés et nerveux entre les bancs de la place Saint-Sulpice. Installe-toi au château de Herrlichhausen et tu seras coincé à vie. Le vieux schnock, est-il devenu complètement fou ? Me convertir ?

– Bleh, bleh, bleh, bleh.

Le Suédois se fige. Le bruit émane d'un homme vêtu d'un ample pardessus jaune. Un homme sans tête qui a boutonné le col de son manteau au-dessus du crâne. L'un des nombreux permissionnaires de cette ville, naturellement. Les parcs ici sont remplis de pensionnaires d'asile. Continue ton chemin, Fitzo, continue.

– Bleh, bleh, bleh.

Ignore-le, Fitzo. Ne gaspille pas ton précieux temps avec des crétins. L'homme sans tête frappe du plat de la main le banc où il est assis.

– Fitzo, nom de Dieu !

Le fou sait comment je m'appelle. À leur sortie d'asile, la direction leur donne une photo : *TROUVEZ CET HOMME.* Son nom est Fitzenstrahl.

– T'es malade, Fitzo ? T'es complètement livide.

Je fais trois pas en arrière. M'assieds à côté de l'homme sans tête.

– De qui tu te caches, Al ?

– De mon propriétaire. De l'épicier. De tout le monde. Mais il me faut sortir prendre l'air de temps en temps. Je me contente de respirer par les fentes du pardessus.

– Comment vous allez ? Comment vont Ann et les mômes ?

– On vit de soupes et de pain. Je récupère des légumes déclassés aux halles.

– Un billet de cent, ça te va ?

– T'es sérieux ?

– Prends-le.

– J'ai été viré de l'hôpital. J'avais emporté une table d'examen de gynécologie à la maison un soir. Depuis, tout a foiré.

– Comment va le livre, Al ?

– Est-ce qu'il t'est déjà arrivé d'écrire en mangeant que des pommes, Fitzo ? Il avance, mon bouquin. Il avance génialement bien même.

– Ouvre ce putain de pardessus maintenant. Je vais te donner cent de plus, comme ça tu pourras régler une partie du loyer et l'ardoise chez l'épicier.

– T'as vendu un film, Fitzo ?

– J'ai eu pas mal de chance ces derniers temps. Du boulot en rab.

– Tu continues à danser au théâtre des putes ?

– Tous les soirs. Tu viens boire une bière, Al ?

– Une bière ? Je sais plus comment on écrit ce mot-là. B.I.È.R.E. Ça alors, Fitzo. *BIÈRE.*

Al déboutonne son manteau. Il regarde autour de lui avec des yeux de cow-boy méfiants. Il rit. Prend Fitzenstrahl sous le bras et l'entraîne vers le troquet le plus proche.

Un homme caoutchouc. Rien que de la gomme. Il écrit mieux qu'aucun autre Américain, mais il n'a plus la moindre chance de se faire imprimer depuis que les éditeurs ont arrêté de publier les outsiders.

Ils grimpent sur les tabourets dans un bar d'ouvriers. Des types discutent tout bas dans les coins, les putains de matinée jouent de la prunelle et le patron lance des regards hargneux.

– J'aurais pu être à Silicon Valley avec trois mille dollars par mois à l'heure qu'il est, Swede. Et voilà que je me retrouve ici avec des trous dans mes chaussures.

Il montre ses chaussures au Suédois. Le cuir du dessus est attaché sous les pieds avec des ficelles.

– Lotta est en ville, Fitzo.

Je me sens devenir blême, mes yeux s'ouvrent tout grands. Si j'essaie de parler, j'avalerai ma langue. J'étoufferai.

– Elle habite avec un gars de Chicago.

Je vois Lotta courir nue dans le jardin du Luxembourg. Derrière elle sous les arbres, un grand *chicagoman* avec une énorme bite au garde-à-vous. Laisse-moi tranquille, Lotta.

– Une autre bière, Al ?

– Ho ho ! Oui. Deux si tu veux.

Al habite une péniche à moitié coulée, amarrée à l'extérieur de la ville. Quand la Seine est en crue, les lits des mômes flottent dans les cabines. La vie romantique des artistes à Paris. Pour ça, il paie cinq cents francs par mois.

– Et la péniche ?

– Les mômes ont développé des sortes d'ouïes.

– Et Ann ?

– Elle se fait une raison. Mais sa famille dit qu'ils vont venir me l'enlever et les mômes avec.

– Tu l'as trouvée comment, Lotta ?

– Pas bien, Fitzo, pas bien.

– Qu'est-ce qui ne va pas ?

– Oublie-la.

– Qui c'est, le type de Chicago ?

– Un Polonais, je dirais. Tu veux qu'elle revienne, c'est ça ?

– Oui.

– Tu changeras d'avis quand tu l'auras vue.

– Elle se drogue ?

– Va jeter un coup d'œil par toi-même. Je sais où ils habitent.

Il note l'adresse. Je la fourre dans ma poche sans la regarder.

– Essaie de la repérer sans qu'elle te voie.

– Pourquoi ? Je n'aime pas espionner. Pas elle en tout cas.

– Merde, je suis en train de me péter la gueule à la bière. Ça fait plusieurs jours que je mange pas.

– Viens avec moi manger quelque part.

– Faut que je rentre, Ann m'attend. Je vais acheter des tonnes de bouffe. Pourquoi on fait des trucs comme ça, Fitzo ? Pourquoi est-ce qu'on vit pas comme des êtres humains ?

– Des Parias. Mais des Hommes Saints. Et le Sel de la Terre.

– Douze ans de formation pour vivre comme un rat d'égout au fond de la Seine.

– Mais un rat d'égout qui écrit de ces putain de livres.

– Faut acheter de la viande, Fitzo, un auteur a besoin de viande. Tu viendras nous voir ?

– Je viendrai la semaine prochaine.

– Je vais probablement jamais pouvoir te rendre l'argent, Fitzo.

– Tu m'as aidé quand j'étais dans la merde à New York. Pense pas au fric maintenant. Tout s'arrange.

– *See you,* Fitz.

– OK.

Al file de son pas rapide et sautillant. Agite la main. Une des rares personnes que je connaisse qui mène une vie à mille volts, tous sens en éveil. Un beau jour dans l'avenir, les éditeurs vont se prosterner devant lui. Il est américain jusqu'au bout des ongles. Écrit une prose qui brûle et qui sent les mégapoles, les montagnes, les briques, les pièces détachées de bagnole et la camaraderie. Un Sandburg-Whitman-Kerouac moderne en route pour la boucherie acheter de la viande.

Faut rentrer bosser maintenant. Mais d'abord écrire une petite lettre à Herr Herrlichhausen. Et aller voir Lotta. Qui habite du côté de Saint-Séverin et que je ferais mieux de ne pas croiser. De l'héro ? Du speed ? J'essaie d'imaginer l'endroit où elle habite. Un squat de junkies. Lotta à moitié affalée sur une chaise. Flétrie. Son mec allongé tétanisé par terre devant elle. La table pleine de seringues et de cuillères. *Tire-toi, Fitzo, t'en as plus rien à foutre de moi !* Non. Pas comme ça. Elle crèche sous un pont, boit au moins trente bières par jour et a gonflé à en être méconnaissable. Elle est monstrueuse, pèse cent dix kilos. Je la regarde, endormie sous un buisson. Elle s'est vomi dessus. Pissé dessus. Le jean plein de sang. Le Polonais lui a filé des bleus et il lui a cassé les dents de devant. Si je la regarde longuement, je peux voir l'ancienne Lotta toute mince au fond des masses de chair. Elle est couchée là dans le buisson et elle est comme d'habitude, bien qu'elle soit envahie de graisse. C'est peut-être une autre personne qui a poussé autour d'elle pendant qu'elle dormait. On voit à ses yeux qu'elle voudrait sortir de la créature qui se développe sur elle comme une sorte de corail adipeux, mais elle est paralysée. Presque étouffée par l'autre. Livrée. *Occupe-toi de moi, Fitzo, aide-moi à rentrer à Helsinki.* Oui, Lotta, je vais t'aider. Tout va s'arranger. Non.

De la coke ? Du LSD ?

Je m'assieds au bord d'un banc. Pâle et misérable. Qu'est-ce que tu fais si elle a atterri à l'asile, si tu la retrouves en train de brailler avec les autres fous ? Qu'est-ce que je peux faire ?

Fitzo ? Oui ? T'as l'intention de laisser tomber tout ça. Oui. Espèce de lâche. Vraiment. Espèce de fumier, enfoiré. Oui.

– C'est trop pour moi, tout ça !

– Arrêtez de crier comme ça !

– Excusez-moi, monsieur l'agent. Je suis poète. C'est l'inspiration qui m'est tombée dessus. Je travaille sur un poème qui parle de Paris et de l'amour. De la liberté.

– Étranger, hein ?

– Oui. Suédois. Je m'appelle Olof Strindberg.

– Vous êtes de la famille du grand Strindberg ?

– Le père de mon grand-père, monsieur. Il a écrit ses meilleurs textes ici.

– Qu'est-ce que vous pensez de Rimbaud ?

– C'est l'un de mes préférés, monsieur. Tout comme Baudelaire. On dirait que la poésie vous intéresse, monsieur l'agent. Puis-je vous offrir un verre dans le bar là-bas ?

– Je pense que vous êtes bidon. Montrez-moi vos papiers.

Je glisse la main dans ma poche, sors un papier. Je le tends à l'agent et décolle vers la cathédrale comme une fusée. Le flic hurle et part sur mes talons. Deux fois le tour de la cathédrale, puis j'entre dans l'immeuble du coin, où j'ai habité autrefois. Direction la cave où je l'attends derrière une porte. Quand il s'engouffre dans l'obscurité, je claque la porte sur lui et tourne la clé. Qu'ils aillent se faire foutre, les Français, qu'ils aillent se faire foutre. S'ils m'attrapent, ils m'enverront à Cayenne ou en Suède où le froid fait noircir la bite et où les joyaux cliquettent comme des glaçons dans le pantalon. Je ressors dans la rue.

– Taxi !

– Monsieur ?

– La tour Eiffel ! Tout de suite !

J'ai besoin de gagner les couches d'air supérieures un moment. La perspective des oiseaux est faite pour des hommes comme moi. On arrive.

Je monte dans la tour, bavarde avec les autres touristes dans un américain traînant. *Sure this tower is a must. Nothing like Paris. I'm doing Europe in twelve days. Rome tomorrow and Firenze. Culture, I love culture. Mona Lisa, ain't she a beauty ? Yes, Minneapolis, and you ?*

Jesus Christ, qu'on me débarrasse de cette compagnie épouvantable. Qu'on m'épargne les perpétuels défaites et revers. Ce con de flic m'a repéré à l'odeur. Tout le monde en a après moi, tous. Bientôt j'aurai tout le pacte de Varsovie sur les talons après le bluff du Nobel dans l'Est. Poursuivi par des académies et des avocats. Des troupes espagnoles me cherchent dans la sierra. L'homme au mammouth, à mort l'homme au mammouth !

Et tout ce que j'ai obtenu est un sixième prix minable au festival de Knokke.

Je penche mon triste personnage au-dessus de Paris. Sauter ou ne pas sauter. Dans les moments difficiles, je reviens toujours ici. La tour Eiffel est mon centre de consolation. *Comfort me with towers, you bastards.* Il fut un temps où j'habitais ici. Un temps d'inspiration et de poésie. J'étais revenu à Paris pour réaliser un rêve. Obsédé par l'idée de travailler et de vivre ici en hauteur. D'Orly, je pris un taxi jusqu'à cette magnifique construction de fer. Montai avec l'ascenseur. Discutai mon idée dans un chuchotement prudent avec l'un des gardiens. Qui croyait avoir affaire à un fou. Je descendis avec l'ascenseur. Offris une bière au gardien. Il rit nerveusement. Une autre bière ? Merci.

– Mais ce n'est pas possible, monsieur. Personne n'a jamais habité la tour Eiffel. C'est interdit.

– Qui prétend que c'est interdit ? Personne ne va se rendre compte que j'y habite puisque personne ne peut imaginer une telle chose. Je suis prêt à vous payer le loyer six mille francs par mois.

– Impossible, monsieur, impossible.

– Je resterai peut-être plusieurs années. Je veux habiter le cagibi tout en haut. En plus du loyer, je vous payerai cinq mille francs de droit d'entrée.

– Je vais perdre mon travail si on vous découvre.

– Si on me découvre, je vais naturellement vous tenir en dehors de tout cela. Vous direz seulement que vous ne m'avez jamais vu avant. Et que personne n'a remarqué qu'il y avait un locataire dans la tour. Vous pouvez vous sentir tout à fait rassuré.

– Les deux autres gardiens vont me coincer.

– Faites-les entrer dans le coup, merde. Je peux augmenter le droit d'entrée à neuf mille francs. Ça vous fait trois mille par personne. Plus deux mille francs chacun de loyer ! Au noir !

– Je n'ose pas, monsieur.

L'homme soupira. Je décidai d'avoir recours à la psychologie grand public. Lui montrai une liasse de billets contenant vingt mille francs en petites coupures. Il rit de nouveau. Ses mains décrivaient des mouvements incontrôlés dans l'air. Il se vit acheter une nouvelle voiture à crédit et filer en Bretagne en vacances.

– Mais pourquoi voulez-vous habiter là-haut ?

– Je suis artiste. Romantique.

Une semaine plus tard, j'emménageai dans la tour sans me faire voir. Ce qui prouve qu'un être doté d'une volonté passablement forte peut réaliser pratiquement n'importe quoi dans la vie. Tout ce qu'il faut, c'est de la patience, de la gentillesse, une concentration absolue sur le but – et un peu d'argent.

J'arrangeai mon petit habitacle selon la formule magique de la proportion divine. J'accrochai un hamac mexicain, me fabriquai une table de travail que je montai en pièces détachées avec l'ascenseur. J'achetai une cuisinière et un réfrigérateur, tous deux à gaz et miniatures, me trouvai deux élégantes chaises de metteur en scène et quelques caisses de champagne, je peignis mon nid en couleurs discrètes et me mis au travail. À l'aise dans l'existence.

Changer de peau perché dans un réduit en haut de la tour Eiffel est une jouissance qui se décrit uniquement avec de la musique : ta-ta-ti-to-tilitoooooo !

Il n'y avait qu'une seule personne qui sût que j'habitais la tour Eiffel : Louis, mon ami américain. Je le croisai en ville un jour.

– Merde, où t'étais passé, Fitzo ? On te voit jamais.

– J'étais en voyage. Puis j'ai déménagé. J'habite dans un rêve.

– Où ça ?

– C'est secret.

– Arrête tes conneries. Dis-moi où t'habites, *man.*

– Impossible.

– T'habites chez une vieille pute, c'est ça ?

– D'accord. Viens, on va chez moi.

On prit un taxi jusqu'à la tour Eiffel. Quand je me dirigeai vers l'ascenseur, Louis se mit à gueuler qu'il ne voulait rien avoir à faire avec cette putain de tour Eiffel. Je le pris par le bras et l'entraînai dans la cabine.

– T'as l'intention de me montrer où t'habites de là-haut ?

– Attends, tu vas voir.

Il ne dit rien pendant qu'on montait. Il parla encore moins quand j'ouvris la porte en tôle de mon bel intérieur. *Voilà !*

Louis fixa le hamac et la table de travail. Je lui servis un verre de champagne. Il était sans voix. En sueur, grelottant.

– C'est impossible, Fitzo.

– Rien n'est impossible dans ce bas monde. Rien.

– Tu te fous de ma gueule. Personne peut habiter la tour Eiffel, même pas toi, Fitzo.

– Six mille par mois et la meilleure vue du monde.

– De toutes les conneries que t'as faites dans ta vie, celle-ci est la pire.

– Finis ton verre et prends-en un autre, Louis.

– Et les autorités, qu'est-ce qu'elles en disent ?

– Les autorités ne savent rien.

– Les gardiens alors ?

– Corrompus. Ce sont eux qui encaissent le loyer.

– Tu vas te geler les miches cet hiver.

– J'ai déjà acheté des radiateurs électriques. Je vais pirater les lignes et me brancher sur le système d'éclairage quand le froid viendra. Isoler.

– Les gens ne s'aperçoivent pas que tu rentres ici ?

– Je m'habille toujours comme un ouvrier ou un gardien. Ils croient que je range mes outils ici.

– C'est vrai que c'est un endroit fabuleux pour vivre.

– Parfait pour un esthète comme moi.

– On peut pas faire des choses comme ça ! s'écrie-t-il tout à coup.

– Je peux, Louis.

– Tu sautes des nanas ici ?

– Des fois. L'altitude et la vue donnent de bons orgasmes. Des orgasmes d'aigle.

– Et les nanas ? Elles peuvent raconter à tout le monde où tu habites.

– Elles ont un bandeau sur les yeux quand je les conduis ici. Elles croient qu'elles se trouvent dans un gratte-ciel ordinaire.

– Où est-ce que tu chies ? dit-il d'un air goguenard.

J'ouvre la porte de mes toilettes.

– Toilettes chimiques ?

– Non.

– Toilettes sèches ?

– Je déteste les toilettes sèches. Ça ressemble à ce qu'ils ont à l'hôpital pour les gens qui viennent de se faire opérer.

– Ne me dis pas que tu lâches simplement tout dans le vide ?

– Trois cents mètres de hauteur de chute effective, Louis.

– C'est dégueulasse.

– Je plaisante, Louis. Ce serait terriblement ingrat de se comporter comme ça envers la nation française. De plus ça serait risqué. Les gens se demanderaient d'où proviennent les fèces.

– Quelles fesses ?

– La merde si tu préfères.

– C'est quoi alors tes putain de chiottes ?

– Toilettes mécaniques.

Louis regarde le trou.

– Et toute cette ferraille là-dedans, qu'est-ce que c'est, Fitzo ?

– Une construction mécanique simple avec peu de pièces mobiles. L'ensemble forme un dispositif de catapulte primitive qui, après chaque visite, propulse les excréments droit dans le fleuve là-bas.

– Je te crois pas, Fitzo. Ça peut pas marcher.

– Non ? Essaie-les. Quand tu as fini, tu presses ce bouton et BZIPP ! les matières fécales se retrouvent dans la Seine.

Louis regarde encore une fois le trou.

– C'est vachement dangereux, *man.* Qu'est-ce qu'il se passe si elle se déclenche quand t'es assis là ? Elle va t'arracher le croupion et l'envoyer valser sur les Champs.

– Aucun risque. La catapulte est installée un bon mètre plus bas.

En fredonnant, Fitzenstrahl va chercher un vieux sandwich dans le frigo. Le lâche dans les toilettes et montre le système de déclenchement.

– Vas-y, tire, Louis, tire. Prends ces jumelles et vise le milieu du fleuve en même temps. Je t'assure que tu vas mettre dans le mille.

Louis appuie sur le bouton. BOINGGGG ! Il suit le trajet du sandwich dans les jumelles et le voit atterrir au milieu du fleuve trois cents mètres plus bas.

– Putain, la vache !

– Génial, comme tout ce que j'entreprends.

En partant, Louis était béat d'admiration.

– Tu pourrais faire la même chose aux États-Unis, Louis. T'installer dans la Statue de la Liberté. Diriger la catapulte sur Wall Street.

– *See you,* Fitzo.

– D'accord.

Si ce n'était pour ces putain de toilettes, j'habiterais probablement encore dans la tour Eiffel, mais des erreurs de calculs balistiques, des vents eiffeliens capricieux et des ressorts trop tendus dans la catapulte ont faussé le tir. Le bombardement fécal destiné à la Seine s'est fait à quelques reprises sur certains bâtiments officiels dont les fenêtres étaient grandes ouvertes dans la chaleur de l'été. J'ignorais tout de cet état de fait jusqu'à ce que trois voitures de police arrivent en bas de la tour, les sirènes hurlantes. Une dizaine de policiers se précipitèrent vers les ascenseurs.

Je les accueillis en habit de cérémonie et haut-de-forme. Ils semblèrent hésiter. Acceptèrent un verre de champagne. Inspectèrent mes toilettes, pliés de rire. L'un des policiers voulut les tester en posant un étron, mais il en fut empêché par son supérieur. Je les suivis au commissariat. Nous chantâmes tout au long du trajet dans la voiture de police.

La nation française tient à sa dignité, c'est pourquoi le procès s'est déroulé à huis clos. Au cours de l'audience apparurent certains détails légèrement comiques qui firent s'esclaffer les juges solennels. En effet, les signatures d'un accord commercial avec une ancienne colonie française venaient de débuter devant une des fenêtres ouvertes qui avait été canardée avec les munitions de la catapulte. Le bombardement fatal d'excréments s'était déclenché juste au moment où les ministres en grande tenue se penchaient sur les accords, munis de leurs sceaux. Pour des raisons esthétiques, je m'abstins de fournir les détails à la Cour.

Le résultat avait été désastreux. Le ministre de l'ex-colonie française, furieux, avait accusé les Français de conspiration. Il avait refusé de poursuivre les négociations. Une heure plus tard, profondément offensé, il était parti avec sa suite pour Orly. Selon des sources habituellement bien informées, les négociations interrompues étaient à l'avantage de la France.

Dans la plaidoirie finale du procès, je présentai un simple discours de défense où je m'en tenais principalement à l'honneur de la France, la grande importance du pays en tant que conscience du monde et nation culturelle par excellence. Je fis également quelques rapides incursions en arrière sur les traditions de la justice française, qui tombèrent manifestement dans une terre propice puisqu'on se contenta de me condamner à une amende. L'esprit de la loi plutôt que la lettre.

Cette nuit je vais de nouveau rêver de policiers. Je vais peut-être faire le rêve des lapins. Où les chiens jappent et me mordent les jarrets. Je suis un aimant à policiers. Je dégage des odeurs et des vibrations qui les font me prendre en chasse dès qu'ils m'aperçoivent. Je ferais mieux de me trouver un costume antiradiations. Casque de sécurité et divers dispositifs isolants. De retrancher ma virilité des hommes de ce monde. Je vais aussi faire le rêve Eiffel où je monte sur la balustrade. Les Champs-Élysées au loin. Je me lance et plane les bras étendus. J'utilise mes pieds comme gouvernail. Atterris doucement parmi les aigles en pierre de l'Arc de triomphe. Reçois les applaudissements sous le tricolore déployé. Moi – le Napoléon des Images Animées. Mais avant de m'endormir je me concentre sur le rêve imminent. L'oriente. Pour ne pas me retrouver dans l'immense bassin d'excréments de la station d'épuration.

Le gouvernail des rêves se tient du bout des orteils.

Deuxième partie

« Nous vivons à une époque merveilleuse et dans un
merveilleux monde anarchique de couleurs,
de mouvements, de vibrations et de destructivité
créatrice et étincelante... l'intellect
a fait faillite, la vie elle-même explique
la vie, et chaque instant, chaque
seconde est un événement divin dans
lequel toute la création prend corps. Nous
devons railler l'existence à chaque
instant, nous bafouer nous-mêmes, bafouer
tout en produisant sans cesse
des attitudes, des gestes et des attributs
grotesques et fantastiques. »

Benjamin de Casseres

9

JE ME FIGE devant ma table de travail en entendant les lourds coups frappés aux portes du théâtre. Je jette un coup d'œil par le rideau et vois deux messieurs d'un certain âge de la Société de Littérature latino-américaine qui examinent le trou de la serrure. Ils sont accompagnés d'un quinquagénaire avec un porte-documents et de deux gorilles.

Les voix des vieux sont indignées. Ils regardent ma fenêtre. L'animal au porte-documents donne un coup de pied à la porte. Est-ce que ces enfoirés ont parlé de moi avec Stockholm ? Est-ce que l'animal au porte-documents vient de l'Académie ? Les gorilles de la Sécurité du Territoire ?

Après un moment de palabres et d'attente, ils s'en vont. Fitzenstrahl les regarde partir. La peur fait passer des courants électriques dans ses mains. Espèces d'ignobles épaves. De quel droit venez-vous mettre le nez dans mes affaires ? Seigneur Dieu, il faut que je m'assoie un instant. Que je me repose et réfléchisse à cette détestable situation. Quand je suis exposé à un danger, j'ai toujours la sensation que mon squelette se relâche. Il devient mou et caoutchouteux, j'ai du mal à tenir debout. Pour finir, le crâne aussi s'affaisse et se déforme. L'idée me traverse l'esprit que si j'appuyais fort sur le crâne avec le pouce, l'os céderait et garderait une profonde empreinte du pouce. Alors appuie, espèce de crétin ! Appuie, qu'on en finisse ! T'as gâché ta vie parisienne. Bientôt t'auras toute l'Amérique latine à tes trousses. Peut-être toute l'Académie suédoise avec des chaises numérotées qui volent et des discours balbutiants en anglais du pôle Nord – traqué par tout l'inquiétant établissement littéraire suédois, aboyant comme des chiens sauvages.

La catastrophe est imminente. Ça fait un moment que je le sens. J'ai toujours le cuir chevelu qui me gratte quand le danger s'approche. Courage, fuyons, ne prenons pas de risques.

C'est subitement le branle-bas de combat. La caméra et le matériel de montage, les machines à écrire, les films, les copies, un peu de vêtements et des livres. Le reste, je le cache dans le grenier du théâtre jusqu'à mon retour à Paris. Dans quelques mois tout ça sera oublié. Bientôt Lars Gyllensten [1] de la Vaticanie suédoise commencera à envoyer des signaux de fumée après l'élection du nouveau pape. Alors ils auront d'autres chats à fouetter là-haut.

Quelques lettres en vitesse maintenant.

Ma très chère Josefita. On m'a appelé à Stockholm pour une consultation. Serai de retour très bientôt. Ton Fitzo.

M. Lagrippe, le Théâtre-Cabaret, Paris. Cher M. Lagrippe : Au cours de la représentation d'hier, je me suis fait une élongation à la jambe droite et j'ai été obligé d'entrer à la clinique pour observation. Je reprendrai contact avec vous dès que je serai rétabli. Votre F. Éric von Fitzenstrahl.

1. Auteur suédois, secrétaire perpétuel de l'Académie suédoise jusqu'en 1987, et membre du comité Nobel. *(N.d.T.)*

Señorita Carmela Rodrigues, le Théâtre-Cabaret, Paris. Querida amiga Carmela : Vous allez énormément me manquer maintenant que je quitte mon cher Paris pour quelque temps. Le devoir m'appelle. Je serai de retour en France dès que j'aurai accompli ma mission. Fitzenstrahl.

M. Louis Laughingdong, Paris. Dear Lou : Suite aux vilaines conspirations de mon entourage, je suis forcé de quitter temporairement Paris. Je te donnerai de mes nouvelles au plus vite de la Roumanie ou de la Bulgarie ou de n'importe quel pays de l'Est où un prix Nobel en fait saliver plus d'un. Fitzo.

Le garage maintenant, j'y vais chargé de valises et de sacs. Déguisé avec fausse moustache et lunettes de soleil. Ça fait un moment que je ne me suis pas baladé en voiture. Je n'ose pas conduire dans Paris. Je ne veux pas rayer ma magnifique voiture.

Je caresse la tôle lisse de la carrosserie. Un prodige. Un macho. Le coffre est colossal. J'y engouffre tout mon barda. Maintenant vous n'avez qu'à danser vous-mêmes, connards. Fitzo quitte la chorégraphie. Il déplace ses montagnes russes monoplace plus au sud.

Je démarre la voiture. Écoute le moteur, la bouche ouverte. Mes amis américains prétendent que ma Cadillac est monstrueuse et vulgaire. Grotesque, comme seule peut l'être une voiture américaine. Modèle du début des années cinquante avec tout ce que cela implique. Noire comme un corbillard et la tôle épaisse d'un char. Vitres blindées. Même le dessous est peint. Elle est rapide. Je l'ai achetée à un vieux réalisateur fatigué qui tournait des westerns du côté d'Almería sur la Costa del Sol. Il songeait à se retirer du cinéma et à s'établir pour de bon en Espagne. Cela faisait trente ans qu'il travaillait à Hollywood et il en avait marre de l'Amérique.

Gimme two thousand smackers and it's yours, Swede, m'a-t-il dit. Dans quelques années, elle en vaudra le double. Une voiture classique, Swede, et toutes les grandes stars ont voyagé dedans. Tu vois le creux là, dans le siège ? C'est le cul de Marilyn qui l'a fait. Une Cad, Swede. Exactement ce qu'il faut à un mec comme toi.

– Mille, ai-je dit, mille dollars, je te les file sur-le-champ.

– I'll take it !

Il a eu ses mille dollars et a disparu dans les Alpujarras. Et moi d'appuyer sur le champignon, un sourire aux lèvres, bien à l'abri derrière les vitres teintées. Les Espagnols avaient l'air affolés sur mon passage quand je fonçais sur Carthagène. Une sinistre voiture de gangster aux sièges de cuir rouge, avec bar intégré, compartiments secrets et des centaines de boutons mystérieux.

À bout de souffle, le Suédois descend le reste de ses bagages, retourne à sa loge et s'habille pour un long voyage. Casque, gants de pilote, longue écharpe et lunettes spéciales. Il ne faut rien laisser au hasard quand on se lance à l'assaut de l'Europe.

Je sors la Cadillac ronronnante en marche arrière du garage. Poussez-vous, Français ! Fitzenstrahl arrive !

Les petites DS s'éparpillent comme des cafards. Des jouets. Dégagez !

J'adore l'odeur du cuir et de la peau rouge et souple. Commandée spécialement par le réalisateur autrefois riche, qui a probablement baisé toutes les grandes stars sur le siège arrière. *You'd better play the game, little lady.* Si tu veux ce rôle, tu ferais mieux d'écarter les jambes un petit moment. C'est la tradition. À Hollywood.

Putain de circulation ici à Paris. Ça ira mieux dès que je serai sur les autoroutes. D'abord Strasbourg. Puis Vienne. J'adore ma voiture, je l'adore. Elle va bien avec ma personnalité. Consomme au moins trois litres au cent, ce qu'il faut considérer comme peu cher payé pour un moyen de transport royal. Je l'ai baptisée Bucéphale.

Josefita a failli me tuer avec son frotti-frotta à ne plus en finir. Elle avait de drôles d'exigences aussi. Voulait que je sorte ma queue dès qu'elle arrivait chez moi. Que je fouette la porte avec, plusieurs fois. Je l'ai fait. J'ai fait tout ce qu'elle m'a demandé. Reconnais que t'as commencé à en avoir marre d'elle, Fitzo. Oui. Et t'en as marre des Français. Franchement. Marre de leur mesquinerie renfrognée. J'en ai surtout marre de leur haleine immonde. La meilleure cuisine au monde provoque des gaz terribles dès qu'elle est mâchée et avalée. La puanteur dans le métro et dans les salles de cinéma est épouvantable. Qu'ils aillent se faire foutre, ces enfoirés bilieux ! Ne pense plus à eux maintenant. T'as devant toi la saine haleine allemande. Et suisse. Et j'adore l'haleine de l'Autriche. Celles de la Roumanie et de la Hongrie me sont inconnues.

J'en avais marre de la danse aussi. Et marre d'habiter dans ce théâtre de putes. Un homme dans ma position ne peut pas vivre dans une loge dégueulasse. Ni se livrer à des trucs indignes sur scène. Bientôt nous serons en Allemagne. J'aime l'Allemagne, je ressens une affinité avec son peuple. Nous avons les mêmes dieux et le même tempérament. Nous sommes des romantiques. À dix mille lieues du tempérament français rusé et matérialiste.

Heures interminables sur la route. Fitzenstrahl penché sur le volant d'ivoire.

– Fabriqué avec les défenses de jeunes éléphants mâles, a dit le réalisateur quand je l'ai achetée. On l'a parfaitement en main même en dépassant les deux cents à l'heure. Le levier de vitesse provient de la colonne vertébrale du rarissime singe sarnatte. Il en reste sept spécimens dans la jungle de Bornéo. Poignées de portière taillées dans des squelettes de jeunes girafes. Revêtement des sièges en peau de bébés baleines. Une voiture pratiquement organique, Fitzo. Écologique.

La douce Allemagne défile sur les côtés. *Was ist das ?* Une Mercedes argentée dans le rétroviseur. Une voiture de merde, à mon sens, une voiture pour les bourges et les directeurs, l'incarnation vulgaire de la bonne morale allemande.

La Mercedes grossit dans le rétroviseur. Fitzenstrahl accélère légèrement. Qu'est-ce que tu crois, Allemand de mes deux ? Tu dois avoir la folie des grandeurs si tu imagines pouvoir doubler une fusée américaine. Mets la gomme, Fitzo. Cent quarante maintenant. Une voiture comme la mienne peut sûrement rouler à deux cent trente s'il le faut. Mais c'est quoi ces conneries ? Cet enculé essaie quand même de me doubler ?

Mes gants de pilote se transforment en griffes d'acier autour du volant. Un œil sur la route et l'autre dans le rétroviseur où cette saloperie de Mercedes présente un gigantesque pare-brise devant un visage écarlate. Appuie sur le champignon, Fitzo, à fond, à fond. Mais il est déjà à fond ? Non, non, non, il en a encore dans le ventre. Même si je dois enfoncer le châssis de dix centimètres. Voler sur l'autoroute avec mon énorme pied pointant sous la voiture telle une serre d'aigle en fer.

L'Allemand me fait des appels de phares à présent. Klaxonne avec son espèce de clairon. Qu'est-ce qu'il essaie de dire, ce fumier ? Comment ose-t-il me klaxonner, moi ? Cent soixante maintenant, ça devrait être suffisant pour toi aussi, putain de général SS. Tu restes à ta place. Personne, je dis personne, ne forcera Fitzenstrahl of Sweden à passer sur la file de droite tant qu'il pilote une Cadillac. Personne.

Fitzenstrahl est tout blanc. Ses lèvres, un trait mince. L'homme derrière moi doit être rond comme une barrique. Sinon, comment interpréter ces appels de phares et coups de klaxon ahurissants ? Un fou ? Les Allemands ont-ils ouvert les grilles des hôpitaux psy et filé une Mercedes en cadeau d'adieu à chacun des patients ?

Fitzo ? Oui. Tu ferais mieux de te ranger à droite avant qu'il arrive quelque chose de désagréable. Quoi ? Qu'est-ce qui pourrait arriver de désagréable ? Rien, Fitzo, rien. Et les flics alors ? Le permis de conduire ? Comment ça, permis de conduire ? Un Suédois n'a pas besoin de permis à l'étranger selon les nouveaux accords avec le Conseil de l'Europe. Il s'agit des droits de l'homme. Essaie pas de filouter maintenant pour t'en sortir, Fitzo. Est-ce que tu te souviens du merdier que tu as dû affronter quand ils se sont aperçus que tu avais conduit deux ans en Suède sans permis de conduire ? Non, je m'en souviens pas. J'ai dit aux flics que j'avais été taxi à New York pendant cinq ans. Ça ne change rien, Fitzenstrahl, ont dit les flics, montre-nous ton permis maintenant. Si tu en as un.

BANG ! CLONG ! CRAC !

Putain de merde, c'est quoi, ça ? Tu me rentres dedans, enculé d'Allemand ? CLONG ! CLONG !

La tête de Fitzenstrahl sursaute. La Mercedes vient cogner sa Cadillac rutilante, plusieurs fois. Je déteste ces visages aux yeux écarquillés dans les voitures qui nous croisent en sens inverse sur l'autre chaussée. Ne vous gênez pas pour regarder, connards, ici c'est Fitzenstrahl qui commande. Si tu me rentres dedans encore une fois, je te coincerai contre le muret, mon salaud, je te forcerai lentement sur la gauche jusqu'à ce que ta Mercedes minable s'ouvre comme une boîte de sardines contre le béton. CRAC ! COINC ! BOINC ! C'est incroyable. Et illégal. Je porterai plainte au Bundestag contre ce fumier. Il prendra au moins cinq ans à Spandau. Tu feras moins le fier là-bas, espèce de vermine. Les Allemands n'ont aucun respect. Ce que leur histoire a très bien démontré. L'insolence et le culot, voilà leur marque de fabrique. BRRANG ! DOING ! CRASH ! Il y va de plus en plus fort maintenant. Aucune voiture ne supporte qu'on lui rentre dedans comme ça à répétition, même pas une Cadillac blindée. Vaut mieux que tu te ranges sur la droite maintenant, Fitzo.

Dès que je quitte la file de gauche, la Mercedes me double à deux cents à l'heure. L'homme derrière le volant me montre les poings avant de disparaître.

Ce voyage ne commence pas bien, Fitzo. Tu ferais mieux de t'arrêter au prochain parking pour vérifier le train arrière. Salopard.

Là. Mille mètres pour le Raststätte Hofenscheiss. *Gut.*

Bordel !!! J'examine le pare-chocs arrière de la Cadillac. Les feux arrière cassés, la tôle défoncée, le pare-chocs plié. Des dégâts pour des milliers de couronnes – même le tuyau d'échappement est tordu. Va pisser maintenant. Va te vider de deux litres d'adrénaline et essaie d'oublier. Salopard. Salopard. Salopard.

Je m'éloigne parmi les buissons, avance avec précaution entre étrons et papiers gras. Des immondices, rien que des immondices où qu'on aille. Avant d'en avoir terminé avec cette planète, l'image de Dieu l'aura ensevelie sous un mètre de merde. La planète excrémentielle Terre sur son orbite puante à travers l'univers, étouffée par les déjections d'un monstre.

Subitement je me mets en tête que ce sont des singes montés sur roues qui m'entourent. Gorilles. Orangs-outans. Des cris. La circulation s'est un peu calmée, les voitures filent derrière le rideau d'arbres, leur conducteur penché sur le volant. Les chimpanzés Mercedes fixent le crépuscule de leurs yeux simiesques et candides, leurs mains roses et ridées tremblent. Un monde dément, Fitzo, dément. Les singes de Stuttgart comme des fous furieux en route pour Francfort et ceux de Francfort pour Stuttgart. Pourquoi vous ne pouvez pas rester chez vous, espèces de détraqués ?

Uriner calmement et tranquillement maintenant. Un plaisir gratuit pour tous.

Je retourne d'un pas prudent vers ma voiture. M'arrête tout à coup derrière un arbre, les jambes raidies de peur. Une Mercedes silencieuse se dirige vers ma Cad, tous feux éteints, elle accélère et vient emboutir mon arrière-train dans un bruit effroyable. Je pique un sprint vers la voiture. Quand le conducteur me voit arriver, il recule puis disparaît sur l'autoroute, pied au plancher.

Je m'appuie sur ma voiture, les larmes aux yeux. Pourquoi ce fêlé a-t-il pris ma belle voiture en grippe ? Est-ce l'Amérique qu'il hait ? Il a dû m'attendre dans le parking, moteur allumé. Est-ce que ce fou me guettera plus loin aussi pour se déchaîner encore sur moi ? Beaucoup de questions, Fitzo, et pas de réponses. Mieux vaut quitter l'Autobahn et emprunter des routes secondaires sur quelques dizaines de kilomètres. Si ça continue comme ça, mon bien-aimé Bucéphale sera bientôt une épave – peut-être l'est-il déjà. Tout le châssis a pu se déformer. Ce fumier a probablement équipé l'avant de sa voiture avec une armature de stock-car pour pouvoir écrabouiller tout ce qui se présente sur son chemin.

J'en ai encore les jambes toutes flageolantes. Nous les Suédois, nous sommes devenus de vraies mauviettes. Nous laissons n'importe quel connard nous mener à la baguette. Jamais nous ne rendons la pareille. Le peuple le plus abruti au monde. Des minables maladroits qui demandent pardon d'exister. Dégénérés et mous. Neutres jusqu'à l'auto-anéantissement. Mais pas Fitzenstrahl. Il lui reste encore une lichette de sang viking dans les veines. Aux États-Unis, je me suis fait respecter dès le départ. J'ai discipliné les Yankees. On m'appelait *The Mean Swede.*

Réfléchis maintenant. Réfléchis, réfléchis, réfléchis. S'il me guette dans un parking plus loin, il s'est probablement garé près de la sortie pour pouvoir décamper au plus vite après avoir redéclenché l'enfer.

The Mean Swede farfouille dans sa boîte à outils. Trouve un long tournevis et un marteau. Il courbe le tournevis avec le marteau pour former un angle droit. Sort une lampe de poche qu'il pose à côté du tournevis sur le siège passager puis rejoint le trafic en fredonnant. Tous les Suédois ne sont pas des abrutis. Hroum-Hroum-Hroumhroumhrouhm.

Je dépasse trois parkings vides. Personne ne s'arrête à cette heure-ci. Tout le monde a envie de rentrer pour l'apéro, la télé et la tondeuse à gazon. Ce serait bien d'avoir une petite villa et un boulot de neuf à seize. Chien et cheval pour les enfants. Nains de jardin, terrasse avec barbecue et canapés en cuir à crédit. Il sursaute derrière son volant. S'engage prudemment dans un parking. Une aire de repos gigantesque pour les gens qui veulent piquer un roupillon. Et un chemin qui serpente derrière les WC. Trois cents mètres plus loin est garée la Mercedes argentée. Près de la sortie, comme je me l'étais dit. Ne fais pas ça, Fitzo. Tire-toi d'ici et oublie toute l'histoire. *Jamais.* Il faut que justice soit faite, à tout prix. L'honneur de la Suède. Les couleurs de la Suède. Nous avons toujours frappé fort contre les Allemands. Extermination systématique, c'est ça le modèle suédois. Ou c'était ça. Pendant la guerre de Trente Ans quand nous avons même pris Prague.

Est-ce que ce fumier m'a vu ? Probablement pas. Toute son attention est tournée vers la circulation.

La Cad chaloupée de Fitzenstrahl roule sans bruit entre les arbres noirs. Tous feux éteints et portières silencieuses. Il se faufile comme un loup de Disney dans les buissons. Nous sommes seuls dans le parking, peut-être seuls au monde. Les automobilistes sur l'autoroute ne sont plus à compter parmi l'humanité. Ils font plutôt partie des forces des catastrophes naturelles. Celles des ouragans, des éruptions volcaniques et des inondations.

Je rampe les vingt derniers mètres. La Mercedes est vide. Cet enfoiré est-il allé chier ?

Je glisse le tournevis sous sa roue arrière gauche. Dès que la voiture roulera, il va entrer d'au moins vingt bons centimètres dans la chair noire du caoutchouc. FLOFF !

Je danse comme un beau diable autour de la Mercedes. Lève une hache énorme et la laisse tomber sur le toit de la voiture, un coup formidable. Là ! Et là ! Là, là, là ! Le tranchant traverse la carrosserie comme si elle était en papier d'aluminium. Douze coups monstres à travers le toit, trois dans chaque portière, quatre dans les ailes, la voiture ressemble à une râpe gigantesque, les trous de haches sont béants. L'Allemand n'a pas entendu le moindre bruit. Rien ne s'entend dans le vacarme retentissant du trafic.

Je rejoins ma voiture en courant accroupi, lance la hache sur le siège arrière et démarre. Quand je sors d'entre les buissons, je vois deux hommes qui gueulent et courent vers la Mercedes. Ils sont livides, leurs bouches deux puits noirs avec des langues rouges qui s'agitent. Aucun ne ressemble à l'homme qui m'a tamponné, aucun n'a le visage écarlate. Mon Dieu, Fitzo, Seigneur Dieu, tu as fracassé la mauvaise voiture ! Pardon, *Meine Herren*, il faut que je parte tout de suite.

Je passe sur les chapeaux de roues devant les deux hommes qui s'époumonent, m'engage sur l'Autobahn, prends la voie de gauche et écrase le champignon. Si ces deux types mettent la main sur toi, ils te tuent, Fitzo. Mais ils n'iront pas loin avec un tournevis dans le pneu. Merde, merde, merde !!! De tous les merdiers que j'ai connus, celui-ci est bien le pire. Combien y a-t-il de Mercedes argentées en Allemagne ? Des centaines de milliers. L'uniformité est un danger de mort pour la société. Elle est à l'origine de millions de confusions, d'accidents et de malentendus.

Et loin devant dans l'obscurité roule une autre Mercedes argentée.

Je quitte l'autoroute à la sortie suivante. Il leur faudra au moins dix minutes pour arriver à un téléphone d'urgence. Vingt minutes pour que la police les rejoigne. Ensuite l'enfer se déclenchera pour de bon. Je vais avoir la moitié de l'Allemagne à mes trousses. *HALT !* Les sirènes hurlantes de la Bundespolizei avec orchestre militaire, bergers allemands et schweinekoteletten qui me sifflent autour des oreilles.

LE VANDALE DE L'AUTOROUTE CONDUIT UNE CADILLAC NOIRE DE MODÈLE ANCIEN. LA VOITURE EST IMMATRICULÉE AUX ÉTATS-UNIS, NEW JERSEY, THE GARDEN STATE. L'HOMME EST ARMÉ D'UNE HACHE.

Comment as-tu pu être con à ce point-là, t'attaquer à la première Mercedes argentée que tu trouves sans d'abord vérifier le propriétaire ? Sais pas. C'était une erreur. Tout le monde a le droit de se tromper parfois. Nous sommes pardonnés d'avance. J'ai dû être aveuglé par des ruminations de vengeance, Monsieur le Juge. Crime passionnel. Sans préméditation.

Mais il est impossible d'expliquer un incident comme celui-ci devant une magistrature implacable. Ni devant les psychiatres. Combien de personnes se retrouvent derrière les barreaux à cause d'incidents inexplicables ? Beaucoup.

La langue est tout bonnement insuffisante pour des situations de ce type. Nous avons besoin d'une nouvelle langue de défense, de nouvelles possibilités d'expression. S'ils me chopent, je me retrouverai enfermé avec les fous pour le restant de mes jours. Un asile allemand. On me déclarera peut-être guéri au bout de dix ans. On me donnera une Mercedes en cadeau d'adieu. Si je me tire indemne de cette aventure, je vais consacrer le reste de ma vie à développer l'acrobatie de la langue. La langue piétine dans ce monde. Ne se développe pas au même rythme que l'électronique et les plaquettes de silicium. C'est pourquoi des crimes qui ne sont pas des crimes sont qualifiés de crimes. Pendant que des gens tout à fait sains sont considérés comme des fous furieux.

J'arrive dans un petit bourg. Ambiance médiévale. Église, place et une étroite rue commerçante. Pavés et odeur de bouse de vache. Personne dans les rues, tout est paisible.

Il se gare sur la place et passe devant les boutiques d'un pas rapide. Se retourne et regarde la voiture. Invisible dans la pénombre. Dissimulée par les arbres. Tiens, une petite droguerie. C'est le moment de sortir ton meilleur allemand suisse, Fitzo.

– *Guten Abend.*

Le propriétaire est occupé par un autre client. J'attrape un bidon de cinq litres de peinture à l'eau, un rouleau et un gros pinceau. Du rouge, c'est ma couleur. Une couleur poétique à effet calmant, la couleur des masses et de l'oubli. L'oubli, voilà ce dont l'Allemagne a besoin en ce moment.

Le propriétaire tchatche toujours avec son client. Discute les avantages du rouleau. Décide-toi maintenant, espèce de con. Rentre chez toi peindre. Peins ta bourgeoise et les mômes et tout ton foutu jardin en bleu ciel si tu veux, mais tire-toi. Enfin.

LE SUÉDOIS RECHERCHÉ parle aimablement avec le droguiste. Le temps humide et la grippe qui fait des ravages dans le village. Terrible. C'est pareil chez nous à Bâle. Vous venez de l'autre côté de la frontière, mein Herr ? Oui. Je viens toujours chez vous en Allemagne quand j'ai besoin de peinture. C'est moins cher ici ? Oui, beaucoup moins cher. Et elle est meilleure.

Je paie et me dirige tranquillement vers ma voiture. Un peuple aimable, ces Allemands. Oui, mein Herr, *nein*, mein Herr. Pas de baratin inutile. Allez, il est temps de quitter ce bourg bienveillant maintenant.

Il faut qu'on déniche un endroit isolé où on pourra travailler sans être dérangés, mon cher Bucéphale. Passer le rouleau à la lueur de la lampe torche. En route ! Coup d'œil sur le ciel. Pas un nuage. La pluie et la peinture à l'eau ne font pas bon ménage.

La Cadillac garée dans une clairière de la forêt. Il s'agit de se grouiller maintenant avec le rouleau. Les lumières de Bâle éclairent le paysage. Dans une demi-heure, on entrera par de petites routes en Suisse. Où la police n'en a rien à foutre si des forcenés de l'Autobahn mettent en pièces le parc automobile allemand dans sa totalité. Tant que ça se déroule en Allemagne et pas en Suisse. Tant pis pour ces foutus Allemands qui raflent les marchés de toute l'Europe. S'attaquent même au créneau de l'horlogerie, le fromage y passe aussi et Ciba-Geigy. Putain, ce que tu peux rabâcher, Fitzo. T'as l'intention de passer en revue toute la liste des exportations ? Oui. Ça calme les nerfs. Ça empêche les mains de trembler.

Mon autoradio chuchote en allemand. Pas un mot sur le saccageur de voitures. Il faut à tout prix qu'on passe la frontière avant que l'alerte soit donnée. À tout prix, à tout prix, à tout prix.

La moitié de la voiture est repeinte à présent. Pour quelle raison une Cadillac est-elle forcément noire ? Des préjugés. Des préjugés, comme tout le reste. Nous souffrons du fléau des préjugés. Et des malentendus.

Prête. La Cadillac noire recherchée est maintenant une voiture rouge de marque indéterminée. De plus, elle est munie des plaques d'immatriculation suédoises que je garde toujours dans ma boîte à outils. Les plaques du New Jersey sont désormais enterrées dans un fossé dans le sud de l'Allemagne. Une voiture suédoise, une voiture neutre. Nous les Suédois, on ne vient pas se mêler de vos embrouilles à la con. Laissez-nous tranquilles, je vous dis.

Je traverse lentement le village. Me gare à côté d'une cabine téléphonique. Maintenant. *Dial M for Murder*, Hitch. Leur faire croire que j'appelle de Krautbach, une petite ville située sur une toute autre Autobahn cent kilomètres plus au nord. Leur dire que je suis un touriste suédois. Oui, Herr Polizeimeister. Attaqué et roué de coups. L'homme est américain et manifestement fou. Un Noir, Herr Polizeimeister, probablement un soldat. Il conduit une Cadillac noire de modèle ancien. Il a défoncé ma voiture avec une hache. Puis il a filé à toute allure en direction de l'Allemagne de l'Est. Immatriculation ? Je crois qu'il y avait écrit New Jersey. Oui, j'ai l'intention d'aller à l'hôpital ici à Krautbach. *Jawohl. Auf Wiedersehen*, Herr Polizeimeister.

Un policier méfiant, celui-là. C'est sur moi qu'il s'est renseigné surtout. Mais il a quand même tout gobé, comme si c'était de la choucroute.

En route maintenant. Si on m'arrête, je mettrai ça sur le dos de l'usine Mercedes. Oui, Monsieur le Juge, c'est le directeur, Herr Mercedes en personne, qui est derrière tout ça. Comme vous n'êtes pas sans le savoir, monsieur le Juge, le secteur automobile connaît actuellement de graves problèmes pour écouler sa marchandise. Il y a quelque temps, j'ai signé un accord avec la société Mercedes. Contre une rémunération de dix mille marks, je me suis engagé à défoncer et totalement démolir toutes les Mercedes récentes sur mon chemin.

Faudrait essayer de traverser la Suisse ce soir. Passer la nuit dans un petit hôtel des Alpes autrichiennes. Dormir au calme, loin des autoroutes allemandes mortelles où plus personne n'est en sécurité. Et demain, à moi le beau Danube bleu.

Reconnais que tu as mauvaise conscience, Fitzo. Oui. Tu t'es attaqué au joyau de deux pauvres innocents comme un barbare. Je ne l'ai pas fait exprès. Quand mes finances seront en meilleur état, je vais me racheter. Leur envoyer un chèque conséquent pour panser leurs plaies. Mais pas juste là. Plus tard, plus tard. Pour l'instant, leur assurance va prendre ça en main. Ils auront une nouvelle voiture. Et l'autre passera à la casse.

Mes jambes tremblent encore un peu. Tu prends des risques énormes, Fitzo. Oui, je sais. Depuis toujours. Vous pouvez observer la même chose dans mon art. Les livres, les films, la musique, la danse – tout n'a été qu'une longue série de prises de risques. L'art sans prise de risques n'est pas de l'art. Les œuvres d'art garanties sont des œuvres d'art mortes. Et la vie elle-même d'ailleurs, n'est-elle pas une terrible prise de risques ? Un pari inconcevable ? Dès que nous pointons la tête d'entre les jambes de notre pauvre mère, ça commence : les bactéries s'engouffrent dans nos poumons dès la première inspiration, le vieillissement se met en route, le cancer et l'infarctus guettent sous les lits – vous prenez une bonne goulée de lait maternel et vous voilà tout bleu à cause des pesticides que votre mère a absorbés. C'est quoi, ce baratin de merde ? Les nerfs. On approche de la frontière.

Dix minutes plus tard, une voiture suédoise rouge vif arrive au poste-frontière suisse-allemand. Le policier allemand fait un salut militaire quand le conducteur lui tend son passeport suédois. Côté suisse, un agent de police solitaire à moitié endormi voit la plaque d'immatriculation suédoise et fait signe de passer, sans un mot. *See you later, alligator.*

10

CETTE NUIT j'ai dormi dans une excellente petite *Gasthaus*, et la pesante église du village s'est chargée de dompter mes rêves déchaînés. Vers minuit je me suis redressé au milieu d'un rêve pour tâter ma nuque. J'avais l'impression que des feuilles tendres de bouleau commençaient à pousser à travers mes cheveux courts.

Mes yeux rouges fixent le brouillard, Bucéphale ronronne sous le capot. Je suis spécialiste des routes d'Europe, je les connais par cœur et n'ai jamais besoin de cartes. Je suis l'homme à la boussole incorporée.

Il pleut maintenant, la pluie me procure toujours une excitation érotique. Mes couilles ont un rapport aimanté avec la lune. Montent et descendent avec la marée.

Josefita me manque déjà. Elle m'avait presque fait oublier Lotta. Sors-la de ta tête, Fitzo. Un artiste doit se concentrer sur son boulot. Éviter de laisser les femmes perturber sa jugeote.

L'éclairage est primordial dans le cinéma. Parfois je filtre la lumière devant la caméra avec d'épais rideaux de fruits, d'ailes d'insecte, de plumes d'oiseau, d'écailles de poisson et ce genre de choses. L'effet est grandiose – presque ésotérique.

On me demande souvent de faire des conférences sur mon art. Je refuse systématiquement de devenir conférencier. Qu'y a-t-il à dire ? Rien. Je vous montre mes films et dans mes films vous trouverez les réponses. Ils sont ma vision personnelle de la vie. Des documents privés. Pour vous. Parfois je suis quand même obligé de répondre par écrit à certaines questions. Votre intention, Herr Schwede, est-elle d'ériger l'art cinématographique en religion ? Auriez-vous l'amabilité de vous expliquer ? Avec plaisir. Dieu est la puissance issue de la foi commune d'un certain nombre de personnes, il est la sphère spirituelle produite par les prières et les volontés des croyants. Une création collective. Pendant bon nombre de mes projections, la Divinité a été présente dans la salle. Nous nous trouvons encore à un stade primitif et peu développé, mais je suis persuadé qu'avec l'aide de grands cinéastes visionnaires et d'un public sensible et enthousiaste, nous verrons naître la grande religion du futur. Cette Nouvelle Spiritualité va satisfaire d'une façon inédite aux besoins de l'homme moderne. Les Nouveaux Cinéastes en seront les grands prêtres. De nombreuses personnes jeunes et émotives ont déjà vécu cette spiritualité au sein du cinéma mais aussi de la musique. Une religion extatique engendrée par la créativité d'un collectif.

Je reçois souvent des réponses mal intentionnées à mes lettres d'explication. On m'accuse d'être un danger pour la religion comme pour la société. En général, je réponds sur un ton aimable. Peine perdue. Il faudrait brûler vos films, Herr Schwede, répondent-ils, vous enduire de goudron et vous rouler dans des plumes.

Que peut-on répondre à ça ? Je ne réponds d'ailleurs qu'à une infime partie de toutes les lettres de menace que je reçois.

VOUS ÊTES À NOS YEUX LE PLUS MAUVAIS CINÉASTE DU MONDE !

Voilà ce que disait une lettre que j'ai reçue la semaine dernière. Je renonce aux commentaires. Comment pourrais-je expliquer à notre époque endormie qu'il s'agit d'extase ? Que mes films sont des tentatives répétées de rendre visible l'extase proprement dite ?

J'ai depuis longtemps le projet de faire un film sur la lumière de l'amour – la lumière de l'amour physique. Il n'y a rien de plus beau sur cette terre que la lumière dégagée par la femme après l'acte amoureux. Le corps fatigué qui brille tel du phosphore, les ombres vernies des aisselles humides, les cris d'orgasme qui s'attardent et résonnent dans les conduits auditifs, le chatoiement inégalé de la toison pubienne, les braises secrètes de l'aine.

– Du porno, du porno, du porno, crie Louis dès que je parle de cette idée de film. Qu'est-ce qu'il peut donc comprendre à mes projets de faire du film organique ? Plutôt que de filmer les poils pubiens, je vais totalement renoncer à la caméra et coller les poils directement sur la pellicule. J'ai déjà fait des expériences réussies avec du matériel semblable : de fragiles pétales séchés, des ailes de papillon, des libellules broyées par exemple. C'est donc faisable. Je suis persuadé qu'un tel film n'a jamais été réalisé. N'est-ce pas du cinéma innovant dont nous avons besoin ? Du cinéma que le public ne pourrait concevoir même dans son imagination la plus débridée ?

Le hic sera de mettre la main sur des poils. Les femmes sont terriblement méfiantes. Qu'est-ce que tu fous, hurlent-elles quand j'essaie de tirer profit d'une situation tendre pour couper une touffe précieuse. Une fois j'en ai coupé un peu trop, à vouloir aller vite. Il ne restait à la femme que la moitié de son gazon quand j'en avais terminé avec elle. Ça rappelait la moustache de Salvador Dalí. Elle m'a menacé de prévenir la police et son avocat, mais a fini par se calmer. Et pour des raisons d'esthétisme, elle m'a laissé couper l'autre moitié aussi : *Pubus Equilibrium.*

Un film organique est une idée qui me travaille depuis longtemps. Mais même Louis a du mal à me comprendre.

– Du persil de tes maîtresses coupé et monté sur pellicule ? Salopard d'hypocrite, tu fais ça rien que pour justifier ta sempiternelle fornication.

– Je foule de nouveaux sentiers vierges, Louis. J'appartiens à l'école irrationnelle. Mes films organiques vont devenir un oratorio de lumière qui célèbre la femme. Et n'oublie pas que la toison pubienne a des qualités magiques. Beaucoup de civilisations anciennes l'utilisaient pour...

– *Bullshit !*

Toujours cette même rengaine face à l'innovation dans l'art. Face à ce qui est absolument unique.

Mais mes films organiques ne traiteront pas seulement de l'extérieur de la femme. En utilisant une antique caméra de radiographie, je vais pénétrer loin dans les secrets et les transparences du corps féminin : la maturité bleu-violet et fruitée des ovaires, l'utérus et son silence creux, les faisceaux de nerfs géométriques qui convergent vers le clitoris, les orgasmes futurs stockés dans l'écorce cérébrale, le spectre scintillant de la volonté, l'opiniâtreté de la colonne vertébrale qui craque et qui crisse, l'éternelle tristesse du foie morne et marron, la consommation de lumière interne des poumons, la soif de chair écarlate du vagin, le fracas gazeux et voluptueux des intestins, les échos cireux et miellés des sinus, les rires à venir pour l'instant enkystés dans la moelle épinière, la mort en attente, encastrée, au repos telle une étoile noire dans l'oubli dissimulé des lobes frontaux, le...

Arrête, arrête, arrête.

Suis-je toujours en Suisse ? Les frontières passent dans tous les sens ici dans les montagnes, s'imbriquent comme les morceaux d'un puzzle rocheux. J'en ai ma claque de ces foutues routes. Un petit hôtel m'irait parfaitement maintenant, un bock de bière, un steak et un lit propre.

De plus en plus haut. La Cadillac cuirassée, un insecte rouge et brillant qui grimpe vers les nuages. Il n'y a pas un chat ici dans le froid. J'adore le silence. Un petit écart avec le volant juste là, et terminé le cinéma pour moi. Finis les longs orgasmes vertigineux entre les cuisses trempées de Josefita. Elle est la femme la plus juteuse au monde. Dégouline de cyprine dès qu'on lui parle. Je le redis : on devrait embouteiller son suc odoriférant. Et le vendre aux célibataires solitaires. Le parfum de Fitzo pour hommes : Reine de la Nuit. S'en enduire les mains avant le coucher. Rêves fortifiants et un sommeil de qualité garantis.

Josefita s'inquiète pour sa cyprine abondante. Elle prétend que ça l'épuise et que ça fait froid dans sa petite culotte. Parfois elle dit qu'elle a du mal à pleurer depuis qu'elle m'a rencontré – il ne lui reste plus de liquide pour les larmes. Une femme hors du commun. Une ou deux fois, après des orgasmes félins, il lui est arrivé de s'endormir par pur épuisement. Je suis resté éveillé à la regarder. Elle était d'une beauté tellement cuisante que j'ai failli la réveiller et lui révéler tout le bluff du Nobel par pur amour. Heureusement je ne l'ai pas fait. Elle aurait déclenché une scène épouvantable et elle ne m'aurait plus jamais laissé la baiser. Qui a envie de se faire sauter par un danseur de cabaret minable ? Alors qu'un distributeur de prix Nobel... Avec la bite issue de la catégorie sociale numéro un, ployant sous les médailles.

Pendant qu'elle dormait, je l'examinais minutieusement. Physiquement, elle était sans défaut. Pas un centimètre carré d'elle qui fût raté ou erroné. J'ai eu beau la scruter, impossible de trouver le moindre bouton disgracieux. Si j'avais étudié son trou du cul avec une loupe et des projecteurs, je l'aurais sans doute découvert aussi parfait qu'une rose d'églantine.

Le plus souvent, on s'emplafonnait sans baisers ni préludes. Dès qu'elle avait fermé la porte, elle épluchait ses vêtements. J'étais en général déjà tout nu à son arrivée. On entrait en collision au milieu de la pièce comme deux locomotives à vapeur qui s'ébrouent. Dix minutes plus tard, on avait déraillé et gisait sur le remblai, fumants, les roues en l'air, les chaudières éclatées et les tringles de manivelles tordues, et les rails avaient fondu en l'épaisseur d'une lame de rasoir. Elle était belle aussi en locomotive. Le seul défaut à sa beauté était la poésie qu'elle livrait à la chaîne. C'était de la poésie de merde.

Le Suédois se penche en avant pour percer le brouillard qui s'infiltre par les trous des pédales. Il commence à faire froid, mon cher Bucéphale. Il y a quelques heures, nous avons passé un poste-frontière.

L'Italie à droite et plus loin la Yougoslavie. Les Américains ont fait des films du côté de Trieste ces dernières années. Des productions gigantesques. Moitié prix si on les tourne en Yougoslavie. Je pourrais peut-être y trouver du boulot. Comme figurant. Je n'accepte plus les boulots de doubleur.

Un carrefour maintenant, mais pas de panneaux d'indication. Faire demi-tour ? Jamais. Toujours droit devant, voilà ma devise. Jusqu'au bout ! Je suis un homme qui ne se contente pas de faire juste la moitié du chemin, et ça se voit très bien dans mon art. Nous sommes une dizaine de cinéastes aux États-Unis et en Europe à essayer de faire grimper de quelques échelons les possibilités d'expression du septième art. L'ordre établi nous prend pour des sauvages asociaux et des barbares intellectuels. Soit. En tout cas, nous sommes des sortes d'hérétiques très dangereux pour le cinéma commercial parce que nous avons la partie éveillée de la jeunesse mondiale dans notre camp. C'est pourquoi on nous considère comme des proscrits. Des hors-la-loi. Mais nous sommes hors la loi uniquement par rapport aux lois figées qui règnent au sein de l'art cinématographique institutionnel.

Louis n'est pas spécialement hérétique. Il fait de bons films, mais il est coincé. Traditionnel. Aveugle. Il manque d'imagination et de poésie. De courage. Il a peur de l'inconnu. Peur des secrets de l'obscurité. Et de la lumière.

– Tu viens avec moi à Barcelone ? dit-il parfois.

– Je n'ai pas le temps, Louis. Je travaille. J'appose ma marque sur l'évolution humaine. Je fais avancer les positions d'un cran.

– Tu traînes toujours avec la petite Sud-Américaine ?

– Oui. Une relation platonique qui donne de la substance spirituelle à notre art. Les grands artistes doivent sublimer leurs désirs. Maintenir la poésie chaste et pure.

– Ne me dis pas que t'es amoureux d'elle ?

– Elle est mon grand amour pur, Louis.

Il hennit et s'en va.

Deux jours avant mon départ, elle m'avait forcé à fournir deux baises en une heure. De longs numéros suants. Entre les combats, j'étais resté sans bouger et l'avais laissée ressentir mes pensées. J'avais totalement vidé mon cerveau pour me concentrer sur un point blanc situé en haut du pôle Nord. Tout y était vide et froid, même les ours blancs étaient partis. J'avais placé Josefita au milieu de ce point blanc pour apprendre, par le biais des forces de ma vision intérieure, si elle avait d'autres amants. Elle était allongée sur le dos dans la glace, un critique la chevauchant. La neige s'amoncelait tout autour d'eux, résultat de leurs coups de pied. J'avais tout de suite éteint l'image. L'avait reniée.

Le même soir, l'homme en question s'était approché de moi au club littéraire et m'avait demandé de reprendre Josefita à temps plein. S'était dit totalement brisé par la baise et avoir grandement besoin de longues vacances. J'ai décliné l'offre.

Je iodle et chante dans mon automobile rouge. J'adore les montagnes, car je suis Capricorne. Entièrement focalisé sur la route vers les sommets. Vers la solitude. Et l'immortalité.

La route descend maintenant. Bizarre. Ça fait plusieurs heures que je conduis à l'aveugle. Ai-je réellement passé un poste-frontière ?

Reconnais-le, Fitzo, tu ignores totalement où tu te trouves et la route devient de plus en plus étroite.

J'arrête la voiture. Fixe le brouillard. J'ai faim aussi.

TOURISTE SUÉDOIS RETROUVÉ MORT DE FAIM DANS LES MONTAGNES YOUGOSLAVES STOP LES VAUTOURS AVAIENT BRISÉ LES VITRES POUR ATTEINDRE LE CORPS.

Je reprends le volant. Longe des ravins profonds et sinueux. Plus vite, Fitzo, un rythme de vie soutenu prolonge la vie. Peut-être qu'un rythme de vie soutenu peut finalement vaincre la mort elle-même. Ne l'appelle-t-on pas Le Grand Sommeil ? Ce qui cloche avec nous, les humains, c'est que nous commençons à nous endormir dès la trentaine. Nous abandonnons, nous stagnons, prenons du bide et nous résignons à notre sort, nous adoptons une grimace figée de somnambule et entamons notre marche vers le cimetière. Pas Fitzenstrahl. À chaque année qui passe, j'augmente un peu mon tempo. Quand j'aurai quatre-vingts ans, je voletterai devant vos yeux tel un épervier transparent. Vous vous rendrez à peine compte de ma présence.

Effarantes, ces montagnes. Des sommets enneigés redoutables. Serais-je en train d'errer dans les Carpates ? Je pourrai dormir chez le comte Dracula cette nuit si je ne trouve pas une *Gasthaus*.

PUTAIN DE MERDE, QU'EST-CE QUE C'EST QUE ÇA ? Un poste-frontière ici ? Parmi les nuages ? Des Suisses ? Le drapeau français ? Mieux vaut ne pas montrer aux flics que je suis complètement paumé.

Coup d'œil rapide à la voiture et au passeport, et tout baigne. Les Français font un salut militaire, tamponnent mon passeport et disent que la route est déneigée jusqu'à Grenoble. Grenoble ?

T'as roulé vers l'ouest toute la journée, espèce de crétin. La honte fait pâlir le Roi de la Boussole Intégrée. Les flics le regardent partir. Je fais comme si de rien n'était, et je ne prête surtout pas attention à la pluie qui tombe. Vive la France !

Une fois, j'ai passé trois jours à Grenoble. C'était une ville détestable, une ville froide et inhospitalière. J'ai continué vers le sud dès que j'ai pu. La route Napoléon. On ne m'y reprendra plus.

J'ai entendu ce que vous disiez, connards de flics.

– Est-ce que tu as déjà vu un truc aussi scandaleux, Pierre ? Une Cadillac peinte en rouge par le proprio lui-même. C'est quoi, les touristes qui viennent en France ces temps-ci ?

F. arrête la voiture dès qu'il est hors de vue. Blêmit. La voiture fait peur à voir. Des coulures et des taches. Seigneur. Je n'en peux plus. Il me faut dormir. Et réfléchir à ma misère. Il me reste deux mille dollars en poche, ça devrait suffire pour quelques mois sur la Côte d'Azur. Demain, je descendrai de ces foutues montagnes. Je prendrai l'autoroute qui longe le Rhône. J'ai bien envie d'aller revisiter le palais des Papes à Avignon. Dans deux jours, je serai sur la Côte. Des vacances bien méritées à Cannes. Je m'étendrai absolument immobile et inaccessible sur la plage des cinéastes. Avec ma seule volonté je tiendrai à distance les malheurs et les catastrophes, je combattrai les masses d'eau qui montent dans mes rêves et le feu crépitant qui avance dans ma vie, je mettrai une barrière entre moi et l'entourage diaboli...

– Vous souffrez de ce que nous appelons dans notre jargon une « identité miroir », mister Fitzenstrahl.

– *Who said that ?*

– *I said that.*

L'analyste. Le psy.

11

VINGT-QUATRE heures plus tard, me voilà confortablement installé dans un hôtel modeste à Cannes. Ma Cadillac dort, réparée et lavée de frais, dans un musée français. Quand j'ai discuté les coûts de la réparation avec le mécanicien, il a dit qu'il voulait acheter la voiture et m'a offert vingt-cinq mille francs au pied levé. J'ai dit non. Il a offert trente. J'ai dit peut-être. Je l'ai vendue trente-trois. Le mécano l'a revendue quarante mille à un collectionneur.

J'envoie tout de suite trois mille francs à Carmela. Prends quelques semaines de vacances à la mer, Carmela. L'air frais et la chatte vide te feront le plus grand bien. Trois mille à Al, les mômes et Ann. Qui ont besoin de viande avec leurs légumes. Dix mille à mon ami Paco à Almería qui a besoin d'aide pour s'acheter un tracteur et une pompe.

Paco était avec moi sur l'affaire du mammouth.

J'avais gagné plein de thunes chez les tourneurs de western à Almería et je venais d'acheter ma Cadillac. Comme j'ai tendance à tomber dans l'extravagance quand j'ai de l'argent, je me suis mis à la recherche d'un chauffeur. J'ai fini par trouver Paco. Qui affirmait avoir été chauffeur de taxi à Valence. Je lui ai procuré un uniforme de chauffeur d'occasion, et nous avons démarré nos ravages sur la péninsule Ibérique.

J'adorais rester allongé sur le siège arrière et rêvasser : le bruit soporifique du moteur, l'Espagne brûlante et sèche à l'extérieur de la voiture, Paco sérieux, ses Celtas collées au bec. Rien n'est plus inspirant pour un artiste du film que ceci. Le doux balancement sous le cul, les villes grouillantes, les odeurs, les cris et la lumière espagnole insensée.

Nous avons sillonné l'Espagne pendant trois semaines. Je picolais pas mal. N'arrêtais pas d'engueuler Paco et l'obligeais à traverser le pays en tous sens.

– On fait demi-tour ici, Paco. Il faut que je retourne à Madrid.

– *Como usted quiere,* señorito.

Nous étions toujours très formels l'un envers l'autre. Paco estimait que cela améliorait son statut. Seuls les cons ont envie de travailler pour quelqu'un en bas de l'échelle qui les tutoie et cherche à être familier. Et Paco n'était pas con. Juan non plus, ni Pepe, ni Antonio. Ils ne voulaient pas bosser pour un copain. Ils voulaient bosser pour un SEÑORITO – je l'avais compris dès ma première semaine en Espagne.

– Plus vite, Paco ! Je suis pressé !

Pas de réponse. Paco avait plus de cinquante ans et ne se laissait pas ébranler par un putain d'étranger. Il avait tout vécu. Savait tout. Avait tout vu. Je le respectais plus que quiconque sur cette planète.

Il en eut copieusement marre de circuler comme ça. Tout ce qu'il voulait, c'était retrouver sa famille à Almería. À Madrid, on passa les nuits à vadrouiller en voiture. Il me fallut du mouvement pour entamer une nouvelle période de création, j'avais besoin de faire une pause pour briser les habitudes incrustées et les routines mortelles pour l'imagination. Il est possible que ce soient les nuits de Madrid qui l'aient épuisé.

– Je n'en peux plus, señorito.

– On se tait dans la voiture. Je pense. Je crée.

– Je sais que vous n'avez plus d'argent, señorito.

– Vous ne savez rien du tout.

– Quand aurai-je mon salaire, señorito ?

– Ne m'ennuyez pas avec des détails. Vous ne voyez donc pas que je travaille ?

– Il n'y aura bientôt plus d'essence, señorito.

– Vous avancerez l'argent, Paco. Arrêtez-vous à la prochaine station.

– Il ne me reste pas trop d'argent. Ça fait déjà trois fois que je paie l'essence.

– C'est trivial, tout ça.

– Vous pourriez vendre la voiture, señorito.

– Et à quoi me servirait un chauffeur quand la voiture sera vendue ? Avez-vous l'intention de me porter sur le dos à travers l'Espagne ?

Il ne répondit pas.

– Vous voulez peut-être que nous achetions un autre âne ?

– Non, señorito.

À Barcelone, nous avions eu un problème avec les freins et avions déposé la voiture dans un garage. La réparation prendrait quatre jours. J'avais donné l'ordre à Paco de trouver un âne dans un des villages de montagne proches.

– Un âne, señorito ?

– Un âne. On perd trop de temps en taxi à Barcelone. Il faut des heures pour aller d'un endroit à un autre. C'est fini la voiture dans les grandes villes, Paco. Il faut revenir aux moyens de transport de jadis.

– Je vous le déconseille absolument, señorito.

– Loue une selle avec. Et de grandes sacoches.

– Comme vous voulez.

Pendant que Paco cherchait l'âne, j'allai au marché aux puces marchander longuement avec un brocanteur rusé, avant de réussir à me procurer un clairon à l'ancienne. Je soufflai quelques signaux de retrait, payai l'homme mille pesetas et m'en allai, l'instrument muni de petits drapeaux sous le bras.

De retour au garage quelques heures plus tard, je trouvai Paco qui m'attendait avec un âne argenté surmonté d'une belle selle ornementée. Je glissai mon fusil dans une des sacoches et le clairon dans l'autre. Sautai en selle et donnai l'ordre à Paco de me mener au restaurant le plus proche.

– Vous ne pouvez pas faire ça, señorito. On ne se sert plus de l'âne comme monture dans les villes espagnoles de nos jours. Vous allez vous faire remarquer.

– Fadaises de bourgeois.

– *Pero...*

– En avant marche !

Nous nous sommes lancés dans la circulation. Les Catalans nous reluquèrent de leurs yeux venimeux. Peut-être étaient-ils agacés par mes vêtements élégants, ou par mes cheveux blonds et mon assiette nonchalante dans la selle. Je leur évoquais peut-être certaines situations bibliques ou sorties tout droit de la littérature espagnole.

Fitzenstrahl réglait la circulation de sa position élevée sur l'ânon, petit d'une bête de somme. Dans les embouteillages, il porta le clairon à sa bouche et sonna le signal d'attaque de la cavalerie espagnole : PTA-PUH-TA-PUH-PTA-PI-TI-PTA-PUUUUH. CARGAAAAAAAAAAAAAA !!!

D'anciens officiers de cavalerie écrasèrent machinalement l'accélérateur et foncèrent. Un moment plus tard, un agent de police nous arrêta et interdit toute utilisation de l'âne. Paco tint plus fermement la bride. Je regardai le policier droit dans les yeux et demandai quel paragraphe de la loi interdisait à un señorito et un caballero de chevaucher dans la ville. Il n'avait pas de réponse. Je lui demandai si c'était courant que les policiers catalans promulguent leurs propres lois au fur et à mesure de leurs besoins. L'homme devint écarlate. Sans voix. Tout autour de nous, les automobilistes s'assemblèrent comme de la limaille de fer sur un aimant. Ils klaxonnèrent comme des fous. Brandirent les poings et nous lancèrent des jurons. L'agent de police nous fit signe de passer. Je portai le clairon à mes lèvres et sonnai un long signal discordant tout en poursuivant mon chemin. Paco fixa ses pieds et remonta la Rambla d'un galop lent, en tenant la bride d'une main ferme.

Nous passâmes ainsi quatre jours rafraîchissants et riches en événements à trotter dans cette belle ville. À deux occasions, de menues émeutes se produisirent, que Paco maîtrisa totalement avec sa langue rapide. Un soir, trois citoyens zélés se ruèrent pour nous bloquer la route. Ils nous firent savoir qu'ils n'avaient pas l'intention d'autoriser ce genre de transport dégradant dans leur ville. Paco les regarda calmement en disant : *maricones !* Pédés. Cette injure espagnole accablante fut suivie de pas mal de jugements peu flatteurs au sujet des mères, sœurs, tantes et autres parentes de ces hommes. *Putas !*

Comme les trois hommes persistaient à nous faire obstacle, je sortis mon fusil à élan. Je tirai trois coups en l'air, réveillant des milliers de pigeons. Ce qui fit disparaître illico les trouble-fête. Nous poursuivîmes, le martèlement des pas de Paco résonnant dans les ruelles.

À présent, à Madrid, je vois que Paco pense à tout cela.

– Vous pourriez vendre les chemises et les clubs de golf et les parfums, señorito.

– *De acuerdo.* Si vous pensez pouvoir placer les marchandises à un bon prix, vous avez les mains libres pour essayer.

Il me déposa devant le Prado où j'entrai rendre visite à mon vieil ami Jérôme Bosch. Je pris une double anisette au bar et discutai un moment avec un gardien du musée de sa lourde charge de responsabilité.

– Vous avez raison, señor. Tous sens en éveil et une attention permanente, ça vous détruit davantage un homme que le travail physique le plus dur.

Quelques heures plus tard, Paco revint les poches remplies de pesetas. Nous descendîmes dans un hôtel proche. Cap direct sur la salle à manger puisque, pour une fois, j'avais décidé de faire une entorse à ma dignité et de laisser mon serviteur manger à ma table.

Depuis sa chaise, le Jérôme Bosch de l'art cinématographique rouspéta contre les serveurs. Ce pays a besoin d'une poigne de fer. *Mano dura.* C'est l'ordre qui manque ici. La discipline.

Paco se tint timide et effacé à mon côté. Mon cher adjudant n'était pas habitué à manger dans des restos de luxe. Il regardait avec anxiété les maîtres d'hôtel pétillants comme du champagne.

– Tu aimes, Paco ?

– C'est excellent, señorito. Mais vous devriez garder l'argent pour l'essence.

– Votre seul défaut, c'est que vous vous inquiétez trop, Paco. Tout s'arrange lorsque Fitzenstrahl se met à réfléchir. Savez-vous qu'il y a quelques millions d'années, des dinosaures et des mammouths géants se baladaient partout ici ?

– Je ne connais rien à cela, señorito.

– Demain nous irons à la montagne, Paco. Vers les sommets.

Une semaine plus tard, le projet mammouth était lancé. Mais Paco n'était pas à l'aise. Finalement, je fus obligé de le laisser partir. Je lui achetai un billet d'avion et le mis dans un vol pour Almería avec l'équivalent de trois mille dollars en poche.

– Vous me donnez tout cet argent, señorito ?

– Bien sûr. La moitié des bénéfices est à vous.

– Je n'ai jamais eu autant d'argent.

– Vous en aurez davantage plus tard.

– Une ferme, señorito, je vais pouvoir acheter une petite ferme maintenant. Cet argent est suffisant pour un premier versement.

– Achète-la, Paco. Bienheureux celui qui travaille la terre.

Je le vis agiter la main derrière le hublot.

Si tout ce que je fais, tout ce pour quoi je vis, si tout cela échoue, j'ai malgré tout aidé Paco à avoir sa ferme. Je Te demande donc, cher Dieu, d'inscrire cela dans Ton livre sur mes bonnes actions. Et comme je sais que l'espagnol est Ta langue principale, Tu trouveras Tes notes à mon sujet sous le titre *EL HOMBRE QUE BAILA SOBRE UN VOLCÁN*, L'homme qui danse au-dessus d'un volcan. L'homme du volcan. Le danseur du volcan. Un nom que m'ont donné les gitans andalous il y a longtemps. Et qui me fait dresser l'oreille quand je l'entends.

Je me plais à Cannes. Je travaille avec discipline et je travaille bien. Passe mes soirées dans les cafés. M'allonge un moment au soleil dans la journée et rêve de Lotta et de Josefita. Quand je ne pense pas à elles, je pense à mon travail. Suis-je un fanatique ? Probablement. Si je n'avais pas des femmes comme Lotta et Josefita pour peupler mes rêves, je deviendrais fou. Je suis un relais sans cesse rayonnant d'images, de couleurs, de paroles, de musique, de rire, de pleurs, de grimaces et de coqs en métal qui chantent. La seule chose qui puisse arrêter le flot de visages et de gros rires sont les femmes. Je suis congelé dans un bloc de glace sur une scène immense, des danseurs bleu glace munis de lampes à souder se penchent sur moi. Tous ont des pieds bots noirs et les jambes remplacées par des prothèses en métal. Leur visage est couvert de papier d'aluminium – *FADE OUT.* Six hommes chauves perchés sur des tabourets de bar. De larges pans de papier de soie tombent sur eux dans un ralenti frou-froutant. À gauche, des tas énormes de chevaux morts empilés, un rictus découvrant leurs dents jaunes – *CUT TO* : dix ballerines nues en première position sur des cubes de verre. Leurs poils pubiens coupés tombent le long de leurs jambes tels des poils de barbe. Ils tombent lentement, lentement, et ils sont légers comme de la fumée. *CUT TO* : des chiens jaunes étranglés dans une rue. La perspective est infinie – *FADE OUT* : des marins femmes, pâles et immobiles, leurs yeux sont des branchies et leurs longs cheveux roux ondulent dans l'eau verte et profonde. À la main, elles tiennent des mégaphones qui font des bulles – *SUPERIMPOSED ON*: des grappes de bourreaux avec tout leur attirail tombent des fenêtres des gratte-ciel. Leurs longs manteaux noirs volettent au vent – *CUT TO* : des mécanismes crissants en bois, des manettes et des engrenages, des cordes et des leviers – tout soupire et grince et tourne, des palans, un énorme plateau tournant : des gens en habit de soirée dans une salle de bal infinie, *CLOSE-UP* sur leurs visages inexpressifs en nylon – *CUT TO* : d'immenses sarcophages contenant les vestiges de violons précieux. *FADE OUT* : un bataillon de soldats passe en marchant au pas, des balles ont sectionné leurs jambes à dix centimètres de la hanche, les moignons sont entourés de coussinets doux en cuir, et je n'ai le temps de mémoriser ou d'écrire rien de tout cela puisque c'est sans arrêt repoussé par des images toujours renouvelées qui déboulent devant mes yeux, et même si j'avais eu le temps de les noter, je n'aurais pu en utiliser qu'un pour cent, ou un demi pour cent, puisque c'est le triage qui importe, le tri qui s'apparente au rituel de l'eau glacée, à la lutte permanente, au bourbier mortel de la diversité et à son vide sans fond, pour celui qui est à la recherche de l'essence : les visions et les rêves galvanisés, les couleurs embaumées, les...

– Monsieur ?

– Oui, qu'est-ce que vous voulez ?

– Nous allons fermer maintenant, monsieur.

Les images continuent à monter en moi toute la nuit, m'inondent en cascade sans rapport entre elles, je reste allongé tout raide dans mon lit, une poupée de verre bouillonnante de lumière avec un pied sorti par la fenêtre. Les visions ont leurs propres buts, suivent leurs propres lois, petit à petit tout trouvera sa place, se soumettra à ma volonté alchimique et se muera en or.

12

TOUT À COUP, je me sens nerveux et inquiet et plus si sûr que ça que la Côte d'Azur soit un endroit très sain pour moi : trop de travail et pas assez d'amour. Quand je me couche, mon érection pointe sous le drap comme une plante explosive, les couilles chaudes et frémissantes pèsent sur l'intérieur de mes cuisses. Je lève la tête et les regarde : deux grenades dégoupillées prêtes à être lancées.

Et juste au-dessus du lit, Josefita flotte dans la nuit tel un candélabre incandescent à sept bras.

Je me suis mis en tête que les femmes de cette ville se délectent à m'exciter et à me tourmenter. Grâce à un subtil système de télépathie ou un odorat particulièrement bien développé peut-être, elles savent que je me trouve dans un état désemparé. Elles me font de l'œil. Elles se frottent à moi comme des chattes en chaleur. Quand je prends le bus, elles restent debout à côté de mon siège et appuient sans gêne leur foufoune contre mon épaule jusqu'à ce que la sueur commence à saigner sur mon front. Ça a toujours été comme ça. Toujours. Depuis mes treize ans, quand la jeune femme professeur voyait mes yeux affamés et se penchait sur mon pupitre, les seins lourds ballottant au-dessus de ma tête comme deux immenses cloches d'église bondissantes. Elle savait que je l'utilisais comme objet de branlette et elle ne me laissait pas tranquille. Si je ferme les yeux je peux encore sentir ses cloches peser sur mes cheveux ras.

Quand j'ai du mal à dormir, je vais faire une promenade du soir. La ville invite à se promener dans le noir, l'air de la nuit est doux et sain, les fleurs embaument les parcs. À onze heures, l'éclairage public s'éteint. Pourtant, il y a beaucoup de monde sur la Croisette. Je n'arrive pas à les voir dans l'obscurité méridionale mais grâce à mon nez et à mes oreilles, je sens leur présence. Parfois quelqu'un s'approche de moi, me renifle et me serre la main. Je la serre gentiment en retour et poursuis mon chemin. Serrer la main dans le noir semble être une coutume ici, une coutume qui rend la vie plus facile à vivre...

Souvent quelqu'un sort de l'obscurité et passe son bras sous le mien. On déambule sous les cimes noires des arbres, on écoute les passants, on s'assied sur un banc, on se lève puis chacun continue son chemin. Il faudrait introduire ce type de flâneries nocturnes dans tous les pays où la solitude pèse.

Il arrive parfois que quelqu'un se plante devant moi et mette les bras autour de ma taille. Je sais que c'est une femme. Elle utilise toute sa force, les jambes écartées et solidement ancrées, et elle m'étreint à me faire presque perdre le souffle. Les femmes m'enlacent en général trente secondes avant de lâcher prise. Dès lors, elles disparaissent dans l'obscurité d'un pied léger.

Jeunes et vieilles, belles ou laides – je n'ai rien contre leurs petites gentillesses.

Quand les femmes me sourient à la lumière du jour, je me sens le cœur incroyablement léger. Mais les bourses lourdes. Et le rythme lambin. Je suis en train de perdre tout doucement ma vivacité. Cela m'est déjà arrivé. La vie se fige en moi et il y a un moment où elle s'arrête complètement : je me trouve immobilisé sur une esplanade. Enraciné et glacé. Une statue du réalisateur suédois Fitzenstrahl. Avec des fientes de pigeon plein les cheveux.

Avant-hier j'ai vu Lotta dans la foule de la Croisette. J'ai appelé son nom et lui ai crié de s'arrêter. Elle a fait semblant de ne pas m'entendre. Je l'ai suivie. Elle a tourné la tête et s'est mise à courir. J'ai accéléré un peu. Elle s'est retournée, les yeux affolés. Ce n'était pas Lotta.

Je me suis arrêté. Me suis assis sur un banc, atterré de ce que je venais de faire. Alors que j'étais assis là avec ma honte, la même femme passa devant moi. Elle était très belle. Pas aussi belle que Lotta, mais quand même une beauté. Elle marcha d'un pas rapide et résolu. Je restai sur mon banc à la regarder s'éloigner. Clip-clop-clip.

Vingt minutes plus tard, elle fut de retour. Elle me fixa droit dans les yeux avec un sourire. Je rougis, complètement déboussolé. Finalement je me levai et recommençai à la suivre. Elle courut à moitié dans les rues. De temps en temps, elle tournait la tête pour vérifier que j'étais toujours là. Subitement, elle disparut dans la foule. Je la cherchai longuement mais sans succès.

Fitzenstrahl erre dans la ville, les dents serrées. En ce moment, je pourrais écrire une sorte de drame fataliste sur l'obsession sensuelle, une sombre tragédie bouillonnante de bites qui parlerait d'un Suédois nommé Docteur Jus. Bientôt nous partirons en chasse, Fitzo, bientôt tu seras délivré.

Le pire, c'est qu'on ne me fout pas la paix dans ma chambre d'hôtel. Ça défile à longueur de journée. Les gens se donnent des prétextes pour venir me reluquer. Ils font semblant de faire du démarchage. Parfois je reçois la visite d'agents d'assurances vie qui disent qu'il faut payer la prime de mon assurance. Je paie, on me donne un reçu et je n'y pense plus. D'autres jours, ce sont des messieurs avec des porte-documents qui prétendent que j'ai acheté des vêtements, des vélos, des chaînes stéréo et ce genre de choses à crédit. Quand j'essaie de protester, ils sourient avec indulgence et remplissent leurs foutues quittances. Ils sont tous très aimables. S'assoient bavarder un moment de leur travail et de leur famille. Je les laisse faire. Je paie et les raccompagne ensuite à la porte. Mais ça ne s'arrête pas là. Il y a des gens indiscrets qui prétendent s'être trompés de chambre et qui passent chez moi plusieurs fois par jour. Qu'est-ce que vous me voulez, espèces de connards ?

J'habite au deuxième étage de l'hôtel. Ce qui n'empêche en rien Les Indiscrets d'escalader les gouttières pour essayer de m'épier par la fenêtre. Ils plaquent leur visage blanc sur la vitre et restent collés là comme des mouches. Vous voulez ma photo ?

Il y a aussi un homme grand à la barbe rousse qui vient ici tous les jours. La première fois, je l'ai fait entrer. Il s'est installé à mon bureau et a commencé à écrire sur ma machine. Il n'a pas dit un mot. Il écrivait, écrivait en riant tout bas comme un zinzin. Quand il eut terminé, il a disparu calmement, un sourire aux lèvres. Après avoir serré ma main. Je ne le fais plus entrer. Il vient quand même me déranger. S'allonge par terre dans la pénombre du couloir de l'hôtel et essaie de se faufiler dans ma chambre dès que j'ouvre la porte. Nonmonsalaud, c'est pas aussi simple que ça avec Fitzenstrahl. Je lui claque la porte au nez et ferme à clé. Je l'entends marmonner de l'autre côté. Des fois il se déguise en serveur et arrive en souriant avec un chariot rempli de champagne et de délicieux fruits de mer. Je m'empare du chariot et repousse l'homme dans le couloir.

Mais il n'abandonne pas aussi facilement. Hier, il a joué au laveur de carreaux et a dressé une échelle contre le mur de l'hôtel. M'a fait des grimaces tout en lavant la vitre. J'ai dare-dare baissé le store.

J'ai de nouveau croisé cette femme. J'étais assis sur un banc dans le parc en train de philosopher quand elle est arrivée avec deux amies. Elle m'a adressé un gentil sourire. Je me suis tout de suite levé pour les suivre.

C'est incroyable comme elle ressemblait à Lotta. Arrivées un peu plus loin dans le parc, elles se sont arrêtées. L'une d'elles avait un appareil photo à la main. J'ai décidé de les dépasser. À leur hauteur, le sosie de Lotta a pris mon bras et m'a parlé. A demandé si j'étais étranger. J'ai répondu oui. Allemand ? Non, Suédois. Excellent, c'est parfait. Est-ce que vous permettez qu'on vous prenne en photo ? Pourquoi ? On trouve que vous avez l'air très sympa. Vraiment ? Dites oui, monsieur. Bien sûr. Évidemment.

Je me suis placé au soleil et leur ai souri. Nous étions seuls dans le parc. Je les aimais toutes les trois dans le vide de mon célibat. Tremblais sous les arbres. Le sosie de Lotta s'est approché de moi. Qu'est-ce que tu veux, mon amour ? Une photo de profil ? Pourquoi pas. Ça va comme ça ? Tout à coup elle défait ma ceinture et baisse mon pantalon. Tire sur mon slip en rigolant. Je suis complètement abasourdi. Tandis qu'elle arrache mes vêtements, j'entends les deux autres se marrer comme des folles. Je reste sans rien faire. Comme un crétin parmi les buissons, la bite à midi. La femme avec l'appareil photo mitraille. Des gros plans, des vues de côté et de dessus, elle s'allonge par terre et photographie ma queue par en dessous. Quand elle a fini, toutes les trois s'éloignent en riant et me laissent comme un idiot déculotté sous les arbres. Je suis rentré directement prendre une douche. Des putes ? Elles n'en avaient pas l'air. Photographes d'un magazine porno ? Peut-être. Je m'en fous. Pas la force d'y penser. C'était peut-être Lotta ?

Vers l'ouest, la ville semble peuplée exclusivement de fous. Si ça se trouve, ce quartier est une sorte de centre de retraités. Un géronto-quartier du genre de Sun City et de Paradise City en Arizona. Les vieux ici sont probablement venus de l'Europe du Nord chercher le soleil et la chaleur pour leurs dernières années à vivre, jouer au bridge, se promener et faire de la natation tous les jours dans les piscines chauffées.

Docteur Fitzenstrahl-Jus arpente la cité de vieillards en dispensant saluts et sourires. Il entre dans un restaurant sur le fond de mer et s'installe à une table.

La salle est presque entièrement remplie de vieux. Aucun ne paraît avoir moins de quatre-vingts ans, la plupart plutôt quatre-vingt-dix. Il commande une bouteille de vin et une entrecôte saignante. La tenue des gens dans le restaurant est très informelle. Tous les convives sont attablés en maillot de bain et chapeau. Ils se penchent sur leurs assiettes dans un silence triste. Ils ne semblent plus avoir d'appétit. Sans entrain, ils contemplent le local. Les battements de leurs cœurs font tressaillir les corps.

Ce n'est pas beau à voir : ils ont des torses de chrysalides, des jambes filiformes, des fausses dents, des cicatrices d'opérations, des varices qui poussent sur leurs jambes, on dirait des systèmes fluviaux sur une carte. Lorsque le serveur arrive avec ma commande, je me concentre sur le plat. Je n'ai pas l'intention de laisser la vieillesse et la décrépitude des corps me gâcher l'appétit.

Je m'apprête à couper mon entrecôte lorsqu'un parfait étranger s'assied à ma table, sans demander l'autorisation. Il fait comme si je n'étais pas là. Détourne le regard et observe les baigneurs dehors. Soudain il attrape mon assiette, la tire vers son côté de la table et commence à manger. Quand j'essaie de l'interpeller, il devient écarlate et se met à transpirer. Avant que j'aie le temps de l'en empêcher, il fait main basse aussi sur ma bouteille de vin, remplit son verre et le vide d'un trait. Je suis frappé de stupeur, figé. Quand l'homme a fini de manger, il se cure les dents, finit le vin et rote bruyamment.

C'est un très vieil homme. Courbé et ratatiné, et couvert de taches brunes sur la figure. Il paraît content du repas, il chante et fredonne, ses mains parcourent la nappe pour s'assurer qu'il n'a rien oublié, il se lève et sort lentement par la porte vers la piscine. Tout à coup j'ai pitié du vieux. C'est avec plaisir que je lui offre le repas. Il ne faut pas se montrer radin avec les retraités.

Je fais signe au serveur, commande une autre bouteille de vin et une autre entrecôte. Dès que je suis servi, le vieux est de retour. Il tire sur mon assiette, je l'agrippe des deux mains mais finis par perdre la lutte et me trouve réduit à regarder l'homme découper ma viande.

Je me lève et quitte les lieux, agacé. Le serveur court derrière moi, en brandissant la note. Je paie les deux repas et, passablement énervé, je retourne faire la sieste à mon hôtel.

Le paradis des gérontes ne me laisse aucun répit. Je n'ai certes jamais étudié la gérontologie, mais c'est un sujet qui m'intéresse énormément. Plus tard dans l'après-midi, je retourne à la cité des retraités. Il paraît que les vieux dans ce type de cités ont une vie amoureuse intense. Leurs corps froids bourgeonnent une dernière fois, les vieux savent que c'en est bientôt fini des réjouissances. Qu'il faut sauter sur l'occasion avant qu'il ne soit trop tard.

Fitzenstrahl fait une promenade revigorante dans Paradise City. Étudie l'architecture et les parcs. Fait comme s'il ne voyait pas les vieux qui rôdent parmi les buissons. Ça dépasse les bornes, tout ça, Fitzo. Ces vieux enfoirés n'ont aucune pudeur. À moitié nus, ils se pelotent sous les bancs, s'entortillent comme des serpents et labourent les bas-fonds en grappes rampantes et immondes dans des orgies frémissantes. Pantalons baissés. Vieilles femmes, les jambes écartées dans l'herbe. Corps blancs comme de la porcelaine sanitaire. Pépés obscènes, les braguettes déboutonnées. Gémissements, soufflements et rires en rut sous les ponts. Des porcs. Débauche totale au beau milieu de la vieillesse et des processus de dissolution. N'y a-t-il plus de dignité dans ce monde ? Vous n'avez pas honte, espèces de vieilles charognes ?

Je m'en vais en marmottant. Une Sodome de soins longue durée. Une Gomorrhe de retraités. Immoralité, débauche et déchéance sociale. Je n'ai plus la force de les regarder. J'entre m'asseoir dans une brasserie et reprends des forces avec une bouteille de vin blanc et un demi-homard.

Les vieux semblent reprendre du poil de la bête avec la fraîcheur du soir. Ça parle et gesticule autour des tables. Je reste parmi eux et écoute. Leurs voix rauques sifflent dans le local, leur haleine infecte fait de la buée sur les vitres. Des bourses adipeuses ballottent, des cheveux froids et gluants collent sur des crânes frêles et minces comme du cristal et sur des cous de vautour. Tu ferais mieux de te tirer d'ici, Fitzo. C'est pas bon pour ton sens esthétique, tout ça.

Pourtant je reste, malgré moi fasciné par les vieux. Quand j'ai fini mon repas, je continue mon exploration de la ville.

Je m'assieds à une table dans un lieu bruyant et scintillant de lumière où des hordes de vieux font du patin à roulettes sur le parquet. Ils avancent par à-coups, sans musique. Virevoltent avec des mouvements saccadés. Beaucoup sont dans le plus simple appareil. La musculature relâchée des hommes et leurs derrières en peau d'éléphant ridée luisent, les seins des femmes sont pleins de taches café au lait. Leurs monts de Vénus munis de perruques. Fitzenstrahl ferme les yeux. Les femmes patinent, paupières mi-closes. Leurs longs ongles d'orteils laissent des rayures blanches sur le parquet lisse. L'une d'elles ressemble à Elsa von Freytag-Loringhoven...

J'ai vite fait de vider une bouteille de champagne. Il ne faut pas hésiter à endormir ses sens par ces temps si peu esthétiques.

Les vieux sont obscènes à outrance. Ils se penchent les uns sur les autres avec des rires avides. Leur chair cadavérique brille. Boîtes de pilules et tabatières tombent de leurs poches avec un tintement métallique. Les dos des patineurs sont pleins de poils et d'excroissances, comme des verrues.

C'est alors qu'un des patineurs s'écroule. Le ballet s'arrête un instant. On emporte le vieillard effondré sous des hourras déchaînés et on le dépose dans une pièce adjacente. Cinq minutes plus tard, un nouveau décès a lieu, et peu après encore un. Ce patinage, serait-il une sorte de concours d'élimination face à la mort ?

Deux dames dans les soixante-quinze ans se sont installées à ma table. Elles pouffent de rire et avancent leurs maigres jambes vers moi. Une a enlevé sa chaussure et pose son vilain pied jaune sur mes genoux. Je fais comme si je ne la remarquais pas, mais je vois forcément les durillons récemment traités et les orteils déformés. Je pose ma serviette sur ce pied désagréable.

Le vacarme de la piste augmente. Les corps en sueur, blancs comme des draps, passent dans un sifflement comme des spectres sur roulettes.

HOIIIIIIIIIIIIIIIIIII ! ! ! !

Fitzenstrahl sourit poliment aux deux dames et commande une autre bouteille de champagne.

Une femme grande et solennelle s'avance lentement vers ma table et s'incline devant moi. Je reste immobile. Transi par la peur. La femme continue de s'incliner. Me tend une paire de patins à roulettes.

Les deux autres dames me font signe de la suivre sur la piste. Que faire ? J'ai été éduqué au respect et à la considération pour la vieillesse. Un jour, on est vieux soi-même, et désemparé, et on aimerait certainement jouer avec de jeunes filles. Peu rassuré, je me lève et suis la vieille sur le parquet. Elle me fait signe d'enfiler les patins.

Hodilihoooooooo ! Nous tourbillonnons comme des diablotins par-dessus les planches. La vieille me serre tout en poussant de petits cris ravis. Elle me tient tellement fort par la taille que j'ai peur d'étouffer. Bien que je sois grand et lourd, elle me soulève sans le moindre problème. Puis elle me pose au milieu de la salle, appuie fermement l'index sur ma tête et se met à tournoyer, tournoyer, les jupons battant comme des ailes d'oiseau. Je reste immobile et figé et sens son doigt s'enfoncer de plus en plus dans mes cheveux. Subitement elle ouvre ma chemise d'un coup sec et les boutons nacrés s'éparpillent par terre comme des dents de lait cliquetantes. Je recule lentement. Qui sait ce qu'une vieille sorcière comme elle peut inventer ?

Il suffit d'avoir vu leurs orgies pour savoir que pratiquement n'importe quoi peut arriver.

Je suis acculé au mur, je ne peux pas aller plus loin. Sur la piste de danse, les horribles vieillards virevoltent tels des épouvantails dans une tempête. La vieille incline son cou de dinde vers moi, vive comme l'éclair, et plante goulûment ses crocs dans ma poitrine blanche. Je gueule un coup et essaie de la repousser. Elle s'accroche comme un chien devenu fou. Quelques secondes après, deux autres femmes viennent mordre ma jambe. Je me débats, je cogne, mais en vain. Elles m'envahissent de tous côtés, elles se pendent à mes bras par les dents, leurs gueules bavantes claquent dans l'air autour de moi, je prends quelques bons pinçons aux fesses, elles grognent toutes comme des clébards affamés. Je décide de faire le mort. M'effondre par terre et retiens ma respiration, sens les dents jaunes se dégager de ma chair, puis on m'emporte sous les hourras vers le coin des tombés où on me dépose sur le tas de morts.

Tout porte à croire que ce patinage débridé est une façon d'en finir avec les vieux, une sorte d'élimination peut-être, une danse de la mort sous le signe de l'infarctus et de l'hémorragie cérébrale.

De plus en plus de cadavres s'accumulent autour de moi. Raides et blancs, les jambes nues impudiquement écartées. Un d'eux est posé sur moi, son visage glacé et éteint tout près du mien. Il me regarde droit dans les yeux. J'essaie timidement de le repousser. Soudain le cadavre me fait un clin d'œil et un signe de ne pas bouger. J'obéis.

Je ne bouge pas et je le regarde fixement.

– *Me Trotski*, chuchote-t-il, *me no dead.*

L'homme est terriblement vieux. Beaucoup plus âgé que les autres danseurs. À part un gilet, il est entièrement nu. Trotski ? Comment est-ce possible ? J'étudie en douce son visage. Le nez est juif. Et les vieilles lèvres usées. Il montre sa petite vermicelle de pénis : il est circoncis. Il farfouille dans son gilet, finit par extirper une carte de visite avec un texte anglais :

THÉÂTRE POUR CONDAMNÉS À MORT Producteur : Trotski, Mexique

Au même moment, les applaudissements se déchaînent. Les morts au-dessous de moi commencent à remuer. Rejoignent la piste de danse et les autres vieillards, et saluent le public. Trotski a disparu.

13

FITZENSTRAHL sort doucement du lit. Bâille. Passe sous la douche. Il laisse l'eau glaciale ruisseler sur sa tête. Tend les muscles devant la glace. Pas mal, Fitzo. Poids lourd, certes, mais poids lourd rapide. Tout est dans le travail des pieds et le crochet gauche. Faut les tenir à distance. Les épuiser. Et jouer de la droite.

Barbe rousse est encore venu ici. Je sens l'odeur de ses cigares, de petits poils roux et frisés jonchent mes papiers comme autant de ressorts de montre, des bouteilles de bière vides roulent sur le plancher. J'ai le vague sentiment qu'il travaille quotidiennement sur mon manuscrit, biffe et ajoute, enlève des chapitres entiers pour les remplacer par les siens. Je lis et je sue, je ne suis pas sûr de savoir qui de nous deux a écrit la dernière page, je trouve de longs passages qui me sont totalement étrangers, je deviens rouge de colère, pourquoi est-ce qu'il touche à mes notes ?

Il n'y a aucun doute : un nouveau Je a pénétré mon manuscrit, un Je fort et exigeant qui n'a pas le moindre respect pour mes souhaits, qui fonce dans le texte avec ses grosses godasses. Et qui signe ses interventions et changements X. Y.

Ce qu'il me faut avant de commencer le travail du jour, c'est une promenade fortifiante. Laisser le vent frais de la mer vider mon esprit de tous les vieux et de toutes les femmes. Merde, c'est déjà l'après-midi.

Le Grand Blondino juché sur un tabouret de bar. Un endroit luxueux. Assourdi, feutré et plein de Parisiens qui ont fermé leurs galeries d'art et leurs palais de mode pour la saison. Et ouvert les Palais d'orgasme.

– Champagne, *please.*

L'anglais, c'est le plus payant dans la ville du cinéma. Aujourd'hui je me sers de mon accent texan. *Cattle, oil and electronics. Are you in oil, sir ? Yep. And you ? Corn. That's what I thought. You god damn cornball.*

Qu'est-ce que vous avez à me regarder comme ça ? Vous avez l'impression de me reconnaître ? Je ressemble à quelqu'un dont vous avez entendu parler ou que vous avez croisé dans un livre ? Bien sûr. J'ai beaucoup d'apparences, de visages, de sosies et de substituts. Et beaucoup de noms, c'est nécessaire à un grand artiste innovateur pour survivre dans ce monde épouvantable de banquiers, policiers et politiciens.

Hier dans la matinée, la chorale est encore venue faire irruption dans ma chambre d'hôtel. Ils se sont alignés devant mon lit et ont entamé leur chant. Ça fait trois fois que cela se reproduit. Ils chantent très fort, ouvrent leurs bouches roses et laissent tonner leurs voix. Je reste étendu sur mon lit et fais semblant d'écouter l'odieux concert. C'est un chant détestable, un chant de taureau retentissant et beuglant qui me rend très nerveux et misérable. Après avoir terminé, ils ont salué et attendu les applaudissements. J'ai applaudi, évidemment. Comment faire autrement ? Une ville de cinglés comme Cannes ne se laisse pas vaincre.

Tu devais pas travailler aujourd'hui, Fitzo ? Plus tard, plus tard. Ceci est aussi une sorte de travail. Les observations sociales sont primordiales pour mon art.

Ai-je réellement le sang mississippien de Samuel Clemens dans mes veines ? Vers la fin de son existence, il a écrit un livre très pessimiste et triste. Il l'a peut-être écrit dans ma ville natale. Chagrin. Mort. Lassitude. Il nous faut davantage de joie dans la vie, Samuel. Contre la morosité qui nous serre de près de tous les côtés. Faut que je trouve de l'argent bientôt. Pourquoi pas faire un saut à Nîmes chez Durrell qui lorgne à tous les coups le Prix. Certains estiment que son Quatuor est dans la catégorie Nobel. Fais pas ça, Fitzo. Durrell est un renard rusé. Il te percerait à jour directement. Et il est complètement fauché, ce qui rend inutile une visite chez lui.

Quatre Américains à ma droite au bar. Trois femmes et un homme. Une des femmes me sourit. L'homme me hait instinctivement, ce qui est tout naturel. Il sent mon odeur. Car j'ai déjà marqué mon territoire dans ce bar. Pissé sur tous les pieds de chaise. Frotté mes joues contre les murs. Mon territoire inclut les trois femmes. Mais pas l'homme. Dehors, connard, dehors, dehors, dehors ! Les mâles qui ont dépassé l'âge ne doivent sous aucun prétexte faire des versements à la banque génétique fitzenstrahlienne.

Elle vient de me sourire à nouveau. Tu es là, seul et maussade, quand soudain une femme te sourit et la renaissance se déclenche. Sous le signe du gland. Elle sourit en anglais. J'adore la langue anglaise. Tout particulièrement m'enchantent les poètes mal dégrossis du XVIe siècle élisabéthain. Où une bite est une bite et pas un marteau de commissaire-priseur. *A spade is a spade.*

Ses longues jambes brunes s'enroulent autour du tabouret de bar. Bouche à la Marilyn avec lèvre supérieure charnue et arrondie. Si j'avais encore ma Cad, j'aurais pu lui proposer de faire un tour dans les montagnes. Je l'aurais placée derrière moi dans le creux du cul de Marilyn. Elle envoie des signaux amoureux en discontinu maintenant. Je me tourne vers elle et laisse mes couilles tout ouïe capter les étincelles électriques qu'elle émet. Les gens amoureux sont comme des insectes. Ils utilisent un langage réduit à l'essentiel. Au noyau de la vie. Le reste n'est que préludes et détours. Toute la littérature romanesque consiste en détours et en introductions, et personne, pas un, n'est foutu d'arriver au but. Mais la vie moderne est heureusement en avance sur la littérature. En tête de liste, il y a la femme.

Elle branche tout ce qu'elle a comme voltage maintenant, les résistances rougissent en elle, le tic-tac des voltmètres est lancé. Je tangue dans la tempête d'hormones et réponds avec dix mille volts. Il me faut porter un toast à son petit dynamo duveteux. Tout ce putain de bar a chaviré. Il a une gîte d'au moins vingt degrés. Tout l'établissement ne va pas tarder à sombrer et se remplir de poissons méditerranéens empoisonnés.

Je commande encore du champagne. Je t'emmerde, Josefita, je t'emmerde, toi et tes cuisses jaunes frémissantes et tes amants. Regarde-la, ma chérie ici qui a des yeux verts et qui est gauchère comme presque tous les Américains que je connais. Pourquoi ? Mon psy aurait appelé cela l'identité miroir.

Fais pas ça, Fitzo. Du calme, du calme, du calme. Accroche-toi au tabouret, ne laisse pas l'hydrogène en toi te forcer à monter sous le plafond avec des jambes rouges emplumées et des ailes mécaniques qui battent. Ne t'approche pas d'elle pour la renverser par terre et te mettre à la lécher partout. Évidemment pas. La discipline est ma force.

Ses amis appellent ma chérie Paula. Laisse-les, Paula. Viens plutôt avec moi dans la ville naufragée. Les autres clients sont assis à leur table, figés et muets. Leurs corps ont été vidés de leur sang, remplacé par des substances balsamiques. Paula, par contre, est remplie de sang merveilleux, de vie rouge qui bouillonne. Elle étire les jambes, assise sur son tabouret, ses yeux ont changé de couleur. Peut-être les seins aussi. Qui ne vont pas tarder à exploser d'hormones. Renverse-moi par terre, Paula, baisse ta culotte et assieds-toi sur mon visage. J'ai besoin de ton éponge mouillée sur les yeux avant que le deuxième round commence.

Le vin dégouline des visages des clients, il coule de leur nez et de leurs oreilles.

Leurs corps gonflés éclatent avec de petits bruits secs, de la laine de bois jaillit des crevasses.

Sans que je sache comment, je me retrouve sur la piste de danse avec Paula. Je me présente et lui parle lentement à l'oreille.

– Vous êtes en Europe pour un moment, miss ?

– On rentre dans une semaine.

Le plat de ma main sur son dos musclé. Est-ce que tu as participé aux Jeux olympiques, Paula ? Tu as le corps d'une athlète. D'ici peu, j'ai l'intention de t'apprendre quelques fameux exercices suédois inventés par le grand gymnaste Per Henrik Ling.

Fitzenstrahl penché sur sa partenaire. Coup d'œil en douce entre ses seins. Les effluves montent de l'interstice entre les planètes, en provenance de la planète numéro trois qui a pour nom Vénus. La seule planète poilue de l'univers – une découverte qui a frappé de stupeur les astronomes. Là-haut, comme ici-bas. J'en ai rien à foutre des séjours dans le désert, du célibat et des chemises de crin, je les emmerde. Il faut laisser régner les forces vitales.

– Je suis descendue dans un motel à l'entrée de la ville. Tu veux qu'on y aille ?

J'hallucine. Je ne crois pas un instant ce que tu dis, Paula. Ah, les femmes ! Parfois, même moi, j'ai du mal à suivre.

– Là, tout de suite ?

– Oui.

Pendant qu'elle dit au revoir à ses amis, je paie la note et trouve un taxi. J'adore tes décisions rapides, Paula.

On halète pire que des soufflets de forge dans le vieux tacot. Mon haleine est brûlante sur ses dents blanches quand je l'embrasse. Subitement le chauffeur se met à rire, il quitte la route et file droit dans le fleuve, l'eau jaune monte lentement vers nos genoux puis jusqu'à l'aine où elle s'arrête. J'embrasse encore ma chérie et nous remontons de l'autre côté, l'eau ruisselant de nos vêtements. Ma chérie est gluante de limon. Elle me grimpe dessus, elle geint. Je reste assis bien droit, bien digne. L'instant après je me laisse glisser par terre dans la voiture et me retrouve avec l'Américaine à califourchon sur mon visage. Quand le taxi s'arrête, on découvre le chauffeur en larmes, comme un môme.

Je le paie et suis Paula dans le motel. J'entends le fleuve clapoter contre les fenêtres quand on se dirige vers sa chambre. Enterrez-moi dans le fleuve, mes salopards, mais veillez à ce que ce soit le Nil. Que la mise à l'eau du cercueil ait lieu aux sources et n'oubliez pas qu'il doit être pourvu d'une bonne quille. Et d'une petite voile rouge, pour le socialisme. Faites sonner les cloches sur tout le parcours, devant les pays méditerranéens et jusqu'entre les colonnes d'Hercule, faites sonner les cloches.

Je suis un homme avec une chance quasi incroyable. Peut-être que je dégage aussi du charme et du rayonnement. Comment expliquer autrement que sans le moindre effort je me retrouve dans une chambre de motel inconnue en train de cérémonieusement et rituellement déshabiller une belle femme, pendant que le bâtiment descend lentement à travers la tempête et s'installe confortablement sur les flèches des clochers ? C'est quoi ce foutu susurrement dans les murs ici ? Des ascenseurs ? Des appareils ménagers ? Pourquoi ont-ils accroché des miroirs ovales partout dans la chambre ? Même le plafond est en verre de miroir dans ce motel avec froufrous de pute de style oriental. Mais on s'en fout, on a d'autres chats à fouetter.

Paula allume des lampes partout dans la chambre. Peau de cannelle et avec la plus jolie figure de la géométrie entre les jambes. Et la plus mouillée. J'attends sur le lit, étendu de tout mon long. Par la fenêtre je peux voir droit dans le bâtiment de l'autre côté de la rue. Un homme en frac rampe par terre dans une grande salle, il grogne, des femmes grassouillettes habillées en mariée sont perchées sur une grande armoire en acajou tels des oiseaux repus, leurs serres acérées laissent des marques profondes dans la surface lustrée du bois, elles tournent la tête et glapissent, en dessous d'elles des généraux en uniforme écoutent, penchés hors d'immenses miroirs en train de fondre.

Fitzo ? Mmm. Cesse tes élucubrations maintenant. Essaie de te ressaisir. Tu la vois là, à quatre pattes par terre, elle vient vers toi, elle a des yeux d'insecte et une résolution d'insecte et des lèvres d'insecte comme Kafka sous une vieille commode à Prague. Je la perçois dans de rapides séquences de huit plans : elle est assise sur moi les jambes écartées comme un roi de fer sur son cheval, exposé sur la place du village, elle est une Statue de la Liberté fendue en train de se renverser sur Manhattan, elle est un coyote femelle qui hurle, appuyé contre un rocher chaud dans *The Painted Desert*, elle est une...

Méfiant, Fitzenstrahl lève la tête. Elle tient une feuille de papier à la main.

– C'est quoi, Paula ?

– Un poème. Je l'ai écrit en attendant. Je savais que tu allais finir par entrer dans ma vie. C'est avec mes pensées et ma volonté que je t'ai forcé à venir. Est-ce que tu veux bien me le lire à haute voix ?

– Non.

– Comment ça, non ?

– Le moment est mal choisi.

– Parce que je suis assise sur toi ?

Il lui arrache le papier. Lit d'une voix tonitruante.

BUT LOVE
OR NO LOVE
SHE MOUNTED ME
TO THE DEAFENING DRUMS
AND SAID
THAT I HAD
A THICK
DICK

Je jette le papier par terre. C'est détestable, tous ces poèmes dès qu'on ouvre la braguette.

– Tu as aimé, Swede ?

– C'est très con.

– Mon mec aime.

– C'était lui dans le bar ?

– Non. Ça, c'était seulement un gars que j'ai utilisé pour t'exciter un peu et te ferrer plus facilement.

Fitzenstrahl pousse un profond soupir.

– Il me fallait un homme, simplement.

– N'importe quel homme ?

– Un homme comme toi, Swede.

– Ça y est, tu m'as ferré, Paula.

– Transpercé de bout en bout. Il me faut plus de lumière dans cette pièce.

– Tu as le soleil en toi jusqu'à l'utérus.

Elle descend d'un grand pas de cavalier. Allume d'autres lampes. Ne cesse de regarder mes jambes élégantes. Et mes avant-bras sexy. Je l'observe à la lumière aveuglante. Me sens comme un chirurgien qui s'apprête à se mettre au travail. Bistouri, mademoiselle, et que ça saute !

– Viens, Paula !

Encore des lampes. Elle est folle de lumière. Je suis complètement glacé. Ma bite est dure comme de la pierre et descendue au-dessous de zéro. Une tige de fer plantée dans la glace noire du pôle Sud.

Elle saute en selle sans utiliser les étriers. Ses yeux sont funestes et cruels. Pas de violence maintenant, Paula, je déteste la violence.

– Ho ho, Swede.

– *Yes,* Paula, ho, ho !

– Tu n'attendais pas ça de moi, n'est-ce pas ?

– Du calme, Paula, du calme.

– Tu vas voi...

– Doucement, Paula. Nous les goys, il faut qu'on fasse attention au prépuce et au petit ligament fragile qui le retient. Les mouvements brusques sont à proscrire. Snip ! – et il se casse comme une corde mi pendant un solo de guitare. Est-ce que ton mec est circoncis, Paula ?

– Oui. Est-ce que la porte est fermée à clé ?

– Oui, Paula, oui.

Trop de lumière ici pour que je me sente bien, trop de...

– Wow, Swede !

Je chahute avec elle dans le lit. Marche à quatre pattes comme un blaireau grognant sur le point d'attraper des os et du cartilage pour les briser comme des macaronis entre les dents et la seule chose qui m'intéresse vraiment est le mystère et ce qui se trouve au-delà de la chatte, flottant dans la lumière aveuglante entre la vie et la mort. Et tout à coup les pensées disparaissent, et les images. Nos culs travaillent comme des pistons et ni l'un ni l'autre ne se rend compte qu'on est au bord du lit et quand on s'écroule par terre, on plante les dents encore plus fort l'un dans l'autre et on continue telle une draisine vers le mur jusqu'à ce qu'elle se trouve bloquée, la tête contre la plinthe. Elle grimpe au mur sous ma besogne, de plus en plus haut, on rampe comme des mouches sur le papier peint et laisse une traînée gluante de limace derrière nous sur le dessin vert toxique, on poursuit au plafond vers le lustre de faux cristal où on reste suspendus, épuisés et éclairés par la lumière prismatique. Elle me fixe de mille yeux, elle fait bourdonner ses ailes et remue de bien-être ses jambes bleuâtres et sèches – subitement elle s'emporte et me sectionne une jambe qu'elle laisse tomber sur le drap au-dessous de nous. Je garde mes autres cinq jambes serrées contre mon corps hors de sa portée, mais elle les sectionne avec les dents, l'une après l'autre, et pour finir elle plante ses crocs dans les attaches de mes ailes, elle grignote et détache les ailes de mon corps et les laisse s'échapper vers le plancher comme des tourbillons de graines d'érable.

– Au secours, je tombe !

– Qu'est-ce que tu as à gueuler comme ça, Swede ?

– Les ailes, je suis foutu sans mes ailes.

– Tu es devenu fou ?

Quand c'est fini, on reste allongés côte à côte à bavarder. Je lui parle de ma vie de danseur et commence à agiter les jambes en l'air. Je m'excite en décrivant les différents pas et figures, je saute par terre et exécute une danse pour elle, j'ai la bite qui valdingue, je jongle avec un verre à whisky, je fais d'énormes sauts en arrière, je...

– Arrête ton cirque, Swede, tout de suite !

... je sautille sur la pointe des pieds avec de petits pas d'un millimètre, je...

– Je t'en prie, arrête !

Mais les cris et les supplications n'y font rien quand j'ai démarré pour de vrai, ces choses-là représentent l'odieuse réalité vulgaire avec son temps statique somnambule que c'est ma mission d'escamoter, de dissimuler et de tuer, et voilà que son visage est déformé de nouveau et je la baise sans un bruit, elle est assise le dos au mur, un puma poilu jambes écartées sur les draps tandis que l'entourage évolue dans une autre époque, à l'extérieur du présent divin de l'ère orgasmique.

Captain Swede pilote d'une main sûre son cercueil noir et luisant, pourvu d'une grosse quille, sur les eaux du Nil, dans la Vallée des Rois et au-delà, à travers les sables du désert vers le massif du Hoggar et Tombouctou.

14

FITZO DE LA Mancha ouvre le courrier du jour. Qui consiste en une seule lettre.

Cher Monsieur Fitzenstrahl !

Nous avons reçu un rapport concernant vos agissements à la Société de Littérature latino-américaine à Paris. Nous envisageons à présent de transmettre l'affaire à Interpol.

Veuillez recevoir nos sentiments distingués.

L'Académie suédoise
Le Secrétariat

L'Académie suédoise
Stockholm
Suède

Le citoyen suédois Éric von Fitzenstrahl est décédé récemment de la fièvre d'autruche galopante. Prière d'envoyer par retour du courrier des fonds pour couvrir les frais d'obsèques et de fleurs. Qu'Allah soit avec vous. Et Bouddha.

Ali Krim Bantusa
Consulat arménien
Schmuck
Le Tchid Supérieur

P.-S. Nous vous remercions de votre commande de dix-huit crânes de chimpanzé momifiés. À cause d'un marché du travail perturbé nous sommes pour l'instant dans l'impossibilité d'honorer votre ordre d'achat. En revanche nous sommes toujours en mesure de livrer nos œufs de cancre titrant quatre-vingt-dix-neuf degrés, appréciés de tous.

Génie et goût forever.

La voilà réglée, la correspondance du jour.

Paula me manque déjà. Étendue sous moi, fendue et couleur cannelle. Les jambes en l'air. Peu avant l'orgasme, elle pédalait dans le vide. De plus en plus vite comme un coureur cycliste espagnol dans le Tour d'Andalousie. La plupart des femmes ont de petites astuces et particularités pour tirer un maximum de jouissance de la baise. En tout cas les femmes sur qui je tombe. Elles me choisissent probablement pour la même raison qui pousse les grands pianistes de concert à choisir des Steinway.

Il faut que je retourne au bar où j'ai rencontré Paula. Elle est peut-être encore en ville. Ma chérie. Tu me vois trotter dans les rues pour te rejoindre. Fais le tour du monde en pédalant si tu veux, mais que ça se passe chez moi dans mon lit.

Les sirènes du bar tournent la tête quand j'entre. Aucune Paula en vue mais l'Américain qui l'accompagnait la dernière fois est toujours à sa place au comptoir. En me voyant, il me fait un signe de la main et demande s'il peut m'offrir un verre. Je m'assieds à côté de lui.

– Paula n'est pas là ?

– Elle est repartie pour les States ce matin. Elle m'a demandé de te donner ça.

Il me tend une enveloppe rose. Je l'ouvre tout de suite.

Dear Fitzenstrahl,

Le gars qui te donne cette enveloppe est mon associé. Quand il te fera un chèque, tu l'accepteras en pensant à moi. Merci pour un moment sympa.

Ta
Paula Bluestiff

Fitzenstrahl rigole. Un chèque ? Pour quoi faire ?

L'Américain sort un carnet de chèques et commence à écrire. Il dit que Paula est une vraie femme d'affaires et que je lui ai rendu des services inestimables. Me tend sans autre forme de cérémonie un chèque de cinquante mille francs.

– Cinquante mille ? Pourquoi ?

– Prends l'argent, Fitzenstrahl.

Je suis subjugué. Presque choqué. Mais pourquoi ? Il rit et commande une autre tournée. Et il est très mystérieux. Ho, ho, Fitzo. Business.

– J'ai proposé qu'elle te donne vingt mille, mais elle a dit que tu refuserais probablement une somme aussi modeste.

– Et si je dis que je veux plus que cinquante mille ?

– Alors tu n'auras pas un radis.

Quand quelqu'un donne cinquante mille francs à un cinéaste d'avant-garde sans le sou, ce cinéaste n'a pas intérêt à protester ni à poser trop de questions. Fourre donc le chèque dans ta poche et file avant que ces donateurs cinglés changent d'avis. Et fonce directement à la banque, bordel de merde, vérifier que ce n'est pas un chèque en bois.

Il est valable. L'aimable guichetier veut savoir si je désire l'argent en liquide ou si je préfère ouvrir un compte. En liquide, merci. Et en petites coupures.

Tire-toi en vitesse de la banque avant que quelqu'un se mette à crier que tout ça, c'est une erreur. Attrapez-le, le Suédois souriant là, avec les poches gonflées de billets de banque. J'adore les poches gonflées, j'en raffole.

Trouve-toi quelques comédiens et démarre. T'as qu'à louer la vieille usine abandonnée à l'extérieur de la ville pour le tournage. Te procurer des accessoires. Tu appelleras le film *General Swede*.

Maintenant, *meine Damen und Herren*, vous allez voir ce qu'est le cinéma. Car je ne me compromets pas à faire des confiseries ou des amuse-gueules. Quand vous ingurgitez ce que j'ai mis sur la table, c'est un repas qui contient de la vie que vous avalez, de la poudre Nobel et des laxatifs.

« *People at all times need outlaws* », écrit Kesey. Tu as absolument raison, Kesey. Et les gens ont besoin de films qui font réagir les sismographes grâce à une joie cosmique, une vérité poétique et une vision divine. Chère Lotta, je vais faire ce film à ta gloire. Je vais y fourrer tant d'amour que tu vas étouffer. Et aussi des hangars d'avions bourrés d'élans. Tu veux que je te nourrisse avec des papillons défendus ? Volontiers. Je ne connais pas de frontières, pas de postes de douane, pas de retenues, pas de fils rouges. Je n'ai pas non plus de début ou de fin, puisque je suis sans début et sans fin. Est-ce que tu vois les robots blonds qui errent dans le brouillard ? La verdure simiesque est trempée d'humidité. Derrière eux on entend le bruit traînant de la peste de cuivre froide.

Fonce, Fitzo, foooooooooooooonce ! Mais tout n'est pas rêves de films et joie. La maison de cinglés herrlichhausennienne ne me laisse pas tranquille. Ce matin j'ai reçu cette lettre :

Sehr geehrter Herr von Fitzenstrahl !

Nous interprétons votre silence comme une acceptation de la date prévue du mariage. Ces derniers jours nous avons entamé la modification et la modernisation de l'aile ouest de notre château en vue d'y installer les jeunes mariés après les festivités de mariage.

Veuillez recevoir mes salutations respectueuses.

Franz von Herrlichhausen

15

L'AIR BLEU de la Côte d'Azur sous les ailes. Les poches remplies d'argent. Un grand paquet de film vierge et ma vieille Bolex prête à l'action.

Ce qui importe avant tout est de trouver le bon ton pour le film. Je tournerai probablement en mi majeur et en si mineur. Tempo : *allegro*. Exécution : *fortissimo*. De ceci ressort que j'adore la vitesse, la sonorité forte et la joie, que je fais des doubles expositions psychiques avec du ralenti, du silence et du chagrin. J'adore aussi les couleurs criardes, la musique de jazz tonitruante, la boxe, le champagne, les femmes brunes, les femmes blondes, les femmes rousses, les femmes chauves, les femmes petites, les femmes grandes, Walt Whitman, Kerouac, Viking Eggeling [1], Henry Miller, the Marx Brothers, Kafka, les entrecôtes, Petronius, les Espagnols, García Márquez, *Un chien andalou* et la bière danoise. Et à l'instar de Whitman, je m'aime moi-même, j'aime ma caméra, mon travail, ma vie. Mi majeur donc, et si vous n'aimez pas les films en mi

1. Viking Eggeling, artiste suédois, pionnier du film d'animation dans les années 1920-1930. *(N.d.T.)*

majeur, n'allez pas gaspiller votre foutu argent au cinéma quand je suis en ville. Car il se trouve qu'ici c'est moi qui décide et pas l'Institut du Film Suédois et j'emmerde les problèmes relationnels, l'aliénation, la lutte entre les sexes et la politique – et j'encule tous les petits commissaires de film trouillards qui chient dans leur froc dès que j'agite ma Bolex.

Tout ce que je fais trouve ses racines dans le rythme et le jazz. Un musicien de jazz ne vieillit pas car il renouvelle sans cesse sa musique, son langage et sa vie, il remplace le vieux sang malade par un sang ardent de blues rouge clair et naïvisé, il lève sa trompette vers les étoiles et souffle au loin les pensées de vieux schnock, la prudence et les idées fixes de sécurité : *SHIT MAN, SHIT !*

Sans le jazz je mourrais, je perdrais mes plumes, mes ailes, mes cheveux et mes dents, je rencontrerais des refus, je rétrécirais et fanerais. Je puise ma nourriture spirituelle dans les dédales poétiques de la basse rebondissante, elle me donne de l'air, du sang et de l'espace pour battre des ailes. « L'être humain a besoin d'espace pour sa personnalité afin de se sentir bien, de rester en bonne santé et de supporter la vie. » La philosophe féministe Tora Sandström écrivait cela en 1939. Ici j'ai de l'espace pour battre des ailes, chère Tora. Et cinq bâtons à claquer en film. Mon cerveau bouillonne d'idées.

Le bonheur me rend fiévreux. J'erre dans la ville, les images ruisselantes sur mon visage : ombres d'oiseaux, visages de harpies, lumière à travers des filets noirs mis à sécher, murs percés de portes violettes, échelles pivotantes, les maisons qui pourrissent dans l'ombre, les aortes et les sabots ligneux des chevaux, les façades des institutions couvertes de plumes, des Parisiens qui tombent soudain en léthargie et s'allongent sur les chaussées et les trottoirs, pensionnaires évadés d'asiles psychiatriques qui dévalent à tombeau ouvert les avenues dans des camions de pompier volés, cirques en feu, manifestants qui en chantant mènent leur cortège droit dans la mer, politiciens qui s'effondrent en plein discours d'inauguration et restent écroulés, l'écume moussant dans la bouche et les jambes secouées de spasmes, vendeurs qui se jettent sur leurs clients en hurlant et les fourrent dans des paquets cadeaux gigantesques, une femme au centre, toujours une femme au centre...

J'ai décidé de donner un autre nom au film : *Poet's Republic.* Mais je n'ai pas l'intention de le garder puisque c'est un emprunt à Ginsberg. Je lui aurai probablement trouvé un nouveau titre demain. Ce sera un film relativement long : trente minutes. Un film ne doit jamais faire plus d'une demi-heure. Si on n'arrive pas à dire ce qu'on veut dire en ce laps de temps, il est préférable de s'abstenir de faire du cinéma. Au début de ma carrière j'en ai fait un qui ne dure que deux minutes. Les projectionnistes ont un mal fou à insérer la courte bande dans le projecteur : OUIPS – et c'est déjà fini. Il arrive parfois que je montre ce film et rien d'autre au public. Les gens ont l'air tout dépité à la fin de la séance. Mon film de deux minutes s'intitule : *Le Cabinet de cire cinéastique versus les gorilles dada.*

Dans une élégante boutique de mode masculine j'achète deux costumes de la meilleure qualité anglaise, des chemises, des cravates, des sous-vêtements, et un Borsalino aux bords audacieux. Le vendeur fait des courbettes et se met à plat ventre, et il emballe mes vieux habits. Quelques valises chic puis direction l'hôtel le plus luxueux de la ville. Avoir du style, c'est primordial, c'est le meilleur investissement d'un réalisateur.

J'ai réservé la chambre par téléphone. J'ai fait croire au réceptionniste hautain que j'appelais de New York. Il s'agit d'une suite. Avec vue sur la mer. Et des robinets dorés dans la salle de bains.

Je commande une bouteille de champagne, m'installe devant la fenêtre et rêvasse. J'envisage d'appeler Josefita mais renonce car c'est impossible de sauter une femme comme elle pendant un tournage. Il faut finir le champagne maintenant. Une courte promenade et une sieste après. Pour recharger les batteries.

Aujourd'hui j'ai engagé un valet de chambre. Il s'appelle Pierre, il est descendu d'Aix se trouver un boulot décent sur la Côte. Pierre est un incroyable gros lard barbare. Fort comme un taureau et toujours affamé. Malin et débrouillard et un peu voleur sur les bords. Il a l'air d'un con dans la livrée que je lui ai achetée. Lui se trouve élégant. Admire sa grosse barrique devant le miroir.

– Éloigne-toi du miroir, Pierre !

– Oui, monsieur.

– N'oublie pas de cirer mes chaussures !

– Oui, monsieur.

J'ai l'intention de l'utiliser aussi comme porteur, gardien, assistant éclairagiste, chauffeur et garçon de course.

Il y a quelques jours, j'ai passé une petite annonce dans deux journaux parisiens pour trouver une jeune comédienne non professionnelle :

Cherche jeune comédienne aux traits canins
Rép. à Art films S. A.
Hôtel Marseille, Cannes

C'est incroyable. Elles appellent, elles écrivent, elles arrivent en train, en avion, en voiture, elles arrivent à vélo et en patins à roulettes pour saisir la chance de leur vie. Des mères essoufflées grimpent les escaliers avec leurs filles. On dirait que la France dispose d'un stock inépuisable de femmes aux traits canins. Des bouledogues, des pékinois, des lévriers élancés, des corniauds. Je demande aux mères d'attendre au café du coin pendant que j'interviewe leurs filles. Et les teste.

Nonchalamment étendu dans une chaise longue, j'examine les filles d'un œil connaisseur. Elles ont juré leurs grands dieux de devenir stars et rien ne peut les arrêter – même pas ma muflerie. Je les force à chanter, à danser et à déclamer, je les force à jouer des scènes d'amour avec le gros Pierre en sueur qui, entre les reprises, me supplie de le laisser seul un moment avec les filles parce qu'il a très envie de les emmener dans la chambre à coucher. On ne peut pas se permettre de telles choses, Pierre, ce serait immoral et grossier. Inesthétique.

– Mais vous alors, monsieur ? Vous les emmenez bien dans la chambre à coucher parfois ?

– Il s'agit uniquement de tests, Pierre. Des tests de Shakespeare.

– Mais j'ai bien entendu une des filles hurler comme une chienne ? Grogner ?

– Ce que tu as entendu n'était qu'un essai de voix.

– Pardon, monsieur.

Quand je pars déjeuner, je donne l'ordre à Pierre de prier les candidates de revenir le lendemain. Oui, monsieur.

Mais Pierre est plus malin que ce que je pensais. À mon retour, ce salopard culotté est en pleine séance avec les filles. Je le regarde par l'entrebâillement de la porte, il se présente comme Fitzenstrahl le réalisateur et s'assied dans mon fauteuil. Quelques minutes plus tard, il a embobiné la pauvre fille jusque dans la chambre. Dès qu'il a terminé, il la renvoie chez elle et fait entrer la suivante. Il parle d'une voix autoritaire, il peste et gesticule, chuchote aux oreilles de la fille-chien et lui promet probablement le rôle à condition qu'elle cède à sa demande. Je me bidonne derrière la porte et le laisse faire. Pars me balader en ville et pense à mon film. Quand je reviens, Pierre a fini ses petits jeux.

La même histoire se répète le lendemain et le surlendemain. Un chef d'entreprise se doit de donner certains avantages à ses employés. Participation aux décisions et accès aux affaires de la société font de l'esclave un superesclave.

Le troisième jour je reviens du déjeuner au bout de vingt minutes. Trois filles attendent dans le vestibule. Pierre chuchote avec quelqu'un dans une autre pièce.

– Trois cents francs. Pas un centime de moins, dit-il.

– Deux cent cinquante.

– Je te fournis la casquette, le mégaphone et des lunettes de soleil. Pour le même prix.

L'autre voix appartient à un des amis de Pierre. Un Chinois qui travaille comme jardinier à l'hôtel. Le Chinois met la casquette à l'envers, chausse les lunettes de soleil et grimpe dans mon fauteuil de metteur en scène, le mégaphone brandi. Pierre ouvre la porte du vestibule et appelle une fille. Il présente le Chinois comme Fitzenstrahl, le réalisateur. La fille dévisage le Chinois quasi neuneu mais n'ose pas protester quand il commence à lui toucher les bras et les jambes et qu'il lui demande de remonter un peu sa jupe. Il vaut le coup d'œil, cet enfoiré de Chinois. D'une voix sifflante, il commande à la fille d'aller et venir dans la pièce, elle pousse un cri quand il lui pince les cuisses de ses longs doigts de Ming.

– Qu'est-ce que tu es en train de foutre, Pierre ? je crie.

– Je répète.

– Qu'est-ce que c'est, ça, ce Chinetoque de mes deux ?

– Il faut que les filles se préparent à l'entrevue avec vous, monsieur. Elles n'ont jamais rencontré de grand réalisateur avant. Ching joue le rôle de réalisateur.

– Tu vends mon identité, espèce de salaud !

Nous sommes interrompus par la fille quand elle jaillit de la pièce en hurlant, le Chinois sur ses talons.

– Ne le refais pas, Pierre.

– Non, monsieur.

– Tu crois qu'elles se laissent baratiner par lui ?

– Certainement. Je n'ai jamais vu des filles aussi connes.

Finalement, j'en trouve une qui convient pour le rôle. Je lui demande de revenir dans quinze jours quand le tournage commencera, si tout va bien. C'est incroyable comme elle ressemble à un chien. Un chien moche.

– Vous ne faites pas de contrat, monsieur ? grogne la maman.

Fitzenstrahl lui jette un regard impatient.

– Pas de contrat.

– Et la rémunération ?

– Pourcentage sur les recettes. Vous allez vous retrouver riches.

– Merci, monsieur, merci.

Je renvoie les autres candidates. Leur promets de les contacter. Ne nous appelez pas, c'est nous qui vous appellerons.

Hier je suis allé à l'hôtel de ville discuter de mes projets de film avec l'administration. Elle a été très enthousiaste. Un des bureaucrates connaissait mes films et avait lu des articles sur mes succès à Londres. Ils estiment aussi que ce tournage profitera à l'économie de la ville. Bonne publicité pour les touristes et des postes à pourvoir. Quand je demande l'autorisation de bloquer tout un quartier de la ville pour la première scène du film, on promet de mettre la police à ma disposition. Vous n'avez qu'à démarrer, monsieur, Cannes est la ville du cinéma par excellence, vous le savez.

Il y a quelques jours, j'ai passé des annonces pour des figurants. Ils ont accouru par hordes entières. À la perspective de participer à un film, l'être humain est prêt à tout abandonner : sa femme, ses enfants, son travail, ses amis. Tout le reste devient dérisoire quand les compagnies cinématographiques font sonner leurs cloches.

Fitzenstrahl en forme olympique derrière sa Bolex. La scène devant lui est impressionnante. Ce n'est certes pas Paris, mais il a malgré tout réussi à créer un atmosphère désertique à la Chirico en bouclant une grande partie de la ville. Propriétaires de magasins, clients, ouvriers, nurses – les citadins adorent le cinéma et ne s'étonnent pas le moins du monde quand je leur demande de tomber subitement en léthargie sur place. Les bus et les voitures s'immobilisent dans les rues, les chauffeurs et les passagers se figent sur leurs sièges, les piétons s'allongent sur la chaussée dans des positions obscènes, des vieillards sur les bancs publics prennent un regard vitreux, les propriétaires de magasin sont à plat ventre en travers des comptoirs, des matrones avec leurs cabas sont affalées dos au mur, jambes écartées, des automobilistes dorment, penchés par les vitres ouvertes de leurs voitures de sport, des laveurs de carreaux et des peintres en bâtiment se sont assoupis sur leurs échelles...

La scène est un symbole de mon existence. Je suis la seule personne éveillée ici. Je tourne tout d'abord quelques plans d'ensemble bien nourris, puis je continue dans le détail avec caméra à l'épaule, je cours comme un dératé parmi les gens endormis, j'entre dans les boutiques, j'en sors, des va-et-vient à ne plus en finir, pellicule sur pellicule avant d'être satisfait.

Je réanime les gens avec mon sifflet, les remercie et leur promets des entrées gratuites pour la première qui aura lieu ici à Cannes, annonce à la police que j'ai terminé la scène, puis je rentre à mon hôtel.

J'ai décliné toute interview et j'ai interdit à la presse locale de photographier le plateau de tournage. Pourtant, les journaux du lendemain sont remplis de photos de ma première scène. Elles sont bonnes, elles rappellent des peintures ou des photos de Man Ray. Aussitôt, mon téléphone se met à sonner. Les journalistes des magazines de cinéma à Paris ont vu les journaux locaux et sont curieux. Je leur dis que malheureusement je ne peux pas donner d'interview, que je ne travaille pas d'une façon classique, que je protège mon travail, etc. Rien n'y fait. On peut quand même discuter la chose, Fitzenstrahl, vous ne pouvez pas nous faire ça, on descend ce soir voir ça avec vous, d'accord ?

Détestable. Ignoble. Tout au long de ma vie de création j'ai essayé d'éviter ce genre de chausse-trape. Je vais avoir ces connards au cul pendant tout le tournage, ils vont me soûler de paroles et me voler mon temps, ils vont envoyer des flashes, crier et me forcer à des déclarations idiotes, ils vont me traiter comme si j'étais un cinéaste ordinaire attaché à une compagnie, et transformer tout le tournage en cirque commercial.

Je décide de leur accorder une interview à condition qu'ils me foutent la paix ensuite. Par précaution j'en parle avec Pierre. Je lui demande de rappeler le Chinois sous les drapeaux.

– Mais pourquoi, monsieur ?

– Ne te préoccupe pas de savoir pourquoi. Fais ce que je te dis. Procure-toi un vieux sabre de samouraï chez un antiquaire et dis au Chinois de se tenir prêt. Fais-lui enfiler ma vieille robe de chambre en soie fleurie et attendez dans la cuisine demain matin à dix heures pile.

– À vos ordres, monsieur.

– Et trouve-moi un coq. Achète des somnifères à la pharmacie et donne un demi-comprimé au coq. Pose-le sur mon bureau avant l'arrivée des plumitifs.

– Je n'y comprends rien.

– C'est voulu. Fais simplement ce que je te dis. Envoie-moi le Chinois maintenant.

Le Chinois se marre et fait des courbettes quand je lui donne mes instructions. Il dit que c'est avec plaisir qu'il participera. Et il sera payé combien ? Je lui donne une avance de trois cents francs. Il est enchanté et retourne dans son jardin en se bidonnant. Je le vois s'y entraîner au sabre toute la soirée.

Les journaleux de cinéma se révèlent être des cons insolents et suffisants qui se moquent de ma vieille Bolex et hurlent de rire en entendant mes projets de film. Quand l'interview est en passe de m'échapper, j'appelle le Chinois. Je le présente aux journalistes stupéfaits comme tenant en titre d'un des rôles principaux du film. Un samouraï japonais, messieurs, un samouraï qui a joué dans d'innombrables films underground japonais.

Ils fixent le Chinois qui se balade dans la pièce en faisant tournoyer le sabre au-dessus de sa tête. Il tranche l'attache du lustre en cristal, il sabre les bouteilles de champagne. Tout à coup il s'approche du coq endormi qui se tient sur une patte sur mon bureau, *KWA-TA !* et d'un seul coup bien visé il sépare la tête du corps de la pauvre bête qui s'envole dans un nuage de plumes en éclaboussant toute la pièce de sang. Les journaleux décampent en hurlant dans l'escalier. Le Chinois glousse et essuie le sang du sabre sur ma robe de chambre.

– Ça ira comme ça, monsieur ?

– Excellent, Ching, excellent.

Plus tard j'explique aux journalistes qu'il s'agit d'un film de structure pragmatique, il est question ici de réductions drastiques, de suppression du poids gluant de la narration, de vision éclair en pointillé dans une synthèse de contradictions qu'il faut considérer comme fictives uniquement à la lueur de mon paradoxe prospectif toujours présent. Je passe ici par l'autopsie des canaux supra-orgiaques de la subconscience, par la névrose consensuelle du septième art au sein de l'unicité fantasmagorique psychocadiques du flux de la conscience et par les idiosyncrasies transcendantales de l'âme filaire.

Ça, ça leur fait dresser l'oreille. En effet, ce qui intéresse ces gens n'est pas le film mais le flot intarissable de verbiage prétendument intellectuel. Je garde toujours un seau plein de trouducuteries dans mes bagages pour ce genre d'occasion et je dégueule sans la moindre hésitation tout le foutu brouet : artophie, spécification d'époque, générateur de signification, prégnance, cognition, implicitement, emphatique, béhaviorisme, verbalisme, conscience de comportement, minimiser – je les inonde de crottin de cheval, je leur pisse des mots tels que adéquation contemporaine, humano-territorial, dignitaires de modulisation, etc., jusqu'à ce qu'ils soient tellement chargés et enduits de leur propre merde qu'ils n'arrivent plus à proférer un seul mot.

Quand ils s'en vont, ils titubent comme des passagers nauséeux d'un transatlantique en pleine tempête.

16

ÇA ME tombe dessus comme une avalanche. Un éboulement démentiel.

Fitzenstrahl est assis dans son lit en train de lire les quotidiens du matin. Il est profondément bouleversé. Crie à Pierre d'aller acheter d'autres journaux, puis continue sa lecture. Je m'étais évidemment dit qu'ils allaient pondre quelques lignes sur moi, mais pas qu'ils allaient remplir les pages cinéma d'articles sur le tournage. Ça parle d'une grosse production. Très gros budget. Fitzenstrahl, un outsider dans ce domaine, alchimiste de l'art et créateur du film magico-métaphysique.

– Pierre !

– Monsieur ?

– Sers-moi un whisky. Dépêche-toi !

– Grand ou petit ?

– Grand.

– Comme ceci, monsieur ?

– On vit dans un monde aléatoire, Pierre.

Avant que j'aie eu le temps de faire ma toilette du matin, le directeur de l'hôtel arrive en trombe. Il a lu les journaux de Paris et tient à me souhaiter bonne chance pour mon film. Trinquer à mon succès. Il apporte un magnum de champagne que nous vidons en quelques minutes. Ne songez même pas à payer votre note d'hôtel, Fitzenstrahl, dit-il. Considérez-vous comme un ami de la famille. Merci d'avoir choisi notre établissement. Ceci est la meilleure publicité que nous ayons eue depuis des années. En plus, une dizaine de journalistes vont descendre ici pendant toute la période du tournage. Il titube légèrement en partant.

Le téléphone n'arrête pas de sonner. Un des appels vient d'un entrepreneur en bâtiment qui se dit fana de cinéma. Il demande si je le laisserais participer à la production. Il a pas mal d'argent disponible en ce moment et il serait prêt à investir au moins un demi-million. Je décline l'offre, mais l'homme n'abandonne pas. Pour finir, j'accepte de déjeuner avec lui pour discuter de l'affaire.

J'ai à peine eu le temps de raccrocher que Pierre annonce un visiteur. C'est le propriétaire de la vieille usine en bordure de la ville. Il a vu dans le journal que je serais intéressé par une location du vieux local désaffecté, pour les besoins du tournage.

Cinq minutes plus tard, j'ai loué tout son terrain industriel, signé un contrat et payé mille francs de loyer. On ne chôme pas ici. De plus, j'ai le sentiment d'aller au casse-pipe. Je n'ai pas l'habitude de travailler dans une telle effervescence.

– On ferme pour aujourd'hui, Pierre ! Plus de visiteurs !

– J'ai déjà promis à ce monsieur que vous le recevrez.

– Alors fais-le entrer.

L'homme vient du syndicat. Il est très méfiant. Parle fort, fait des histoires. Moralise sur les accords, les salaires et les primes pour horaires pénibles.

– Vous avez besoin de combien de figurants, monsieur ?

– Je ne sais pas très bien. J'ai du mal à avoir une vision globale.

– Combien de temps aurez-vous besoin d'eux ?

– Un mois. Peut-être deux.

– Combien il vous en faut ?

Je ne me sens pas le courage de lui tenir tête et je dis deux cents. Et me déclare prêt à payer jusqu'à 12 % supplémentaires de l'heure.

– Vous ne pouvez pas en prendre cinquante de plus ?

– Pourquoi pas ? Vous me les trouverez ?

Le syndicaliste sourit. Il voit déjà ma compagnie prendre en charge tout le foutu troupeau de glandouilleurs sur la Côte. Je verse du champagne et porte un toast à une collaboration fructueuse. Je signe un tas de contrats. C'est une affaire qui roule.

Quand on fait du film, il vaut mieux avoir le syndicat de son côté, et c'est d'ailleurs valable quoi qu'on entreprenne. Je balance ses papiers dans un tiroir et pars pour mon déjeuner.

L'entrepreneur en bâtiment se révèle être un authentique fana de cinéma. J'essaie de lui expliquer que je ne fais pas du film industriel ni de la fiction, que je ne l'ai jamais fait, je ne maîtrise même pas la terminologie, je suis artiste et magicien, les affaires ne m'intéressent absolument pas, je ne travaille qu'en 16 mm et je n'ai même pas de compagnie. Mes œuvres sont montrées uniquement dans des ciné-clubs et aux festivals.

– Je vais fonder une compagnie avec vous, monsieur Fitzenstrahl.

– Vous perdrez votre argent. Je n'ai jamais gagné le moindre sou avec mes films. L'art se fait toujours à perte.

Il s'esclaffe. Dit qu'il est prêt à risquer son argent sur un homme comme moi. Je sais reconnaître un génie quand je l'ai en face de moi, Fitzenstrahl. En plus, c'est un investissement déductible.

Que voulez-vous que je fasse ? Je n'ai jamais su dire non aux gens généreux et enthousiastes. J'accompagne l'homme à sa banque où on me fait signer tout un tas de documents.

Dieu sait ce qu'ils stipulent. Avant de se quitter, je promets à l'entrepreneur fou de joie un petit rôle dans le film. Il me serre dans ses bras et retourne à ses chantiers.

Tout va très vite maintenant. J'ai à peine le temps de jeter ces mots noir sur blanc. Vous vous contenterez des grandes lignes. On s'en fout des détails ! J'ai par exemple des notes pour certaines scènes gigantesques que je n'ai jamais eu la possibilité de faire. Elles ne font certes pas partie de ce film, mais je décide quand même de les tourner, à présent qu'il y a de l'enthousiasme et du capital disposé à prendre le risque. La scène des brouettes ! Perspective à la Eisenstein dans *Ivan*. Des prêtres, des moines et des saints sont installés dans les brouettes. Des évêques splendides, des nonnes, des martyrs et des cardinaux – toute la ribambelle cléricale. Je passe des annonces pour trouver des hommes aux brouettes. C'est bizarre, le cinéma. On peut passer des mois dans une ville comme Cannes sans voir la moindre brouette. Puis tout à coup il y en a des milliers – la ville en déborde littéralement. Je rassemble la troupe dans la friche industrielle et commence les répétitions.

La scène est réellement pénible. Les hommes qui poussent les brouettes, à genoux, vacillent sous le soleil, la poussière vole au-dessus du périmètre de tournage, les saints et les moines s'effondrent en même temps que les brouettes, les prêtres et les nonnes dégringolent sur le cul quand la fatigue se fait sentir. Désirent-ils se reposer quelques heures ? Non, non, non, monsieur. On continue.

Le syndicaliste surveille tout cela. Écrit dans ses papiers. Il ne semble pas mécontent du tempo soutenu. Allez-y, faites-les suer, ces couillons, me dit-il, ça leur fait du bien de se décrasser par le travail. Merde, quoi ! Je profite de ses bonnes dispositions pour lui commander une manif.

– Combien de personnes, monsieur ?

– J'ai besoin de quelques centaines d'hommes et de femmes.

– Peut-on utiliser nos drapeaux ? Nos banderoles, nos étendards ?

– Naturellement.

– Quand pensez-vous commencer à répéter ?

– Dans deux, trois jours.

– Comptez sur moi, je vous les envoie.

Pour aider à la bonne marche de la machine, j'ai fait savoir à la presse qu'un gros entrepreneur en bâtiment est entré dans la compagnie avec des fonds importants. Le syndicaliste a apparemment lu la page cinéma du jour et il est radieux. Tout le monde est radieux.

Tout à coup j'en ai marre de ce putain de marathon de saints. Une idée idiote, en fait. Qu'ils aillent se faire foutre !

– Pierre !

– Monsieur ?

– Occupe-toi des répétions. J'ai une réunion qui m'attend.

– Merci, monsieur.

Est-ce qu'il saura faire face ? Est-ce que ça a une importance, d'ailleurs, qu'il le sache ou non ?

Pour ma part, je file en vitesse en ville démarrer les répétitions d'une nouvelle prise de vues. Une scène où des centaines de figurants sont obligés de marcher sur les mains. C'est bizarre, mais il existe des tas de Français qui savent se tenir sur les mains pendant des heures sans se fatiguer. Le sang qui afflue à la tête ? Sottises. Mal au poignets ? À d'autres. Ils vont et viennent totalement imperturbables parmi la circulation, ils sautent même sur leurs mains quand je leur en donne l'ordre. Incroyable.

La scène est étrange. Elle attire des milliers de spectateurs. La police surveille notre manège d'un œil soupçonneux mais sans protester. Un film est un film et un tournage onéreux ne doit pas être dérangé par d'affligeantes règles de la circulation et autres mesquineries. En tout cas pas à Cannes.

Pendant que les marcheurs sur les mains font une pause bien méritée, je file avec la voiture à la friche industrielle contrôler Pierre et la scène de brouettes. C'est effarant de voir comment le pouvoir peut changer un homme. En quelques heures, mon Pierre doux et inoffensif s'est transformé en un sadique pur sang. Je contemple le spectacle à quelque distance. Il rugit et crie, cogne et distribue des coups de pied, il s'est même trouvé un fouet qu'il fait siffler au-dessus des têtes des pauvres saints épuisés. Un film est un film et les lois des hommes ne sont plus en vigueur ici. Tout est permis. On dit qu'à l'âge d'or de Hollywood, il y avait des réalisateurs qui tuaient leurs figurants pendant les tournages. Personne ne portait plainte, il n'y avait pas de procès. Le cinéma n'est pas la réalité et un meurtre pendant un tournage ne peut donc pas être considéré comme un meurtre mais comme un meurtre de cinéma. Le film est tenu pour un des plus importants moyens de pouvoir en ce monde. Donnez de l'argent en quantité illimitée à un réalisateur déterminé et épris de pouvoir et vous le verrez concrétiser pratiquement tout ce qui lui tient à cœur. Comme les municipalités sont presque toujours coopératives quand il s'agit de tournages, il commencera par faire barricader certaines rues et quartiers, et petit à petit la ville entière et la population seront à sa disposition. Avec la publicité comme appât, il obtiendra la participation des banques, des industries et des boutiques, il pourra sans trop d'effort engager la police et l'armée, la marine et l'aviation – il pourra même amener des politiciens soucieux de paraître dans les pages people à figurer sur un coin de pellicule. Du calme, Fitzo, t'as les chevilles qui enflent. La ferme, je te dis, la ferme. Et arrête de m'interrompre, bordel de merde. Donc : lentement, en douceur, notre réalisateur laisse le tournage se répandre comme une peste sur le voisinage, il loue d'autres villes et villages, et il peut – à condition d'avoir le soutien du grand capital – soumettre des régions entières. À la fin, on ne sait plus ce qui est film et ce qui est réalité. Un metteur en scène de Hollywood, s'il est futé et boulimique de pouvoir, peut par exemple louer tout Hollywood, tout Los Angeles, toute la Californie, le Nevada, l'Oregon, le Nouveau-Mexique et le Texas et (sans que personne ne s'en rende compte) détacher ces États du reste des USA, et ensuite il a sous sa botte toute l'industrie électronique et tout le foutu nid de guêpes atomique, et il n'a même pas besoin d'employer la manière forte pour s'emparer de l'ensemble du pays. Peut-être est-ce déjà accompli ? Qui est réellement le président actuel ? D'où vient-il ? Quel est son passé ? C'est ça. Quels trusts, compagnies de pétrole et banques texanes détiennent la colossale compagnie cinématographique pour qui il travaille ? Qui écrit le scénario ?

– Monsieur Fitzenstrahl !

Ta gueule, Pierre. Je pense.

Qu'en est-il de la réalité dans ma Suède adorée ? Comment se fait-il que je sois toujours pris d'un fou rire dès que j'allume la télé là-bas, chez moi, et que j'écoute ce qu'ont à dire nos bureaucrates et nos politiciens ? Se pourrait-il que c'est parce qu'on vit au beau milieu d'une farce démente génialement rédigée ? Qui l'écrit et qui la met en scène ? C'est forcément un génie de la dérision.

– Monsieur Fitzenstrahl !

– Merde, qu'est-ce que tu veux encore, Pierre ?

– Ils veulent être payés. Ils disent que ça fait plusieurs semaines qu'ils bossent sans salaire.

– Tu ne vois pas que j'ai du travail, espèce d'imbécile ?

– Si, monsieur. Mais je ne les maîtrise plus. Ils refusent de continuer.

Je m'approche de la horde ronchonnante d'évêques et de martyrs à brouettes. Fumiers. Des fumiers qui font des histoires. Tous les soirs ces barbares monoroue envahissent la ville. Ils braillent et jurent, ils forcent le passage devant les voitures et les bus et provoquent un bordel monstre dans la circulation. Ils transforment tout le paysage urbain. Fumiers, fumiers, fumiers. Je les foudroie du regard :

– Vous voulez être payés, vous dites ? *Payés ?* C'est tout ce que vous avez dans le crâne ? Et l'art, il ne signifie rien pour vous ? La gloire ? Le plaisir du travail ? Vous avez eu l'aubaine de participer à la grosse production d'un cinéaste génial. Ceci est l'unique possibilité que vous aurez jamais de passer à la postérité et à l'immortalité en tant qu'artistes. Par votre participation ici, c'est la mort que vous combattez. Je vous donne l'occasion de laisser un peu de vous-mêmes ici-bas sur terre, vos visages et votre art continueront à exister parmi les hommes des milliers d'années après que vous serez disparus pour toujours. On va vous admirer, rêver de vous, parler de vous, vous idéaliser, vous respecter. Et avant tout, on va penser à vous avec gentillesse, ce qui est d'une importance capitale pour celui qui a gagné l'autre dimension et se trouve dans le monde des ombres.

Fitzenstrahl fait une pause. Lève les yeux au ciel et continue :

– Qu'est-ce que vous laisserez derrière vous si vous ne participez pas au film *Poet's Republic* ? Que dalle, j'imagine. Quelques chaises et une table, une vieille deuche et des mômes qui n'en ont rien à foutre. Croyez-vous que cela suffit quand c'est la suprématie de la mort et l'oubli éternel qu'on doit combattre ? Je demande par conséquent aux radins français de se signaler, ceux qui préfèrent quelques deniers sales à l'immortalité. Les personnes qui ne se signalent pas, eh bien, je vais les payer, mais je le ferai quand ça me convient, à moi et à la compagnie.

Personne ne se signale.

– Puis-je demander à l'assistant réalisateur de reprendre les répétitions ?

Pierre lorgne la foule. Ce ne sont pas des regards aimables qu'il décoche. Je remonte dans mon taxi et retourne en ville poursuivre les répétitions avec les marcheurs sur les mains.

L'humanité est sans le moindre doute possible en train de courir vers sa perte. Que reste-t-il donc de la grandeur spirituelle des Français ?

– Putain de grenouilles matérialistes !

– Oui, monsieur.

– Arrêtez-vous au bar là-bas. Un whisky, ça vous dit ?

– Oui, monsieur, merci, monsieur.

Quand je suis de retour sur le tournage avec les acrobates, de nouveaux soucis m'attendent. Deux messieurs aux allures de bureaucrates demandent à me parler tout de suite. L'un se présente comme le maire. Tiens, tiens.

– De quoi s'agit-il, messieurs ?

– Nous avons reçu des plaintes à propos de votre façon de gérer le tournage, monsieur. Nous ne pouvons en aucun cas permettre...

– Vous voulez qu'on interrompe le tournage ici, à Cannes ?

– Non, monsieur, bien sûr que non, mais...

Fitzenstrahl s'adresse aux hommes qui se tiennent sur les mains, une enfilade de visages bleuis devant les murs.

– On interrompt tout de suite les répétitions. Vous pouvez rentrer chez vous. La municipalité vient d'arrêter le tournage.

– Non, non, non. Vous n'avez pas compris, monsieur ! crie le maire.

– Pas compris ? Je comprends toujours ! J'ai senti les mauvaises dispositions de l'administration à mon égard depuis mon arrivée ici. Un artiste ne peut pas travailler dans de telles conditions. De l'extase ! Quand je travaille, j'exige de l'extase, et de la sympathie, et un intérêt brûlant de la part de mon entourage. C'est compris ? Pigé ? Je vais déplacer le tournage à Nice ou à Monaco dès demain. Des milliers d'hommes équipés de brouettes se tiennent prêts au départ à Rapallo, des hordes de marcheurs sur les mains attendent à Marseille. Croyez-vous que moi, F. Éric von Fitzenstrahl, j'ai besoin d'une petite ville minable comme Cannes pour faire un film ? Personne n'a besoin de Cannes, même le festival de cinéma annuel n'a pas besoin de Cannes. Je vais dès cet après-midi me mettre en rapport avec le président du conseil mondial du film et proposer que le festival de Cannes se tienne désormais à Nice.

– Putain de bureaucrates ! C'est pas vos oignons, ce tournage, il est à nous ! Si vous essayez de nous arrêter, on mettra le feu à l'hôtel de ville et vous allez flamber comme des rats !

C'est un homme de grande taille qui crie. Il se tient toujours en équilibre sur les mains.

– Monsieur Fitzenstrahl, chuchote le maire.

– Qu'est-ce que vous voulez encore ? L'affaire est close. On déménage.

– Excusez-nous. On s'en va maintenant. Continuez votre tournage. On promet de ne plus vous déranger.

– Je peux vous faire confiance là-dessus ?

Le maire m'adresse un sourire mielleux. Serait-il une femme déguisée en homme ?

Aujourd'hui j'ai commencé les répétitions avec la manif. Le syndicaliste est au désespoir. Malheureusement, il n'a réussi à rassembler qu'une centaine de manifestants. Je joue la déception et la colère alors que je suis aux anges de voir l'immense troupeau former les rangs du cortège sur un champ en bordure de ville.

C'est une journée magnifique inondée de soleil. Drapeaux et banderoles claquent au vent. Les instruments des deux fanfares sont rutilants.

Le réalisateur Fitzenstrahl explique dans les haut-parleurs comment il imagine la séquence.

– Il s'agit d'une scène très dramatique. Une toute nouvelle façon de manifester. Dans la société actuelle, il ne suffit pas d'avoir des banderoles, des drapeaux et des slogans. La société des médias et de l'information ne se contente plus d'un défilé à l'ancienne considéré aujourd'hui comme un écho navrant des années vingt. Actuellement, il nous faut avoir recours à des remèdes bien plus puissants pour nous faire remarquer. La beauté est le plus fort des remèdes. Mais les partis politiques du monde ont oublié la beauté, ils l'ont remplacée par une rhétorique creuse et une démagogie dénuée de sens. Quand je prononce le mot beauté, je pense en premier lieu au corps humain. Le corps humain nu est la création la plus belle de l'univers. C'est pourquoi j'entends, avec votre aide, filmer le premier défilé de manifestants nus au monde. Puis-je demander à tous les figurants de se déshabiller totalement. S'il y en a qui estiment ne pas pouvoir participer pour des raisons religieuses, morales ou autres, je leur demande de se signaler et de quitter ensuite le tournage.

Six personnes s'en vont, toutes penaudes. Elles sont huées par le reste des manifestants, qui commencent à se déshabiller. Cinq hommes courent le long du cortège et ramassent les vêtements dans des sacs de jute.

– Rassemblement ! Garde-à-vous !

C'est une vision hallucinante. Des bites qui pendouillent sous des bides énormes. De gros seins qui tombent et des culs rebondis. Mais aussi des corps jeunes et beaux. Avec de petits sexes roses et bombés qui scintillent à la lumière.

– Votre attention !

– Pour souligner encore davantage la magie de ce nouveau type de manifestation, le cortège se déplacera à l'horizontal. Puis-je demander à tous les participants de s'allonger à plat ventre. La progression se fera de la manière suivante : à mon ordre EN AVANT MARCHE, vous glisserez sur l'herbe en poussant de la pointe des orteils tout en exécutant des mouvements de natation avec les bras et les jambes. Compris ?

– Garde-à-vous couché !

Presque tous rient avec embarras en s'allongeant. Ils sont totalement abasourdis par le spectacle de tous ces corps nus. Annihilés par ce matraquage visuel. Fait remarquable, je n'aperçois pas une seule érection dans les rangs qui s'allongent.

– Mais monsieur, crie le syndicaliste, les instruments de musique vont frotter par terre et s'abîmer.

– Ce ne sont que des détails, des trivialités !

– Et les drapeaux ! Les drapeaux vont s'abîmer !

– Mesquinerie, matérialisme !

Comme il continue à faire des histoires, je résous le problème ainsi : les musiciens et les porte-drapeaux seront autorisés à soulever légèrement le torse durant la marche, mais uniquement pour laisser un peu de place aux instruments et aux drapeaux.

– Vous voulez dire qu'ils vont jouer pendant qu'ils rampent par terre, monsieur ? Jouer en position couchée ?

– Évidemment. Une fanfare qui ne joue pas n'est pas une fanfare.

– Je ne pense pas que cela soit réalisable, monsieur.

– En matière de film, c'est le metteur en scène qui décide de ce qui est réalisable. Le syndicat n'a pas à se mêler des aspects artistiques.

– Mais...

– Si vous avez l'intention de faire des histoires, vous n'avez qu'à prendre votre foutue manif avec nageurs et tout et décamper d'ici. Je n'ai pas de temps à perdre avec du blabla syndical !

Le syndicaliste est blanc de colère mais décide apparemment d'obéir aux ordres. Un type comme lui, qu'est-ce qu'il connaît aux films ? Crétin.

– En avant marche !

Lentement, lentement, le cortège se met en branle. Je cours comme un agitateur le long de la masse qui rampe à plat ventre. Les drapeaux se déventent, les fanfares ahanent, les gens soufflent et grimacent salement mais la procession avance.

– Excellent ! Poussez avec les orteils !

– Qui va rembourser les dégâts éventuels des instruments ?

– La maison paie tout.

– Merci.

– Si vous avez quelque chose à redire contre...

– Bien sûr que non.

Ils sont comme hypnotisés par ma caméra. Peut-être sont-ils paralysés aussi par leur nudité réciproque. Ceci est tout autre chose que de se mettre seins nus sur la plage. Être nu au son des cuivres est plus que de la nudité, c'est être sans peau.

– À partir de maintenant, vous prenez le commandement ici, je lance au syndicaliste. Vous poursuivrez la marche en direction des Alpes jusqu'à ce que vous receviez l'ordre de faire demi-tour. Compris ? Nous filmerons d'en haut.

– Oui, monsieur.

Assis dans mon confortable fauteuil de réalisateur, je les regarde partir vers Aix. Le cortège ne mesure que vingt centimètres de haut. La musique produite par les fanfares semble assourdie et bizarre. Ils avancent à une vitesse d'environ deux cents mètres à l'heure.

Fitzenstrahl est secoué d'un rire réprimé. Incroyable, elle est incroyable, cette combinaison cinéma et pouvoir. Tout le monde coopère et accepte n'importe quoi sans broncher. Tous les problèmes du monde pourraient se résoudre sans difficulté si on considérait l'existence comme un gigantesque tournage. Avec Fitzo comme producteur et metteur en scène.

17

– PIERRE !

– Monsieur ?

– Où en est-on au studio B ?

– C'est quasiment prêt pour le tournage.

– Très bien, Pierre.

– Hier j'ai engagé vingt-trois nouveaux figurants.

– Tu fais comme tu veux, Pierre.

Je ne vais que rarement au studio B désormais. Rien qu'à voir Pierre le sadique, j'ai des nausées. Sans parler du Chinois samouraï qui file la frousse de leur vie aux martyrs et aux saints français quand il fait siffler son sabre. En plus, ces deux idiots me ruinent en bouffe. Ils engloutissent des déjeuners avec des vins hors de prix, sont trop fatigués pour se déplacer à pied et gardent un taxi à leur disposition pour aller d'un plateau à un autre.

Merde, Fitzo, comment peux-tu permettre à ces deux crétins de se mêler de ton travail ? Ceci n'est plus un tournage, c'est une maison de fous. D'où viennent tous ces gens ? Seraient-ce les journalistes qui ont démarré ce foutu manège de cinglés ? L'escalier de l'hôtel est rempli de gens qui cherchent à se faire embaucher chez moi. Des cadreurs, des assistants réalisateurs, des scénographes, des techniciens du son, des scriptes, des auteurs. Je ne fais plus de résistance. J'engage tous ceux qui veulent travailler. Il faut donner leur chance aux gens qui ont envie de bosser – voilà ma position. Quelqu'un a loué, pour le compte de la compagnie, un grand bureau au centre de la ville. Pendant que je suis occupé avec les répétitions, la compagnie a mis sur pied, à mon insu, une sorte d'existence parallèle qui a l'air de fonctionner sans mon implication. Quand une fois de temps à autre je me rends à ce bureau, ils m'assaillent avec des télégrammes, des appels téléphoniques, des réunions, des calculs, des fêtes, encore d'autres réceptions des médias, des interviews pour la télévision, etc. Un marchand de meubles demande un entretien, se dit intéressé par un investissement dans le film. Avec plaisir, je vous prie de discuter la chose avec mon intermédiaire bancaire. Oui, monsieur, merci, monsieur.

Les banques semblent avoir vachement d'argent en ce moment. Un banquier me fait savoir que le capital-risque abonde. Je lui donne procuration pour rafler tout ce qu'il peut. Je signe des papiers, des contrats, des engagements, je discute et je parle, je suis d'accord pour tout. Il paraît que les ronds-de-cuir du film français contribuent aussi, un certain nombre de politiciens ont fait connaître leur intérêt et selon mon directeur de banque, l'État souhaiterait aider ma production. Vraiment ? Oui, monsieur Fitzenstrahl. À condition que vous l'appeliez une production française.

Pourquoi pas ? Vous pouvez l'appeler production roumaine si ça vous chante.

Bordel, comment c'est possible, tout ça ? On dirait que des énergies puissantes œuvrent autour de moi, que des forces maléfiques radicales travaillent en silence à faire de moi une sorte d'institution. Qui sont-ils, ces horribles sociétaires ? Ces enfoirés s'accrochent à moi comme des coraux, comme du givre sur une vitre, des champignons ou de l'oïdium galopant, comme la lèpre.

Fitzenstrahl est allongé sur son lit d'hôtel, il transpire.

Fitzo ? Mmm. C'est toi qui as démarré cette machine infernale toi-même. Tu as commencé quelque chose que tu ne maîtrises plus. Tu te retrouves au centre d'une sorte d'organisme né par abiogenèse qui croît comme une tumeur cancéreuse. Directeurs de marketing, chefs de relations publiques, publicitaires, financiers – même des experts en fiscalité font la queue pour être de la partie. Ceci n'est plus un tournage, Fitzo, c'est une maladie, une attaque virale contre l'art, une conspiration, un piège, une paralysie rampante avec pour but la castration et la mort.

– Monsieur ?

– Dehors !

– Le matos vient d'être livré, monsieur !

– Quel matos ?

– Un camion plein, en provenance de Paris. Il vous faut signer ici, s'il vous plaît, monsieur.

Je signe. D'énormes caméras. Des sonos et du matériel d'éclairage.

– Déposez tout le bazar au studio 3B.

– Oui, monsieur.

Je ne veux pas de leur foutu équipement, je veux travailler avec ma Bolex. Je n'ai demandé aucune expansion ou croissance. Le patron de Volvo, est-ce qu'il a demandé de la croissance ? Celui de Saab ? De General Motors ? D'AEG ? Dès qu'un homme se révèle un leader énergique, l'entourage le phagocyte. Toutes ces personnes dans ma production cinématographique, n'ont-elles fait qu'attendre un homme comme moi qui vienne les délivrer ? Leur donne une mission dans la vie ? Un but ? Est-ce que je fais office de déclic déclencheur dans leur grisaille ? Je les emmerde.

– Foutus parasites ! Allez vous fixer sur quelqu'un d'autre ! Laissez-moi tranquille ! Ne me videz pas de toute ma substance !

– Il y a un représentant du syndicat qui vous attend en bas, monsieur Fitzenstrahl.

– Quel foutu représentant ? Qu'est-ce qu'il veut ?

– C'est peut-être au sujet de la manif.

– Peut-être.

– Vous les avez oubliés, n'est-ce pas, monsieur ?

– Évidemment que non !

Fitzenstrahl traîne la patte pour aller trouver le représentant. Qui est fou furieux. Et qui veut savoir pendant combien de temps encore le cortège va continuer sa progression.

– C'est votre collègue qui détient les détails. Parlez avec lui.

– J'ai parlé avec lui. C'est lui qui m'envoie ici.

– Il se trouve où en ce moment, le cortège ?

– Assez loin de la ville. En route pour Aix. Les participants sont totalement épuisés.

– Vous voulez interrompre la marche ?

– Ils ont besoin de nourriture et de repos. Ensuite on reprend. Mais vous devez doubler le tarif pour les heures sup.

– Il est hors de question qu'ils se reposent. Je veux de la famine et de la souffrance sur les visages. De l'inanition et des corps décharnés. Des bourgeois aux bides grassouillets et aux culs boursouflés par trop de voiture et de position assise ne seraient pas crédibles. Des obèses avec des figures rassasiées n'ont rien à faire dans une manif. Continuez tout de suite vers les Alpes. Et n'oubliez pas que tout doit se dérouler dans l'esprit du grand Hannibal.

– Et monsieur, nous...

– Qu'est-ce que vous voulez encore ?

– Les instruments de musique sont détruits. Le frottement permanent sur le sol a...

– A quoi ? Soyez clair, mon petit bonhomme !

– Les instruments ont été diminués de moitié, monsieur. Le frottement les a réduits à la moitié de leur épaisseur.

– Est-ce qu'ils jouent toujours ?

– Oui. Mais ce n'est pas un très bon son.

Des cuivres diminués de moitié ? Ça doit avoir l'air étrange. Plan de coupe d'orchestre. On frôle Duchamp là. Ou Magritte.

– Je vais vous accompagner avec la caméra.

– Merci, monsieur.

Le réalisateur souriant dans le taxi. Il donne l'ordre au chauffeur de s'arrêter au prochain Fruits & Légumes où il achète cent cinquante pommes. Et des pommes supplémentaires pour les porte-drapeaux et les musiciens.

Nous apercevons la manif de loin. Un nuage de poussière l'entoure. La route est bordée de badauds bouche bée. Je descends du taxi. Passe rapidement le long du cortège rampant.

– Halte !

Ils s'arrêtent. Le frottement cesse.

– Rassemblement en rangs !

Les Nus se redressent péniblement. Jurent et protestent. Crachent.

– Distribuez les pommes !

La fanfare se tient au garde-à-vous. Les musiciens serrent leur instrument raboté contre leur corps nu. Ils cherchent probablement à dissimuler la honteuse mutilation.

– Retournez les instruments !

À contrecœur ils retournent leurs cuivres. Fitzenstrahl fait l'inspection. Très étrange, tout ça. On peut voir tout l'intérieur, le circuit nu des tuyaux, comme des boyaux. Si ça se trouve, on peut voir la musique proprement dite quand ils jouent. Rendre la musique visible a toujours été l'une de mes ambitions d'artiste.

– Jouez ! je lance.

Ils approchent les becs de leurs lèvres et commencent à souffler. Je me mets à genoux avec la caméra. Fais des gros plans au ralenti. L'intérieur des objets m'attire depuis toujours. Tout comme le centre et le noyau de l'homme. Son destin.

– Plus fort !

Les cors alto maintenant, et les ténors. Les cornets et les trompettes.

– Continuez la marche !

– Oui, monsieur. Et quand il fera nuit, qu'est-ce qu'on fait ?

– Vous continuerez selon les ordres. Je ferai des prises vers minuit. À la tombée du jour, une voiture montera du studio 2. On distribuera des lampes frontales à tous les manifestants.

Le cortège s'affale. Reprend sa reptation.

– Un-deux-un-deux-un-deux.

En rentrant à l'hôtel je remarque que le bitume est couvert d'une fine couche de cuivre. Elle brille comme de l'or dans les rayons du soleil couchant.

Dès que je suis de retour à l'hôtel, Pierre se précipite sur moi.

– L'armée a appelé, monsieur.

– Ne me dérange pas, mon petit bonhomme. Tu ne vois pas que je suis occupé ?

– Ils seront là demain matin à sept heures. Avec des chars et tout le bataclan.

– Dégage.

– Oui, monsieur.

L'armée ? Ça va faire trop pour moi. Le colonel aimable et avide de publicité avait promis de mettre douze chars à la disposition du tournage. Plus une compagnie de la Légion étrangère. À la condition expresse de faire des gros plans sur lui en haut d'un char, brandissant un sabre d'une main et le tricolore de l'autre. Braillant la *Marseillaise* à pleins poumons.

Cette production est en train de dérailler. Le tournage devient de plus en plus irréel. Mais sans doute pas plus irréel que le quotidien d'une multinationale. Ou d'une de ces gigantesques institutions bureaucratiques.

Il y a quelques jours, j'ai commencé à dresser les plans de ma grande scène de peste noire. J'ai décidé d'utiliser la ville toscane de Sienne comme cadre. La piazza de Sienne est idéale pour ce que je veux faire, plans inclinés, palais aux allures de décor de théâtre, la lumière filtrante supraterrestre, la sensation de se trouver dans un rêve, l'absence de perspectives, l'effet d'irréalité que procure le chianti bidimensionnel. Quand je suis de passage à Sienne, je me sens comme une mouche sur un mur, je rampe lentement dans les ruelles, je perds le sens de l'orientation et je perds pied, au secours je tombe, je glisse lentement vers la piazza, mieux vaut boire du whisky à la place du chianti si traître pour récupérer l'équilibre et fortifier le sentiment de profondeur, peine perdue, ma chaise commence à glisser tout doucement vers deux femmes à la table voisine, ils devraient vous fournir des harnais de sécurité ici, ou des ancres portatives, tout cela vient du fait que la ville a été construite avant qu'on connaisse la perspective, les artistes et architectes de Sienne refusaient d'avoir affaire aux nouvelles théories qui étaient mises en application dans la ville de Florence toute proche, ils ont continué à peindre en deux dimensions, aucune confiance en la perspective puisqu'elle instillait une sensation d'incertitude, elle se trouvait toujours à distance, une idée florentine sournoise conçue pour mélanger les pinceaux des gens honnêtes, qu'ils aillent se faire foutre, nous on continue comme on a toujours fait, comment ça trois dimensions sur une surface plate, des conneries, surveillez donc les architectes de cette ville pour qu'ils s'en tiennent à la réalité, les Florentins ont toujours été des crétins et des rêveurs...

Mais pour l'heure il ne s'agissait pas de science de la perspective mais de ma scène en demi-dimension. J'avais l'intention de reconstituer mes expériences de Sienne et j'ai contacté un célèbre architecte de la Côte d'Azur qui m'a promis de livrer un décor, copie de la piazza, en quinze jours.

– Un travail important, monsieur Fitzenstrahl. Ça va revenir cher.

– L'argent n'est pas un problème.

– Pouvez-vous me faire une avance de cent mille francs, monsieur ?

– Non.

– Mais...

– Ma compagnie ne paie rien à l'avance. Si vous ne pouvez pas couvrir le financement vous-même, je vous suggère de vous retirer. Nous avons d'autres architectes.

– C'était une simple question, monsieur.

Est-ce mon enthousiasme qui incite tous les somnambules du monde à se déclarer partants pour pratiquement n'importe quoi ? Ma vivacité ? Mon extase ? Mon optimisme ? La caméra est-elle un outil hypnotisant ?

18

JE N'AI toujours pas tourné un seul mètre de film. Les énormes caméras de location reposent froides et muettes sur les différents plateaux de tournage. Lorsqu'il m'arrive de donner l'ordre à un cadreur de filmer une séquence, je lui interdis d'avoir de la pellicule dans la caméra. Je suis le producteur. Et le metteur en scène. C'est moi qui maintiens le monde en mouvement. Qui veille à ce que les roues tournent. Et le fait que les bobines soient vides semble sans importance. Il ne s'agit plus de ça. Vu la tournure qu'a pris ce tournage, le produit de la compagnie n'est plus du film mais de l'emploi.

Tandis que les rouages vides tournent sans ma participation, je mène une vie de luxe agréable dans mon hôtel. Je rends visite aux plateaux un petit moment tous les après-midi. Donne des conseils. Félicite Pierre et son équipe.

– Et quand avez-vous l'intention de commencer à filmer, monsieur ? dit un cadreur impertinent.

– Ne vous occupez pas du planning !

Je retourne à mon hôtel, commande un repas léger. M'installe sur mon immense balcon. C'est l'été maintenant. Les talons des femmes crépitent comme des piverts sur les trottoirs. J'adore les piverts. J'adore le soleil aussi, le Midi de la France et les palmiers.

De l'autre côté de la place, il y a un hôtel de luxe qui couvre tout un pâté de maisons. L'étage supérieur serait loué dans son ensemble à un groupe d'étrangers. Parfois je les vois dans la salle à manger de l'hôtel. Ce sont des gens basanés de petite taille. Sud-Américains ? Sang-mêlé ?

Aujourd'hui le réceptionniste m'a mis au parfum. Ce sont des réfugiés politiques d'un petit État sud-américain. Amérique latine ? Ce ne sont pas des réfugiés ordinaires, monsieur, mais tout un gouvernement avec femmes et enfants, secrétaires, ministres et serviteurs. Il paraît qu'ils ont obtenu l'asile politique en France. Ils viennent probablement d'une petite république bananière. Ils roulent sur l'or. Ils ont sans doute emporté tout le trésor de l'État. Comme vous le savez, il existe beaucoup de dictateurs renversés dans ce monde. Celui-là en est un. Il s'appelle Malnoche. Tout le monde lui donne du Su Excelencia. Ce qui est curieux, c'est qu'aucun d'eux ne semble parler français ni espagnol. Ils doivent se sentir très isolés, monsieur.

Parfois je croise le dictateur et sa suite à l'heure de la promenade. On se dit poliment bonjour. Une des femmes me regarde avec insistance droit dans les yeux. Je gonfle la poitrine et lui souris. On dit que les femmes de type méridional sont attirées par un poitrail bombé.

Su Excelencia est un homme âgé avec une tête massive à la Picasso et des yeux de jungle intenses. Le vieux ne m'intéresse pas. En revanche, je suis très intrigué par son harem rieur avec toutes ces langues rouges qui par moments semblent changer de couleur et devenir vertes : des femmes caméléons.

Après s'être croisés un certain nombre de fois, on se salue comme si on était de vieux amis. Le vieux agite la main et s'incline. Fait des grimaces obséquieuses. Les femmes remuent les fesses et me mangent des yeux. C'est quoi ce bordel ? Qu'est-ce que tu cherches, vieux con ? Est-ce qu'il aurait entendu parler du tournage ? Est-ce qu'il veut que je fasse un film sur sa vie ? Un film du genre documentaire, une analyse de la situation politique en Amérique latine ?

Aujourd'hui j'ai reçu un carton d'invitation de Su Excelencia. En ouvrant l'enveloppe, je pense à la femme aux yeux de braise qui est probablement son épouse.

Son invitation est rédigée en anglais ancien et cérémonieux. On le dirait pioché dans un antique manuel de conversation. Lui ferais-je l'honneur de venir prendre le thé avec lui ? Il a entendu dire que je suis danseur, comédien et cinéaste. Il se dit un chaleureux adepte de l'art, avec une majuscule.

Je fais parvenir au dictateur une réponse positive solennelle. Puis j'attends le retour de son serviteur.

Quelques heures plus tard, je me trouve confortablement installé dans un fauteuil face à l'ex-dirigeant. Le thé que nous buvons est en fait du whisky de la meilleure qualité. Su Excelencia a un interprète placé derrière son fauteuil. Et j'en ai un derrière le mien. Les interprètes parlent un anglais exécrable, pratiquement incompréhensible. Su Excelencia essaie de m'expliquer comment s'appelle leur langue : qtepcl.

Je jette des regards autour de moi dans la suite immense. Le vieux tyran s'est aménagé une vie peinarde. Des peaux de puma et des perroquets, des palmiers et des maracas crépitants. Des voix féminines qui bourdonnent agréablement en arrière-fond. Il y a aussi deux énormes chiens qui m'engloutiraient en un clin d'œil si on leur en donnait l'ordre.

Je bois mon whisky à grosses goulées tout en conversant poliment avec mon hôte. Il est très intéressé par le cinéma et la littérature et il se lance dans un laïus en qtepcl. Les deux interprètes ont l'air dépassés par les événements puis se mettent soudain à parler en même temps. Je ne me mêle pas de la conversation. Je regarde la pièce et pense à autre chose. À la belle épouse de Su Excelencia, à Pablo Neruda, Pablo Casals, Pablo Picasso, aux anges, aux vents, aux tremblements de terre et aux mains de léopard tavelées de Su Excelencia. Aurait-il du sang de babouin dans les veines ? Il porte des lunettes de soleil. Un homme tiré des forêts de singes velus d'Amazonie, incommodé par la lumière aveuglante de l'Europe. Malnoche, à la langue de vipère et à l'âme triangulaire d'anaconda. Il se lève tout à coup et entoure l'un des interprètes de son bras énorme. Peut-être cherche-t-il à améliorer sa prononciation en le comprimant comme une cornemuse.

Après trois verres de Chivas, Su Excelencia a un coup dans l'aile. Il gueule les noms de ses auteurs favoris. Est-ce que j'aime tel et tel auteur ? Non. Pourquoi pas ? Je ne l'aime pas, c'est tout. Une question de sentiments. Mais moi je l'aime, crie le vieux. Moi, moi, moi, je l'aime.

La conversation a du mal à décoller. Les interprètes gesticulent et me hurlent à l'oreille. Je fais semblant de ne pas comprendre. Profitant de ce qu'ils sont pris par leur conversation littéraire, je me verse un autre verre. Su Excelencia est gris de colère et d'ivresse. Subitement il balance son poing à la figure d'un des interprètes puis le met à la porte. Je ne me mêle pas de leur dispute. Un dictateur est un dictateur.

Après un moment, l'interprète revient, un bandage sur l'œil. La conversation babelesque reprend.

Le vieux écrit le nom d'un auteur sur un bout de papier et le brandit devant mes yeux.

– *You laïk tat author ?* me crie l'interprète.

– Je le déteste, dis-je avec raideur, c'est un carriériste qui n'écrit que pour s'introduire dans une académie quelque part. Ce qu'il écrit, c'est mort et glacial.

Mon hôte a l'air étonné. Il n'est pas habitué à ce qu'on le contredise. Il bondit et crie que je me trompe, de bout en bout. Tout en criant, il me tape sur les mains avec un chasse-mouches. Je le laisse faire. Je ris et avale de grosses lampées de whisky. C'est son droit de se mettre en colère. Il est vieux, usé et destitué. Je suis jeune et un peu éméché, et je m'amuse comme un fou de toute cette représentation dictatoriale.

La conversation entre les deux interprètes et Su Excelencia se fait de plus en plus animée. Une discussion littéraire à laquelle je ne participe plus. Je pourrais me glisser derrière les tentures sans que personne ne le remarque. Je pourrais emporter la bouteille de whisky et déambuler de salon en salon toute la nuit. Pendant qu'ils se disputent, je me lève et m'approche d'une immense bibliothèque. Des livres en allemand. Qui ici peut bien les lire ?

Je suis en train de feuilleter un livre de Céline quand mon hôte arrive sur la pointe des pieds et m'arrache le livre des mains. Il le regarde avec dégoût et le jette hargneusement par terre. Ensuite il passe lentement devant la bibliothèque, choisit un livre qu'il me tend en hochant la tête avec prépondérance tout en gueulant en qtepcl à l'interprète. C'est ça qu'il vous faut lire, me hurle l'interprète, c'est autre chose que Céline. Je lui arrache le livre. Il est écrit par l'un de ces universitaires américains qui dégoulinent de divorces et ressassent les liaisons. Je le jette par terre sans même l'ouvrir.

Le vieux me donne un livre de Sartre. Je le balance sur le tapis, soulevant un nuage de poussière, je saute dessus de tout mon poids et le piétine avec les talons. Mon hôte s'avance et plonge le bras entier dans le vide laissé par le livre de Céline. D'un geste rageur, il balaie une bonne coudée de livres de Céline : *Crédit, Nord, Château*. Les livres de Londres. Il se campe devant moi avec un air de défi, un des livres à la main, et il commence à en arracher les pages, le regard complètement halluciné. Il froisse en boules les pages arrachées et les lance devant mes pieds. En même temps il braille à l'adresse de l'interprète qui se tourne vers moi et crie à son tour : voilà ce que je pense de Céline ! Ensuite Su Excelencia fait des gestes extrêmement obscènes avec les pages arrachées. Vous voyez à quoi devrait servir ce genre de littérature, me hurle l'interprète tout en m'étranglant et en me secouant. Cela irrite « mon » interprète, qui s'avance vers Su Excelencia et lui donne un coup de pied au tibia.

– Vas-y, crie Su Excelencia au sien, fous-lui sur la gueule ! *Qtlan Xtacl tocmkncl itacán !*

La bagarre par procuration bat son plein. Je me dirige vers la bibliothèque de nouveau quand soudain je me ravise. Je pense aux chiens énormes et aux imposants soldats à la peau enduite d'huile devant la porte. Calme-toi maintenant, Fitzo, comporte-toi poliment et humblement.

Lorsque Su Excelencia voit que je ne tiens pas à prolonger la dispute, il propose qu'on se rasseye tout en gueulant quelque chose en allemand à un soldat élancé près de l'entrée.

– Vous parlez allemand ? dis-je à mon hôte.

– Naturellement. Une grande partie de mon armée était composée d'Allemands.

On se dégrise. On ne peut plus continuer à se comporter comme des barbares ivres dépourvus d'idiome. L'allemand est une langue d'officier. Une langue équestre.

– Je suis artiste moi-même. J'écris des romans. Mais en ce moment, je suis en panne d'inspiration. L'Amérique du Sud me manque.

– La muse ne connaît pas de maître, dis-je poliment.

Bientôt il va aller chercher ses manuscrits. Me forcer à les lire. Il faut éviter cela à tout prix, Fitzo.

– Vous écrivez en allemand ?

– Naturellement.

Le Suédois essaie de trouver un moyen d'échapper à toute l'histoire. Il pose son verre. Réclame un autre whisky. Se lève avec un ricanement. Trébuche légèrement.

Le vieux a l'air soucieux. Il se demande si je suis en état de lire son manuscrit. Apparemment il décide malgré tout de prendre le risque. Il tape dans les mains et donne l'ordre à un serviteur d'aller chercher ses exercices littéraires.

Mais il n'a pas le temps de faire voir ses papiers. Sans un mot, je me laisse tomber comme une masse par terre où je reste dans une position pour le moins claire. Mon verre roule sur le parquet.

Su Excelencia laisse ses serviteurs me porter dans une pièce adjacente où je peux écouter les rires des femmes autour de moi. La vie de dictateur bat son plein. Su Excelencia m'a raconté qu'il a loué six appartements de l'hôtel et les a transformés en une Amérique du Sud miniature avec des plantes et des arbres tropicaux, des singes et des serpents, des soldats à moitié nus équipés de mitraillettes, des alligators, des guérisseurs, des mouches, des tambours, des danseurs, tout cela pour émousser mon terrible mal du pays, messieurs, tout cela pour me garder en vie pendant l'exil, de l'eau importée de ma patrie, d'énormes réservoirs d'air sud-américain comprimé, des cascades factices, des pluies artificielles, des soleils électriques ardents, le mal du pays me dévore, meine Herren, je n'arrive plus à dormir, je...

Au bout d'une demi-heure, je me lève furtivement et entrouvre la porte. Les pièces sont sombres et silencieuses. Je continue à pas de loup, les chaussures à la main. Pourvu que les chiens dorment.

– *Was machen Sie da,* Herr Schwede ?

Le vieux con se tient juste à côté de moi. Je lui explique que je me sens mieux et que j'ai l'intention de rentrer à mon hôtel. Je ne voulais pas déranger. J'essayais juste de sortir sans réveiller personne.

– Je vous attendais. Il y a une chose dont j'aimerais discuter avec vous.

– Rien ne me ferait plus plaisir, Su Excelencia.

– Je sais qui vous êtes et ce que vous représentez. Puis-je vous parler tout à fait à cœur ouvert ?

– Bien entendu, Su Excelencia, bien entendu.

– Comme vous le savez probablement, nous avons certains problèmes politiques dans mon pays. Un jeune gangster communiste a momentanément réussi à prendre le pouvoir. Mais le peuple ne l'aime pas. C'est moi que le peuple aime, c'est moi dont il a besoin. La situation de la nation est chaotique en ce moment, puisque ce voyou de communiste n'a aucun talent pour l'organisation et l'administration. Les champs ne sont plus cultivés, les communications sont hors service, l'exportation est au point mort. C'est ici que vous faites votre entrée, Herr Fitzenstrahl.

– Moi ? Je ne comprends pas comment...

– Vous pouvez nous aider à rétablir l'ordre et le pouvoir. Votre pays peut nous aider. Un grand prix littéraire me donnerait, et non seulement à moi mais à toute la nation, la publicité dont nous avons tant besoin. Un prix Nobel ferait immédiatement cesser toutes les rumeurs autour de ma personne et de mon parti. Dictateur ? Je n'ai jamais été un dictateur ! Nous avons appliqué un système que nous appelons la démocratie éducative. Toute la calomnie provient du ministère de la Propagande à Moscou. *Schweinhunde ! Scheissköpfe ! Ich...*

– Vous vous trompez, Su Excelencia. Je ne suis pas...

– Ha, ha, Herr Fitzenstrahl ! Je suis au courant de tout. Savez-vous que plusieurs de mes livres sont traduits en anglais, en français et en espagnol ? Ils ont eu un accueil extrêmement favorable, un accueil magnifique. L'année dernière, un critique argentin a suggéré que je pose ma candidature pour le prix Nobel.

– Je regrette, mais...

– Soyons francs, Fitzenstrahl. Sincérité et franchise, voilà ce qui a toujours été ma devise. Je sais que vous pouvez influencer l'Académie suédoise et la mettre sur la bonne voie. Maintenant je vous pose franchement la question : combien demanderiez-vous pour me proposer comme candidat au prix Nobel prochain ? Je suis prêt à vous verser cent mille francs d'avance. De l'argent que vous garderez quel que soit le résultat. Si vous arrivez à m'obtenir le Prix, il y en aura évidemment davantage. Un demi-million. Que dites-vous de ma petite proposition, Fitzenstrahl ?

– Je vous demande de pouvoir y réfléchir. Et d'abord il me faut évidemment lire vos œuvres.

– Excellent, Fitzenstrahl, excellent. Je savais bien que vous vous laisseriez convaincre. Maintenant allons chercher mes livres.

Le vieux renard a un grand paquet tout prêt. Quand il me le tend, il me fait un clin d'œil et me chuchote à l'oreille que plusieurs de ses petites copines s'intéressent à moi. Il évoque même la perspective que je puisse baiser son épouse sous peu. Rien n'est impossible, Fitzenstrahl, rien. Rentrez chez vous maintenant lire mes œuvres. Je sais que vous allez adorer. Donnez-moi de vos nouvelles dès que vous avez terminé. Vous aurez les cent mille en liquide quand vous serez décidé à coopérer. Et n'oubliez pas que votre collaboration va sauver une nation. Tout pour la patrie, Fitzenstrahl !

Un jeune homme très élégant m'emboîte le pas en portant le paquet de livres. Je manque d'éclater de rire en pensant aux honorables académiciens et à leurs mines s'ils avaient entendu le petit discours de Su Excelencia. Il est probable que plus d'un aurait eu une crise cardiaque.

Je feuillette ses livres. Mon intérêt s'éveille et je commence à lire par-ci, par-là. Pas mal comme style. Quelque chose de Faulkner à ses débuts. De Claude Simon. De longues phrases fluides et une densité à la García Márquez dans *L'Automne du patriarche*. Se peut-il vraiment que ce vieux vautour ait écrit ceci ? Il a peut-être engagé un jeune auteur talentueux pour faire le boulot ?

Je lis toute la nuit. Fasciné. Maintenant je sais que je serai sincère au moment où, plein d'enthousiasme, j'annoncerai au vieux que j'accepte sa proposition.

Je souligne certains passages. Les apprends par cœur. Les candidats au prix Nobel adorent qu'on les cite. Leurs lèvres se mettent à bouger quand on s'y met. Tout le corps les picote – ils ont du mal à se tenir tranquilles : c'est la démangeaison Nobel.

Mieux vaut laisser le vieux mariner deux trois jours avant de lui faire part de ma décision. Le laisser s'inquiéter et croire que je refuse, que ses livres ne sont pas à la hauteur. L'éviter si nos chemins se croisent. Faire comme si je ne le voyais pas.

Il ne manque pas de culot. Mais dix briques, c'est dix briques et le vieux schnock a les coffres remplis d'argent. L'argent du peuple, donc le mien. Celui de l'Art.

Avant de m'endormir, je pense un moment à son épouse. Je l'ai attentivement observée. Elle porte souvent un pantalon fin et scintillant qui moule parfaitement le beau renflement sculptural entre ses cuisses. On dirait qu'à son insu quelqu'un a fendu un énorme melon, l'a couvert de poils et s'est dépêché de glisser une des moitiés dans sa petite culotte. Il dégouline encore de jus sucré et rafraîchissant. J'y plante les dents et me tire le drap sur la tête.

19

AUJOURD'HUI, le directeur de l'hôtel a proposé de me prêter sa voiture. Vous pouvez l'utiliser tout au long de votre séjour, Fitzenstrahl, j'en ai d'autres. J'accepte sa généreuse offre et pars sur les routes de montagne. Pas mal, pas mal du tout, Fitzo. Une voiture à la mesure d'un réalisateur de ma classe. Car c'est une bonne vieille Bugatti. Débridée et repeinte. Des pneus de course larges. Le capot ceint d'une courroie de cuir, etc.

Après l'avoir conduite pendant quelques jours, je commence à trouver qu'elle manque de personnalité. Une bagnole de snob pour canailles hollywoodiennes. Il faut que j'y remédie avant d'entacher ma réputation dans les cercles d'avant-garde.

Fitzenstrahl chante *La Traviata* dans sa Bugatti décapotée. Il est en route pour l'un des innombrables élevages de poulets autour de Cannes. À présent, signor Bugatti, nous allons voir ce que nous allons voir.

Le directeur des poulets sursaute quand il voit ma caisse freiner dans un nuage de poussière devant la fenêtre de son bureau. Je descends, très digne, défais le casque et les gants, et entre.

Je trouve le directeur derrière son immense bureau en chêne. Les tiroirs sont probablement bourrés de pattes de poulet et de crêtes de coq.

Je me présente et expose mon affaire.

– Des ailes de coq, monsieur ?

– Des ailes de coq. Mille cinq cents. Je payerai le prix. En espèces. Un peu plus même si vous pouvez me fournir des couleurs vives.

– Puis-je vous demander à quoi vous allez les utiliser ?

– Vous savez qui je suis, n'est-ce pas ? Les ailes seront utilisées comme accessoires dans le film.

– Je comprends mieux. Je vais voir ce que je peux faire, monsieur.

Je visite l'usine à poules. Un putain de caquetage partout. Ils zigouillent des milliers de gallinacés à l'heure. L'automatisme de la mort. Switch ! Un petit garçon arrive en courant derrière moi. Qu'est-ce que tu veux, gamin ?

– Le patron demande s'il faut laisser la chair sur les ailes ?

– Enlevez autant que vous pouvez. Mais rappelez-vous que je veux des ailes entières.

– Oui, monsieur.

– Et que ça saute ! Je suis pressé. Et dis au patron que j'ai besoin de deux hommes pour me donner un coup de main pendant une heure ou deux.

Il hoche la tête et retourne en courant auprès de son chef.

Les deux ouvriers me suivent dans un fourgon. Nous nous arrêtons derrière une vieille grange et je leur explique ce qu'ils ont à faire. Je sors deux pots de colle de dix kilos chacun du coffre de la voiture, saisis les grosses brosses de tapissier et m'y mets.

– Vous avez l'intention de passer la Bugatti à la colle, monsieur ?

– Exactement. Et pas n'importe quelle colle, mais une colle surpuissante. Avec une surface de contact d'un seul centimètre on pourrait hisser toute la voiture en l'air.

Je commence à l'avant de la voiture. Je couvre le capot d'une couche épaisse de colle dégoulinante, donne l'ordre aux deux hommes de m'apporter des ailes de coq que j'applique ensuite sur la glue l'une après l'autre. Il faut les fixer comme des écailles de poisson. Comme des tuiles. Ainsi on obtient une surface absolument égale et la voiture devient aussi lisse que le cou d'un aigle. Les deux hommes se regardent mais n'osent pas faire de commentaires. Quand le capot est terminé, je fais quelques pas en arrière et contemple mon œuvre. Fabuleux !

Quelques heures plus tard, la Bugatti est totalement emplumée. Elle se pavane derrière la grange tel un énorme oiseau de proie étincelant dont les deux phares constituent les yeux. Une voiture gypaète ou une voiture ange avec des sièges en plumes d'oiseau, des portières en pennes scintillantes – même le volant est recouvert de plumes et de duvet. Excellent, messieurs, excellent !

Je donne un pourboire généreux aux deux hommes et quitte les lieux sur les chapeaux de roues dans une odeur de caoutchouc brûlé. La voiture comme œuvre d'art n'est pas une idée nouvelle. On a déjà essayé mais sans grand succès. Aujourd'hui on a réussi. Un grand jour de l'histoire du design automobile.

La Bugatti aigle suscite une énorme curiosité à Cannes. Je suis assez fier de mon œuvre et la gare au beau milieu d'une place. Un monstre mécanique déguisé en oiseau. La sculpture emplumée est photographiée par des milliers de personnes, la télé fait un reportage, les journaux écrivent, un musée appelle pour savoir si je veux exposer à Paris – éventuellement la vendre à un Américain. Un certain nombre de célébrités veulent que j'habille leurs limousines de plumage. Je décline l'offre en leur faisant savoir que j'ai d'autres idées, des milliers d'idées, mais que je ne fais pas de production de masse. L'exemplaire original est le seul qui portera ma signature. Prière de me contacter la semaine prochaine.

Quand le directeur de l'hôtel aperçoit sa Bugatti, il pâlit mais n'ose pas protester. Il a déjà lu les journaux du soir et regardé les informations à la télé. Entendu parler des propositions faites par les musées à Paris. Il réalise que la Bugatti en tant que sculpture doit valoir vingt fois son prix. Ou cinquante.

Le même soir, je reste dans ma chambre d'hôtel et fais des esquisses de nouveaux types de sculptures-autos : une Rolls-Royce revêtue de billets de cent livres ? Une Cadillac avec des dizaines de milliers de *silverdollars* aussi scintillants que des écailles de poisson ? Une Jaguar recouverte de miroirs de poche ? Aucune de mes idées n'est à la hauteur. Rien que de la merde. Une Mercedes avec des centaines de haches incorporées ! Pour des raisons évidentes, je garde pour moi cette dernière idée. Si un jour je me fais coincer en Allemagne, je pourrai faire référence à mes autres sculptures et revendiquer le droit artistique de faire des expériences sur la voie publique.

20

– MONSIEUR Fitzenstrahl !

La voix de Su Excelencia derrière moi. Je poursuis mon chemin d'un pas rapide et disparais dans une ruelle.

La Bugatti aigle vole sur quinze cents ailes entre les différents plateaux de tournage. Dès que je me montre, tout le monde m'assaille avec des questions, des documents, des télégrammes et des réunions. Aujourd'hui je donne l'ordre à une centaine de figurants de commencer à creuser un énorme trou dans la friche industrielle. En quelques heures, le terrain ressemble à l'exploitation à ciel ouvert d'une mine. Des saints et des cardinaux, des martyrs et des évêques avec des pelles à la main. Des hommes à brouettes qui courent comme des dératés, leurs charrettes à bras remplies de terre. Quand le trou aura atteint cinquante mètres de profondeur avec un diamètre de deux cents mètres, je vais...

– Monsieur Fitzenstrahl !

Tous veulent des ordres, tous veulent des renseignements. Un peu d'initiative, espèces de fainéants ! La manifestation ? Elle continue, évidemment. Les marcheurs sur les mains ? Poursuivez les répétitions ! Une cinquantaine de figurants se retrouvent désœuvrés ? Un petit instant, vous allez voir. J'envoie Pierre à la droguerie acheter une cargaison de peinture acrylique par pots de dix litres. Une centaine de rouleaux de la plus grande taille. Sans demander l'autorisation à la mairie, je bloque une bonne partie de la ville et ordonne aux figurants inoccupés de commencer à peindre le bitume de couleurs criardes et brillantes. Je lance mes ordres dans un mégaphone du haut du clocher de l'église d'où j'ai une bonne vue d'ensemble de la composition. Un certain nombre de policiers et de représentants des autorités surveillent la séance, les visages graves, mais ils n'osent pas intervenir puisque les médias sont déjà sur place. À Cannes, on tient l'art cinématographique en grande estime.

Le serviteur de Su Excelencia m'attend quand je rentre à l'hôtel après le labeur de la journée. Qu'est-ce que tu veux, enfoiré ?

L'homme s'incline et me tend une lettre. Plus un paquet dans un joli papier. J'ouvre l'enveloppe et lis :

Mon très cher Herr von Fitzenstrahl !

Je suis pleinement conscient qu'une lecture attentive de toute ma production peut s'avérer fatigante. J'espère que le contenu du paquet ci-joint aura un effet fortifiant et stimulant sur votre travail. Considérez-le comme une avance de l'avance. J'attends de vos nouvelles au plus tôt.

Amicalement,
S. E. Malnoche

– Su Excelencia m'a dit d'attendre la réponse, sir.

– Pas de réponse.

Dès qu'il est parti, j'ouvre le paquet : des biffetons.

Fitzenstrahl se penche sur les liasses de billets. Compte en silence. Il chante. Les Français sont des esthètes. Leurs pascals sont de véritables petites œuvres d'art. Il n'y a pas de limite à ce que je peux extorquer à Malnoche. Un million ? Deux ? Direction le coffre-fort de l'hôtel maintenant. Tra-dum-da-daaaa.

21

– MONSIEUR Fitzenstrahl. Nous avons une compagnie de légionnaires là dehors et des chars en quantité qui attendent vos ordres !

– Le syndicat veut discuter les nouveaux accords, monsieur Fitzenstrahl !

– Monsieur, l'eau commence à s'engouffrer dans le trou au studio B !

– Puis-je vous demander de signer les papiers de l'emprunt ?

– La municipalité veut savoir quand vous avez l'intention d'enlever la peinture de la chaussée, monsieur.

Des voix. Des gueules de fauves moussant de bave. Des incapables désemparés en panne d'idées. Mentalités d'esclaves. Des hommes téléguidés, des marionnettes. Des robots qui reflètent notre nouvel âge de pierre où les plaquettes de silicium ont remplacé les tablettes de granit. Une pierre en vaut bien une autre.

– *Le Soir* demande une interview, monsieur.

– Dites-leur de revenir demain.

– *Il Corriere della Sera* a appelé.

– *Frankfurter Allgemeine.*

– Qu'ils aillent se faire foutre !

Merde, je dis merde et remerde. J'en ai marre du pouvoir. Le pouvoir vide l'homme de sa substance, le creuse en une enveloppe vide.

– La compta veut vous parler. C'est encore au sujet des salaires.

J'ai l'impression de diriger un hôpital psychiatrique. Je commence à avoir des tics au visage. Parle souvent tout seul. Reste hagard et silencieux dans ma chambre d'hôtel et laisse L'Énorme Firme du Film fonctionner de son propre chef.

J'en ai plus que marre de toute cette histoire de film, mais ça ne m'empêche pas de raconter aux médias que je m'apprête à lancer les répétitions et le tournage de la plus grande scène de masse jamais faite. La compagnie n'a évidemment pas les moyens de payer un salaire aux centaines de milliers de figurants sur qui nous comptons. En revanche, si la municipalité donne son accord, nous organiserons une fête colossale pour eux à la fin du tournage. On servira du cochon de lait rôti à la broche, du vin et de la bière – bref, tout ce qu'il faut pour une bonne fiesta. Nous allons filmer depuis la mer et depuis les airs, depuis les montagnes et depuis la plaine, depuis les profondeurs et...

– Et il s'agira de quelle sorte de scène, monsieur ?

– Une scène biblique, messieurs, une scène qui aura le parfum d'une page de la bible de Gustave Doré, une scène digne d'un Cecil B. DeMille, mais une scène que DeMille n'aurait jamais osé tourner. Il faut un homme comme F. Éric von Fitzenstrahl pour ce genre de peinture filmique apocalyptique, un visionnaire qui ne chie pas dans son froc de terreur devant la réalité sublime, un génie qui ose s'aventurer au noyau le plus intime des rêves. La séquence sera éclairée avec une sensibilité toute rembrandtienne, ce sera une scène qu'aurait adorée mon grand prédécesseur Jérôme Bosch, un...

– Et quand allez-vous commencer les répétitions ?

– Dimanche, quand tout le monde est en congé. Après-demain, donc.

Ils courent se jeter sur les téléphones. Comme d'habitude, la télé fait des gros plans sur le contenu de mes narines.

On est dimanche. Une magnifique journée de Côte d'Azur. Le premier dimanche de l'histoire de la ville où les voitures ne bougent pas. Les citoyens attendent quatorze heures, l'heure prévue pour commencer la scène titanesque.

Fitzenstrahl est penché par-dessus bord dans le panier de la montgolfière qu'il a louée pour la journée. Derrière lui, le pilote envoie de l'air chaud. Tous deux sont vêtus d'une combinaison jaune et coiffés d'un casque. À côté de Fitzenstrahl, une puissante sono.

Pierre a reçu des instructions minutieuses pour mener l'immense foule sur le lieu de tournage et de festivités, une dizaine de caméras sont installées le long de l'itinéraire.

J'ai choisi de faire passer le cortège par les champs car il faut de la place pour des rangées de plus de cent personnes de front. Les médias ont claironné mon message : il s'agit d'une scène collective, une scène d'égalité où tous les participants sont des vedettes. Tout le monde a le droit d'être vedette à un moment de sa vie, d'être vu et entendu et de participer : de se réaliser !

Toute la foutue côte semble s'être donné le mot, des cars et des trains ont afflué sans discontinuer toute la matinée, des paysans à vélo et à moto, on dit qu'il y a même un groupe d'Italiens venus de l'autre côté de la frontière pour être de la partie. Je veux bien. Le cortège contient tous les âges et toutes les races, la poussière se lève comme un champignon atomique en dessous de moi, j'ai du mal à voir ce qui s'y déroule. J'ordonne au pilote de faire descendre l'appareil un peu. MAINTENANT !

Le coup d'envoi est donné, la procession se met en branle. Cent mille ? J'estimerais plutôt leur nombre à deux cent mille, voire plus. Devant eux danse Pierre avec son haut-parleur. Tel un gros et malveillant joueur de flûte de Hamelin menant les enfants à l'aveuglette. Où va-t-il au juste ? Je n'en ai pas la moindre idée. « Le but n'est rien, seul compte le chemin » (Lao-Tao-Mao.)

Le pilote chante derrière moi. Nous avons bu une demi-bouteille de Chivas Regal et il se sent plus léger que l'air. Encore quelques verres et il disparaîtra dans le ballon, plaqué tout en haut à l'intérieur de la toile, hurlant à la mort. Restes-y, enfoiré. Fitzenstrahl s'occupera de la montgolfière. Lui dont le grand-père était l'explorateur et le pilote de montgolfière le plus célèbre de son temps. Ho, ho !

Pierre a demandé à être relié à la montgolfière avec des talkies-walkies. Je l'entends crépiter dans l'appareil. Qu'est-ce que tu veux encore, espèce de minable ? J'appuie sur le bouton et crie : *OVER AND OUT !* Mettre en scène un film implique de travailler avec une communication à sens unique. A-t-on déjà vu un dompteur de lions prendre ses ordres des bêtes qui sautent dans le manège ? Putain non, Pierre, non.

J'ouvre une autre bouteille. Le pilote a les yeux flous et oublie pendant un instant d'envoyer de l'air chaud. On perd rapidement de l'altitude mais on réussit à remonter in extremis. On a failli s'écraser au beau milieu de la marée humaine. C'était intéressant de les voir de près : visages en sueur, yeux furieux, jeux de coudes énergiques, chacun veut arriver le premier au lieu de tournage et aux réjouissances. L'agneau rôti attend.

Je crie des ordres et des contrordres aux chefs opérateurs. J'interdis à la police montée de trop s'approcher de la foule. Le temps passe vite quand on plane dans les airs, le vent fait chanter le ballon, le whisky chauffe nos gosiers aérostatiques.

– En fait, c'est vachement beau à voir, commente le pilote en montrant la foule.

Je lui jette un rapide coup d'œil. L'homme est complètement HS. Il s'affaisse au fond du panier, le regard vitreux.

– Lève-toi et envoie de l'air ! je crie.

– Fais-le toi-même, enfoiré.

Certaines personnes ne tiennent pas l'alcool, s'esclaffent une ou deux fois puis s'effondrent. Je lui donne un coup de pied. Il fait un geste de la main pour se protéger, s'étend de tout son long et se met à ronfler. Espèce de minable.

Pierre crépite de nouveau dans le talkie-walkie.

– Qu'est-ce qu'il y a, Pierre ?

– On a un tas d'emmerdes ici. Les gens en ont marre. Il y en a une centaine qui se sont assis, ils refusent de continuer.

– Fais intervenir la police montée. Dis-leur de se servir de leurs cravaches, que ça fait partie de la scène. Tu ne fais que suivre le scénario.

Les grévistes sont vite sur pied. Ils brandissent le poing en direction de Pierre, mais n'osent pas protester face à mes cosaques.

Je m'assieds un moment. Fredonne. Voici, mon cher Fitzenstrahl, ce qu'on peut appeler une expérience sociale, une analyse du pouvoir, une preuve de la mentalité de rat et du somnambulisme de ce monde. Tout ça n'a absolument rien à voir avec mon travail cinématographique. Mais ça prouve mon intérêt pour les masses et pour les problèmes sociaux. Pierre crépite encore dans ce putain de talkie-walkie.

– Ils recommencent à faire des histoires, monsieur Fitzenstrahl, ça bastonne sec maintenant !

– Chante *L'Internationale* dans le micro, Pierre, fais en sorte que tout le monde chante.

On frôle le *deus ex machina* ici, Fitzo. Ce cher vieux standard du Kremlin est comme d'habitude la seule solution. On l'utilise dans les livres, dans les films, dans la réalité et dans les rêves, et il fonctionne toujours à merveille.

– Comment ça se passe, Pierre ?

– Ça va mieux maintenant, monsieur.

– Continue tout droit. Augmente légèrement la cadence.

– D'accord !

Il commence à se faire tard. Une dure journée de labeur tire à sa fin. C'est quoi ce bordel maintenant ? La foule disparaît loin sur la gauche, le ballon dérive, j'envoie de l'air et essaie de réveiller le poivrot à mes pieds. Impossible, ce con rigole dans son sommeil et se fout de tout. Comment est-ce qu'on dirige une montgolfière ? Est-ce qu'on peut la diriger ? Probablement pas. Elle est une victime impuissante des vents du soir. Plane calmement vers l'Italie. J'adore l'Italie. Je me suis toujours senti comme un Romain. Un empereur. Mes travaux démontrent que j'ai du sang impérial et une mentalité impériale. Mes travaux sont forcément incompris par les hommes d'aujourd'hui. Ils sont destinés aux générations à venir. Les hommes d'aujourd'hui sont trop insensibles, trop pétrifiés pour me comprendre, trop enfouis dans la chair stagnante.

Je laisse mon esquif descendre lentement vers la planète Terre. Il frotte longuement contre l'herbe avant que l'enveloppe se pose par terre. L'ivrogne à côté de moi dort toujours lorsque je pars en courant en direction du village le plus proche.

– Taxi !

Une heure plus tard je suis de retour à mon hôtel. Je dîne agréablement, parle un moment avec le directeur et monte tout satisfait dans ma chambre.

22

MINUIT SUR la Côte d'Azur. Le Picasso du septième art, un âpre sourire aux lèvres, se penche sur un énorme panneau de carton blanc. Travail nocturne. Des tâches à résoudre pendant que le tournage dort.

Est-ce que les manifestants du défilé dorment ? Probablement pas. Ils se traînent dans les montagnes, serpents nus équipés de lampes frontales, avec des drapeaux en lambeaux et des instruments réduits à moitié. Est-ce que les masses dorment ? Oui.

J'ai la nostalgie de mes courts-métrages. Je suis un artiste, pas un nabab du film. Je veux amadouer les dieux, pas les offenser.

Le panneau de deux mètres sur deux, fraîchement écrit, brille sur la table. Il me reste maintenant à prendre un taxi jusqu'au plateau de tournage et à clouer le panneau bien en vue.

C'EST AVEC UN PINCEMENT AU CŒUR QUE NOUS NOUS VOYONS OBLIGÉS DE VOUS ANNONCER QUE LES AUTORITÉS DE CANNES ONT MIS FIN AU TOURNAGE DU FILM *POET'S REPUBLIC.* COMÉDIENS, FIGURANTS ET AUTRES CRÉANCIERS SONT PRIÉS DE S'ADRESSER À LA MAIRIE ET AU SYNDICAT POUR LE VERSEMENT DES SALAIRES DUS.

ART FILM S. A.

LE SPITZBERG

Le chauffeur de taxi me regarde installer le panneau sur la place bidimensionnelle en trompe l'œil siennois. Les coups de marteau résonnent. Fitzenstrahl contemple son œuvre avec satisfaction, remonte dans le taxi et hurle :

– Conduisez-moi à Delhi.

– Delhi ?

– Vous ne savez pas où se trouve Delhi ?

– Je sais qu'il existe un Delhi en Inde, monsieur.

– C'est ça.

– Vous voulez que je vous conduise en Inde ?

– Oui.

– Comme ça, tout simplement ?

– Dès que nous aurons pris mes bagages.

– Je ne peux pas vous conduire en Inde, monsieur.

– Dites pas des conneries.

– C'est impossible.

– Je vous paie à l'avance.

Je montre à l'homme une grosse liasse de billets. Le paquet de Su Excelencia contenait cinquante mille francs en espèces.

– Allez-y, servez-vous. Ça devrait suffire pour aller jusqu'à Pékin, seulement je n'ai pas l'intention d'aller à Pékin mais à Delhi.

– C'est exclu.

– Pouvez-vous me conduire à Belgrade ?

– Non plus.

– Milan ?

– Non.

– Rapallo, de l'autre côté de la frontière ?

– Ça, oui, monsieur.

– Si vous caftez, je reviens vous trancher les oreilles.

– Je serais une tombe si vous payez un supplément pour mon silence.

– Cent ?

– Deux.

– Très bien.

Ma mission est terminée. La compagnie cinématographique va continuer à fonctionner sans producteur et sans metteur en scène, et probablement sans comédiens aussi. Elle est devenue une compagnie comme toutes les autres compagnies. Elle suit les lois incompréhensibles de la croissance et de l'expansion.

Elle est.

Troisième partie

« Mes livres doivent être lus
non avec une loupe
mais avec un télescope. »

Citation d'un auteur inconnu

23

TOUTE LA nuit j'ai rêvé de Su Excelencia. Son corps était couvert d'yeux noirs de caméra. J'ai été réveillé par mes propres cris, en allemand. Je me suis rendormi et j'ai rêvé que j'étais couché dans un lit nappé de billets, des centaines de milliers de francs. En me réveillant, il n'y en avait que cinquante mille. Mais ne soyons pas avides. Un demi-rêve est aussi de l'argent.

Comme d'habitude je refoule les désagréments de la vie. Comment ça, Malnoche, quel foutu Malnoche ? Su Excelencia ? Bien sûr que je me souviens de lui. Un homme généreux qui distribue des billets de banque à ses semblables.

Ce matin un groom est monté dans ma chambre avec un paquet de lettres sur un plateau. Détestable. Qui donc connaît mon adresse ?

Dear Pissenstrahl,

Les journaux ici parlent de toi. Tu nous manques. Tout est calme à Paris. J'ai repris Josefita. Elle parle souvent de toi et voudrait te récupérer. Reviens. Je n'en peux plus.

Louis

Je jette la lettre par terre et ouvre la suivante.

Éric F. « von » Fitzenstrahl,
Hôtel Ezra Pound,
Rapallo
Italie

Cher Monsieur Fitzenstrahl !

Malgré notre lettre précédente vous exhortant de cesser immédiatement de vous faire passer pour un représentant de l'Académie suédoise, des informations nous parviennent toujours selon lesquelles vous poursuivez cette activité.

Nous ne voyons actuellement aucune autre issue que l'emploi de la force et nous nous apprêtons à vous donner manu militari une bonne leçon.

Nous regrettons d'être obligés d'avoir recours à une mesure aussi odieuse à notre Académie.

Recevez nos salutations.

L'Académie suédoise
Le Secrétariat

L'Académie suédoise
Stockholm
Suède

Messieurs !

Merci de votre lettre du 8 courant, dans laquelle vous maintenez vos affirmations scandaleuses comme quoi je serais mêlé aux affaires ineptes de l'Académie suédoise. Je vous conseille de cesser immédiatement ces accusations grotesques. Dans le cas contraire, je me verrai contraint de révéler aux autorités suédoises l'activité douteuse de l'Académie. En effet, il a tout dernièrement été porté à ma connaissance que les Dix-Huit, déchargés depuis peu de la mission de désigner des lauréats du prix Nobel, ont orienté leur activité vers la défense de la Nation suédoise. D'après mon informateur, l'Académie suédoise est depuis longtemps profondément mécontente de la façon dont la Défense remplit ses tâches et, selon cette source, n'acceptera plus de voir notre Pays exposé à d'incessantes violations de ses frontières. Par pure coïncidence, j'ai récemment réussi à mettre la main sur une circulaire interne de l'Académie suédoise, dont je vous prie de trouver la citation ci-dessous : (papier à lettre de l'Académie, en-tête X Pt3)

« D'incessantes violations de l'espace aérien, bateaux de pêche capturés, espions déguisés en marchands de tableaux, sous-marins et hommes-grenouilles infiltrés au plus profond des lieux secrets de la Marine suédoise, voilà quelques exemples parlants de ce qui se déroule quasi quotidiennement aux Frontières Sacrées de notre Patrie. Que fait la Défense ? Rien, pour autant que nous le sachions. Où se trouve l'esprit carolingien d'antan ? L'humeur viking ? Combien de temps encore notre Défense va-t-elle poursuivre cette politique lâche et couarde ?

Une défense digne de ce nom ne peut pas fermer boutique pendant le week-end. Il n'est pas non plus convenable que les officiers du pays profitent du congé parental à tout propos. Il faut immédiatement faire cesser cette chattemiterie ! Faire ressusciter l'Esprit Gothique ! Rétablir la Gloire de la Patrie !

C'est pourquoi l'Académie suédoise a créé une armée privée professionnelle de trois mille hommes spécialement entraînés qui seront secrètement stationnés le long de nos côtes. Mille hommes-grenouilles équipés de moteurs propulseurs sur le dos seront prêts à se jeter à l'eau à l'instant même où des intrus étrangers viendront rider la mer. Des actions éclair avec des charges de dynamite magnétiques forceront les sous-marins ennemis à remonter à la surface. En accord avec l'ancienne coutume viking, l'équipage desdits sous-marins sera décapité sur-le-champ, et les têtes, après un passage dans les usines de fumage d'anguilles de notre pays, seront livrées à l'ambassade du pays hostile. Ceci est le seul langage que des envahisseurs comprennent – quelle que soit leur provenance. À un acte de guerre doit répondre un autre acte de guerre.

Autrement, notre Patrie serait rapidement soumise à l'esclavage. » Fin de citation.

Selon un autre document secret qui m'est parvenu, l'Académie suédoise serait responsable du flot discontinu de matériel électronique troublant envoyé sur le territoire suédois par voie de ballon depuis l'étranger (principalement le Danemark). En haut lieu on tient ce bombardement électronique pour un acte de démence extrême. Personnellement, étant bien informé et disposant constamment des circulaires internes de l'Académie suédoise, je suis d'un autre avis. Ainsi, pour prouver que je détiens bel et bien ces documents, je voudrais citer encore une circulaire destinée à vos membres :

« La Défense suédoise doit à tout prix être maintenue en alerte. L'envoi d'équipement électronique complexe à l'intérieur de nos frontières n'est qu'un maillon de l'immense chaîne d'effets de surprise que la Commission à la Défense des Dix-Huit est actuellement en train de préparer. Un autre est L'Action Sugar Sub-marines. *Comme son nom l'indique, il s'agit d'un leurre de périscope moulé en sucre facilement soluble dans l'eau, peint en gris. Le leurre, qui est actuellement produit en série dans les Ateliers Secrets de l'Académie suédoise, sera mis à l'eau à l'aube dans des zones militaires sensibles. Des membres parmi les Dix-Huit stationnés sur des îlots isolés haleront lentement le leurre d'île en île à l'aide d'un fil de nylon invisible. Dès que le leurre est découvert, le haleur tire un coup sec sur le fil de nylon, le leurre se détache et le haleur quitte les lieux. Lorsque, après quelques heures d'enquête, le personnel de sûreté de la Défense arrive, le leurre en sucre s'est dissous et a disparu.*

De tels exercices d'attention et de vigilance sont particulièrement importants pour la sécurité du royaume. » Fin de citation.

Comme vous le voyez, je suis extrêmement bien informé de vos activités clandestines. Permettez-moi aussi de mentionner que je détiens des preuves qu'au fil des ans, l'Académie suédoise a stocké dans la capitale d'énormes quantités de poudre Nobel, de dynamite, de plastic et de TNT, pour une utilisation future.

En tant que patriote et ami dévoué de la patrie, j'ai l'intention de révéler vos magouilles aussi bien aux autorités suédoises qu'aux médias du monde entier. J'imagine que vous ne tarderez pas à essayer de démentir mes affirmations par voie de presse. Ma connaissance des médias me permet de garantir que ces démentis seront la risée de tous. La nouvelle est trop sensationnelle pour qu'on se risque à louper une semaine de gros titres, gras et tapageurs.

Votre seule possibilité d'éviter le scandale pourrait bien être de négocier tout de suite avec moi. Pour commencer j'exige des excuses publiques par lesquelles vous reconnaissez vous être trompés sur ma personne.

En plus de cette excuse par écrit je vous recommande d'instaurer rapidement un prix Nobel de CINÉMA. En guise de baume au cœur et en dédommagement d'un préjudice psychique, je vous conseille de me désigner au plus vite premier lauréat de ce nouveau prix.

Try to get out of that one, if you can.
F. Éric von Fitzenstrahl
L'ÎLE DE PÂQUES

Cette réponse devrait faire sérieusement réfléchir ces messieurs. Me donner une leçon *manu militari* ? Espèces d'enculés, on verra bien qui de nous recevra une leçon maintenant. Celui qui entame une correspondance avec Fitzenstrahl ignore dans quoi il se lance.

L'enveloppe suivante a des timbres américains et elle contient une longue lettre de l'associé de Paula :

Dear Fitzenstrahl !

La compagnie est particulièrement satisfaite de votre travail, M. Fitzenstrahl. Les critiques et le public ont été très enthousiastes à l'avant-première du film du motel. C'est en grande partie grâce à vous. À l'avenir, nous prendrons soin de toujours laisser croire au tenant du rôle principal qu'il participe à une petite aventure amoureuse ordinaire. Les caméras cachées (tout le film a été photographié à travers les miroirs sans tain du motel), l'innocence naïve du héros et son emballement sexuel certain procurent à l'œuvre une authenticité inconnue jusqu'alors dans le cinéma pornographique. Lorsque de plus – ce qui fut grandement votre cas – le héros est créatif et plein de ressources, nous n'avons plus besoin d'avoir recours au modèle stéréotypé de scénarios que les auteurs de ce pays fabriquent en série. Votre manipulation véloce du verre de whisky est un exemple parlant de ce que je veux dire. Cette industrie a besoin de comédiens inspirés qui, au cours du travail, introduisent sans cesse de nouveaux déroulements et créent de nouvelles associations d'idées, des comédiens qui utilisent la rapidité et des retournements de situations audacieux pour vaincre les conventions ringardes et les habitudes tenaces. Notre grand problème jusqu'à maintenant a été la regrettable impuissance qui frappe le héros dès qu'il entend les caméras tourner. Mais vous, non ! On peut dire qu'avec votre innocence et votre fougue amoureuse à l'égard de notre belle superstar Paula Bluestiff, vous avez renouvelé le cinéma pornographique.

Je voudrais vous remercier encore une fois pour cette collaboration réussie et je joins un chèque, cette fois-ci d'un montant de 30 000 (TRENTE MILLE) francs. Au fur et à mesure, 3 % sur recettes seront virés sur votre compte en banque.

Bien amicalement.

PORNO MOVIES
STEPHEN & BLUESTIFF'S EROTIC CIRCUS
J.-F. Roberts

P.-S. Notre superstar Paula Bluestiff me demande de vous transmettre ses amitiés. Elle dit que des hommes comme Éric Fitzenstrahl font de ce travail habituellement assez monotone un pur plaisir. Elle a tout particulièrement apprécié le solo de danse extrêmement réussi que vous lui avez improvisé, demi-pointes, grimaces, singeries, imitation de gorille, etc. Elle se dit toute prête à retravailler avec vous. Il en va de même pour les photographes et collaborateurs intérimaires qui ont participé à cette production.

Nous allons vous lancer sous le nom de Nick Nord Superstar.

Fitzenstrahl sans voix devant sa table de travail. Il faut que je m'allonge un instant. Que je tienne à l'écart les crises cardiaques et les évanouissements. Les membres de la lignée fitzenstrahlienne ont la fâcheuse habitude de succomber à la colère et à l'indignation.

Il relit la lettre. La honte lui monte à la figure, il a froid et transpire tout à la fois, la terreur le fait gémir. *Ça ne peut pas être vrai !*

Fitzo. Oui. Réveille-toi maintenant. T'es en plein dans le cauchemar le plus diabolique qui ait jamais été envoyé dans ta conscience depuis les ténèbres. Réveille-toi ! Mais je suis éveillé, bordel de merde. Complètement éveillé.

Il se verse un whisky, les mains tremblantes. Le siffle d'un trait. Du calme maintenant. Réfléchis !!!

Il reste étendu de tout son long sur le lit, une serviette mouillée sur les yeux. Embarqué de force par l'industrie porno ? Exploité et vidé par des profiteurs qui veulent s'emparer non seulement de mes idées mais aussi de ma bite innocente et candide. Pour des projections publiques dans toutes les capitales du monde. Humiliation et mortification. Déshonneur. Ma famille va m'assassiner. Me faire interner chez les fous. Un autre destin tragique sur les pas de l'autre cinglé, le baron Hermelin. ARISTOCRATE SCANDALISE SA FAMILLE EN DEVENANT STAR DU PORNO. LA MAISON ROYALE FULMINE. AU PALAIS DE LA NOBLESSE LES DRAPEAUX SONT EN BERNE. CONTRAIREMENT AU NOBLE SIRE QU'ON VOIT PAVOISER SUR L'ÉCRAN.

Je suis fini. Terminé. Il faut que je me retire du monde. Que je disparaisse en Afrique ou en Asie sans laisser de traces, comme Rimbaud. Tu t'es toujours fait embobiner par les femmes, Fitzo. Maintenant t'es allé trop loin. Un cinéaste, tellement porté sur la chose qu'il n'entend pas le bourdonnement des caméras ni ne se rend compte qu'il participe à un tournage quand il baise, ferait mieux de renoncer aux femmes. Crétin ! Connard ! Et qu'est-ce qui va se passer si la presse déniche que... non, non, non, pas ça, pour l'amour du ciel.

MEMBRE DE L'ACADÉMIE SUÉDOISE LANCÉ COMME STAR DU PORNO

Il reste couché, presque évanoui. Immobile. Se verse un autre whisky. Il faut coucher les nerfs dans du coton. Les bichonner. Les fortifier. Un changement complet d'identité est la seule solution qui reste. Sortir un passeport de rechange et descendre dans un autre hôtel. Laisser pousser la barbe et commencer une nouvelle vie. Avec des lunettes noires. Devenir Américain, c'est dans mes cordes. Retourner à Paris. Rendre visite à Josefita, peut-être même aller voir ce putain de film porno. Mais d'abord quelques semaines de calme et de repos. Et d'oubli.

24

ASSIS SUR la terrasse de l'hôtel, il laisse pousser sa barbe. Il lit des journaux italiens qui font leurs choux gras d'une sorte d'émeute de l'autre côté de la frontière. Il paraît qu'il y a eu de gigantesques mouvements de foule du côté de Cannes. On rapporte des bagarres et des évanouissements, des fractures de jambes et des insolations. Un autre reportage parle de centaines de personnes déchaînées qui errent toutes nues sur les versants alpestres. Avec d'étranges instruments de musique serrés sur leur poitrine. En France, n'importe quoi peut arriver. Les Français sont fous. L'ont toujours été.

Le journal décrit aussi une nouvelle maladie, une sorte d'épidémie. *Ces temps-ci, des étrangers sévissent sur les autoroutes allemandes, les rendant extrêmement dangereuses. Dès le crépuscule, des hommes s'approchent de Mercedes en stationnement pour les attaquer sauvagement avec d'énormes haches. À plusieurs reprises, des voitures de luxe pratiquement neuves ont été totalement démolies.* Suis-je envoyé par une puissance supérieure ? Est-ce ma mission ici-bas de faire démarrer différents types d'épidémies ?

– Apportez-moi une autre bouteille de chianti.

Le chianti fait du bien à l'activité cérébrale. Il augmente l'afflux sanguin dans le cerveau gauche. Le chianti contient des atomes provenant de tous les grands Toscans de la Renaissance puisque les génies florentins reposent dans la terre sur laquelle aujourd'hui on cultive la vigne. Léonard de Vinci et Michel-Ange parfument le chianti d'une façon toute particulière. Et Savonarole. Et cela profite à la morale dans ce monde de films pornos et de relâchement.

Un flot de petits fonctionnaires en noir jaillit des caves de l'autre côté de la rue. Ils avancent sur la pointe des pieds et éternuent comme des chiens, leurs faces sèches et creuses brillent au soleil, leurs petits souliers noirs sont polis de frais, leurs cravates si serrées que ces hommes vont étouffer – dans un instant ils vont s'écrouler en gros tas par terre. Ce qui amène ma pensée vers la Suède. En fait, je devrais m'y rendre immédiatement et prendre contact avec la société qui a l'intention de distribuer le film X dans ma patrie. Y mettre le holà. Ou voler les bobines. Les brûler.

Ces fumiers de Suédois vont mourir de rire quand le film passera en salle. Et sur vidéo à regarder chez soi. Merde. Je serai honni. Couvert de ridicule. Et en plus je me suis presque brisé la bite sur ce putain de sol dans le motel. Ils m'ont eu jusqu'à la moelle. La réalité était dissimulée par le sexe géométrique et luisant de Paula. Alors comme ça tu te retrouves anesthésié par les chattes, enfoiré ? Oui, aveugle et dément. Je suis tombé droit dans le panneau, les mains moites et tremblantes. J'ai cru que Paula était une fille décente de bonne famille. J'ai toujours eu un faible pour les filles de bonne famille. Ça me donne invariablement une folle envie de glisser ma queue dans l'abri rassurant de la famille. De partager le bonheur avec mère et père comme je l'ai fait une fois dans un train entre Copenhague et Amsterdam, quand je voyageais dans le même compartiment qu'une charmante famille anglaise. Classe moyenne. Deux enfants, dont une exquise jeune femme. Elle est assise en face de moi tandis que je converse avec le père sur la vie de Rembrandt et la culture de roses bisexuées. Sa fille porte un jean de marque. Étire les jambes, regarde par la fenêtre et soupire. Une Anglaise de la race porcelaine. Peau mince, quasi transparente. Râpez lentement avec votre langue la peau à l'intérieur de ses cuisses, et elle meurt d'hémorragie. Cheveux longs et blond vénitien, j'adore les cheveux longs et blond vénitien. Timide. Elle rougit quand je cherche son regard. Rachel. Étudiante, elle veut devenir bibliothécaire, ce que je tiens pour un excellent choix de métier, miss. Une vie parmi les livres est la meilleure des vies. Un JE en devenir parmi les poètes classiques. Que serait le monde sans la littérature britannique ? Rien, miss. Je commande souvent des livres rares auprès du British Museum. Quels livres rares, sir ? Théologie du Moyen Âge, miss. L'un de mes intérêts majeurs dans la vie. Les grands conciles et les documents gnostiques de la première heure.

Elle déglutit. Cille. Un homme cultivé, ce Suédois. Érudit et bien habillé. Son anglais frôle la classe supérieure. Costume sur mesure et cravate à trois cents couronnes.

La conversation gnostique impressionne les parents. La mère précise qu'ils sont de Croydon. Vous connaissez Croydon, mister Fitzenstrahl ? *Yes, yes.* Très bien. J'y ai habité quelque temps quand je rédigeais ma thèse sur D. H. Lawrence. À une époque, il était, comme vous devez le savoir, instituteur à Croydon. L'académie de la ville m'a laissé étudier les papiers que D. H. a laissés. Lettres, dessins, esquisses, articles corrigés et ce genre de documents fort intéressants.

– Et vous habitiez où à Croydon, Fitzenstrahl ? dit le père avec ruse.

– Coombe Road. Dans le virage près du parc. Une ville charmante, Croydon. Et si près de Londres !

Un peu plus tard je les invite au wagon-restaurant où le vin rend le père légèrement bavard et bruyant. Et la mère somnolente. Le jeune frère de Rachel réclame un autre Coca, qu'il obtient. Rachel est un peu moins timide à présent. Elle a bu trois grands verres de vin et la rougeur lui monte aux joues. Dont la peau est tellement diaphane qu'on voit littéralement son sang devenir de plus en plus rouge. J'ai réussi à me placer à côté d'elle. Sa chaleur irradie à travers le jean. Elle a un profil très anglais. Le menton un peu saillant, peut-être trois millimètres trop long. Une broutille dans le contexte global, contexte que je peux deviner sous son jean quand elle écarte les jambes sous la table. Comment se fait-il que tu ne sois pas mariée, Rachel ? La trentaine approche et pas de prétendant ? Les parents la surveillent probablement en bons chiens de garde. Aucun homme n'a jamais frôlé ses seins laiteux et rebondis. Elle a sans doute des tétons roses. Poils pubiens couleur brique. Il faudrait en ajouter une bonne touffe à ma collection. On dit que les rouquines ont du sang de sorcière. Je te laisserais volontiers chevaucher mon balai, Rachel. Jusqu'au point de ralliement des sorcières.

Quand nous revenons au compartiment, nos sièges ont été transformés en couchettes par les agents des chemins de fer, avec draps et couvertures. Je me propose poliment de dormir en haut. Rachel prend la couchette en face. Les parents s'engouffrent au rez-de-chaussée.

– Ça vous dérange si nous éteignons la lumière tout de suite, Fitzenstrahl ?

– Au contraire. J'ai envie de dormir, moi aussi.

Une façon de voyager terriblement immorale. Des personnes des deux sexes qui ne se connaissent ni d'Ève ni d'Adam se déshabillent complètement ou presque, et s'installent pour dormir à quelques dizaines de centimètres les uns des autres. Avant de s'endormir ils essaient de se rappeler s'ils ont mangé des haricots rouges pour le déjeuner. Ou des fèves. Ce qui serait une catastrophe.

Le train bringuebale à travers la verdure. J'entends ton remue-ménage sous les couvertures, Rachel, tu réussis finalement à ôter ton jean moulant, tu défais ton soutien-gorge avec un gémissement et libères tes énormes globes de bibliothécaire. Au réveil, nous serons arrivés à Amsterdam et je ne te reverrai plus jamais. Le drame des voyages. Son père est commissaire aux comptes. Nous pourrions vivre dans la maison de tes parents à Croydon, Rachel. Ton père pourrait s'occuper de ma comptabilité. Faire un placement avantageux des revenus Nobel à la Bank of England qu'on tient pour une institution fiable. Le père ronfle un peu maintenant. Il émet de petits bruits de débit et de crédit. Ses rêves sont remplis de documents. Noircis de chiffres virevoltants. Après quatre respectables verres de vin dans le wagon-restaurant, il a braillé que Mrs Thatcher devrait rétablir l'ordre de Dieu sur terre. *Rule, Britannia !* Reprendre les colonies perdues de l'Angleterre ! De force, si cela s'avérait nécessaire ! Il a fini par se calmer et retrouver son naturel. Un gentleman qui se précipite à la gare de Croydon tous les matins, avec son chapeau melon et sa serviette. Un jour, il s'écroulera sur le pont du chemin de fer et son galop sera terminé. On l'enterrera dans le sol charbonneux de Croydon et il sera oublié à tout jamais. La tragédie inhérente à la vie, et inéluctable.

Je n'arrive pas à dormir. Aucun homme sain d'esprit ne pourrait dormir avec l'ample respiration de Rachel à un mètre de son oreille. Ou deux peut-être, mais pas plus. Beaucoup trop loin quand même pour que je puisse l'atteindre sans dégringoler.

Il tend la main vers elle dans le noir. Tu la tends encore un millimètre et ce sera la catastrophe. La maman aurait une crise cardiaque si je tombais. On pourrait remonter la petite échelle métallique et la poser entre les couchettes. Est-ce que tu vas hurler en m'entendant arriver, Rachel ? Oui. Elle n'a pas montré le moindre intérêt à mon égard. Ni le moindre désir. Mais ces choses-là sont impossibles à détecter chez une femme anglaise. Elle a toujours ses sentiments sous contrôle.

J'adore ses seins. Ils sont probablement tendus à l'extrême par le thé nourrissant de Lipton. Ou Tate, qui possède également un musée prestigieux. Je dors presque maintenant. Je sais que je dors presque. Tout le monde dort sauf le mécanicien. Il fixe les rails d'un regard hargneux, sachant qu'il y est coincé. Éternellement condamné à suivre la voie jalonnée. Un homme sans liberté qu'on n'autorise jamais à aller où il veut. Jamais il ne peut prendre de virages. Tu n'es qu'un foutu esclave du tout tracé, mon ami. Je ne pourrais jamais être conducteur de train. Bien que ce fût mon rêve de petit garçon de le devenir, comme tous les petits garçons. Mais plus maintenant. Je ne peux pas me résoudre à suivre un programme fixé d'avance. Copenhague – Amsterdam, Amsterdam – Copenhague jusqu'à la fin des siècles. Quelle poisse. Dès quelques allers et retours j'en aurais marre de la monotonie et je tirerais violemment sur les manettes pour faire bifurquer la locomotive. Je ralentirais le convoi pour entrer dans une gare désertée, je descendrais en marche et me précipiterais sur l'aiguillage pour changer de voie et partir vers l'ouest, les voitures cahotant derrière moi, la fumée de charbon crachant dans la nuit. Ou vers l'est et l'Allemagne de l'Est. Je laisserais derrière moi des chefs de gare affolés et des douaniers désorientés, je traverserais des gares bruyantes en route pour Cracovie et la Russie, puis plus loin le Transsibérien jusqu'à Vladivostok. Putain, Fitzo.

Laisse tomber et dors. Ou essaie au moins de fermer les yeux plutôt que de fixer cette nuit allemande empoisonnée qui se transforme en jour quand le convoi fonce à travers l'éclairage papillonnant des villes et des villages. Putain, j'hallucine ou quoi ?

Fitzo instantanément réveillé. Coup d'œil vers la couchette de Rachel. J'ai dû rêver. Il m'a semblé la voir très distinctement. Elle était sur le dos, la couverture rejetée. Impossible, Fitzo, impossible. Fantasmes de baise d'une semi-léthargie. Ce serait quand même bien de rester éveillé un petit moment. D'attendre les néons de la prochaine ville. De la lumière, donnez-moi de la lumière. Et de l'amour.

Nous entrons lentement dans une ville d'une certaine importance. Et je peux la distinguer maintenant. Contours de seins et de cuisses et de chatte. Et de menton. Pas certain que du tissu couvre son corps.

Il a le cœur qui bat. Il la voit parfaitement maintenant. Elle est complètement à poil. La peau blanche comme la craie, presque bleue à la lumière des néons. De lourds seins de bibliothécaire. Est-elle réveillée ? Oui. Sait-elle que je la reluque ? Évidemment. Ben merde alors, Rachel. Et rousse entre les jambes, comme je le pensais. D'un roux sorcière. Se débarrasser du slip maintenant. En silence. Et au diable le drap et la couverture. Je déteste la communication à sens unique. J'ai quelque chose à te montrer, Rachel, quelque chose du plus grand intérêt pour ta formation de bibliothécaire. C'est quand même le comble. Se trouver là, la bite au garde-à-vous à quelques dizaines de centimètres de sa mère. Et de son père. Sans parler du petit frère. C'est indécent, Fitzo. Oui, mais absolument inévitable vu les circonstances.

Incroyable. Elle est en train de se caresser les seins. Elle remue les jambes, les écarte légèrement. Me regarde-t-elle dans les yeux ? Non. Examine-t-elle mes larges épaules et mon poitrail avantageux ? *Nope*. Ses yeux sont rivés à ma queue et à rien d'autre. Et que faisons-nous à présent, Rachel ? Rien, c'est ça qui est emmerdant. Il n'est tout simplement pas possible de la baiser dans le même compartiment que la famille de chiens de garde.

Voilà qu'elle me fait un signe de la main. Elle montre la porte. Puis moi. Elle veut apparemment que je quitte le compartiment. Mais c'est de la folie, Rachel, de la folie. Alors que tout était si agréable et tumescent. Et mouillé. Nous le savons, Rachel. Que l'état de pré-orgasme est la moitié du plaisir.

Nuit de nouveau là dehors. Le train fonce dans la nuit allemande. Ou hollandaise. Il nous faut attendre, Rachel, attendre la prochaine petite ville, car je refuse d'opérer dans le noir. Il me faut aussi le temps de réfléchir à ma situation. Ma vie est pleine d'échecs avec les femmes. De catastrophes érotiques. Mon entourage s'oppose à ma vie sexuelle. S'en mêle et voudrait que je renonce totalement aux plaisirs amoureux. Je cherche malgré tout à obtenir un peu d'amour de temps en temps. Aussi souvent que l'occasion se présente, en fait. La question est de savoir si Rachel est une occasion ou un nouveau piège infernal conçu par les vieilles tantes pudibondes du parti antibaise. Vous avez ici un homme qui adore les femmes. J'en suis obsédé et je me suiciderais sur-le-champ dans un monde dépourvu de femmes. Toute ma vie je vous ai aimée, Rachel, et je me suis prosterné devant vous. J'ai prêché mon Évangile dans un monde d'incompréhension qui persiste à prétendre que la baise est bestiale et honteuse. Elle l'est peut-être pour certains ? Nous devons nous montrer tolérants, Fitzo, nous sommes tous d'étoffes différentes. Se peut-il que les hypocrites de ce monde ressentent la baise et l'orgasme différemment que moi ? Que pour eux il s'agit d'une petite expérience de rien du tout, une expérience comparable à l'évacuation intestinale ? Une piqûre de moustique qui gratte un peu ? Qui passe en une seconde trois quarts, et se termine par un bâillement fatigué ? Dans ce cas je vous présente mes excuses, mesdames et messieurs. Je ne vous demande pas de me comprendre. Mais certains d'entre vous me comprennent, je le sais. Dix pour cent de l'humanité, ou peut-être vingt, sont encore vivants. Adorent baiser. Les autres sont, d'après ce que j'ai compris, handicapés. Ils appartiennent au royaume des orgasmes de moustique.

Je me considère comme un intellectuel. Mais un intellectuel ne devrait pas se laisser gouverner par les couilles, Fitzo. Non ? Et qu'en est-il des autres metteurs en scène et intellectuels marquants ? Vivent-ils dans le célibat et la chasteté ? Il paraît que les réalisateurs de cinéma – ceux qui, comme moi, font partie de l'élite supérieure – ont besoin d'une nouvelle femme à chaque film. Une nouvelle source d'inspiration. Ce qui me fait penser à ce que répondait le philosophe anglais Russel quand on lui demandait de définir l'intellectuel : « Un intellectuel est une personne qui pendant au moins trente minutes par jour pense à autre chose qu'à la baise. » Quelque chose dans ce genre. Si c'est comme ça, je ne suis pas tout à fait sûr d'être un intellectuel.

La lumière revient. Seigneur, voilà qu'elle est descendue de sa couchette. Elle bouge sans un bruit, comme un chat de bibliothèque habitué aux échelles. Elle me fait signe de la suivre dans le couloir. Elle se cambre et tire sur une chaîne imaginaire, je comprends qu'elle va aux toilettes. J'arrive, Rachel, j'arrive dans mon vieil imper, emboîtant le pas de ta robe de chambre vert clair. Qu'est-ce que vous regardez, connards ? On n'a pas le droit d'aller aux chiottes dans ce train ? Espèces de porcs ! Qu'est-ce que vous imaginez avec vos esprits hollandais cochons ? Poussez-vous ! On ne bouscule pas Fitzenstrahl. Il déteste être dérangé par la populace quand il part en chasse.

Elle se glisse dans les toilettes. J'attends tout près. Deux Hollandais passent, les yeux pleins de questions. Dès qu'ils ont disparu, Rachel entrouvre la porte, sort un doigt et le courbe. Viens, dit le doigt, dépêche-toi. Rapide coup d'œil alentour. C'est vide. Fitzenstrahl se faufile dans les toilettes tel un loup.

Elle se tient devant moi dans la lumière aveuglante, elle a déboutonné la robe de chambre verte et pointe sur moi la plus belle poitrine de Croydon. D. H. Lawrence serait resté à Croydon toute sa vie s'il l'avait vue. Plus d'errance autour du monde, D. H., pas de Taos, pas de Sardaigne, pas d'Australie et pas de Frieda. Foutaises, Fitzo, foutaises. Oui, mais des foutaises qui calment. J'ai besoin de réfléchir. Pendant que je déboutonne ce foutu imper. Et lui montre le Serpent à Plumes.

– Oh !

Tu vois maintenant ce que tu provoques, Rachel ? J'embrasse sa bouche anglaise fraise des bois, j'embrasse les fraises des bois de ses seins blanchis à la craie. Si je m'asseyais sur la cuvette là, Rachel, et que tu t'asseyais jambes écartées sur moi ? Non ? Et comment as-tu imaginé la chose ? Elle n'a pas de proposition, semble-t-il. Le regard fixé entre mes jambes, elle tremble.

Fitzenstrahl s'assied résolument sur la cuvette. Se relève aussitôt d'un bond. Il vaut mieux fermer l'abattant, ma chère Rachel. Un caillou qui vole ou une étincelle des roues, et c'en serait fini de notre amour en l'espace d'une seconde. Elle a l'oreille plaquée sur la porte maintenant. Écoute attentivement. Dans dix secondes, elle sera sur moi, jambes écartées, et nos bouches se rempliront de cris, ma semence cinglera en elle et montera vers son utérus tel du métal en fusion. Des voix maintenant de l'autre côté de la porte. Des voix indignées allemandes et hollandaises.

– Quelqu'un s'est enfermé dedans !

Ne prête pas attention à eux, ma chère. Viens, viens, viens.

– Ouvrez tout de suite cette porte !

Dépêche-toi, ma très chère Rachel, chaque seconde compte, notre vie s'enfuit, notre jeunesse brûle derrière nous, une des combinaisons les plus avantageuses du miracle génétique va louper si nous n'allons pas jusqu'au bout.

– Il y en a qui se gêne pas. Qui reste des heures aux toilettes.

Des voix pleines de fiel.

– Ils sont deux là-dedans. Une femme et un homme. Je les ai vus entrer.

– Laissez-les tranquilles. Vous auriez préféré que ce soit deux hommes, peut-être ?

– Faites venir le contrôleur, quelqu'un. C'est inadmissible, des choses pareilles, dans nos trains.

De plus en plus de voix maintenant. Des cons offusqués qui auraient volontiers baisé Rachel s'ils en avaient eu l'occasion sans courir de risques. C'est ça, la différence entre nous. Moi, je cours des risques.

– Hé, vous là-dedans !

Quelqu'un frappe des coups lourds et autoritaires à la porte. Le contrôleur. Peut-être le ministre des Communications hollandais ? Ou carrément le commissaire des canaux en personne ? Disparaître par la fenêtre ? Impossible.

Ils cognent avec une masse à présent. Rachel est adossée à la porte. Elle a peur. Et moi encore plus. Il paraît que les geôles d'Amsterdam sont situées sous les canaux et qu'il y a plein d'horribles oignons de tulipes par terre qui éclatent sous vos pieds dès que vous essayez de faire un pas dans le noir.

– Je vous donne vingt secondes. Ensuite je défonce la porte avec la hache !

Fitzo chuchote à l'oreille de Rachel. Elle hoche la tête. Maintenant ! La voix dure de Fitzo :

– Laissez-nous tranquilles ! Ma sœur est aveugle ! Elle est incapable de se débrouiller seule.

Fitzenstrahl ouvre grand la porte. Maintenant il faut se comporter avec détermination et résolution. Un regard sévère sur le conducteur. Dos droit, menton levé. Le prendre de haut.

La plèbe recule. La voix de stentor de Fitzenstrahl tonne :

– Puis-je demander la signification de tout cela ? Vous ne voyez donc pas qu'elle est aveugle et dans la dépendance la plus totale ?

Je lui gueule droit en face, droit dans sa hache. L'allemand est une excellente langue pour donner des ordres. Une langue de colonel. Le contrôleur retire sa tronche. Pâlit.

– Encore un mot de votre part et je vous signalerai à la direction des chemins de fer. Ce n'est pas une façon de traiter les voyageurs. Un scandale, c'est tout simplement un scandale ! N'est-il pas suffisant d'être aveugle ? N'est-ce pas assez de souffrance ? Doit-elle en plus être sanctionnée par les fonctionnaires de la compagnie ? Répondez !

Cent visages silencieux autour de nous. Le contrôleur essaie de se justifier et de rejeter la faute sur les visages. Je balaie ses propos comme on balaie une mouche.

– Faites place à l'aveugle ! Poussez-vous !

Rachel joue son rôle à la perfection. Les yeux vides et grands ouverts. Les bras tendus devant elle. Le contrôleur disparaît avec des courbettes.

– Ma tête à couper qu'elle n'est pas du tout aveugle.

C'est une voix d'homme.

– Mais si, elle est aveugle. La ferme maintenant.

Une voix de femme.

– Je l'ai déjà vue. Je l'ai remarquée à cause de ses cheveux. Elle n'était pas aveugle à ce moment-là. Je mets ma main au feu qu'ils étaient en train de baiser.

Une autre voix. Avec une imagination salace. *You macho-pig you.*

La foule s'écarte devant mes regards de général. Dix pas de plus et nous voilà sortis de cette voiture éhontée et désagréable. Et de retour dans la nôtre. Où j'espère que les parents dorment calmement sur leurs petites étagères.

Rachel ne dit rien. Elle grimpe chez elle et m'ignore royalement. Moi aussi je grimpe dans ma couchette. Je pense à ses seins et à l'aine aux poils roux de sorcière. On aurait pu rester sur la cuvette toute la nuit. Abandonner le frotti-frotta aux bons soins du train. On aurait dormi entre les rounds. Et laissé la locomotive nous mener jusqu'à l'orgasme dans nos rêves.

Il n'en fut rien. Quand nous nous sommes réveillés, Rachel était tout autre. Renfrognée et distante. Aucun intérêt pour la turgescence dans mon pantalon. Un ratage, encore. Et plus tard un ratage avec Fräulein. Mené en bateau par Paula. Pire que ça. Couvert de scandale. Et avant cela, largué par Lotta. Presque baisé à mort par Josefita, une fois que j'eus réussi à planter mon poireau.

Rachel a disparu avec ses parents parmi les canaux. Son petit frère m'a tiré la langue. Aucun d'eux n'a regardé en arrière. Personne n'a souri.

Je suis resté longtemps à regarder derrière eux. J'ai agité ma main solitaire. Ignorant totalement que quelques années plus tard je me trouverais sur une terrasse d'hôtel à Rapallo en train de rêver d'elle grâce au sérum de vérité nommé chianti.

25

J'EXAMINE ma barbe dans le miroir de l'hôtel. Noire d'encre et menaçante. Virile. Une touche de fortune et de savoir-vivre. Ce qui me fait penser à Su Excelencia qui mériterait d'ailleurs de se faire délester des cinquante mille restants. Si je l'appelais pour lui faire croire que j'ai écrit à l'Académie ? Que je leur ai envoyé tous ses livres par porteur spécial ? Et l'ai proposé comme candidat du Nobel.

Je soulève le combiné. Parle un moment avec le standard et finis par obtenir le numéro de l'hôtel de Su Excelencia à Cannes. Je le compose avec une certaine irritation.

– Hôtel Azur.

– Je voudrais parler à Su Excelencia Malnoche. C'est important, je vous appelle de l'ambassade à Paris.

– Je regrette, c'est impossible.

– Impossible ? Ça veut dire quoi, ça, mon bonhomme ?

– Su Excelencia ne loge plus ici. Il a quitté l'hôtel avec sa suite il y a quelques jours.

Foutu réceptionniste arrogant. Faudrait le remettre à sa place.

– Quitté l'hôtel ? Pour aller où ?

– Je ne suis malheureusement pas autorisé à le dire. Su Excelencia voyage incognito.

– Il est de la plus haute importance que nous puissions entrer en contact avec lui. Le sort de tout un peuple en dépend.

– Impossible.

– Tu veux que je vienne te mettre en pièces, espèce de petite vermine de réceptionniste ?

– Vous êtes le bienvenu, monsieur. Je suis karatéka.

– Mille francs si vous me donnez sa nouvelle adresse.

– Nix.

– Douze cents ?

– Jamais.

– Quinze cents ?

– C'est exclu.

– Combien ?

– Deux mille.

– D'accord. Je passerai un peu plus tard.

– Vous serez le bienvenu, monsieur.

Enfoirés de Français. Ces salauds me vident de toute substance. Cupides et rusés et de mauvaise foi. Je perds toujours quand je me bats en duel avec des Français. Ma langue germanique n'a pas la moindre chance. Mon cerveau germanique se fige et mes bras de fermier polaire pendouillent désemparés le long de mes flancs glacés. Un taxi maintenant, pour retourner à Cannes. Par précaution, je m'installerai par terre dans la voiture. Rideaux tirés et une couverture sur la tête.

Bella Italia. Continental breakfast avec du pain frais, de la marmelade, du fromage, des œufs. Une promenade rapide au bord de la mer, puis retour à ma confortable chambre d'hôtel pour quelques heures de travail. Le travail m'aide à oublier cette désagréable histoire de tournage à Cannes. Et l'infernal piège porno. Hier j'ai écrit une longue lettre à l'avocat de Paula. Leur interdisant de distribuer le film. Bien qu'il soit trop tard.

Le portier karatéka m'a pris les deux mille. Après avoir touché son dû, il m'a donné une petite tape sur le bras en souriant. Ça m'a fait un gros bleu. Malnoche était parti à Genève avec sa suite. Quand j'ai appelé son hôtel, le réceptionniste m'a fait savoir que Su Excelencia était parti pour une destination inconnue. Oublie-le, Fitzo. Oublie tout.

– Ha-hi-ho-ha-haaa.

Von Fitzenstrahl rit à gorge déployée en Italie. C'est là qu'il a l'intention de rester jusqu'à nouvel ordre. Jouer parmi des Italiennes aux yeux de colombe qui recherchent les bienfaits de la mer à cette époque de l'année. Elles fuient Milan, Turin et Bologne pour vivre la grande aventure et sentir la fraîcheur de la Méditerranée entre les cuisses. Hier j'en ai rencontré une sur la plage. Je lui ai offert une glace. Elle m'a dit qu'elle travaillait dans un magasin de chaussures. Je lui ai annoncé que j'étais un sceptique. Un sceptique, a-t-elle dit, c'est quoi, un sceptique ? Rien, ai-je dit, n'y pense plus. Elle voulait qu'on se retrouve le soir. J'ai dit non.

On peut encore voir les traces florissantes d'Ezra Pound sur la plage ici. Les traces de *frinstance yr Cantos*, Ezra. Qui t'ont mené tout droit à l'asile à New York. Céline et Hamsun marchaient sur les mêmes pas. Comment ça se fait ?

Je devrais monter en Suède essayer de mettre la main sur les bobines pornos, mais je sais que je ne le ferai jamais. Je ne peux pas me risquer à une visite en Suède maintenant, alors que le tribunal de l'Académie suédoise va me condamner à une réclusion à vie dans les geôles pourrissantes du XVIIIe siècle dont disposent les Dix-Huit. Où les prisonniers sont obligés de lire et d'apprendre par cœur la production totale de tous les lauréats du prix Nobel réunis.

Sérénité. La bière jaune clair dans le verre devant moi et les hanches des petites vendeuses aux yeux de sauvageonnes sur fond de Méditerranée verte et fraîche. Avez-vous en stock des chaussures sans langues, signorina ? Mes pieds sensibles ne supportent pas la pression des langues de chaussures. Ce sont des pieds d'argent. Avez-vous été blessé à la guerre, signore ? Oui, blessé partout. Appelez-moi Pied d'argent du grand Nord. Si vous venez avec moi dans ma chambre, je vous montrerai le travail le plus beau jamais exécuté par un orfèvre. Mais il nous faudra attendre pour les jeux d'amour, signorina, car en ce moment précis un nouveau film est en train de germer en moi. Mes testicules sont chauds et gonflés, mon pouls s'est accéléré jusqu'à 90, je me sens légèrement fiévreux. Comme d'habitude, l'idée de film s'est développée en rêve, elle s'est matérialisée en jaillissant par-dessus le seuil de la réalité. Elle a sa propre volonté, et m'a choisi comme porte-parole. Ou porte-séquence. Deux nuits de suite j'ai fait le même rêve – le rêve des coqs de Besançon. Les autorités y ont réuni dans un musée les coqs de clocher déchus de tout le pays. J'y suis allé plusieurs fois. Suis passé lentement devant les rangés de coqs. En or, en bronze, en tôle. Et ils s'avèrent grands quand ils arrivent en bas. Énormes. Magiques. J'ai besoin d'eux, et ils ont probablement besoin de moi. Je tournerais trois bobines uniquement avec des coqs de clocher pour les utiliser comme fond. Je laisserais ces volatiles scintillants et piqués de prières passer dans un papillotement sur un rythme tranquille et métaphysique, je ferais dix copies de ces fonds et laisserais dix opérateurs les projeter par une nuit noire sans lune sur un blanc village andalou pendant que, depuis une hauteur proche, je filmerais le village inondé de coqs. Les murs chaulés de blanc des maisons balayés par des coqs, les visages creux des Andalous, les chiens blancs, les églises, les arènes – le tout tatoué d'oiseaux papaux sacrés, des couches épaisses de coqs de clocher au chant hystérique mêlées aux cloches d'églises tonitruantes et à la musique d'orgue produite par un fou qu'on aurait installé devant l'orgue de la cathédrale de Chartres. J'appellerais le film *Chaos gnostique*, un film de dix minutes dédié à saint Thomas d'Aquin.

– Je ne peux pas accepter ça ! crie Fitzenstrahl.

– Accepter quoi, signore ?

– Le film porno. Il faut à tout prix que je rentre en Suède pour l'arrêter.

– Je ne comprends pas de quoi vous parlez, signore ? Quel film porno ?

Fitzenstrahl ne répond pas. Il est en train d'introspecter le temps et pense à ses autres visites éclair en Suède. Une série de catastrophes. Dès que j'approche de ma patrie, les frontières se ferment. Les fouines des douanes flairent mon odeur à des centaines de kilomètres. Se préparent à me passer à la radio et à contrôler la moindre ride de mon corps. Je me fais toujours pincer. Ils n'arrêtent personne d'autre. Je suis tout simplement incapable de me comporter avec naturel quand je passe la douane. J'ai tout essayé. Parfois je fais semblant d'avoir quarante ans de plus que mon âge. Me traîne vers les uniformes, tremblant de vieillesse. Je me fais invariablement choper. Ce qui signifie déshabillage, vérification et doigt dans le cul. J'ai essayé toutes les douanes, tous les stratagèmes, toutes les entrées. Sans succès. Si je pose les pieds sur la terre de ma patrie nonchalant et sifflotant, ça éveille les soupçons. Tout éveille les soupçons. Le fait même de poser un pied sur le sol suédois est devenu une obsession chez moi. Une idée fixe traumatisante vers laquelle je reviens sans cesse comme un paranoïaque. Je peux par exemple me mettre en tête que le sol d'acier de la Suède est chargé de 20 000 volts qui envoient instantanément des électrochocs aux Suédois de retour dès qu'ils frôlent le pays natal pour leur faire oublier les âneries apprises à l'étranger et redevenir des citoyens normaux. Maniables. Endormis. Et cloniques. La dernière fois que je suis rentré, je faisais tranquillement et sereinement la traversée entre Copenhague et Malmö à bord du ferry. Un petit sourire aux lèvres en sirotant ma bière et en observant l'ombre de la patrie qui m'attendait de l'autre côté du Sund. Le ferry s'est secoué, s'est tourné vers l'est et a quitté les rivages éclaboussés de bière du prince Hamlet. J'ai commandé une autre bouteille. Les retours au bercail se préparent soigneusement, un calme total et un sérieux solennel sont exigés dans un tel moment. Du courage, de la force. Qui sait ce qui a pu se produire pendant mon absence ? La Compagnie Royale de la Poste s'est peut-être emparée du pouvoir. Ou les Télécoms. Les Domaines ont fait montre d'une grande soif de pouvoir ces dernières années. Sans parler du Contrôle Technique des Automobiles, en constante croissance, qui a peut-être annoncé qu'ils ne se contenteraient plus d'essayer uniquement les voitures. Si ça se trouve, ils ont envie d'essayer aussi la douceur du pouvoir royal. Et de réintroduire l'autocratie. Dans un pays avec des institutions fortes, tout peut arriver.

J'ai fini par obtenir ma bière. Le personnel qui vous sert à bord devrait apprendre que la rapidité est de la plus haute importance quand les détroits sont étroits et les affres du retour au pays indescriptibles. Des putain de fainéants sur ce bateau. Et mal fagotés avec ça. De longs poils débordent des chaussures de celui-là, des pellicules saupoudrent son col. S'il secoue la tête, les flocons de pellicules se poseront comme du givre sur le rosbif et les crevettes des délicieux canapés danois. T'as peur, Fitzo. Oui. Peur de la mer qui s'étend en une infinie montée bleue vers ta patrie. C'est ce que ressent mon corps, qui oppose une terrible résistance en ce moment. Je sens le squelette courir à l'intérieur des muscles, sens mes pieds repartir vers le Danemark de leur propre initiative. C'est l'heure du petit verre de gnole. Un antigel nécessaire sous ces latitudes. À la vôtre, soyez le bienvenu chez vous, mon cher Fitzenstrahl. Vous venez d'être désigné l'heureux gagnant du trophée de l'industrie cinématographique, la Bite d'Or. La presse au complet est là et le Tapis Rouge couvre la Nationale 1, tout le long jusqu'à la capitale. Dîner et discours solennel à l'hôtel de ville ce soir. Le ministre de la Culture participera aux festivités.

Le bateau racle la Suède. Il faut débarquer, Fitzo. Du courage.

Je reste au milieu d'un groupe de retraités caquetants. Je remue les lèvres pour faire illusion de mener une conversation avec une dame âgée à ma droite. Elle me regarde avec surprise lorsque nous nous dirigeons vers la sortie verte. Bien sûr, nous sommes tous des Suédois rougeauds ordinaires. Trois douaniers nous fixent. Redresse-toi maintenant, Fitzo. Regarde-les droit dans les yeux.

– Vous là !

Il pointe sur moi son doigt en uniforme. Je suis le seul à être retenu. Les autres sont autorisés à poursuivre leur chemin.

– Suédois ?

– Évidemment.

– Quelque chose à déclarer ?

– Rien.

– Voulez-vous bien me suivre, je vous prie.

– De quoi s'agit-il ?

– Allez les gars, fouillez-le !

Dois-je donner un coup de pied dans les parties de ce con et rebrousser chemin sur la passerelle, qui est probablement territoire danois ? Oh non. Mieux vaut obéir. Ces enfoirés vont m'exposer à leurs doigts diaboliques. Des privautés humiliantes.

Je les suis calmement pour la fouille corporelle. Me comporte poliment et aimablement. Ces hommes font seulement leur travail. Leur devoir.

– Déshabillez-vous, s'il vous plaît.

– Tout ?

– Tout.

Ils examinent mes vêtements, pièce par pièce. Ont l'air déçu. Tâtent mes cheveux, vérifient mes aisselles et l'aine.

– Penchez-vous en avant et écartez les jambes.

– Je refuse.

– La loi vous oblige à vous soumettre à notre contrôle.

Un autre homme arrive. En civil et pourvu de gants en caoutchouc.

– Vous êtes médecin ?

– Non. Faites ce que je vous dis maintenant.

– Faire quoi ?

– Ouvrez les fesses pour qu'on ait accès à votre anus.

– Comment puis-je savoir que vous n'êtes pas trois homosexuels ?

– Tenez-le, les gars !

– Comment puis-je être sûr qu'il n'y ait pas de sida sur vos gants dégueulasses ?

– Penchez-le en avant !

– Je ne me sens pas bien. J'ai mal au cœur.

– Bouclez-la !

– Je souffre d'hémorroïdes aiguës. Je porterai plainte si vous les faites éclater.

– On prend le risque.

Deux gros douaniers me bloquent avec leurs bras d'acier. Le troisième me plie en deux et commence à fouiller dans mon cul. Je respire à fond, me cale bien sur mes pieds, serre les muscles du ventre et envoie la débâcle. La chiasse jaillit comme une cascade, le mec en civil derrière moi beugle comme un taureau, les deux autres ne comprennent pas ce qui se passe avant d'être complètement conchiés, l'uniforme, les chaussures, les mains, tout. Je me retourne lentement et regarde l'homme agenouillé. On dirait qu'il s'est évanoui, il ne pige toujours rien, essaie de crier de nouveau mais n'arrive pas à proférer le moindre son. Les deux autres le fixent de leurs yeux terrifiés.

– Excusez-moi. J'ai eu des problèmes tout au long des vacances, c'est leur nourriture mal équilibrée. C'était vraiment malgré moi. J'ai essayé de vous prévenir. Il y a peut-être une douche quelque part ?

Ils sont muets. Gardent leur position. Une statue de groupe taillée dans du marbre fécal.

Fitzenstrahl contourne le bâtiment d'un pas mâle et gallinacé, finit par trouver une douche, se savonne, se rince et siffle, il s'essuie avec deux cents serviettes en papier et retourne vers ses vêtements.

Les douaniers ont disparu. Personne ne l'arrête quand il descend sur la terre bien-aimée de la patrie. L'huile d'olive espagnole est particulièrement saine et pleine de vitamines. En cas de constipation, prendre un demi-litre lors du repas. Résultat garanti dans les vingt-quatre heures.

Je tourne mon visage vers l'ouest et j'entre en Suède à reculons. Traverse la place centrale de Malmö.

– Fitzenstrahl ! Qu'est-ce que tu fous en Suède, toi entre tous ?

– Visite éclair.

– Pourquoi tu marches à reculons ?

– Je ne veux pas qu'on me reconnaisse. On dit que pour survivre il faut se rendre invisible. Je ne veux pas non plus me faire surprendre par une tempête de neige.

– En juillet ?

– Il faut se méfier de toutes les saisons dans les climats subarctiques, mon pote.

– Tu nous as manqué, Fitzo. Il n'y en a plus beaucoup, des comme toi. Pourquoi tu t'es laissé pousser la barbe ?

– Protection contre le gel.

– Il fait vingt degrés, Fitzo.

– Le gel de l'esprit, mon pote. Je ne passe plus jamais la frontière sans barbe.

J'ai poursuivi mon chemin. En Suède, l'attaque est la meilleure défense. Mais elle doit commencer dès la frontière. Et se faire à reculons.

Est-ce que je me tirerais d'une visite en Suède aujourd'hui ? Probablement pas. Je me suis ramolli avec le temps. Suis devenu plus lâche. Préfère éviter des situations désagréables.

– À quoi vous pensez, signore ? piaille la petite baigneuse angélique à côté de moi.

– À Ultima Thulé.

– On fait un plouf dans l'eau ?

– Trop froid.

– Pour un Viking ?

– Je suis un Viking chaud. Brûlant. Différent des autres Vikings.

– De quelle façon ?

– Des séjours prolongés dans des pays subtropicaux m'ont fait perdre ma faculté à hiberner.

– Vous ne voulez pas dire que les Nordiques hibernent en hiver ?

– Pas seulement en hiver, signorina, mais aussi pendant les étés pluvieux. On peut voir alors à leurs visages mécontents et mal éveillés et à leurs regards vitreux qu'ils sont encore plongés dans leur sommeil d'hiver.

– Vous m'attendez pendant que je me baigne, signore ?

– Non.

– Pourquoi pas ?

– Faut que je travaille. Savez-vous qu'en cet instant vous parlez à l'un des meilleurs cinéastes underground, signorina ?

– Je ne le savais pas. On se voit ce soir ?

– Peut-être.

Fitzenstrahl se lève et se dirige vers son hôtel en fredonnant.

26

FITZENSTRAHL, sifflotant, en route pour la plage de Rapallo. Il porte des lunettes de soleil, et une grosse barbe noire dissimule son menton viking. Il ne remarque pas la Mercedes immatriculée en Allemagne qui se range le long du trottoir devant lui.

– Monsieur Fitzenstrahl ?

– *No. My name is Smith. Sorry, gentlemen.*

– Ne dis pas de conneries, Fitzo. On veut te causer.

Deux hommes derrière moi. Les gorilles du maire ? Bundespolizei ?

– Monte dans la bagnole, Fitzo !

– Vous vous trompez, messieurs.

– Monte, connard, si tu veux éviter les ennuis.

– Soyez gentils de me montrer vos plaques, si vous êtes policiers.

– Dix secondes. Après, on cogne.

Je grimpe sur le siège arrière de la Mercedes. Un flic de chaque côté. Ils regardent droit devant eux. Le propriétaire de la Mercedes à la hache ? Les hommes de main de l'Académie ?

– J'ai le droit de savoir de quoi on m'accuse.

– Ta gueule !

Il n'y en a qu'un qui parle. Les autres sont muets. Des Espagnols qui ont fini par se vexer à cause de l'affaire des mammouths ?

– On a l'intention de te sortir de ce pays, Fitzo.

– Je refuse.

– Si tu fais des histoires, on t'endort.

Il me montre une grosse seringue. L'agite dans l'air.

– Je n'ai pas mon passeport sur moi.

– Nous avons ton passeport.

– Ça va vous coûter cher, tout ça. Un enlèvement.

– Tais-toi maintenant. On a tes vêtements et toutes tes affaires.

– La caméra et les films ? Les machines à écrire ?

– Tout.

Fitzenstrahl flanque un marron fulgurant à un des hommes et ouvre la portière d'un coup de pied. Dix secondes après, il se retrouve par terre dans la voiture, un policier le chevauchant de tout son poids.

– File-la lui ! Vite !

Je sens une piqûre au cul.

– Qu'est-ce que vous foutez ? Qu'est-ce que vous me voulez ?

Ils ne répondent pas. Des Américains ? Leur anglais est américain.

Il faut que j'essaie de me tenir éveillé. À tout prix. Je me laisse aller en arrière et ferme les yeux. On fonce vers l'ouest. Passe la frontière, en direction de Nice. L'aéroport. Ils me traînent à deux et me font monter à bord d'un avion. J'essaie de crier, sans arriver à proférer le moindre son. Dormir à présent, mais il faut quand même que j'essaie de savoir où ils m'emmènent.

Quelques minutes plus tard, on a décollé. Cap sur l'est. L'est, c'est Milan, Athènes, Belgrade, Le Caire, Tel-Aviv.

– Ça y est, il est dans les vapes.

Les Alpes en bas. Gênes au sud. Veni...

Quand je retrouve mes esprits, l'avion a atterri. Les gorilles me fourrent dans une autre voiture et démarrent. Une heure plus tard, on roule vers une sorte de poste-frontière où deux hommes me demandent gentiment de monter dans une Ford antique. Les gorilles remontent dans leur voiture et disparaissent. On traverse des forêts denses, toujours en direction de l'est. Je somnole et me fiche de tout.

– Comment tu te sens, Fitzenstrahl ?

Je ne réponds pas. On arrive dans une ville. Se gare sur une place.

– Tu arrives à marcher, Fitzenstrahl ?

– Où va... peux marcher... oui.

– Ne t'inquiète de rien, Fitzenstrahl. Tout va s'arranger pour toi maintenant.

Ils me soutiennent entre eux et on se dirige vers une grande bâtisse. Peut-être un hôtel. Quelques garçons presque adultes viennent chercher mes bagages et les portent à l'intérieur.

– On te laisse maintenant, Fitzenstrahl. Monte dans ta chambre dormir quelques heures. Tu recevras des ordres d'ici un jour ou deux. Tu peux aller et venir à ta guise en ville. Mange à l'hôtel si ça te dit. Tout est payé.

– Tout est gratuit pour ceux comme toi, Fitzenstrahl, dit l'autre. Tu fais partie des privilégiés.

– J'ai bes... je dois... puis-je...

Un jeune homme me prend par le bras. Me conduit à ma chambre.

– Déshabillez-vous et couchez-vous, sir. Vous serez rétabli dans quelques heures.

Je me jette sur le lit.

Au réveil, je suis toujours confus et embrouillé. Je prends une douche glacée. Vérifie mes pupilles qui sont anormalement grandes. Je fais le tour de l'appartement. Quatre pièces. Avec vue sur un immense parc où se promènent des gens. On frappe à la porte.

– Entrez.

Un grand homme maigre, quinquagénaire. Habillé en noir, comme un prêtre. Ou un bourreau. Bientôt les juges vont venir. Le jury et les guillotineurs.

– Je viens seulement vérifier si tout va bien.

– Vous êtes qui ?

– Nous tenons à ce que vous vous sentiez chez vous ici, sir. Vous n'avez qu'à sonner si vous avez besoin de quoi que ce soit. Si vous voulez visiter les environs, il y a une voiture à votre disposition.

– Très aimable à vous, merci.

J'ai décidé de ne pas me montrer curieux. Il vaut mieux ne pas se mettre quelqu'un à dos. Se comporter avec assurance et détermination. Conserver le dessus fitzenstrahlien.

– L'examen médical se fera demain à dix heures, sir.

– Je comprends.

– Le dîner est servi maintenant, sir. Je présume que vous avez vu la salle à manger en arrivant.

– Oui. Je vous remercie.

L'homme s'en va sur la pointe des pieds. Tout le monde ici parle anglais. Anglais avec une sorte d'accent. Je me fous de savoir quelle langue vous parlez, mais dites-moi pourquoi je suis ici et ce que vous me voulez. Examen médical ? Je ne suis pas malade. En revanche j'ai faim. Mieux vaut se changer pour le dîner. L'élégance a toujours été ma meilleure arme. *The coolest guy in town.*

Fitzenstrahl dans le bar de l'hôtel, un sourire aux lèvres. Un grand whisky à la main. C'est un hôtel fantastique, vraiment. Art nouveau jusqu'aux arabesques sur la clé. Gaudí ? Ça se pourrait. Et un grand hôtel. Des milliers de chambres bourdonnantes de clients. D'énormes salles à manger avec du velours et de lourds lustres en fer forgé. Des serviteurs véloces avec des bouteilles.

Le Suédois kidnappé traîne pensivement devant le buffet de la salle à manger. C'est un endroit de choix, ici, Fitzo, avec un personnel de choix aux fourneaux. Une fine tranche de rôti froid ? Avec plaisir. Mais je vais d'abord goûter à tous ces plats de poisson. Et aux salades. Du luxe, du luxe, du luxe – j'adore le luxe. Et des visages joyeux autour de moi. Des visages affamés. Et assoiffés. Un morceau d'anguille, de la salade de crevettes et quelques jolies queues de homard mayonnaise. Pas mal pour commencer, Fitzo. J'ai réellement la capacité de vivre dans le présent. De me réjouir du moment. Et d'oublier le passé. Un buffet me met toujours d'excellente humeur. Je suis persuadé que je me mettrais à fredonner si l'on me dressait un buffet alors que j'étais attaché sur la chaise électrique à attendre que vingt mille volts me grillent le cul. Un petit peu de foie gras avant qu'on pousse à fond les manettes ? demande le bourreau. Avec grand plaisir, Votre Mortesse, dis-je.

Il faudrait commander une demi-bouteille de vin blanc bien frais à boire avec cette petite assiette. Qui n'est pas si petite que ça, ma parole. Ne bave pas, Fitzo. Ne laisse pas l'animal en toi pointer de sous le smoking élégant. À table, à table.

Il adresse des sourires aux convives autour de lui. Porte des toasts et mange. Des maîtres d'hôtel à la démarche retenue passent entre les tables, portant des bouteilles vertes.

Et tout est gratuit. J'ai toujours préconisé le système de la gratuité. Cela fait partie de ma vision du monde.

Le vin blanc prépare le chemin à une légère érection. Mieux vaut poser la serviette dessus. Il y a de l'aventure dans l'air. De l'excitation, de l'échauffement érotique, des orgies, du rut. Ce sont peut-être les odeurs qui provoquent cela. Le Buffet Érotique.

Ça pourrait être une petite ville dans l'Autriche des années vingt, tout ça. Élégance impériale et valses de Strauss, Boum-pa-pa. Une bureaucratie paralysante derrière les murailles du château, une bureaucratie qui aurait fini par s'autoconsommer. Avec l'empereur en personne dans le rôle du Bureaucrate-Chef. Il aurait pu se trouver ici en ce moment. Musil aurait pu être ici. Et Rudolf Steiner. Kafka. Herr Freud accroupi sur la table du buffet, les pieds plongés dans la mayonnaise.

Fitzo ? Ah oui. Ça peut très bien être ta famille orgueilleuse qui est derrière ce rapt. Oncle Felix avec son foutu nobiliaire. Ses chevaux et ses camarades de chasse. Ils en ont marre de tes frasques et ils veulent te court-circuiter. Impossible. Pingres comme ils sont, ces enfoirés ne m'auraient jamais payé un séjour dans un endroit de luxe comme celui-ci.

Petites boulettes de viande et saucisses cocktail, pâté et viande en gelée. Miam, miam. De la tarte, des fruits et de la glace. Suis-je un jouisseur ? Non, non, non. Ascète. Ascète à cent pour cent.

Qui sont-ils, tous ces gens ? Des curistes qui s'occupent en toute tranquillité de leur santé ? Un public Baden-Baden à l'ancienne ? Tous se comportent avec beaucoup de savoir-vivre. À une exception, l'homme qui s'est faufilé sous le buffet sans que personne ne le remarque. Il soulève la nappe et n'arrête pas de me reluquer.

Du café à présent, et un petit cognac de la meilleure marque.

– Il y aura de la musique tout à l'heure, monsieur, dans la salle de bal.

J'ai déjà choisi deux, trois dames avec qui je danserais volontiers. Valserais à leur faire perdre la petite culotte. Je me suis tout particulièrement attaché à une petite créature boulotte toute seule et triste à sa table. Avec de lourds seins mélancoliques ballottant au-dessus des saucisses cocktail. Les plaisirs de l'érotisme s'en trouvent amplifiés quand les aventures commencent dans la tristesse et la mélancolie la plus totale, j'en ai la preuve.

Serait-ce possible ? Oui. Possible qu'un petit État du sud-est de l'Europe m'ait kidnappé pour essayer de me forcer à attribuer un prix Nobel ? Effrayant si tel est le cas, effrayant.

Souris-lui maintenant, Fitzo, sors ton sourire de Nobel et ton sourire de dîner royal. Elle me le rend timidement. Je lui ai peut-être inspiré de l'espoir. La tristesse quitte son visage pour un instant. J'inspire toujours de l'espoir et de la confiance. Dégage de l'optimisme, de la joie de vivre et de la virilité. Le monde a besoin de davantage de virilité.

Un repas merveilleux, vraiment. Et nourrissant. Je sens l'apport de protéines gonfler mes couilles. Elles montent et descendent.

Il adresse de nouveau un petit sourire à la femme. Qui tout à coup a disparu. Sa chaise est vide et désertée. Elle va sûrement revenir.

Une courte promenade en l'attendant. Je n'ai qu'à essayer de deviner dans quel pays je me trouve. Serait-ce l'Académie suédoise qui m'a payé cette location pour mettre un terme discret aux affaires Nobel ?

Le kidnappé traverse la place à grandes enjambées. Une belle ville, Fitzo, une ville où l'on a eu le bon sens de conserver le vieux centre. Elle rappelle Cracovie. Est-ce Cracovie ? Évidemment non. Aucune ambiance de l'est ici, pas de peintures écaillées, pas d'impression diffuse de camp de travail. Tout est gracieux et suranné : les tramways, l'éclairage, les calèches. Et pratiquement pas de circulation. Les années vingt tout craché. De belles automobiles. Tiens, une Hispano-Suiza garée là. Incroyable. Pas une seule voiture moderne en vue.

Je m'assieds sur un banc et étudie mon entourage. C'est-à-dire les femmes. Jupes courtes, chapeaux cloches, cheveux coupés à la garçonne, colliers de perles qui leur arrivent jusqu'au nombril. J'adore les colliers de perles. Et les nombrils.

La première fois que j'arrive dans un pays, je sors mes tentacules pour en vérifier l'atmosphère de base. En Suède, l'atmosphère de base est le travail. Et ici ? Je suis sûr que c'est l'amour et la baise. Cela m'irait à merveille en ce moment, un pays dont le produit principal et premier article d'exportation est la baise.

Il entre dans la salle de bal, où la danse bat son swing. Un océan de visages de cire blancs. Des corps serrés les uns contre les autres. Du dixieland avec une clarinette qui s'emballe. Une invention géniale, la danse. La société ferme les yeux et l'Église regarde ailleurs. De parfaits étrangers se tortillent les uns contre les autres au rythme de centaines de baises sèches. Qui ne sont peut-être pas aussi sèches qu'on pourrait le croire. Des bites s'agitent dans l'air enfumé. Des seins se trouvent comprimés. Des visages d'orangs-outans avides sourient de leurs dents jaunes. Des mains massent des dos. Des langues rouges volettent. Des chattes de velours dressent leurs poils. Et sans arrêt on parle du temps comme si le désir aveugle était une préoccupation météorologique. Anticyclone en route. Averses éparses. Risque de verglas sur la piste de danse. Où des pantins rigides font des bonds mécaniques tandis que les clés qui servent à les remonter tournent dans leur dos.

Je me dirige vers une table et invite une dame à danser. Elle me sourit, le visage figé. Les gens ici ont quelque chose qui cloche. Ils semblent rêver. Totalement dépourvus de charisme. J'entoure le dos de la dame de mon bras et l'entraîne sur la piste. Elle est légère comme du celluloïd. Semble creuse. Elle me fixe avec des yeux vides. Tout en avançant les hanches pour bien placer sa chatte.

– Vous êtes le nouveau, n'est-ce pas ?

– Oui. Je suis arrivé il y a quelques heures seulement.

– J'espère que vous vous plairez ici chez nous.

– Merci.

Demande-lui tout de go maintenant. Non. Ça paraîtrait dément. Un homme qui demande dans quel pays il se trouve, ça éveille les soupçons. Elle avance ses hanches d'un cran de plus. Je plie poliment les genoux pour qu'elle ait tout loisir de sentir mon érection. C'est ma façon de me montrer courtois et la complimenter pour sa féminité et sa beauté.

Fitzo tournoie sur la piste en position semi-assise. Deux minutes de plus dans cette position et je ne pourrai plus jamais allonger les jambes. Je finirai en Z dansant.

Fin du morceau. Je dépose la femme à sa table et vais m'asseoir. Fatigué. Est-ce qu'il y avait des somnifères dans le vin ? Je sens que je dors à moitié, mes mouvements sont raides et bizarres, le monde est brumeux et flou. Qu'est-ce que vous me voulez, espèces d'enfoirés ?

La soirée dixieland est terminée. Les musiciens commencent à ranger leurs instruments. Fitzenstrahl respire à fond et se lève. Se dirige vers l'ascenseur. La femme le regarde partir.

C'est un magnifique ascenseur ancien. De l'acajou, du fer forgé et du laiton. Peut-être même un bar incorporé si seulement on sait manier les boutons. Mais juste là, je suis trop fatigué. Fatigué. Je vérifie le numéro de la chambre sur la clé. Pars vers la lourde porte modern style. Ouvre et entre. Sursaute. Six hommes sont assis autour de ma table. Visages de bois immobiles.

– Pardon. J'ai dû me tromper de chambre.

Je sors. Vérifie le numéro sur la porte, qui est bien celui de la clé. Rentre de nouveau. Les hommes me sourient maintenant.

– Installez-vous, Fitzenstrahl.

– Merci.

– La direction a tenu à vous souhaiter la bienvenue.

Je m'incline assis. Dors à moitié. Un des hommes se lève et prononce un long discours dans une langue que je ne connais pas. De l'albanais ? Du bulgare ? Du hongrois ? Du serbo-croate ?

Dès que le discours est fini, un autre homme se lève et parle. De quoi ? Son discours est apparemment plein de finesses, car les autres pouffent de rire et applaudissent.

Je glisse tout doucement sur le sol. Étendu sur l'épais tapis, les yeux vitreux, je vois les visages de la direction se pencher sur moi.

27

CELA FAIT maintenant neuf jours que je suis ici. Je ne sais toujours pas où je me trouve, mais j'ai quelques théories.

Par deux fois, j'ai été appelé pour un examen médical. La clinique est vieillotte et dépourvue d'hygiène. D'antiques fauteuils roulants grinçants, des béquilles, des tables en verre avec des seringues en caoutchouc, des armoires à médicaments, des bistouris, des scies, des pinces et des tuyaux qui auraient leur place comme accessoires dans un film de Fritz Lang.

Fitzenstrahl nu sur une table d'examen. Six médecins sont penchés sur lui. Cœur, poumons, estomac, anus – pas un millimètre de mon corps n'est laissé en paix. Même les ongles et les cheveux sont examinés.

– Parfait, mister Fitzenstrahl, c'est parfait, dit le médecin chef en tâtant avec le bout des doigts autour de mes orbites. C'est un petit homme noiraud. Il parle anglais avec un fort accent. Tous les médecins ont le crâne tondu. Quatre ont des cicatrices récentes sur le front. Le médecin chef et son assistant ont l'air d'avoir des problèmes avec leurs paupières qui présentent des traces d'une sorte d'intervention chirurgicale. Le médecin chef porte un badge : E. B. Müller. Professeur.

Une fois l'examen physique fini, ils commencent à m'assaillir de questions. Je réponds de mon mieux. À ma stupéfaction, trois des médecins s'étendent subitement de tout leur long par terre et s'endorment. Les trois autres éprouvent ma résistance à la douleur, vérifient mes réactions, font des tests de QI, contrôlent ma force de volonté. Un des médecins endormis aboie comme un chien dans son sommeil.

Dès qu'ils en ont terminé avec moi, ils partent sans dire au revoir. Les trois médecins endormis sont toujours par terre, immobiles. Un d'eux caquette, geint et pousse de petits rires.

Je reste allongé un moment sur la table d'examen, épuisé par tout ce tripotage de mon corps. Une infirmière entre deux âges arrive et me demande de rester encore un instant. Elle m'explique qu'elle a besoin de faire quelques prises de sang.

Je la regarde faire, détendu et somnolent. Vois mon sang brûlant couler dans de petits tubes en verre.

– Ça y est, on a terminé, monsieur Fitzenstrahl.

Je me rhabille. L'infirmière s'affaire avec les prélèvements derrière mon dos. Elle les étiquette et les range dans une armoire. Je dis au revoir et m'en vais. Mais dès que j'ai franchi la porte, je m'arrête et l'observe par le trou de la serrure. Elle se tient du côté de la fenêtre. Lève un des tubes à la lumière. Rit. Jette un rapide coup d'œil vers la porte puis avale mon sang d'une seule goulée. La terreur me fige. Mes jambes tremblent. L'infirmière ferme les yeux. Elle reste immobile au soleil, les lèvres sanguinolentes.

Les journées roulent comme des avalanches devant ma fenêtre. HÔTEL POUR CINGLÉS ? Quelque chose cloche avec les sons ici. L'acoustique. Les distances. Tout ressemble à des décors, c'est flou. J'ai décidé de faire un effort pour m'extirper de cette situation. Travail et vie de luxe. N'as-tu pas toujours désiré une existence où tu n'as pas à penser à l'argent, Fitzo ? Bien sûr. Une existence tranquille et paisible où tu as le contrôle de ton temps ? C'est vrai. La question est de savoir s'il y a du « temps » ici. Tout le monde semble s'en foutre, dans cet endroit où n'existent ni horloges, ni calendriers. Il n'y a que les anges qui sont délivrés du temps et de l'espace. L'homme ne supporte pas cela à la longue. Ce qui prouve qu'il me reste beaucoup de chemin à parcourir pour arriver à la spiritualité et à la divinité.

Sinon, je me plais bien ici. Un véritable artiste n'est jamais dépendant de son environnement. Ni des possessions. La seule chose qui l'intéresse est ce qu'il porte en son for intérieur et ce qu'il peut en tirer – même s'il habite l'enfer. J'ai d'ailleurs quelques idées qui pourront révolutionner le cinéma. Public mobile et plans fixes. Des manèges rapides placés au centre des salles obscures.

Le développement de ce pays a dû s'arrêter juste avant la Seconde Guerre mondiale. Le temps s'est peut-être arrêté dès 1925. Ici il n'y a aucun des objets que nous avons adoptés ces dernières décennies : aucun poste de télévision à la lumière bleutée et clignotante, aucune vidéo, pas de fast-food, pas de circulation, pas de gratte-ciel. Je ne dirais pas que ça me manque. Mais est-ce qu'on dispose de la pilule et des antibiotiques ?

J'aime le climat de ce pays. Frais et chaud tout à la fois – une sorte de printemps éternel. La végétation a l'air quasi subtropicale. Un palmier par-ci par-là semble résister à l'hiver entre les hautes chaînes de montagnes. Des roses fleurissent sans discontinuer. Serait-ce la vieille Moldavie qui a ressuscité ? La Valachie ? On dirait une principauté de la taille du Lichtenstein ou d'Andorre. Une Andorre obsolète où rien n'indique que l'homme soit allé sur la lune.

Hier au cours de ma promenade quotidienne, j'ai découvert des grands magasins immenses à la périphérie de la ville. Le bâtiment date du début du siècle et il est très beau. Je suis entré et je me suis aperçu que l'intérieur du local était une imitation parfaite du temple matérialiste des consommateurs du monde occidental. L'offre de marchandises était la même que dans le reste de l'Europe, la maison était bourrée d'objets inutiles de tous genres. Des consommateurs cupides aux faces d'hyènes se bousculaient devant les comptoirs pour acheter des télés, des chaînes hi-fi, des fours à micro-ondes et ce genre d'articles. Fait étrange, le magasin ne disposait d'aucune caisse. Quand les clients avaient terminé leurs achats, ils entraient – croulant sous les paquets – dans une gigantesque galerie des glaces où ils étaient obligés de contempler leurs propres visages compulsifs et ivres d'achats. À la sortie ils jetaient tous leurs paquets dans de gros bacs en bois, et ressortaient soulagés et apaisés à l'air libre. Les hommes, qui lors de l'achat proprement dit affichaient d'énormes érections insolentes, étaient maintenant mous et normaux dans leur pantalon. Heureux et souriants. Les femmes détendues et satisfaites. Il est possible que ces grands magasins soient une forme de THÉÂTRE MATÉRIALISTE où l'on se contente de satisfaire la soif d'acheter en étant dispensé des suites, c'est-à-dire de la possession du bric-à-brac absurde dont sont inondés les citoyens dans le reste du monde.

Parfois l'idée me passe par la tête qu'on m'a emmené dans un état expérimental. A-t-on créé de toutes pièces ce petit pays d'essai à la fin de la Seconde Guerre mondiale ? Des gens intelligents et prévoyants, Russes, Américains, Anglais, Français – peut-être même des Allemands – auraient-ils décidé d'essayer de fonder une sorte de zone libre en Europe ? Une sorte de zone franche sociale qui refuserait de prendre part à ce que nous appelons le progrès ? Après avoir minutieusement étudié la prétendue évolution ailleurs dans le monde, ils avaient peut-être décidé d'accepter uniquement les phases du développement qui étaient sans danger pour l'espèce humaine ? Il a dû être relativement facile, juste après la guerre, d'élaborer cet état expérimental. Tout était dajà rasé et devait être reconstruit à partir de zéro. Au lieu de se précipiter droit devant comme des oies aveuglées, ils sont tout simplement retournés en arrière vers les années vingt pour faire une sélection, lentement et précautionneusement. Cela leur a permis d'éviter les erreurs du passé qui d'une part avaient mené à la guerre et d'autre part avaient fait du monde cet endroit épouvantable qu'il est toujours. Est-ce un pays heureux ? Les citoyens sont-ils satisfaits de leur vie ? Je n'arrive pas à me faire une idée.

Aujourd'hui j'ai acheté une carte du pays. Elle est entièrement sans texte. Et d'après les cartographes, aucun autre pays n'existe dans le monde. Au-delà des frontières territoriales, la carte est vierge.

Pour autant que j'aie compris, on n'a pas de relations avec l'entourage. Peut-être le reste du monde ignore-t-il totalement l'existence de ce petit État.

Ces foutus examens m'épuisent. Les médecins me font des radios, chuchotent et m'obligent à participer à des séances d'hypnose.

Après l'examen je fais en général un petit tour dans l'hôpital. Hier je me suis égaré dans le service de maternité. Ce que j'y ai vu m'a figé de terreur. Des centaines de personnes enceintes sous des draps blancs. Des corps enflés sur des civières à roulettes dans un va-et-vient incessant. Une cinquantaine de personnes, vêtues de robes de chambre, étaient assises dans une salle de séjour. *Toutes ces personnes étaient des hommes.* Aussi ceux qui en criant étaient emmenés dans les salles d'accouchement. De gros mecs barbus, de petits bureaucrates, il y en avait de toutes les sortes.

SALLES D'ACCOUCHEMENT, HOMMES
Serv. 3

– Vous êtes surpris, mister Fitzenstrahl ?

– Oui.

Le médecin à côté de moi s'esclaffe. Son énorme ventre tressaille.

– Ils sont de plus en plus nombreux. Bientôt l'ensemble de notre population mâle en sera atteint. C'est une sorte d'épidémie. Nous les laissons faire le programme jusqu'au bout. Quand l'accouchement imaginaire a eu lieu, ils peuvent rentrer chez eux. La plupart sont guéris après une seule visite, mais il y en a qui reviennent, les ventres gonflés et tous les signes d'une grossesse à un stade avancé.

– Incroyable.

– Le pire, ce sont les cris qu'ils poussent au moment de la dilatation. Ils croient réellement qu'ils sont en train d'accoucher. Les grossesses nerveuses sont un phénomène relativement courant ches les femmes. Ce n'est que dernièrement qu'elles ont commencé à sévir parmi les hommes. Cela vient sans doute de l'égalité des sexes. C'était une grosse erreur quand nous avons commencé à en vanter les mérites pour suivre l'exemple du reste du monde.

– Vous avez peut-être mal interprété l'expression égalité des sexes ? Comme je vois les choses, cela concerne des domaines tout autres que ceux purement physiques.

– Ce qui est dommage, c'est que ces hommes ne s'intéressent plus aux femmes.

– Ils sont homosexuels ?

– Même pas. Plus rien ne les intéresse à part leur propre grossesse.

– C'est une catastrophe pour le pays, n'est-ce pas ?

– Oui. Et aucune éclaircie en vue. Ça ne fait qu'empirer. Bon, mister Fitzenstrahl, il faut que je me sauve maintenant. Content d'avoir pu bavarder avec vous.

Je continue mon errance. J'ai la tête qui tourne et j'ai des nausées. Je me sens confus. Un goût de celluloïd brûlé dans la bouche.

À la sortie, un des hommes gravides m'arrête et me fait entrer dans sa petite chambre en chuchotant.

– Qu'est-ce que vous a dit le médecin ? Il a essayé de vous faire gober que vous êtes un malade imaginaire ? Ou que nous le sommes ? C'est ce qu'ils racontent à tout le monde. Personne ne dit ce qu'il en est réellement – en l'occurrence que nous sommes les victimes d'une des expériences les plus ignobles de l'histoire de la science. La direction a pour but d'éliminer le dernier grand handicap de la population mâle, qui est, vous l'avez compris, l'impossibilité pour l'homme de connaître le bonheur de la maternité. On estime que les artistes mâles sont plus aptes que d'autres hommes à devenir mères puisqu'ils ont une certaine habitude de la gestation. Pour ma part, je suis artiste peintre. Assez célèbre, d'ailleurs. Comme vous le voyez, je suis sélectionné.

– Mais c'est complètement insensé.

– Pas plus insensé que d'autres types d'expériences qui se déroulent un peu partout dans le monde.

– Techniquement et médicalement, comment est-ce que c'est possible ?

– Traitements hormonaux. Hypnose, avec pour résultat une modification totale de la personnalité. Transplantations d'ovaires et d'utérus de femmes accidentées. Peut-être aussi de femmes parfaitement saines. D'un point de vue chirurgical, de telles opérations sont bien plus faciles à réaliser que par exemple une transplantation du cœur. Malheureusement la totalité des hommes à utérus ont perdu leur virilité. Mais ils travaillent sur le problème et comptent obtenir d'ici quelques années des hommes à utérus capables de féconder d'autres hommes.

– Et les organes sexuels ? Qu'est-ce qu'ils en font ?

– Les hommes gardent leurs organes sexuels. Sinon toute l'opération serait absurde, n'est-ce pas ?

– Ils sont délivrés par césarienne ?

– Évidemment.

– Insémination artificielle ?

– Bien entendu.

Je prends rapidement congé de l'homme et le quitte, ébranlé.

Je passe mes après-midi à faire de longues promenades. À me familiariser avec les environs de la ville. Me baigne dans un petit lac cristallin. Ceci est un pays propre, un pays sans industries chimiques et sans pollution de l'air.

Je me sens souvent observé au cours de mes promenades. Épié. Par qui ?

Aujourd'hui j'ai décidé de découvrir qui me poursuit. Je me faufile dans les broussailles de la forêt et me glisse derrière un arbre. Le poursuivant se révèle être un jeune homme qui trimballe deux gros sacs.

– Qu'est-ce que vous avez à me suivre comme ça, bordel de merde, je crie.

– C'est vous, le nouveau, non ?

– C'est ce qu'on dit.

– J'aimerais que vous me donniez un conseil.

– Qu'est-ce qui vous fait croire que j'ai des conseils à vous donner ?

– Vous en avez l'air.

« Regardez ça ! dit-il ensuite, et sort ses mains des sacs. Vous avez déjà vu quelque chose d'aussi monstrueux dans votre vie ?

– Mon Dieu !

– Vous ne trouvez pas ça complètement ignoble ?

– Incroyable.

Fitzenstrahl fait un pas en arrière. Observe les mains de l'homme. Elles sont quatre fois plus grandes que des patoches normales. Blanches et molles et avec d'épais ongles jaunes qui ressemblent à des coquilles d'œuf.

– Elles n'arrêtent pas de grandir, vous comprenez. Cette nuit elles ont pris encore deux centimètres.

– Qu'est-ce qu'ils en disent ici à l'hôpital ?

– Ils disent que c'est imaginaire. Que mes mains sont complètement normales. Vous, vous voyez bien qu'elles sont anormalement grandes, pas vrai ?

– Elles pèsent combien ?

– Six kilos chacune.

L'homme regarde désespérément ses mains. Les sacs sont cousus aux manches de sa veste.

– C'est douloureux ?

– Non. Mais ça bourdonne dedans le soir quand je suis couché. Je n'arrive pas à dormir à cause du bruit.

– Ça dure depuis combien de temps ?

– Depuis quelques mois. Elles sont fortes aussi. Regardez ça.

Il ramasse une grosse branche par terre et la casse sans difficulté entre deux doigts.

– Les médecins disent que je souffre d'une sorte d'éléphantiasis imaginaire. Ils appellent ça la fièvre du homard.

– La fièvre du homard ? Quel nom désagréable.

– Qu'est-ce que je dois faire, à votre avis ?

– Vous devriez essayer de rétrécir vos mains avec de l'alun. Versez un demi-litre d'alun dans de l'eau chaude et laissez tremper vos mains pendant la nuit. Mangez beaucoup de crevettes. Il faut guérir le mal par le mal. Les crevettes appartiennent à la même espèce mais n'ont pas de pinces. Ça vaut une vaccination. Elles agissent de la même manière que l'inoculation de la vaccine contre la variole.

– Vous n'êtes pas en train de vous payer la tête d'un homme malade, sir ?

– Vous n'êtes pas malade. Vous êtes en parfaite santé. Au Moyen Âge, la fièvre du homard était un signe de bonne santé et d'intelligence élevée.

– Je devrais peut-être les laisser comme elles sont.

– Faites comme vous voulez.

– Je vous remercie. Je crois que je vais essayer l'alun et les crevettes.

L'homme se lève et s'en va. Les sacs pendouillent lourdement le long de son corps. Déstabilisé, Fitzenstrahl s'assied sur un banc. Les malades imaginaires doivent être pris au sérieux. L'éléphantiasis imaginaire est aussi mauvais pour le malade que le vrai éléphantiasis. Un matin quand il se réveillera, ses pieds seront peut-être gonflés comme les cadavres des chevaux. Il refusera de sortir. Qui peut exiger de quelqu'un qu'il traîne derrière lui deux cadavres de chevaux toute sa vie ?

Fitzo ? Ouipp. Pendant un instant tu as réellement trouvé que ses mains étaient anormalement grosses, pas vrai ? Oui. Je suis un homme très sensible. J'arrive facilement à me mettre à la place des malades imaginaires. Bien sûr, j'ai immédiatement vu que l'homme était fou à lier. Mais en même temps je me suis senti entrer dans sa folie et j'ai vu la réalité avec ses yeux. J'ai naturellement vu aussi l'aura que l'affabulation créait autour de ses mains, l'apparition pour ainsi dire de l'affabulation. Peut-être qu'un jour j'écrirai un essai sur toute cette problématique. L'artiste comme guérisseur et rebouteux, une méditation sur la clairvoyance de l'homme créatif et sa capacité à porter un diagnostic.

The Great Blondino erre dans la belle ville. Tout est vague et diffus ici. Il y a quelque chose qui cloche avec les distances et les perspectives. Une sorte d'ambiance de Sienne. J'ai complètement mis au rancart mes projets du Public Mobile. C'est une idée idiote. Vous pouvez faire vos tours à la con dans vos foutus cinémas-manèges, mais ne comptez pas sur moi pour vous peindre les murs. À la place, je réfléchis à un film dans l'esprit joyceïen. Le monologue intime des images. J'utiliserai cinq projecteurs. Un qui montre ce que le héros du film vit avec ses sens, un autre ses actes, un troisième le flot de sa conscience, un quatrième un flot plus profondément situé de sa conscience ou un flot de son inconscient, le cinquième ses rêves. Le héros est une personne avec des visions puissantes, un homme d'imagination, un...

Fitzenstrahl sursaute. Se cabre comme un cheval. Pâlit. Darde un regard de belette sur un grand bâtiment en bordure d'un parc. Le drapeau suédois se balance sur le toit.

Il s'approche. Trois couronnes dorées sur le mur. *AMBASSADE DE SUÈDE.* Incroyable, Fitzo, incroyable. Vas-y, entre. Chante l'hymne national en poussant la porte. Ou l'hymne au roi. Ou pourquoi pas ce nouvel hymne national récemment adopté par le Parlement à une majorité rassurante : *La Marche de Jante*[1]. Paroles et musique du

1. Référence à la loi de Jante, lancée par l'écrivain norvégien Axel Sandemose : dix commandements caractérisés par la jalousie et la mentalité provinciale de la ville imaginaire de Jante. *(N.d.T.)*

célèbre compositeur d'opéra Bergman-Wasa. Du calme, Fitzo. Méfie-toi des actes précipités à proximité d'institutions suédoises. As-tu oublié leurs ordinateurs ?

Il se dirige vers l'ambassade d'un pas hésitant. Il faut les baratiner et leur faire croire que je suis un Américain d'origine suédoise sans numéro d'identité personnel en Suède et leur montrer mes papiers américains. Dire que je représente la famille d'un citoyen suédois récemment décédé aux États-Unis, qui a légué son immense fortune au prolétariat suédois des chefs de cabinet sous-payés et au bord de la famine. Le nom de cet Américain d'origine suédoise était Charlie Swanson. Il œuvrait dans le Minnesota où il avait fait fortune dans la filière bois pendant la Prohibition. Est-ce que par hasard vous pouvez m'aider ?

Fitzo ? Oui. As-tu déjà oublié les interrogatoires ? Les rapports de police ? Et Fitzo ? Oui. T'as oublié le drapeau. Quel drapeau ? Le drapeau russe, Fitzo. Ne fais pas le malin, tu te souviens parfaitement de ce qui s'est passé à Stockholm par une sombre nuit de novembre il y a quelques années. Quelqu'un s'est introduit dans le Palais royal et a envoyé l'effrayant symbole national de l'Union soviétique sur le mât de pavillon du Roi. La même nuit, quelqu'un a plaqué un portrait géant de Lénine sur la façade du Palais du Parlement. Le portrait mesurait dix mètres carrés, il était très réaliste et pourvu du texte *NOTRE HÉROS – EN NOTRE TEMPS.* Quelqu'un avait emprunté le portrait et le drapeau à l'ambassade russe sous le prétexte d'organiser un festival du film russe à la Maison du Peuple. Les Stockholmois ont failli s'évanouir quand ils ont remonté leurs stores le lendemain matin et découvert la devise du roi détournée de la sorte. Plusieurs cas d'infarctus ont été signalés. Puis l'affaire a été étouffée. Les médias ont reçu l'ordre de ne jamais mentionner l'incident.

Me souviens, me souviens, c'est vite dit, moi je ne me souviens de rien. Ce serait peut-être mieux après tout d'attendre pour rendre cette visite à l'ambassade. J'ai les gencives qui me grattent, c'est un signe d'avertissement fiable.

À trois mètres des portes, il fait volte-face. Rebrousse chemin vers son hôtel d'un pied leste et la tête haute.

– Hé, vous là !

Le cœur de Fitzenstrahl bat la chamade. Il est toujours préparé au pire. Prêt à disparaître à la vitesse de l'éclair. Les jambes bouillonnantes d'adrénaline.

– Vous voilà enfin !

L'homme-homard. Il n'a plus ses sacs. Il sort les mains de ses poches. Fitzenstrahl les regarde, tout effaré.

– C'est votre faute !

– Vous avez mis combien d'alun ?

– Un litre comme vous avez dit.

– J'ai dit un *demi*-litre.

Ses mains étaient plus petites que celles d'un petit enfant. Des mains de crevette.

– Je n'aurais jamais dû vous écouter. Elles étaient mieux avant.

Il agite ses menottes roses devant ma figure.

– Mes mains ne sont pas vos oignons ! Qui vous a demandé de vous mêler de mes maladies ?

– Je voulais simplement vous aider.

– Touchez pas à mes mains ! crie-t-il, touchez pas à mes mains !

– Mangez davantage de homard.

– Allez vous faire foutre !

L'homme-homard qui est maintenant devenu un homme-crevette, disparaît parmi les arbres.

– Quel con alors, crie-t-il, quel con alors, celui-là !

J'en ai marre d'être ici. Marre des examens médicaux et des promenades sans but. Aujourd'hui j'ai fait mes valises. Faut partir d'ici, Fitzo, partir, n'importe où.

J'explique au directeur de l'hôtel que j'ai l'intention de faire une excursion. Aurait-il la gentillesse de s'occuper du transport ?

– La voiture sera là dans cinq minutes, sir.

Je n'aime pas le regard errant du directeur. Il a des tics au visage aussi. Au milieu de la conversation, sa jambe sursaute comme s'il avait été piqué par une guêpe. Un jour quand je suis entré dans son bureau, il était perché en haut d'une armoire d'archivage en train de marteler les murs avec ses paumes.

Le chauffeur m'aide avec mes bagages. Il fait un salut militaire et démarre sa bonne vieille Packard. Où voulez-vous aller, sir ? Conduisez-moi à la campagne quelque part. Je vous donnerai d'autres instructions après.

Je suis certain que je suis entré dans le pays par l'ouest. Si nous roulons pendant deux, trois cents kilomètres, nous arriverons forcément à la frontière. Putain de merde, ce que le monde me manque. Une ville de cinglés, voilà ce que c'est ici. Des hommes qui enfantent ? Allez vous faire foutre, hommes enfantant.

– Pourquoi vous tournez ? Allez vers l'ouest comme je vous ai dit !

– La route tourne ici, sir. Il faut bien que je reste sur la route, n'est-ce pas ?

– Ne soyez pas impertinent.

Nous continuons. Vers le sud-ouest à présent.

– Tournez à l'ouest au prochain carrefour !

– Il n'y a pas de carrefour ici, sir. La circulation de ce pays manque de choix.

Vingt minutes plus tard nous nous dirigeons plein est et à ma surprise nous voilà de retour en ville.

– Prenez une autre route. Allez au nord.

– Comme vous voulez, sir. Mais au bout d'un moment la route vers le nord tourne aussi au sud et revient à la capitale.

– Il doit bien y avoir une route pour quitter ce foutu pays ?

– Quitter le pays, sir ? Pour autant que je sache, toutes les routes reviennent à la capitale. Les ponts et chaussées estiment que ça donne un bon reflet de l'existence, sir. Qui est cyclique.

– Conneries ! Allez au sud !

Le sud a toujours été mon point cardinal préféré. Les voyages vers le nord me dépriment et me rendent triste. Mais ici, la tristesse existe aussi au sud. Une heure plus tard, je laisse le chauffeur porter mes bagages dans ma chambre.

28

ALLONGÉ sur son lit d'hôtel, le kidnappé ressasse sa rogne. Sa hargne. Il se relève et se prépare pour une visite au directeur de l'établissement. Il faut se montrer ferme et résolu. Lui décocher le regard diamantin. L'obliger à s'exprimer. N'allez pas croire vous pouvez traiter von Fitzenstrahl comme n'importe qui, espèces d'enfoirés.

Le directeur est en train de farfouiller dans ses papiers. Il se lève quand j'entre.

– Soyez le bienvenu, von Fitzenstrahl. Asseyez-vous.

Aimable, presque obséquieux. Une barbichette freudienne. Des yeux comme de petites billes de bois fendillées. La bouche s'ouvre et se referme, on dirait une carpe. De temps en temps, un de ses pieds part en excursion tout seul. Il le remet en place avec un sourire d'excuse.

– Pourquoi est-ce que je suis ici ? je braille.

– C'est une question très intéressante, sir, l'une des plus intéressantes à mon avis. Malheureusement je ne peux pas vous dire pourquoi vous êtes ici, ni pourquoi je suis ici. Vous habitez ici, simplement. Il faut bien que vous habitiez quelque part. Tout le monde a besoin d'un point fixe dans la vie.

– Vous me retenez prisonnier.

– Prisonnier ? Absolument pas, sir. La vie ne doit pas être considérée comme une captivité, la vie est un don de liberté. S'ôter la vie ne sert à rien puisque nous ne sommes nullement assurés que la mort signifie la liberté.

– Vous vous moquez de moi.

Son pied s'éloigne encore de lui. Il le regarde, irrité, et le tire à lui avec brusquerie.

– Ce soir nous avons un bal à nouveau, sir. Cela va vous mettre de meilleure humeur.

– Vous ne voulez pas répondre à ma question ?

– Personne ne peut répondre à de telles questions, sir. Personne.

Abattu, je m'en vais. Te voilà coincé, Fitzo. Ceci est la conjuration finale et définitive contre ta vie et ton art. Des forces diaboliques travaillent à ta perte. À coup sûr, c'est la maison mondiale des cinglés ici. Un immense hôpital en plein air, une nation entière de déments, un asile international où tous les pays se débarrassent définitivement de leurs génies hyperlucides et perspicaces. On peut aussi imaginer que les Suédois soient derrière tout ça. Pour ne pas avoir à répondre devant le tribunal européen de Strasbourg, ils ont déplacé leur foutoir à l'étranger. Avec tous les citoyens non conformes et déviants.

Fitzenstrahl s'approche d'un homme âgé dans la rue et l'interpelle en suédois. L'homme lui serre la main et passe son chemin. Une faible odeur d'oranges fraîches flottait autour de lui.

J'ai trouvé une cabine téléphonique. Je compose le code d'accès de la France, l'indicatif de Paris et le numéro de Louis.

– Allô ! Lou ?

– Le standard de l'hôtel. Vous voulez parler à qui ?

Je repose le combiné et m'en vais. Crépuscule à présent. Les oiseaux en quête de branches pour dormir en haut des cimes noires. Le parc presque vide. L'hôtel à mille fenêtres. Les voix de gens qui mangent et qui dansent.

Par moments, ma vie ici me rappelle mes premiers jours à Cannes. Les vieillards. L'homme à la barbe rousse. Le Théâtre de Trotski, les chanteurs. Les événements de Cannes étaient-ils une préparation à ma vie ici ? Un test ?

Je n'arrive pas à oublier les postes de radio que j'ai vus dans LES GRANDS MAGASINS FACTICES. Avec une radio, je pourrais écouter les programmes suédois pour l'étranger ou les informations d'Angleterre ou d'Allemagne. Je saurais comment se porte le monde réel.

Je fais la queue avec les consommateurs surexcités. Je rafle comme les autres toutes sortes de babioles. Je les pose dans un sac en papier, jette un coup d'œil furtif autour de moi et laisse un petit poste de radio prendre le chemin de ma poche. Personne ne remarque le larcin.

Je m'approche tout doucement de la sortie. Traverse la longue galerie des glaces, les yeux fermés. Déverse mes articles dans le bac de déchargement et passe les portes en sifflotant, la radio dans ma poche. Direction l'hôtel maintenant.

Je pose l'appareil sur la table. Grandes ondes, ondes moyennes, ondes courtes. Je tourne les boutons. Londres, Berlin, Stockholm. La lampe de contrôle indique que je capte à cent pour cent. Pourtant je n'entends aucune voix. Je suis sûr que les stations émettent, j'entends nettement le bruit du vent qui entre par les fenêtres ouvertes des studios – d'une station j'entends même l'orage qui gronde. Qu'est-ce qui s'est passé dans le monde ? Où sont les gens ? Sont-ils étendus raides morts dans les studios comme dans un des innombrables films d'après la bombe ? Le silence a-t-il tout envahi ? Ont-ils piqué du nez sur leurs bureaux ? Centrales électriques, centres d'informatique, trains à pilotage automatique, stations de télé – est-ce que tout fonctionne comme d'ordinaire alors que les cadavres sont en train de se dissoudre sur les chaises ? Suis-je devenu complètement fou ? Malade imaginaire comme tant d'autres dans ce pays ? Hier j'ai croisé un vieil homme avec un singe imaginaire incrusté dans le dos. J'ai eu l'impression de le voir très nettement – c'était un orang-outan.

Je me sens infiniment triste. Fais un tour en ville. Déambule tel un revenant dans le noir. Quelqu'un vient vers moi et chante tout près de mon visage. Je hâte le pas.

J'essaie encore et encore avec la radio mais en vain. À un moment, j'entends un cheval passer au galop sur les pavés devant le studio de la BBC à Londres.

Une des stations étrangères diffuse de la musique vingt-quatre heures sur vingt-quatre. C'est un vieux disque des Beatles qui tourne en boucle. Bientôt le pick-up aura grignoté le disque et jouera l'autre face par en dessous.

J'envisage de subtiliser un petit poste de télévision. Je suis sûr que les émissions de télé se poursuivent partout dans le monde. Avec une antenne bricolée je pourrais capter différentes chaînes, mais je ne suis pas certain d'avoir envie de voir les images. On diffuse peut-être une pièce de théâtre où les comédiens sont des carcasses desséchées et des lambeaux en putréfaction. Un match de foot où les joueurs et le public sont empilés en tas décharnés. Une rencontre de boxe où les pugilistes sont des squelettes cliquetants penchés par-dessus les cordes et le public constitué de milliers de têtes de mort grimaçant de toutes leurs dents : le dernier KO définitif. Affabulation ? Les contre-images des hypnotiseurs ?

Le pire, c'est la fatigue. Je m'endors souvent devant ma table de travail. Je m'effondre et reste le visage enfoui dans mes notes. Je suis souvent obligé de m'allonger dehors dans les parcs pour me reposer un moment avant d'avoir la force de rentrer.

Parfois l'idée me vient que j'ai atterri dans un institut de ralenti où l'on s'emploie de différentes manières à réduire la vitesse vitale des gens survoltés comme moi. Un camp de concentration de luxe ou un établissement de normalisation pour diminuer le degré de conscience, où l'on dispose de diverses méthodes pour nous ramener vers une vie « normale », c'est-à-dire une vie de somnambule.

Certains jours, il me semble voir ce qui se déroule réellement ici. Hier j'ai vu un certain nombre de patients (clients ?) qui traînaient différents types de systèmes de freinage : de lourds boulets de fer attachés à leurs jambes avec d'épaisses chaînes. Des anneaux en béton. Des ancres. Ils marchaient lentement, lentement, formant une ronde dans le parc. Se peut-il que moi-même, sans le savoir, je traîne un quelconque objet qui augmente la gravitation ? Parfois, quand je tourne très rapidement la tête, il me semble apercevoir une sorte d'appareillage derrière moi. Quand j'essaie de regarder de plus près, il perd sa netteté et se transforme en fluide gazeux, une ombre qui s'évapore quand j'essaie de la toucher. Est-ce que nous traînons des poids mentaux ou des prothèses mentales qu'ils nous auraient fixées à l'aide d'hypnose ?

Il y a une chose que je pense savoir avec une certitude absolue. Les patients ici souffrent d'éléphantiasis imaginaire. Est-ce qu'on nous traite avec des contre-images ? Est-ce qu'on essaie de nous pseudo-castrer à l'aide de réalités distordues, d'antirêves, de cabinets des glaces, de décors mensongers et de salles de normalisation ?

Ils ont réussi. Ma vitesse vitale a commencé à diminuer. Tout a débuté dans les jambes. J'ai pu très nettement sentir qu'elles s'engourdissaient quand je me promenais. Pareil pour mes bras qui tout à coup pendaient mous et inertes le long de mon corps. Bientôt le syndrome du ralenti se sera répandu dans tout mon organisme. Quand cet état atteindra le cerveau, je serai comme tous les autres : un mort vivant. Une momie. Un zombie.

J'ai cessé de travailler. Je suis à sec d'images et d'idées. Ça ne m'intéresse plus du tout de fignoler mes rushes. Je relis mes vieilles notes sans comprendre de quoi ça parle : des milliers d'oiseaux en fer rouillé qui dégringolent bruyamment sur les trottoirs autour de moi, des lézards froids et tordus qui mordent les lacets de mes chaussures et que je traîne avec moi à chaque pas, des anges aux jambes de bois et aux ailes défraîchies sur des bancs publics...

Pour contrecarrer les poids autour de mes jambes, j'essaie d'adopter une démarche légère et flottante. J'ai aussi commencé à moins manger. Chaque matin devant la glace, je cherche une cicatrice d'opération chirurgicale sur mon ventre. Est-ce que je me sens gravide, maternel, féminin ? Est-ce que mes seins ont commencé à pousser ? Non. Rien ne m'est encore arrivé. *Allez, bouge-toi, Fitzo.* Pas question de s'arrêter. S'ils réussissent à t'immobiliser, t'es mort.

Il détale comme une pie blessée parmi les arbres.

29

LES PATIENTS, sont-ils à trouver seulement parmi les clients de l'hôtel ? Tous les autres citoyens, sont-ils des infirmiers ou peut-être des patients qui ont « guéri » ?

Quand je croise des femmes en ville, je plonge mes yeux dans les leurs pour essayer de déterminer à quel groupe elles appartiennent. La plupart baissent les paupières, d'autres me rendent mes regards et me sourient gentiment, ce qui fait enfler ma verge. L'état de somnambule s'est momentanément arrêté, car j'ai commencé à opposer ma volonté aux tentatives d'hypnose des médecins. J'en sais suffisamment sur les états hypnotiques pour mener les docteurs par le bout du nez. Sans bouger sur la couchette, je les entends chuchoter à mon sujet. Ils sont six aujourd'hui.

Allongé là, je me mets à penser en images. Je leur envoie la nuée la plus terrifiante de créatures chimériques qu'ait jamais produites mon cerveau. Lorsqu'un hypnotiseur hypnotise, les canaux de ses centres de volonté et de rêve sont grands ouverts. S'il tombe sur un patient pourvu d'une volonté plus forte que la sienne, il rencontrera des problèmes. Si de surcroît ce patient volontaire possède certaines connaissances en la matière, l'hypnotiseur est vraiment mal barré. Au lieu d'hypnotiser et d'agir en expéditeur, il se transforme en destinataire désemparé qui au bout d'un moment se retrouve sans volonté et l'œil vitreux devant son patient. Les psychiatres, les psychologues et les analystes ignorent tout du psychisme compliqué de l'artiste. En ce moment je vois sur ces six messieurs qu'ils sont absolument sans défense face à mes séquences de plans poétiques et bizarres. Les muscles de leur visage tressaillent, ils blêmissent, leurs joues se colorent, leurs cheveux se dressent, des gouttes de sang perlent sous leurs ongles, la sueur coule de leurs aisselles, le pouls est sur le point de s'arrêter, la respiration est irrégulière, etc. Je me relève rapidement et les regarde. Je fais des grimaces devant leurs visages au rictus figé, je leur tire les cheveux, resserre leurs cravates – je vais même jusqu'à en tirer un de sa chaise et faire quelques pas de danse avec lui dans la pièce. Il semble ne rien avoir à y redire ; le même sourire crétin s'étale sur son visage tout au long de la danse. Soudain j'aperçois quelque chose qui ressemble à une pince de dentiste dans une des armoires en verre. J'ouvre la bouche de l'hypnotiseur le plus proche, puis je me ravise. Je pourrais arracher toutes leurs foutues dents à ces couillons (j'ai lu un truc de ce genre quelque part) et les abandonner sur leurs chaises comme des octogénaires hospitalisés en longue durée, je pourrais leur raser la tête jusqu'au cuir chevelu sans qu'ils sachent qui a fait ça, je pourrais...

Au lieu de quoi je m'assieds sur une chaise parmi eux. Ils sont comme des invités en pierre. Avant de retourner m'allonger, j'extirpe leur bite. La laisse pendre hors du pantalon, puis je m'étends sur la couchette d'hypnose d'où je défais lentement leur état en laissant les images s'évanouir. Je les regarde en douce et les vois se fixer mutuellement de leurs yeux à peine réveillés, secouer la tête et subrepticement reboutonner leur braguette. Peut-être ont-ils pour la première fois de leur vie vu la beauté.

Une fois revenus complètement à eux, ils m'aperçoivent. Ils me donnent l'ordre de me réveiller et déclarent la séance terminée. Aucun ne commente ce qui s'est passé. Le plus probable est qu'ils commencent à douter de leur propre raison. Se faire prendre en flagrant délit de bite à l'air en pleine consultation doit être une expérience effroyable pour un psychiatre.

Je reste allongé un moment. Me sens requinqué et plein de vigueur.

Au cours des séances suivantes, j'y vais un peu plus en douceur. Me contente de les inonder d'images. Ils semblent de plus en plus troublés par mes traitements. Maigrissent. Arrivent pâles et peu motivés aux séances. Quant à moi, ça fait des lustres que je ne me suis pas senti aussi bien portant. La santé découle directement de la loi de la pesanteur – en tout cas en ce qui me concerne. Soudain mon corps est léger comme quand j'étais enfant, mon besoin de sommeil est minimal, je suis bourré d'idées nouvelles et de goût du travail, j'engrange des visions et des situations totalement inédites pour la planète Terre, des images qui n'ont jamais auparavant existé ici, des images que personne – peut-être même pas Dieu – n'aurait pu concevoir. Si je pouvais les capturer avec ma Bolex, l'humanité serait obligée de se trouver de tout nouveaux systèmes esthétiques, de nouvelles théories des couleurs, de nouvelles religions et philosophies.

La soi-disant loi de la pesanteur, n'est-elle que de l'esbroufe ? Un raisonnement de routine ne sortant pas des chemins battus ? Une chimère, comme tant d'autres choses sur cette terre ? Une invention des Grands Prêtres bas du cul qui veulent nous priver du plaisir de voler avec les Anges ?

Déjà quand j'étais enfant j'étais plus rapide et plus léger que tous les autres. Adolescent, j'étais obligé de refréner mon inhabituelle légèreté pour ne pas éveiller les soupçons. Je ne savais évidemment pas décoller du sol, mais j'avais tout le temps le sentiment que le stade suivant de mon développement serait le don de flotter dans l'air. Je ne m'intéressais à aucune discipline d'athlétisme. Pourtant il m'arrivait de me rendre au terrain de sport de temps à autre pour regarder l'entraînement. Subitement je quittais le public et me précipitais sur le terrain en chapeau, costume et pardessus. En m'approchant de la barre du saut en hauteur, je poussais un hurlement et franchissais facilement les un mètre quatre-vingt-dix, continuais sur ma lancée et disparaissais par les portes. Les spectateurs étaient debout, bouche bée. Je le refaisais deux, trois fois par saison, toujours quand ils s'en doutaient le moins. Pour finir, ils se sont fâchés et m'ont interdit l'entrée. Ils trouvaient que c'était immoral et indécent que moi, qui ne m'entraînais jamais, je puisse voler sans problème à une hauteur que personne d'autre n'arrivait à franchir. Ils n'appréciaient pas non plus ma tenue pour sauter. Chapeau ? L'enfoiré saute avec un chapeau ? Il faut lui interdire l'accès, à ce fumier, il va démoraliser tout le club s'il continue.

C'est pareil pour mon art. Je n'ai aucune école derrière moi, pas d'études, pas d'académie du cinéma, pas d'entraînement spécial. Et pourtant je franchis sans problème la barre du film avec une marge colossale. En gardant mon chapeau.

30

JE ME SUIS remis à rêver de femmes. Les séances d'hypnose m'ont manifestement rendu la force non seulement physique mais aussi psychique. Cette nouvelle force de l'âme est peut-être à l'origine de ce qui m'est arrivé aujourd'hui. Au crépuscule, je suis sorti faire ma petite promenade habituelle dans un des parcs de la ville. Soudain j'ai entendu des pas de course derrière moi. Quelqu'un a sauté et s'est agrippé à mon dos les jambes écartées, en plaquant les mains sur mes yeux. Je n'ai pas bougé. J'ai attendu la suite. Plus rien ne me surprend dans ce pays de folie, plus rien ne peut ébranler mon calme.

– Prenez à droite, Fitzenstrahl. Suivez le sentier entre les arbres.

Une voix de femme. Résolue. Énergique. Une voix militaire.

– Qu'est-ce qui vous prend, nom de Dieu ? Comment ça, prendre à droite ? Descendez immédiatement avant que je vous jette par terre ! je lui crie.

– Faites ce qu'elle dit, Fitzenstrahl. Nous sommes six derrière vous. Vous n'avez aucune chance.

– Puis-je demander de quoi il s'agit ?

– Vous le saurez en temps voulu.

Des voix claires de femme, pouffant de rire. De petits rires nerveux. Une des femmes prend ma main et me guide dans le noir.

– Enlevez vos mains de mon visage. Et pour l'amour de Dieu, descendez de mon dos !

– Vous promettez de ne pas faire d'histoires ?

– Je promets.

Elle descend. Me prend par l'autre main.

– On entre ici, Fitzenstrahl.

Elles me font entrer par une haute porte dans une pièce aux volets fermés et rideaux tirés.

– Auriez-vous la gentillesse de dire de quoi il retourne ?

– Asseyez-vous, Fitzenstrahl. On a une proposition à vous faire.

Six femmes autour d'une grande table. Un homme. Moi. Une des femmes sert de porte-parole aux autres. Elle est manifestement une sorte de présidente.

– On peut vous apporter le salut, Fitzenstrahl. On est en mesure de vous éviter tout ça.

– Éviter quoi ?

– Vous savez ce qui se passe ici, n'est-ce pas ?

– Il se passe pas mal de choses à ce que je vois.

– Personne ne sait vraiment avec certitude ce qu'ils sont en train de fabriquer. Les documents de la direction sont secrets. On vit dans une sorte de dictature et dans les dictatures la population est sans cesse menée en bateau. Ils utilisent tous les accessoires classiques d'oppression plus la magie noire, les hologrammes et les drogues. Mais avant tout, ils utilisent le mensonge.

– Comment puis-je savoir que vous dites la vérité ?

– Est-ce qu'on a l'air de menteuses, monsieur Fitzenstrahl ?

Je regarde autour de moi. Ces dames pourraient être des membres d'un cercle de couture ou d'un club féminin. Toutes semblent avoir la trentaine. De belles femmes matures, des mères épanouies par l'enfantement et l'allaitement. Il fait une chaleur épouvantable dans la pièce.

– Est-ce que vous avez hâte de vivre le bonheur de la maternité, Fitzenstrahl ?

– Pour l'amour de Dieu, ne me mêlez pas à ce délire-là.

– Vous y êtes déjà mêlé. Vous avez été sélectionné puisque vous êtes artiste. Et vous n'y échapperez pas. À moins de collaborer avec nous.

– De quelle façon voulez-vous que je collabore ?

– Nos hommes, comme la plupart des hommes de la ville, se sont portés volontaires pour le Mouvement de Maternité. Dans quelques années, les femmes de ce pays seront superflues. Nous n'aurons pas de maris et donc pas d'enfants non plus. Est-ce que vous comprenez où nous voulons en venir ?

– Je crois que je comprends.

– J'espère que vous ne me comprenez pas de travers.

– Ça ne peut pas être plus clair.

– Je voudrais donc vous demander franchement : êtes-vous disposé à aider les membres du club féminin à tomber enceintes ?

– Hum, je...

– Vous n'avez en aucun cas à vous sentir obligé. Ce n'est qu'une proposition, naturellement. Vous ne les trouvez pas repoussantes au moins, ces dames ?

– Au contraire. Je les trouve ravissantes. Je me sens flatté.

Les femmes autour de la table rougissent. Je trouve qu'elles fleurent vaguement le lait. Je sens qu'elles m'étudient en cachette pendant que je parle avec la présidente. Aucune n'ose me regarder dans les yeux.

– On va vous tenir caché ici jusqu'à la fin de votre mission. Quand tout sera terminé, on vous aidera à quitter le pays.

– Votre club compte combien de membres ?

– Cent trente.

– Cent trente ! Ça prendra des années ! À moins que vous n'envisagiez l'insémination artificielle.

– C'est totalement exclu. On n'y croit pas. On la trouve immorale aussi.

La présidente sert à boire. Les mains de ces dames tremblent quand elles lèvent leur verre. Plusieurs sont très pâles maintenant.

– Auriez-vous l'amabilité de nous répondre, mister Fitzenstrahl ?

Silence de mort dans la pièce. Six paires de seins à l'écoute lactée sont tournées vers moi telles d'énormes oreilles électroniques de l'espace. Des cuisses lisses et arrondies se tendent fermement et spasmodiquement contre les chaises sous la table. La petite ménagère à côté de moi soulève nerveusement son derrière.

– Je me sens honoré, évidemment. Mais votre proposition me prend au dépourvu. Me donnerez-vous quelques jours de réflexion ?

– Vous êtes le seul homme entier qui reste encore dans ce pays. Vous êtes notre dernière chance. On connaît votre passé. Vous ne prétendez tout de même pas avoir des scrupules d'ordre moral ? Tout se passera évidemment dans la plus grande correction. Aucune de nous n'exige votre tendresse. Vous n'avez pas non plus à vous soucier de notre satisfaction sexuelle. L'intervention peut se dérouler en quelques secondes si tel est votre souhait.

Fitzenstrahl se relève. Il promet de revenir dans une semaine. Les femmes forment un cercle autour de lui. Pressent leurs seins contre lui. Il pense à la fête des Mères.

– Pardon, je...

Elles prennent un air menaçant. La pièce fleure encore plus fort le lait. L'idée me traverse qu'elles peuvent se mettre à meugler à tout moment.

– Vous êtes intéressé, Fitzenstrahl.

– Absolument pas.

– Mais si, vous l'êtes.

– Je m'en vais maintenant, mesdames.

– Vous restez ! dit la présidente.

– Vous avez l'intention de me forcer ?

– Nous avons l'intention de vous convaincre. De vous persuader.

– Et si je résiste ?

– Vous êtes seul. Nous sommes six. De plus, j'ai ceci.

Elle sort un petit revolver nacré de son sac.

– Et vos maris ?

– Les maris doivent à tout prix être tenus à l'écart de ça.

– Malheureusement, je ne peux pas accepter la mission, mesdames. La réponse est non.

Deux se mettent à pleurer à chaudes larmes. Les autres ont la poitrine secouée de spasmes. Pour finir toutes les cinq chialent comme des mômes. Toutes sauf la présidente.

– Calmez-vous bordel de merde, je leur crie.

Elles se taisent. S'essuient les yeux.

– La rumeur court aussi que vous seriez choisi pour féconder tous les hommes-utérus, Fitzenstrahl, dit la présidente.

Je sens mon visage devenir exsangue. Un visage de calcaire. D'épouvante. Je remonte les jambes de mon pantalon. Mes pieds sont rouge sang.

– Et ça se ferait comment, cette connerie ?

– À votre avis ? C'est une pensée désagréable pour un homme comme vous, n'est-ce pas ?

Je suis sur le point de tourner de l'œil d'affolement. Les sueurs froides m'inondent.

– Votre véritable nom, c'est Nick Nord, pas vrai ?

– Mon véritable nom est Picar Esque.

– Please, mister Fitzenstrahl, dit la petite femme qui était assise à côté de moi tout à l'heure.

– Vous le ferez, n'est-ce pas ? dit une autre. Vous êtes obligé de le faire, d'ailleurs. Vous n'avez pas le choix.

Comme d'habitude, il me semble voir à travers elles, j'ai l'impression qu'elles m'entourent telles d'énormes armoires vitrées, des aquariums, ou des horloges de parquet, des comtoises en cristal aux formes généreuses renfermant des fleurs rouges artificielles et des méduses qui se désintègrent lentement, leurs voix sortent des profondeurs sous-marines lointaines, la pièce fond et perd ses contours, les murs s'affaissent dans un gémissement...

– Fitzenstrahl !

– Répondez, Fitzenstrahl !

– Un homme ne peut pas faire des enfants sous la contrainte. C'est physiologiquement impossible, je gémis.

– Nick Nord le peut.

– Je ne suis pas Nick Nord.

– Déshabillez-le !

La présidente me tient en respect avec le revolver. Les autres commencent à défaire mes boutons. Baissent mon pantalon et enlèvent ma chemise et mon débardeur.

– Enlevez-lui son slip aussi. Ne soyez pas timides ! Il aime ça, je vois bien qu'il aime ça !

Nu et effrayé. Ma bite, une minuscule patate nouvelle toute molle. Les femmes la fixent.

– Qu'est-ce que vous avez ? Vous n'êtes pas en bonne santé ? dit la présidente.

– Je vais très bien.

– Et vous appelez ça comment ? dit-elle, et elle indique mon petit ver de terre flasque.

– Le moment est mal choisi. Ma verge ne supporte pas d'être exhibée.

– Ils ont peut-être commencé son traitement à l'hôpital, dit une des femmes. C'est peut-être déjà trop tard.

– Il bandait tout à l'heure.

– Et comment avez-vous imaginé le déroulement ? je demande.

– Vous savez tout de même comment on fait des enfants ?

– Naturellement.

– Faites comme d'habitude. À moins que vous ayez besoin d'aide médicale. Elle m'a vraiment l'air lamentable, votre petite limace.

– Vous voulez dire que tout ça se passera ici ? De façon collective ?

– Bien entendu.

– Ça ne fonctionnera pas.

– Apparemment non. Comment aviez-vous imaginé la chose ?

– Une à la fois. En privé.

– Ce serait vicieux. Orgies et dépravation. On ne peut pas souscrire à cela, Fitzenstrahl. Les fécondations doivent avoir lieu sans le moindre désir sexuel de la part des femmes. Il doit y avoir au moins deux témoins.

– Ça ne marchera jamais. Je suis beaucoup trop sensible pour ça.

Les femmes chuchotent entre elles un moment. Hochent la tête et semblent d'accord.

– Une de nous vient avec vous dans la chambre là-bas. Vous la déshabillez. Dès que vous vous estimez en état de réaliser la fécondation, vous renvoyez la femme. Vous laissez la porte entrouverte et vous sortez votre verge. On s'occupe du reste.

– Et si quelqu'un s'appuie contre la porte sans le faire exprès ? Qu'est-ce qui va m'arriver alors à votre avis ? Ou si quelqu'un ouvre une fenêtre et qu'il y a un courant d'air dans la maison qui fait claquer la porte ?

– Ça ne prendra qu'un instant. Vous n'avez qu'à la planter.

– Planter ! Planter quoi ? Je n'ai rien qui vaille pour ça.

Elles regardent de nouveau entre mes jambes. Ma bite ressemble à un ver de terre sur un hameçon qui a traîné dans l'eau depuis des jours. Elle est blanche, blafarde et inerte.

– Vous êtes sûres que c'est cette calamité-là sur la photo que Cannes vous a envoyée ? crie la présidente aux autres femmes.

Elles chuchotent de nouveau. Elles ont un air déçu.

– On a décidé d'attendre demain. Vous semblez incapable de réussir aujourd'hui.

– Je ne me sens pas vraiment en forme.

– Entrez dans la chambre. Et n'essayez pas de tenter quoi que ce soit. On a une garde devant la porte et de plus j'ai ceci.

Elle agite le revolver sous mon nez.

Les cinq femmes infécondées s'en vont, l'air penaud. Je m'allonge sur le lit. J'épie un bruit de caméra qui tourne. Mais ici il n'y a pas de miroirs, pas de niches, il n'y a rien. Ceci est du sérieux, Fitzo. On t'offre l'occasion de besogner toute une association de femmes et toi, t'es ramollo de la bite comme un vieux schnock. Un rêve pour n'importe quel homme, pouvoir féconder de si merveilleuses femmes, un rêve de harem. Peut-être est-ce un rêve ? Tout est confus et onirique dans ce pays. Ou dans mon esprit. Parfois je me mets en tête que je me trouve plongé dans un de mes propres films. Que je me suis trop engagé dans mon travail et que d'une étrange façon j'ai été aspiré par l'objectif de la caméra pour disparaître dans le noir. Peut-être me suis-je fondu dans la pellicule et me retrouve aplati et replié parmi toutes les doubles expositions pendant que la vie me propulse et me fait tournoyer dans un chaos éternel et...

– Comment ça se passe pour vous, monsieur Fitzenstrahl ?

La présidente. Elle est peut-être une sorte d'administratrice. Est-ce qu'elle me guette par le trou de la serrure ?

– Très bien, merci. Je me repose.

– Vous aviez l'air d'en avoir besoin.

– Désolé, c'est malgré moi. Juste une faiblesse passagère.

– Passagère ? Il m'a pourtant semblé que c'était une faiblesse du genre prolongé. Vous avez peut-être mangé votre pain blanc, monsieur Fitzenstrahl.

Salope. Apparemment elle aime bien retourner le couteau dans la plaie.

– Ça vous arrive souvent d'être impuissant ?

– Pas très souvent. C'était probablement dû à la timidité. Les foules me rendent toujours nerveux.

– Je vais vous préparer quelque chose de fortifiant pour le dîner. Que dites-vous d'un bon steak bien saignant avec des asperges ?

– Ça me semble bien.

Une pièce dépourvue de fenêtre. On dirait un caveau. Et je suis là, glacial, embaumé et exsangue. Cette bonne femme a sûrement dépassé la quarantaine. Elle est grande et impressionnante. Pas mal foutue, en fait. De belles jambes et une paire de globes tendus qui pointent sous une sorte de veste d'uniforme. Elle a quelque chose d'un cheval, quelque chose d'anglais qui me fait penser à la chasse au renard. Elle a l'air de pouvoir sauter des haies tout en se frayant un chemin parmi les branches et en lançant des hennissements à la meute de chiens derrière elle. A-t-elle l'intention, elle aussi, de se faire féconder ? Probablement pas. Elle se contente de la présidence et du pouvoir. Aimerais-tu la baiser, Fitzo ? Naturellement. J'ai toujours eu un faible pour les femmes de grande taille. Celle-ci trimballe un cul dur et musclé sous sa jupe. Elle marche sans doute beaucoup dans les montagnes proches. Remonte à la nage, comme une forcenée, les ruisseaux et leurs vingt centimètres de profondeur.

– Voulez-vous un apéritif ? fait-elle derrière la porte avec sa voix de commandant.

– Merci, avec plaisir.

Je tire rapidement une couverture sur moi, car le fait de fantasmer sur elle m'a donné une splendide érection.

– Puis-je entrer ?

– Je vous en prie.

Elle pose le verre sur la table sans même me regarder.

– Vous pouvez vous rhabiller en attendant. Le repas sera prêt dans dix minutes.

– Est-ce que vous allez participer à... est-ce que vous souhaitez tomber enceinte vous-même, Mrs ?

– Je m'appelle Mrs Mare. Je ne vais pas participer personnellement.

– Pourquoi pas ?

– Cela ne vous regarde pas.

– Vous me décevez, Mrs Mare.

– Vraiment ?

Elle claque la porte derrière elle.

Le souper est servi dans la petite salle à manger. Je suis assis en face de Mrs Mare, rhabillé et décent. On mange en silence.

– Est-ce que vous avez déjà vécu le bonheur de la maternité, Mrs Mare ?

– J'ai deux enfants.

– Vous devriez en avoir d'autres.

– Je n'ai pas l'intention de discuter de cela avec vous, monsieur Fitzenstrahl.

– Je ne vais jamais réussir à mener à bien ce que vous exigez de moi, Mrs Mare. Je me sens affaibli et misérable.

– Vous avez besoin de prendre du repos. On n'est pas pressés.

– Un peu plus de vin, Mrs Mare ?

– Volontiers, merci.

– Vous pourriez aider vos sœurs, Mrs Mare. Vous êtes très belle. Très attirante. Je me sens moins affaibli en votre compagnie.

– Un peu plus d'asperges ?

– *Please.*

– Vous avez une silhouette magnifique, Mrs Mare. Vous devriez en montrer davantage au monde.

– Ne vous mêlez pas de ma façon de m'habiller.

– On ne doit jamais enfermer la beauté. Cacher la beauté est un acte peu démocratique, Mrs Mare. Dans votre cas, c'est aussi un acte peu solidaire.

– Je ne comprends pas ce que vous voulez dire.

– Plus je vous vois, plus je sens mes forces revenir. Juste là...

– Je n'ai aucune envie de savoir ce que vous ressentez, monsieur Fitzenstrahl.

– Vous devriez. Vous êtes la présidente, ce qui signifie que vous avez une responsabilité à mon égard. Et aussi pour que je puisse faire ce que vous me demandez.

– Il y a de la glace pour le dessert. Vous en voulez ?

– J'adore la glace. J'adore tout ce que vous me servez.

Elle semble fâchée. Patience, Fitzo, patience. Oh, les femmes mûres ! Mrs Mare n'est pas seulement mûre – elle est à point. Sa chair juteuse et rebondie scintille. Une énorme pomme qui a mûri lentement dans la pluie tiède et qui commence maintenant à se fissurer dans l'ombre de septembre.

– Je crois que je suis en train de tomber amoureux de vous, Mrs Mare.

– Assez de ces sottises ! Je ne veux plus rien entendre !

Elle rejette sa serviette et se précipite dans la cuisine. Je me lève et vais la rejoindre. Elle se montre un peu irritée, ce qui est généralement un signe de faiblesse.

– Je vous en prie, ne m'en voulez pas. Vous m'attirez. Je n'y peux rien. Est-ce que vous avez déjà oublié qu'il y a à peine quelques heures, je n'étais bon à rien ?

Je lui caresse les cheveux. Elle écarte tout de suite ma main.

– Laissez-moi tranquille, s'il vous plaît. Si vous vous approchez davantage, j'appelle la garde.

– Votre comportement, Mrs Mare, est complètement illogique et irrationnel. Hystérique.

Je retourne m'asseoir à table. *Bitch.*

– Vous voulez du café ?

Je ne réponds pas. Les Fitzenstrahl sont très susceptibles.

– Un cognac avec votre café ?

– Faites comme bon vous semble.

Elle a l'air contrite en arrivant avec le café. Je la regarde de haut. Un homme a beaucoup à apprendre en observant les pariades et les danses des oiseaux et des insectes.

– Tout à l'heure, vous m'avez offensé et engueulé parce que j'étais impuissant. Et maintenant vous devenez hystérique parce que je commence à être érotiquement rétabli. Décidez-vous enfin, Mrs Mare.

– Nous pouvons discuter de cela demain en présence des membres du club.

– C'est vous qui m'intéressez, Mrs Mare. Pas les membres du club. Et ce qui m'intéresse particulièrement, c'est de savoir à quel point je suis rétabli. Y a-t-il un tourne-disque dans cette maison ?

– Vous savez très bien que nous n'avons rien de tel dans ce pays.

– On peut danser sans musique.

– Danser ? Je n'ai pas l'intention de danser avec vous !

– La danse est la mère de l'érotisme. Tout au long de l'histoire mondiale, dans toutes les cultures, la danse a...

– Non, j'ai dit non !

– Vos sœurs vont être déçues quand je leur dirai que vous vous êtes totalement désintéressée de mon rétablissement. Une présidente se doit d'être audacieuse et sans préjugés. De se sacrifier pour le bien de toutes en faisant abstraction de ses propres points de vue étroits et égoïstes. Je vais leur proposer de désigner une présidente qui fera mieux l'affaire que vous.

J'ai mis dans le mille. En plein dedans. Elle pâlit légèrement. Sirote nerveusement son cognac. Cherche une cigarette. Je lui en offre une avec un petit sourire.

– Naturellement, je n'ai aucune intention d'user de familiarités avec vous, Mrs Mare. Il vous faut considérer ma proposition comme une sorte de mesure de contrôle. On danse ?

Elle reste immobile sur sa chaise mais se lève quand je lui prends le bras.

– Vous chantez, Mrs Mare ?

– Non. Surtout pas.

– Alors on va imaginer la musique. Pensez à Tango Jalousie. Un-deux-trois-quatre/Un-deux-trois-quatre.

Mon bras entoure sa puissante taille de Vénus. Mon Dieu, Fitzo. Et les seins. Qui me font penser à un certain voyage en ballon au-dessus de la belle ville de Cannes. J'ai toujours raffolé de femmes volontaires. Des femmes expérimentées avec des enfants, des femmes qui ont prouvé qu'elles fonctionnent. Des femmes juments qui traversent tranquillement les steppes. Le petit tango de Jacob Gade est excellent pour ce type de contrôle d'érection, je m'en rends compte. Je garde mon cul éloigné. Fais de longs pas argentins. Jette la jambe droite et pivote. La bonne femme ne pipe pas. Elle danse sous résistance, pourrait-on dire. En pensant au bien du club. Et au devoir de la présidente de montrer l'exemple. Peut-être pense-t-elle à un autre président et à sa courageuse traversée du fleuve ?

– Est-ce qu'on peut s'asseoir maintenant, monsieur Fitzenstrahl ?

– Il faut continuer encore un petit moment. Il ne s'est rien passé qui vaille encore.

On poursuit, dans la décence et le sérieux. Ses seins sont serrés contre moi comme d'immenses tampons encreurs bleus. Les porte-jarretelles glissent contre l'intérieur de ma cuisse quand je l'incline en arrière et la tourne sur le côté.

– Ça ne marche pas, Mrs Mare. Ça ne fonctionne tout simplement pas. Vos vêtements sont beaucoup trop épais. La cheviotte neutralise et tue toutes les sensations. Oserais-je vous proposer d'enlever la veste de votre tailleur ?

– Est-ce vraiment nécessaire ?

– Absolument nécessaire si on veut que ce test serve à quelque chose.

Elle pose sa veste sur une chaise. Merveilleux, merveilleux. Profitant de ce qu'elle me tourne le dos, je baisse la fermeture éclair de mon pantalon et sors la queue. Terrible, Fitzenstrahl, terrible. Presque inquiétant. Effrayant. Qu'en dites-vous Mrs Mare ?

– Mais qu'est-ce que vous faites là, monsieur Fitzenstrahl ?

– Un simple petit contrôle, Mrs Mao, hum, Mare.

Penché en avant, j'examine mon érection d'une mine critique. Secoue la tête.

– Ça ne fera pas l'affaire. On est loin du compte.

Elle est blême. Pose son regard de serpent sur la tête luisante et harmonieuse de ma bite. Je range prestement l'engin et m'incline devant elle.

– Continuons à danser.

Elle semble presque en état de choc. Au bord de l'évanouissement.

– Qu'est-ce que vous avez, Mrs Mare ? Tout à l'heure vous avez aidé les autres à me baisser le pantalon et à présent vous réagissez comme une écolière. Pourquoi ?

Elle ne répond pas. Elle est suspendue, flasque et inanimée, par les fils minces du tango. Je lui fais sentir où j'en suis maintenant. Toutes les quatre mesures, j'appuie ma queue contre ses cuisses. Elle halète dans mon oreille.

– On ne peut pas continuer ainsi ! je crie subitement. Vous me contrariez tout le temps !

– Je n'y peux rien. Je ne m'attendais pas à ce que...

– La bonne volonté fait partie des devoirs d'une présidente. Une attitude saine vis-à-vis des compromis et de la diplomatie. Si ces simples exigences sont trop pour vous, je ne vois pas ce que vous faites à ce poste clé. Enlevez tout de suite cette jupe épaisse, qu'on puisse démarrer la danse pour de vrai !

– Vous ne pouvez pas exiger ça de moi, monsieur Fitzenstrahl.

– Comme vous voulez.

Je quitte la pièce en secouant la tête. Me jette sur le lit dans la chambre et attends. Crie en direction de la porte :

– Vous avez échoué dans votre mission. Nous n'avons plus rien à nous dire !

Cinq minutes. Dix.

Elle frappe doucement à la porte.

– Qu'est-ce qu'il y a encore ? je gueule, irrité.

– J'ai décidé de collaborer avec vous. J'ai enlevé ma jupe.

– Entrez me montrer ça !

La voix de Fitzenstrahl est grincheuse et impatiente. Quand elle entre dans la chambre, il affiche un grand sourire amical. Les années vingt étaient une décennie raffinée. De la lingerie en soie avec de petites dentelles. Des porte-jarretelles d'un rouge diabolique serrent les cuisses satinées comme la corde d'un arc. Les chaussures, deux sculptures vernies. Des objets de collection pour celui qui aime ça. Pour ma part, je préfère collectionner d'autres choses. Par exemple une bonne touffe de poils du mont de Vénus extraordinaire de Mrs Mare qui se dresse tel un tertre herbeux dans le paysage, une colline parfaite pour un belvédère ou un temple – peut-être carrément pour une église. Et les cuisses, Fitzo, les cuisses. Sveltes et appétissantes, mais solides surtout. Mieux vaut se méfier de telles cuisses. Si elle réussissait à me les mettre en ciseaux autour du cou, elle m'étoufferait en trente secondes. Ou j'aurais tout bonnement la tête sectionnée.

Fitzenstrahl lève la main. Les gestes papaux ont un effet calmant.

– Approchez, Mrs Mare.

Elle fait deux petits pas vers moi. Sa chatte froufroutante me fait penser à du gui sombre et menaçant rampant sur un tilleul, un parasite qui lentement vide l'arbre de sa force jusqu'à ce qu'un jour l'ensemble explose dans une pluie de brins et de branches.

– Je me félicite de votre décision de collaborer.

– Jusqu'à un certain point, cela va de soi.

D'un bond, je me lève du lit. Enlève ma chemise et mon pantalon. Me plante devant elle en slip.

– Vous aussi, vous vous déshabillez ?

– Évidemment, Mrs Mare. J'ai pris vos sœurs en pitié et j'ai décidé de vous aider de mon mieux. Allez, dansons encore.

Nous voilà lancés. Ses seins sont lourds comme des ballons de foot en fer. Les bas scintillent de la salive luisante des bombyx. La petite culotte est presque transparente.

– Est-ce que vous connaissez le tango *Adiós Muchachos* ?

– Je crois.

– C'est ce qu'on va danser maintenant. Immédiatement suivi de *Malagueña* et *Olé Guapa.*

Elle est chaude. À la faible lumière des lampes, elle dégage de la vapeur. Pour ma part, je pète la forme et je tiens une condition physique grandiose après avoir traîné Fräulein Herrlichhausen soir après soir. Qu'est-ce que tu fais maintenant, Fräulein ? Est-ce que tu regrettes nos jeux déchaînés sous le tissu argenté ? Qu'est-ce que tu penses de ma belle Walkyrie en sueur ici ? Qui commence à aimer le tango, d'après ce que je vois. Elle danse les yeux fermés et la taille gondolante, sans protester quand ma queue frotte sa délicieuse petite culotte en dentelle. Ma queue est sortie toute seule du slip, comme si elle obéissait à un ordre, et brille entre nous de toute sa splendeur. Allez, continuez à fermer les yeux, Mrs Mare. Les yeux fermés ont toujours été la meilleure arme de l'humanité lorsque les désagréments commencent à lui monter tout autour. La méthode de l'autruche est notre meilleure philosophie quand nous ne voulons pas prendre nos responsabilités. Les culottes des années vingt avaient de larges échancrures. Elles étaient aérées et saines. Comme les bas. C'était autre chose que ces foutues ceintures de chasteté qui rendent fous les jeunes hommes de notre époque. Maintenant, mon amie, je vais te montrer un pas que j'ai inventé moi-même. *THE FABULOUS BLONDINO'S FAMOUS SIDE STEP*. Qui consiste à arriver dans une glissade latérale et à laisser ma bite se faufiler dans la large culotte sans que personne ne se rende compte de rien.

Elle a les yeux fermés quand tout doucement je réalise mon side step et campe ma queue contre son buisson de roses chaud et fumant. En fait, on ne danse plus, on ne bouge plus.

Mes mains sont plaquées telles de grosses griffes de crocodile sur son cul béton, on se tortille comme des pieuvres l'un contre l'autre. Tout à coup, elle retrouve ses esprits et me regarde, les yeux écarquillés.

– Je vous en prie, arrêtez.

– Comme vous voulez.

Je fais un pas en arrière et la regarde. Le devant de sa petite culotte est trempé. Elle halète et tremble et se rue subitement dans la chambre en claquant la porte derrière elle. Je la suis à pas de loup. Frappe doucement à la porte.

– Mrs Mare ?

Elle ne répond pas.

– Est-ce que je peux entrer, Mrs Mare ?

Toujours pas de réponse. J'ouvre avec précaution. Elle est allongée sur le lit, on la dirait évanouie, l'oreiller sur la figure. Je m'assieds à côté d'elle.

– On a réussi bien au-delà de nos espérances, Mrs Mare. Je suis très satisfait de vous. Et reconnaissant. Je suis sûr qu'on va pouvoir commencer le traitement de vos membres dès demain. Vous n'avez pas changé d'avis par hasard ? C'est avec plaisir que je commencerais avec vous dès ce soir. Ça pourrait être une sorte d'inauguration de la chose. Vous l'avez sans doute remarqué, je suis en grande forme. Qui sait comment je me sentirai demain ? Je serai peut-être retourné au stade lombric. Pourquoi ne pas en profiter tant que je fonctionne ? C'est peut-être la dernière chance d'être enceinte dans ce pays.

– Ça ne serait pas correct vis-à-vis des autres.

– Vous devriez penser un peu à vous-même aussi.

– Ce serait immoral de le faire sans témoin.

– Je peux faire office de témoin, si vous voulez.

– Vous ? Mais c'est n'importe quoi !

– Et vous. On serait nos propres témoins.

Elle soupire derrière l'oreiller. Elle n'a pas eu une goutte de sang dans le cerveau depuis une heure. Son sang est ailleurs. Battant et bouillonnant, il envoie des signaux au système glandulaire et à la musculature dans la chatte cintrée, détrempée et ronronnante qui juste là fait penser à la vessie d'un antique ballon de foot. Ça me démange de lui arracher la culotte et d'y planter les dents pour sentir l'air suinter au coin de ma bouche. Doucement, Fitzo. T'emballe pas. Laisse ta voix couler sur elle comme du miel.

– Vous allez tomber enceinte immédiatement. J'ai été particulièrement abstinent ces derniers temps.

– Vous croyez ?

– Je sais.

– Dans ce cas, il faut que ça se passe selon les convenances.

– C'est-à-dire ?

– Ça ne doit pas comporter le moindre désir ou plaisir. Je veux être sûre que vous vous comporterez correctement.

– Naturellement.

– Vous resterez de votre côté de la porte.

– Vous voulez qu'on utilise la technique de l'entrebâillement ?

– C'est ce qu'on avait décidé.

– Je ne pense pas que ça va marcher, Mrs Mare.

– Laissez-moi juger de cela, monsieur Fitzenstrahl.

– Je ne comprends simplement pas comment...

Elle a toujours le visage caché derrière l'oreiller. En parlant, j'enlève furtivement mon slip.

– Vous pointez simplement votre... vous pointez... par l'entrebâillement et vous ne bougez pas. Je m'occupe du reste. Vous ne devez pas me regarder ni me toucher. Un coït est hors de question. Nos corps ne doivent pas se trouver dans la même pièce lors de l'intervention. Vous devez comprendre que vous ne m'intéressez pas le moins du monde en tant que partenaire sexuel. La fécondation doit avoir lieu en toute innocence.

– Je suis prêt, Mrs Mare.

Elle enlève d'un coup sec l'oreiller de son visage. Je suis devant elle, la bite dressée. Le gland est tellement lisse qu'on peut s'y mirer.

– Qu'en dites-vous, Mrs Mare ? Tout semble s'arranger, n'est-ce pas ?

Elle ne répond pas. Elle saute hors du lit, les seins ballottants et passe dans l'autre pièce. Je m'approche de la porte et attends. Elle trafique quelque chose de l'autre côté. Elle plante des clous ? Pourquoi ?

– Êtes-vous prêt, monsieur Fitzenstrahl ?

– Quand vous voulez.

Elle ouvre doucement la porte. Se contente d'une fente de dix centimètres. Elle a cloué du tissu au chambranle, en haut et en bas, pour que je ne puisse pas la voir. J'en écarte un petit pan. Ce que je vois me fait presque éclater de rire. Elle a l'air complètement folle. La bouche tordue, les cheveux en bataille, ses yeux de cheval ne montrent que du blanc. Elle est un cheval nu dans la lumière écorchée et hennissante, un beau cheval fessu avec des seins ronds et clignotants, une jument avec deux petits enfants dont les huit sabots pointent de sous la couverture chez elle dans son appartement.

– Dépêchez-vous maintenant, crie-t-elle.

Je lui tends la bite mais la retire aussitôt.

Elle a l'air estomaquée. Fixe le trou dans le tissu où à l'instant elle voyait un bon bout de viande. Dont elle voit probablement encore les contours.

– Qu'est-ce que vous faites, monsieur Fitzenstrahl ! hurle-t-elle.

– Ça ne marche pas. Elle flanche déjà.

Mensonge, Fitzo, mensonge. Et stratégie.

– Je suis sûre que ça ira quand même.

– Impossible, Mrs Mare, impossible.

– Crétin !

– Je regrette. Vous avez échoué. Vous avez fait trop d'histoires avec vos portes et vos initiatives anti-érection.

– Vous ne voulez pas essayer encore une fois ? S'il vous plaît ?

– Il y a peut-être une possibilité, Mrs Mare. On va danser à nouveau.

Elle ne répond pas. J'entends qu'elle se rhabille.

– Sans vêtements, Mrs Mare.

– Sans vêtements ? Jamais !

– Dans ce cas, il me faut vous remercier pour aujourd'hui.

– Non, attendez.

Je la rejoins. Elle a enfilé sa petite culotte.

– Enlevez-la, Mrs Mare.

– Je ne peux pas le faire.

Je m'approche d'elle et baisse sa culotte. Je pose le pied dessus et la fait glisser le long de ses jambes.

– Vous pouvez danser les yeux fermés. Faire semblant d'être habillée.

J'envoie balader sa culotte avec le pied. Elle atterrit sur la poignée de porte. Tu fermes déjà les yeux, Mrs Mare, et tu me laisses t'entourer de mon bras. Nous avons très exactement la longueur d'une bite entre nous, je sens ses petits poils de chatte me chatouiller le gland. On peut même voir comme ils s'y reflètent.

– Connaissez-vous le Tango Illusion, Mrs Mare ?

– Je n'en sais rien, je n'en sais rien.

– Voulez-vous que je vous l'apprenne avant qu'on commence ?

Elle ne répond pas. Elle est accrochée à mes bras et fait de grandes enjambées à travers la pièce.

– Vos pas sont vachement trop grands, Mrs Mare. Essayez plutôt d'avancer sur la pointe des pieds.

Je la fais tournoyer, tournoyer, je me penche sur elle et fixe ses énormes seins ballottants. Tango Illusion est réellement une mélodie parfaite pour ce pays. Il devrait servir d'hymne national. Si, comme on dit, tout n'est qu'illusion et philosophes rêveurs et papillonnants, alors pourquoi pas traverser la réalité imaginaire en baisant, la réduire en miettes en forniquant avant qu'elle n'éclate comme une bulle de savon ?

Vous restez comme du bétail à attendre cette foutue bombe sans lever le petit doigt. Attendre de se faire empoisonner par les chimistes est une chose, mais se laisser empoisonner en même temps par l'ennui est impardonnable. Vous n'avez qu'à regarder Éric F. von Fitzenstrahl en cet instant sacré et vous verrez un homme totalement heureux. Ses jambes poilues et serpentantes virevoltent à un bout de la pièce, et la seconde après vont faire un tour dans la cuisine, puis il décoche un coup de pied avec la jambe droite et brise une énorme pièce en porcelaine posée sur un piédestal. Il ne s'en rend pas compte. Sa partenaire non plus ne semble pas s'en rendre compte, tout occupée qu'elle est par les mystères de la danse. Je suis un homme à cheval. J'ai toujours adoré les chevaux. Dans certaines cultures primitives, il est fréquent que des hommes célibataires utilisent de jeunes juments comme partenaires sexuelles. Les cavaliers de Gengis Khan étaient des hommes pratiques. Quand ils sentaient l'envie de baiser les démanger au cours des longues chevauchées, ils se laissaient doucement glisser en arrière sur le dos ondulant de la monture et la fourraient au vol. Des sortes de centaures contraires.

À présent je la soulève haut dans l'air. Elle halète et gigote. Je la descends doucement sur ma bite, sens ses lèvres gluantes se refermer sur la moitié du gland tels des boutons de pivoines humides. Je la descends encore un petit peu et ses lèvres intérieures serrent maintenant tout le gland. Lentement, lentement, c'est comme un jeu d'enfant, je glisse imperceptiblement la moitié de ma queue en elle. Elle geint et gargouille et essaie d'en avoir davantage. Pas encore, ma jument, pas encore. La moitié te suffira pour l'instant. N'exagérons pas. Tout son corps tremble, je la tiens toujours un peu soulevée. Soudain je me retire d'elle, la repose par terre et continue à danser comme si de rien n'était. Un-deux-trois-quatre/Un-deux-trois-quatre – par-dessus le parquet dans de larges spirales jusqu'à ce qu'on aille s'écraser contre le mur. Elle me regarde, les yeux écarquillés, mais les ferme aussitôt quand je la traîne au milieu de la pièce et l'appuie contre le dos d'un gigantesque fauteuil en cuir. Je la penche en arrière par-dessus le dossier et me retrouve ébloui devant son sexe magnifique : les faces intérieures de ses cuisses scintillent, l'épais buisson brûle mon ventre comme un écheveau de fil de fer barbelé chauffé par le soleil. Oh, monsieur Fitzenstrahl, dit-elle, oh, oh, oh, et se met sur la pointe des pieds, se laisse glisser sur ma bite de son propre chef, commence à cogner son ventre contre moi, les pieds écartés, elle baise avec colère, les mâchoires serrées, une belle et forte quadragénaire, les muscles parfaitement sous contrôle, une...

– Maintenant, monsieur Fitzenstrahl, si ça vous va ?

Je l'incline encore un peu en arrière jusqu'à être planté au plus profond d'elle. Elle agite les jambes, et hurle sans gêne vers le plafond. Je la fourre encore un millimètre, des centaines d'ailes de libellules frôlent ma bite, la seconde après je crache comme une lampe à souder vers son col de l'utérus ouvert, grave ma marque en elle pour l'éternité. Du sperme de volcan curatif qui calme et apaise et...

– Non, crie-t-elle, non, non, non !

Elle gît sur le fauteuil, haletante et luisante comme un cheval. Par politesse, je laisse ma bite en elle, je la laisse s'étirer là, confortablement installée dans les trente-sept degrés veloutés du canapé de chair d'une mère de deux enfants, une...

– Vous l'avez fait ! Vous m'avez eue ! hurle-t-elle.

– Je n'ai rien fait de plus que danser avec vous.

– Je ne voulais pas que ça se termine comme ça !

– Qui est-ce qui a pondu toute cette foutue histoire au départ ? Ce n'est pas moi qui ai sauté sur votre dos dans le parc.

– Je n'ai pas été solidaire de mes membres. Elles ne vont jamais me le pardonner.

– Elles n'ont pas besoin de le savoir.

– Il faut que je démissionne de la présidence.

– Faites comme vous voulez.

– Vous m'avez violée.

– Vous dites des conneries, Mare.

– J'ai... vous avez été...

J'avance lentement vers elle pendant qu'on débat de ses problèmes moraux. La conversation se fait de plus en plus confuse. Au bout de quelques minutes tout est silencieux et on baise à nouveau comme des possédés contre le fauteuil, baise jusqu'à ce que les tapis se dérobent sous nos pieds, baise jusqu'à ce que ce foutu fauteuil commence à déraper sous nos pieds et parte vers la cuisine en raclant le parquet, Mrs Mare en marche arrière comme un crabe. Finalement il se coince dans l'ouverture de la porte.

– On devrait peut-être continuer dans le lit, Mrs Mare ?

– Je ne peux pas... ça vient encore maintenant !

Dès qu'elle a terminé son orgasme, je la prends par la main et la guide vers le lit, où je termine la besogne et la fais jouir encore une fois avant qu'on s'endorme dans la crypte sombre et silencieuse, suintant le galop et l'écume.

Quand je me réveille, la lumière du jour pointe dans le salon. Mrs Mare m'a grimpé dessus et me chevauche avec sérieux, enfilée sur ma bite. Elle exploite mon érection matinale.

– Bonjour, Mrs Mare. Bien dormi ?

Elle ne répond pas. Baise fort et vite et avec détermination, elle pousse un cri, elle hennit et frotte les sabots sur le drap.

– C'est pour bientôt, le petit déjeuner, Mrs Mare ?

Elle se fout de mon petit déjeuner. Elle est au plus profond de son orgasme. J'aurai peut-être un sac d'avoine et une brassée de trèfles avec mon café.

J'ai ses seins énormes juste au-dessus du visage. Elle est secouée d'un orgasme équin qui passe sur ma queue telle une cravache, elle me frappe la poitrine avec ses poings, elle met ses mains autour de mon cou et serre jusqu'à ce que je sois tout bleu. Une femme à cheval, c'est très compliqué à gérer, mais une jument à cheval, c'est un danger de mort. Je redresse le torse et saisis sa taille, je laisse ma semence disparaître dans l'obscurité galopante de son utérus tel un rayon laser. Elle s'affaisse sur moi. Fane comme une fleur.

Elle se réveille maintenant. Couchée sur le dos, elle me sourit, la chatte à l'air. Au cours de la nuit, j'ai allumé la lumière et l'ai regardée un petit moment. J'ai envisagé d'aller chercher une paire de ciseaux dans la cuisine et de m'offrir une petite touffe de ses poils pubiens flamboyants. Je ne l'ai pas fait. Les Fitzenstrahl sont des gentlemen.

– Mrs Mare ?

– *Yes,* monsieur Fitzenstrahl ?

– Vous êtes merveilleuse.

– Merci, monsieur Fitzenstrahl.

– Mrs Mare. Il y a une chose que je voudrais vous demander.

– Allez-y.

– Votre façon de... votre comportement pendant le contrôle et la fécondation ici – dois-je m'attendre à un tel comportement de la part des autres membres aussi, à votre avis ?

– Je le crois, monsieur Fitzenstrahl.

Fitzenstrahl se laisse retomber sur le lit. Regarde le plafond et soupire. Bon sang, Fitz. Ta bite aura tout d'une anguille dépecée. Une parodie d'anguille.

– De la part de toutes les cent trente-six ?

– De la part d'au moins cent trente-six. Les adhésions ne cessent d'affluer. Quand la rumeur va se répandre parmi les femmes de la ville que nous avons réussi à trouver un homme, nous allons avoir des milliers de membres.

– Merci, Mrs Mare.

– Que voulez-vous pour le petit déjeuner ? Du jambon et des œufs et le reste ?

– Le reste, ça me semble tout à fait charmant.

– Je vous suis très reconnaissante, monsieur Fitzenstrahl.

On ne dit rien. Ma main est doucement posée sur sa chatte hirsute.

– Je voudrais vous demander quelque chose, Mrs Mare. Est-ce que... j'aimerais beaucoup garder un petit souvenir de vous. De votre côté, vous allez bien avoir un petit souvenir de moi en son temps.

– Qu'est-ce que vous voulez de moi, monsieur Fitzenstrahl ?

– Une petite mèche de cheveux, Mrs Mare.

– Ça sera avec plaisir. Une grosse mèche, si vous voulez.

– Il ne s'agit pas d'une mèche de cheveux ordinaire, Mrs Mare.

– Je ne comprends pas ?

– J'aimerais une mèche de cheveux d'un genre plutôt intime.

– Monsieur Fitzenstrahl !

Elle fait semblant d'être choquée mais en réalité elle a l'air d'être assez ravie.

– Il n'est pas question d'une grande quantité, Mrs Mare. J'ai l'intention de la conserver dans un petit médaillon. À porter tout près du cœur.

– Vous êtes romantique, monsieur Fitzenstrahl.

– Oui, Mrs Mare.

– Je vais vous chercher une paire de ciseaux.

Oh, tu as des proportions parfaites, Mare. Le dos fort. La peau blanche. Un pur-sang arabe. Qui adore ma semence constituée d'avoine sauvage. Elle me tend les ciseaux et s'allonge à côté de moi. Je me penche sur elle. Une des merveilles du monde s'étale devant moi. Deux. Les jardins suspendus. Et le Colosse.

– Elle est très belle, Mrs Mare, incroyablement bien formée et charnue.

– C'est ce que dit aussi mon mari. Disait.

– Est-ce que cela vous va si je prends une petite boucle au coin du triangle ici ?

– Ça me va, monsieur Fitzenstrahl. Prenez ce dont vous pensez avoir besoin.

– Et à quelle heure arrivent ces dames, Mrs Mare ?

– Elles ne viennent pas aujourd'hui.

– Elles ne viennent pas ? Il me semblait pourtant que nous avions décidé que...

– J'ai décommandé.

– Pourquoi, Mrs Mare ?

– Je leur ai expliqué que vous aviez besoin de quelques jours de repos supplémentaires.

Elle est en train d'examiner ma verge.

– Je voudrais vous retourner le compliment, monsieur Fitzenstrahl. Vous avez un... organe magnifique, particulièrement bien proportionné.

– Merci.

Nous prenons le petit déjeuner nus. Pour commencer, Mrs Mare déclare qu'il est hors de question de manger sans vêtements. Elle trouve que ce serait immoral et frivole. Je lui explique que dans mon pays natal, c'est une coutume de se nourrir dans le plus simple appareil.

– Une étrange coutume, monsieur Fitzenstrahl.

– Une coutume saine et salutaire. Elle aiguise les sens et augmente la sécrétion de salive et par là aussi l'appétit. En appliquant cette méthode élémentaire, la recherche médicale dans mon pays a obtenu des résultats spectaculaires auprès des anorexiques mentaux.

– Il n'y a en tout cas pas lieu de se plaindre de votre appétit, monsieur Fitzenstrahl.

– On se reposera un peu après le repas, Mrs Mare ?

– J'espérais que vous me le proposeriez.

– Et plus tard on pourra danser, si ça vous va ? J'ai composé un nouveau tango cette nuit. En votre honneur.

– Cette nuit ?

– Oui. Vous m'inspirez.

– Et il s'appelle comment, ce tango ?

– *El Caballo obsceno del Desierto.* Le Cheval obscène du Désert.

31

CELA FAIT quatre jours maintenant que je suis chez Mrs Mare. On va probablement baiser à mort. La meilleure des morts, Fitzo. Entre les sessions on fait de longues promenades. J'ai rasé ma barbe pour ne pas être reconnu. Je ne reconnais pas moi-même mon visage dans la glace.

Ce matin, une Rolls-Royce 29 s'est arrêtée devant la maison et un chauffeur en livrée a frappé à la porte. Il m'a tendu une lettre.

Très cher monsieur Fitzenstrahl !

Nous avons le plaisir de vous inviter à notre réunion à quatre heures cet après-midi. Notre chauffeur viendra vous chercher à 15 h 45.

Soyez le bienvenu !

K.P.R.G.

Mrs Mare lit par-dessus mon épaule.

– Vous êtes invité chez le chef, monsieur Fitzenstrahl.

– Le chef ? Quel chef ?

– Le chef. Il n'a pas d'autre nom. Il ne se montre jamais.

– Comment peut-il savoir que je suis ici ?

– Il se tient au courant de tout.

– Je n'ai pas envie d'aller à une réunion. Je veux rester ici avec vous.

– J'ai bien peur que vous soyez obligé d'y aller, monsieur Fitzenstrahl. C'est une convocation.

– Je reviendrai dès que la réunion sera terminée.

– Vous ne reviendrez peut-être pas.

– Pourquoi pas ?

– Je suis inquiète, monsieur Fitzenstrahl. Quand le chef convoque quelqu'un, on ne sait jamais ce qui peut arriver.

– Rien de désagréable ne peut m'arriver. Un homme qui a fait l'amour avec une femme comme vous est invulnérable.

Je suis confortablement installé dans la magnifique Rolls-Royce du chef. Sur mon trente et un de réunion, douché, talqué et rasé de frais en l'honneur de cette journée. Vas-y, putain de chef. Je suis paré à tout.

Herrlichhausen ? Si c'est Herrlichhausen qui est le chef ici, c'en est fini de moi. Je mourrai d'une hémorragie. Mieux vaut accepter le mariage. Faire semblant d'accepter. Baiser Fräulein pendant quelques mois puis disparaître dans la lumière écrasante du désert de l'Arizona où les princes du Vieux Monde sont impuissants.

– Nous sommes arrivés, monsieur von Fitzenstrahl.

L'homme en livrée me fait entrer. Porte deux doigts à sa casquette. *Style et dignité*, voilà ce que je mettrai sur mon blason. J'éviterai l'or et d'autres vulgarités dans mes armoiries. Me contenterai de platine discret.

Le chef habite un bâtiment immense. Aux formes arrondies à la Gaudí. J'aurais dû me faire architecte. Me spécialiser dans les formes modifiables et construire des gratte-ciel en plomb. Les sols entre les étages en verre épais, absolument transparent. Si tu inclines la tête en arrière tu verras la vie synchrone à travers soixante étages. Sous son aspect le plus intime. Une façon d'habiter plus conviviale. Renforce le sentiment collectif. Et tue l'individualisme rampant qui a commencé à pointer sa vilaine face ces dernières années. J'exige davantage de vue sur la vie privée, davantage d'ouverture. Des cloisons de verre seront recommandées entre les chambres et les toilettes des différentes familles. Il faut mettre un terme à ce maudit égoïsme. Rester chier tout seul dans son coin est un acte fasciste !

– Soyez le bienvenu, monsieur von Fitzenstrahl ! Puis-je vous demander de venir par ici.

Le maître d'hôtel. Une seconde j'ai l'impression qu'il reluque avec avidité ma carotide. Je le suis dans les dédales de la maison.

– Voulez-vous bien attendre un instant, monsieur Fitzenstrahl, je vous prie.

Fitzenstrahl examine les statues de marbre d'un air connaisseur. Des femmes portant flambeaux. Des centaures et des licornes. Datant de mille neuf cent douze, je dirais. Ou peut-être treize.

– Le chef va vous accueillir à présent, monsieur von Fitzenstrahl.

– Merci.

Il me fait entrer dans une chambre plongée dans la pénombre. Quatre hommes entourent un lit au milieu de la pièce. Un visage étroit sur l'oreiller. Bonnet de nuit.

– Approchez, von Fitzenstrahl !

Je m'avance vers le lit. Le vieux doit avoir plus de cent ans. Petit et léger comme la carcasse d'une sauterelle. Voix sifflante de reptile. Ce n'est pas Herrlichhausen.

– Asseyez-vous, von Fitzenstrahl.

Je me laisse tomber sur une chaise près du lit. La table de chevet du vieux est encombrée de pellicules. Le sol jonché de caméras. Des bouts de film pointent sous la couverture. Les verres épais des lunettes du vieux rappellent les objectifs de caméras antiques.

– Plus près, von Fitzenstrahl, plus près.

Les objectifs saillissent de plusieurs centimètres de sa tête. Il les tripote sans cesse pour m'apercevoir.

– Des lunettes spéciales, Fitzenstrahl. Je ne suis plus tout jeune.

Je suis assis tout près de lui. Il examine mon visage à travers les verres.

– Vous baisez nos filles, à ce qu'on me dit.

Je ne réponds pas.

– Dehors, putain d'incapables ! crie-t-il soudain aux quatre hommes qui s'éloignent avec soumission. Je reste seul avec le vieux.

– J'ai vu tous vos films, Fitzenstrahl. Trois sont prometteurs. Les autres, c'est du travail bâclé.

– Merci, sir.

– Ne me remerciez pas. Remerciez votre créateur de vous avoir donné l'étincelle. Que pensez-vous du cinéma d'aujourd'hui, Fitzenstrahl ?

– Il n'est pas très bon, sir.

– Pas très bon ? C'est de la merde, vous ne trouvez pas ?

– Yes, sir.

Il parle américain avec un accent allemand. Accent yiddish ? Peut-être.

– Vous ne me reconnaissez pas, Fitzenstrahl ?

– Non, sir. Vous me semblez pourtant familier.

– Je suis resté retiré du monde trop longtemps. Vous connaissez naturellement les travaux d'Eisenstein dans le détail ?

– Je connais la moindre scène par cœur, sir.

– Trouvez-vous que je ressemble à Eisenstein ?

– Yes, sir.

– À Fritz Lang ?

– À lui aussi, sir.

– Huston, Lang et votre propre Sjöström. À l'automne de la vie, on se ressemble tous. Ceux qui s'influencent mutuellement d'un point de vue artistique s'influencent aussi mentalement et physiquement. Avez-vous vu le film de seize heures de Stroheim ?

– Oui, sir.

– *Molok*, ça c'est du cinéma, pas vrai ?

– Un chef-d'œuvre, sir.

– Avez-vous vu *Exit* de Lang, Fitzenstrahl ?

– J'ignorais qu'il existe un Lang portant ce nom-là.

– En effet, il n'existe pas, c'était un piège.

Il est allongé immobile. Sa respiration est lourde.

– Tout a foiré quand la Seconde Guerre mondiale a éclaté, Fitzenstrahl.

– Fellini, sir ?

– Lui, ça va. Vous vous plaisez chez nous, Fitzenstrahl ?

– Oui. Mais je me sens un peu perdu. J'aimerais savoir pourquoi je me trouve ici.

– Ils ne vous ont tout de même pas malmené ?

– J'ai été bien traité, sir. Je suis seulement un peu curieux.

– Savez-vous manier une F20 ?

– Avec manivelle ? J'ai fait un film de quinze minutes avec une F20 une fois à Los Angeles. Ils me l'ont prêtée au musée du cinéma. Ils ont dit qu'elle avait appartenu à Griffith.

– J'ai vu ce film-là, Fitzo. Vous avez un bon sens du noir et blanc. Bon sens de la lumière.

– Merci, sir.

– Je me rends dans le monde de temps à autre, vous le comprenez bien. Pour me tenir à jour de ce qui se passe. C'est affreux là-bas, mais ça doit être fait. Elle a une jolie chatte, Mrs Mare, hein ? Une jolie petite foufoune ?

– Pas si petite, sir.

– Grande extérieurement et petite dedans. Je sais. C'est de famille. Je me suis presque tué jadis en baisant avec sa grand-mère.

– Êtes-vous le seul à vous rendre dans le monde, sir ?

– Oui. La population ignore pratiquement que le reste du monde existe. C'est mieux ainsi. Mieux pour la vie et mieux pour l'art.

Le vieux ferme les yeux un moment. Tâte avec les mains sur la couverture jusqu'à ce qu'il attrape un bout de pellicule.

– Ce que vous voyez autour de vous, on l'a construit au début des années trente. Les Américains m'ont donné une somme indécente pour cette production. Une somme incroyable, colossale. Et ils m'ont laissé les mains libres comme producteur et metteur en scène. *Those were the days*, Fitzo.

– Je ne comprends toujours pas comment...

– C'était une production gigantesque. Un film de dix heures qui devait se tourner sur plusieurs années. Quand la guerre a éclaté, on s'est retrouvés échoués ici. On a hiverné comme un foutu cirque. On a pris racine.

– Vous voulez dire que cette ville – cette zone – est un studio de cinéma, sir ?

– Évidemment. Qu'est-ce que vous avez cru que c'était ? Les gens que vous voyez ici sont les enfants et les petits-enfants des comédiens et techniciens que j'ai engagés dans les années trente. Ils se sont enracinés, tout simplement, et ils sont heureux ici. Nous nous sommes isolés du reste du monde pour ne pas être influencés par le soi-disant développement. Mon film ne doit pas être souillé par la pensée de l'après-guerre, ce sera un film propre, un film authentique, un film de l'Âge d'Or. Je déteste les innovations du monde extérieur, je les déteste d'un point de vue moral et éthique et tout ce que vous voulez. Comprenez-vous de quoi je parle, Fitzenstrahl ?

– Je crois que je commence à comprendre.

– Nous avons plein de fric. Vraiment plein. Le capital est resté aux États-Unis pendant la guerre, et il était avantageusement placé. Tout capital est toujours avantageusement placé pendant les guerres. Nous sommes pleins aux as, Fitzenstrahl, et la compagnie cinématographique qui m'avait engagé cette fois-là n'existe plus. Sauf si l'on veut me qualifier de compagnie cinématographique. Tout est à mon nom, vous comprenez ?

– Qu'est-ce qu'il s'est passé pendant la guerre ?

– Ils nous ont laissés tranquilles. Roosevelt et Churchill admiraient mes films. Hitler connaissait sans doute aussi mon existence, mais Riefenstahl l'a convaincu de me laisser en paix. Elle a appris beaucoup de technique avec moi.

Il s'endort au milieu d'une phrase. Dort la bouche ouverte. Je m'éloigne tout doucement du lit. Trois petits pas pour atteindre la porte.

– Fitzenstrahl !

– Sir ?

– Vous n'aviez tout de même pas l'intention de me fausser compagnie ?

– J'ai pensé que vous vouliez vous reposer un moment, sir.

– Vous m'avez cru mort, hein ?

– Non, sir.

– Ne restez pas devant la porte pour me parler.

– Désolé, sir.

Je retourne près du lit. Le vieux tripote les objectifs.

– C'est comment dehors, Fitzenstrahl ? Ça fait plusieurs années maintenant que je n'ai pas mis les pieds dans le studio.

– Il n'y a aucune caméra qui tourne, sir.

– Bien sûr que non. Je n'utilise plus de film ni de caméra. J'ai laissé tout devenir un tournage de réalité. Je mets en scène l'existence ici. Il y a quelques années, la réalité a commencé à prendre le dessus sur le tournage. L'exact opposé de ce qui se passe aux États-Unis en ce moment, où le film dépasse la réalité. Sinon, ça donne quoi, dehors ?

– Tout semble très étrange et confus, sir. La vie dans votre État filmique est chaotique. Un foutoir sans nom.

– Tous les États sont chaotiques, Fitzenstrahl. Tous les États sont des foutoirs quand on les regarde de plus près. Je suis comme Dieu. J'ai créé l'État filmique, mais je suis empêché de mettre mon nez dans les détails. Je dois perpétuellement créer du nouveau et le temps me manque pour gérer mes anciennes créations. Ça doit rouler tout seul et quand on laisse les gens s'occuper de leur propre sort, le résultat final est toujours le chaos.

Le Vieux sommeille un instant. Je m'assieds sur la chaise près du lit. Soudain il me fixe à travers les objectifs.

– On a besoin de sang neuf ici, Fitzenstrahl. L'État filmique a totalement dégénéré et je suis trop vieux pour couvrir les femmes. Je vous ai choisi pour faire le boulot, Fitzenstrahl. Mrs Mare m'a aidé pour l'organisation. Nous avions déjà les yeux sur vous à Cannes.

– Je crois que c'est trop tard, sir. Les hommes-utérus sont en train de prendre le pouvoir.

– *God damn fairies !* Cette discipline est pleine de farfelus. Ces types-là terminent un vieux scénario que j'ai écrit il y a plus de trente ans. La vie que vous voyez ici est composée de restes de vieux scénarios. Des fragments. Ils utilisent un synopsis intitulé *Le Rétablissement de la côte de l'homme*. J'aurais préféré ne jamais l'écrire. Combien de mes hommes se sont joints au Mouvement de Maternité, à votre avis ?

– Tous les hommes, sir.

– J'ai vraiment besoin de vous, Fitzenstrahl. Il nous faut riposter contre cette folie. Et j'ai besoin d'aide pour terminer le film.

– Je ne suis pas très sûr de pouvoir y arriver, sir. Je n'ai aucune expérience de ce type de travail cinématographique. De plus, je dois poursuivre mes propres films là-bas chez moi.

– Vous ne pouvez pas y retourner maintenant, Fitzenstrahl. Vous êtes recherché partout.

– Je me débrouillerai. Je changerai d'identité, au besoin.

– Vous resterez ici, Fitzenstrahl. Et quand je disparaîtrai, vous reprendrez le flambeau et poursuivrez mon *réalité-film.*

– Ce n'est plus du cinéma, sir, on dirait plutôt de la politique.

– Pas de la politique, Fitzenstrahl. Il s'agit de métaphysique. Riposte contre la réalité fainéante. Vous êtes un homme avec de l'imagination, tout comme moi. Vous êtes un homme créatif. Tout ce que vous avez à faire, c'est imiter Dieu.

Il dort de nouveau. Les objectifs scintillent. Un instant l'idée me traverse que je me trouve peut-être quand même dans une sorte d'hôpital psychiatrique où la direction laisse les patients vivre leur folie jusqu'à la dernière goutte. Le Vieux est peut-être un fou furieux extrêmement riche qu'on laisse aller et venir à sa guise. Un patient qui revient toujours.

– L'imagination est en train de s'éteindre dans le monde, Fitzenstrahl, et sans imagination, nous allons sombrer. L'État filmique est une enclave d'imagination. Un avant-poste de fantaisie. Dans vingt ans les hommes là dehors ne sauront plus rêver. Ils ne sauront pas non plus imaginer autre chose que ce qu'ils ont devant leurs yeux. Ils ne sauront pas se souvenir, puisque les ordinateurs sont en train de se charger de la mémoire des hommes. La vie n'aura plus de sens. C'est là que nous entrons dans les grands contextes, Fitzenstrahl. Je vais réintroduire le rêve dans le monde. Réhabiliter la vie spirituelle. Sauver l'homme de son recul vers la pierre. Ou vers l'argile.

– Mais comment...

– Il y a aussi un tas de montage à faire. Vous pouvez m'aider avec ce boulot, Fitzenstrahl. Et dès que nous aurons terminé le montage, nous tournerons les dernières scènes ensemble, d'accord ?

– Je voudrais pouvoir y réfléchir, sir.

– Cela prendra un peu de temps. Sept, huit ans je dirais. Si je meurs en cours de route, vous terminerez le boulot.

– Sept, huit ans, sir ?

– Une broutille pour vous, Fitzo. Jeune comme vous êtes. Je vous recontacterez dans quelques semaines. Amusez-vous avec les filles en attendant.

– Merci, sir.

Il s'est rendormi. Je m'en vais sur la pointe des pieds et demande au maître d'hôtel de faire venir la voiture.

32

CELA FAIT une semaine maintenant que je suis chez Mrs Mare. Quand je demande si elle a décidé quel jour les dames vont venir, elle répond évasivement. Trouve que je dois me reposer encore quelques jours.

– Est-ce que vous nous avez composé un nouveau tango cette nuit, monsieur Fitzenstrahl ?

– Non.

– On peut utiliser un des anciens. On commencera juste après le petit déjeuner, si vous voulez.

Elle est folle de la danse à poil. Je commence à en avoir marre de me traîner ainsi comme un con. Elle a aussi ouvert les portes de l'étage. M'oblige à monter l'escalier en dansant avec elle, de longues foulées, elle m'entraîne en virevoltant à travers les salles, des allers et retours entre les chambres à coucher, des va-et-vient dans la salle à manger – par moments on fait même un tour aux chiottes où elle veut être fécondée devant la glace. Mais vous êtes déjà fécondée, Mrs Mare. Non, non, pas encore.

– Il faut que je me libère après le déjeuner aujourd'hui, Mrs Mare. Le Vieux a besoin de moi. Un travail de montage.

– À quelle heure serez-vous de retour ?

– Vers cinq heures.

– Parfait. Je préparerai un dîner réconfortant.

– Merci, Mrs Mare.

À deux heures, je visionne du film dans la salle de projection du vieillard. L'homme est manifestement fou. Son film, une lavasse incroyable, de la merde sans talent. L'œuvre d'un cinglé, un cinglé sans intérêt qui plus est.

– Qu'en pensez-vous, Pixenstrahl ?

Je propose de réduire la bobine de quatre-vingt dix pour cent.

– Qu'est-ce que vous dites, bordel de merde, Nixenstrahl ?

– Vous voulez que je vous aide, c'est bien ça ?

– On ne coupe pas quatre-vingt-dix pour cent d'un chef d'œuvre.

– Comme vous voulez, sir.

– Imbécile !

– De la merde, rien que de la merde. Il faut enlever quatre-vingt-dix pour cent.

– C'est votre dernier mot ?

– Ouip.

– Allez-vous-en ! Disparaissez !

– Avec le plus grand plaisir, sir.

Je m'en vais avec un sourire glacial.

– Fitzenstrahl. Revenez !

– Vous acceptez ma proposition, sir ?

– J'accepte une partie de votre proposition.

– Vous voulez conserver la scène du banquet ?

– Exactement.

Il y a une scène qui est bonne sur cette bobine. Une plage déserte. Une mer verte et démontée. Il a fait enterrer dans le sable, jusqu'au nombril, une centaine de cantatrices. Elles vocalisent et gesticulent, font penser à des sortes de morses chantants. J'aurais pu la faire moi-même et je le dis au Vieux.

– C'est une bonne scène, hein, Eisenstrahl, hein ? Géniale, hein ?

– N'exagérons rien. Contentons-nous de dire qu'elle est acceptable.

– Vous êtes un enfoiré de première, Fitzenstrahl.

– Il faut virer le banquet. C'est de la merde ! je gueule.

– Revenez demain à deux heures, Fitzenstrahl. Vous ne vous sentez pas bien aujourd'hui. Vous êtes de mauvaise humeur. Des critiques comme vous ne me sont d'aucune utilité.

Nous nous chamaillons ainsi pendant des heures.

Quand je rentre au Palais de la Baise de Mrs Mare, je la trouve accoutrée d'une sorte de robe en dentelle vert pisse.

– Cette robe, Mrs Mare. Elle est particulièrement peu seyante.

Elle boude au-dessus de son assiette.

– Demain on va commencer avec les autres dames, Mrs Mare. Je vais inaugurer la série avec la femme qui était à côté de moi le premier jour où je suis venu ici.

– Rien ne presse pour les dames, monsieur Fitzenstrahl.

– Vous êtes enceinte, Mrs Mare. En tant que citoyen suédois, je ne suis pas autorisé à faire l'amour avec des femmes enceintes. Selon la Direction des Affaires sociales et le ministère de l'Énergie, c'est un gaspillage de sperme et de force précieux. Une question d'économie politique, Mrs Mare, ainsi que sociale et corporative.

– Je ne suis pas du tout enceinte !

– Vous avez des nausées le matin. Vous vomissez.

Elle ne veut pas en entendre parler.

– Et ce soir, monsieur Fitzenstrahl ?

– C'est fini tout ça, la danse et les jeux au lit.

– J'ai envie de continuer !

– N'y pensez même pas.

Son cou est rouge de colère.

– Avez-vous oublié que vous êtes la présidente ? Avez-vous oublié que c'est vous qui êtes censée organiser le travail ici ?

Elle fait des histoires toute la soirée. Vient gratter à la porte de la chambre quand je suis couché. Fait un de ces boucans de l'autre côté de la porte.

– Allez vous coucher, Mrs Mare ! Au lit, et que ça saute ! Je vais avoir besoin de toutes mes forces demain.

Pour qu'elle se taise, je promets de l'entreprendre au cas où il y aurait une défection parmi les autres membres. Je regrette immédiatement. Elle va organiser des défections tous les deux jours.

J'ai été plus qu'enchanté par la petite nouvelle. Pendant que je la baisais, j'ai eu la certitude que Mrs Mare avait l'oreille posée contre la porte de la chambre. Je me suis levé et j'ai ouvert la porte d'un coup sec. Mrs Mare s'est étalée de tout son long dans la chambre.

– Vous devriez utiliser l'autre porte, Mrs Mare. Celle qui ouvre vers l'extérieur.

La petite nouvelle se tord de rire sur le lit.

Elle reste toute la journée. Et toute la nuit.

– Vous n'avez pas bientôt fini ? s'époumone Mrs Mare derrière la porte.

– Comment avance le travail de montage, sir ? demande Pete quand nous rentrons.

– Un travail complexe, Pete.

– Le chef, c'est un vrai génie, pas vrai ?

– Un grand génie, Pete. C'est vous qui le conduisez à l'aéroport quand il se rend dans le monde ?

– Oui. Mais je n'y reste pas longtemps. Je ne m'y sens pas bien.

– Comment s'appelle la ville où se trouve l'aéroport ?

– Zimmerstadt.

– Merci, Pete.

– Il faut le voir, le vieux, quand on y va. Il est recroquevillé sur le siège arrière, enveloppé de couvertures et de manteaux. N'arrête pas d'engueuler tous ceux qu'on croise.

On s'arrête devant le Palais de la Baise.

– À demain, Pete.

– D'accord, sir.

J'entre d'un pas trébuchant.

– Qui avons-nous sur la liste ce soir, Mrs Mare ?

– Mrs Hellhole.

– Mrs Hellhole ? Mais elle est déjà venue ?

– C'est une parente, monsieur Fitzenstrahl.

J'ai baisé quinze femmes. Peut-être plus. Mrs Mare tient une sorte de comptabilité. Parfois il me semble que ce sont les mêmes qui reviennent. D'autres noms, d'autres coiffures, mais les mêmes chattes.

– J'en ai marre de tout ça !

– Vous avez crié, monsieur Fitzenstrahl.

– Je chantais. Un tango que je viens de composer.

Je m'échine sur le film du Vieux, jour après jour. En fait je me suis fait avoir. Les films qu'il m'a demandé de monter ne sont pas de lui.

– J'ai voulu vous tester, Fitzenstrahl. Un artiste doué n'est pas toujours un bon critique. Vous avez montré que vous êtes doué en tant que critique aussi. Vous avez éliminé exactement ce qui devait être éliminé dans ces films-là.

– Qui en est l'auteur, sir ?

– Un jeune homme que j'ai engagé il y a un certain temps. Il s'est révélé bidon. Maintenant on va passer quelques-unes de mes bobines à moi.

Je m'assieds à côté du Vieux dans la lumière dansante de la salle. Dès dix minutes de visionnage, je suis transporté de joie. Sans voix. Le Vieux me regarde de biais et caquette.

– Alors, Fitzenstrahl ? Mieux qu'Eisenstein ?

– Oui, sir.

– Mieux que Lang ?

– Je suis subjugué, sir.

– Vous n'avez pas répondu à ma question, Fitzenstrahl.

– Bien mieux, sir. Jamais je n'ai rien vu de semblable.

– Comprenez-vous à présent pourquoi nous devons rester retirés du monde si cruellement dépourvu de talent ?

– Oui, sir.

– Ne laissez jamais le poison se glisser ici, une fois que vous aurez repris le flambeau, Fitzenstrahl. Nous avons une lourde responsabilité face au monde. Une lourde responsabilité face à Dieu. Pas grand-chose à éliminer ici, hein ?

– Des broutilles, sir.

– Les séquences à huit plans ? Vous voulez les rogner ?

– Oui, sir. À mon avis, quatre plans seraient mieux.

– Vous avez raison.

J'ai emménagé dans la maison du Vieux. Il me veut à proximité au cas où il aurait de nouvelles idées de film.

– Comment ça va avec vos femmes, Fitzenstrahl ? demande le vioque.

– C'est laborieux, sir.

– Donnez-leur ce dont elles ont besoin, Fitzo. Mais sans que ça nuise à notre travail. Et ne croyez pas leurs mensonges. Elles sont prêtes à n'importe quoi pour se faire culbuter. Beaucoup sont mes petites-filles, je suppose.

Fitzenstrahl sans un mot devant l'appareil de montage.

– Vous avez maigri, Fitzenstrahl. Vous avez une sale mine.

– Je ne me sens pas très bien, sir.

– Vous êtes sur le point de m'emboîter le pas, Fitzenstrahl. Faites attention à vous.

– Est-ce que vous me prêteriez votre voiture, sir ? Cela me ferait le plus grand bien de passer régulièrement un petit moment à la campagne. De l'air frais et du soleil, j'en ai grandement besoin.

– Je vais donner des ordres à Pete. Vous savez comment fonctionne notre système routier ?

– Oui, sir.

Pete boude quand je monte dans la Rolls-Royce.

– Ne la poussez pas au-delà des quatre-vingts, sir.

– Ne vous inquiétez pas, Pete. Je connais cette voiture. Nous en avons deux au manoir en Suède.

– Vous avez l'intention d'y aller tous les jours, sir ?

– Tous les jours. Le mieux serait que vous me donniez vos clés.

Je passe en trombe dans la ville. Jusqu'aux Grands Magasins Factices. Où je vole un petit magnétophone. J'ai en tête d'enregistrer la voix du Vieux. Pourquoi, Fitzenstrahl ?

Je fais un tour dans les montagnes. Me gare sur une petite aire panoramique et fouille la boîte à gants. Je trouve un paquet de cartes routières. L'une montre comment se rendre à la frontière. Le vieux a fait construire un système ingénieux de labyrinthes impossibles à franchir sans cette carte. Je la pose contre la vitre, la copie et la remets dans la boîte à gants.

Le soir même, j'ai une longue conversation avec le Vieux. Le petit magnétophone tourne sous la table. Collecte des jurons et des cris de vieillard.

Mon dernier soir à Cinecittà des cinglés, je décommande la femme prévue et me consacre à Mrs Mare. Je la baise gentiment et fraternellement, je danse un moment avec elle puis je la rebaise. Elle va me manquer. Mrs Hellhole aussi va me manquer et toutes les autres. Mais aucun club de femmes ne peut me faire rester huit ans dans le Studio Crétin du Vieux. Aucun.

La maison du Vieux est plongée dans le silence. Pete dort dans sa petite chambre de chauffeur. Son uniforme est pendu dans l'armoire devant la porte. Je m'y faufile, le prends sous le bras et retourne dans ma propre chambre. À toi de jouer maintenant, Fitzo, et c'est à patte de velours qu'il faut y aller.

Je descends les valises. Les charge dans la Rolls. Arrange un tas de vêtements et de couvertures sur le siège arrière. Je pose le foulard et la casquette du Vieux en haut du tas. Le magnétophone avec sa voix par terre où je peux l'atteindre depuis le siège de conducteur.

La Rolls démarre dans un ronron silencieux. Je m'engage dans la rue principale. Le labyrinthe commence dans un bosquet à vingt kilomètres vers l'ouest. J'y suis allé hier. Me suis aventuré presque jusqu'à la frontière.

L'uniforme de Pete est franchement trop petit. Les manches vachement courtes. Mais sa casquette me va. Et les énormes lunettes d'automobiliste d'antan.

Voilà le labyrinthe. Je l'ai appris par cœur, mais par précaution je garde un œil sur la carte. C'est une nuit de pleine lune, les pistes s'étendent toutes bleues devant moi. Essaie le magnétophone maintenant, Fitzo.

J'ai assemblé la bande à ma petite façon. Tout ce qui reste de la voix du Vieux sont des invectives et des jurons.

Ça y est, j'y suis. Deux gardes avec des mitraillettes me font signe de m'arrêter. J'enclenche le magnéto, porte deux doigts à ma casquette en guise de salut et attends. Ils jettent un coup d'œil à la poupée de vieillard sur le siège arrière, ouvrent les grilles et me font signe de passer dans le monde.

33

JE ROULE vers l'ouest toute la nuit. Au matin, j'arrive au poste-frontière. Je montre mon passeport suédois et la police des frontières m'adresse d'aimables sourires dignes d'une Rolls. J'adore les vallées fraîches de l'Autriche. Les hommes en uniforme ont probablement flairé l'odeur agréable que dégage une de mes valises, odeur de touriste pourvu de devises. Cent douze mille francs, donation du Cirque de Paula, de Su Excelencia, etc. Des francs honnêtement gagnés qui vont nous conduire, moi et la voiture, au Havre, puis à New York. Une petite visite chez les nouveaux poètes des États du Sud, Fitzo ? Il paraît qu'Atlanta est un nouveau centre littéraire qui grouille de candidats friands. Je pourrais faire une halte chez un vieux poète lyrique en Géorgie ou en Caroline-du-Sud dans sa plantation de coton familiale. Faudrait me trouver un chauffeur nègre pour la voiture. Un homme qui parle avec la voix rauque de Rochester pendant qu'il me fait faire le tour de la propriété immense du poète, dont une aile qui pullule de ses filles. Mais d'abord Paris, où Louis m'attend. Et Carmela. Josefita doit patienter quelques jours que je sois rétabli après les efforts superérotiques de la Cinecittà des cinglés. Il faut aussi que j'aille rendre visite à Fräulein Herrlichhausen pour lui montrer quelques nouveaux pas. Que j'aille voir Al et Ann et les mômes sur la péniche.

Bientôt nous arriverons à Vienne, Fitzo. Ne serait-ce pas judicieux d'essayer de renforcer notre petit capital en faisait une visite éclair à l'Association Impériale Autrichienne Litteratur und Kunst ? Dénicher quelques messieurs avides de carrière et laisser faire les choses ? Vaut mieux que tu t'abstiennes. Les auteurs germanophones portent la poisse. Au début de ma carrière Nobel j'ai essayé d'entreprendre un romancier allemand en visite à Paris pour une conférence à la Sorbonne. Un putain de renard rusé, célèbre dans le monde entier, avec une jambe de chaque côté du mur de Berlin et par conséquent bardé de médailles et de distinctions littéraires de tous les côtés. Plein de fric aussi, après de gros tirages dans toutes les langues. Je l'ai pris en filature pendant plusieurs jours. En planque devant son hôtel. Quand finalement il est sorti, je l'ai suivi dans le métro. Je me suis assis en face de lui avec son dernier roman ouvert sur les genoux. Un sourire béat sur les lèvres en lisant. J'ai levé le livre devant moi avec son nom et celui de l'éditeur suédois imprimés en rouge Lénine. L'auteur a tendu le cou. S'est tortillé.

– Pardon, monsieur.

– Oui ? Je peux quelque chose pour vous ?

– Le livre que vous lisez. Je vois qu'il est en suédois.

– En effet.

– Vous êtes suédois, monsieur ?

– Oui. Seuls les Suédois lisent en suédois.

– Est-ce que c'est un bon livre, monsieur ?

– Un livre génial. Pratiquement tout ce que cet auteur écrit est d'une grande qualité.

– Pas tout ?

– Je suis désolé, mais je n'ai pas spécialement envie de discuter de cela avec vous.

Il se tait. Lorgne la couverture.

– Savez-vous que l'auteur de votre livre est en visite à Paris en ce moment ?

– J'ai l'intention d'aller écouter sa conférence ce soir, dis-je sur un ton bref.

– Alors on se verra sans doute.

– Peut-être.

– Il se trouve que l'auteur, c'est moi.

Je lui lance un regard irrité et continue ma lecture.

– Vous ne me croyez pas, monsieur ?

– Bien sûr que je vous crois. Et moi, je suis Selma Lagerlöf. Voulez-vous maintenant avoir la gentillesse de me foutre la paix ? Il faut que je termine ce livre à temps pour la conférence.

– Puis-je vous demander pourquoi ?

– S'il vous plaît, arrêtez donc votre bavardage. Vous me dérangez.

– Vous êtes journaliste, peut-être ? Vous avez l'intention d'interviewer l'auteur ?

– Ça se peut.

– Vous pourriez l'interviewer maintenant. Laissez-moi jeter un coup d'œil sur votre exemplaire. Je n'ai jamais vu la version suédoise de mon roman.

Je lui tends le livre. La page de garde ouverte. Où j'ai posé mon tampon privé : L'ACADÉMIE SUÉDOISE. Plus le nom de l'académicien dont je joue le rôle. L'homme devant moi a la respiration lourde. Il lit et relit le texte du tampon. Tourne le livre et découvre son visage de rustre au dos. Brandit la photo devant mes yeux.

– Ce n'est pas possible ! je fais.

– Vous me croyez maintenant, monsieur ?

– Évidemment.

– Quelle étrange coïncidence, pas vrai ?

– Incroyable.

– Ça vous dit de déjeuner avec moi, monsieur ? dit-il.

– Avec plaisir. Nous avons pas mal de choses à nous dire, j'ai l'impression.

On a fait un vrai gueuleton. L'homme s'est révélé être un odieux fanfaron. Habitué à impressionner le bourgeois. Au moment de payer, il a dû avouer qu'il était fauché.

– Pouvez-vous avancer l'argent, monsieur ? On va me payer ce soir pour la conférence. J'ai eu quelques problèmes ces derniers temps.

J'ai payé. J'ai promis de dîner avec lui le soir. Puis je suis allé passer trois jours à la péniche d'Al. Et j'ai décidé de rester à l'écart désormais des écrivains germanophones. Vu qu'ils sont pleins de merde et sans le sou.

Une voiture fantastique, ma Rolls-Royce. Je lui ai déjà donné un nom. Un nom royal, celui du cheval de Charles XII : Coupe-feu. Je l'ai aussi pourvue de plaques d'immatriculation suédoises et d'un grand S neutre aux fesses. Plus un élégant drapeau suédois bleu et jaune qui flotte au vent sur l'aile avant droite. Le pavillon amiral.

Il chante un petit air de Mozart en passant Salzbourg. Pa-Dé-Di-Li-Do. En route pour Munich et Stuttgart. Maintenant t'as qu'à monter tes putain de films toi-même, Vieux Con. Va te faire foutre, toi et ton État filmique de fou. Mais Mrs Mare était une femme authentique. Une reine. Un bel animal femelle. Délicieuse. C'était pendant l'orgasme qu'elle était vraiment magnifique. Parfois je laissais venir ma jouissance une minute avant qu'elle soit prête uniquement pour avoir le grand plaisir de la voir exploser : ses cheveux se dressaient, les yeux se refroidissaient dans leurs orbites, la peau de son visage était tirée en arrière au point de faire ressembler son crâne à celui d'une momie, les dents éclaboussées de salive mordaient dans le vide comme un chien sauvage, ses poils pubiens devenaient raides et pointus comme des aiguilles, les mains se figeaient en griffes métalliques terrifiantes, les cuisses jaunissaient et viraient laiton pour se durcir aussitôt et devenir des ciseaux en inox, elle levait tout à coup la tête et me fixait comme une jument la seconde avant que le boucher lève le masque d'abattage, et quand elle me regardait elle criait avec tant de détresse que j'en étais terrorisé. Mais après l'orgasme elle devenait encore plus belle. J'avais l'impression en la regardant qu'elle se dissolvait et s'écoulait par terre en une grande flaque qui se gazéifiait lentement et montait au plafond dans un nuage scintillant. Dès qu'elle était de retour dans son corps, elle gisait comme morte à côté de moi. Je la fixais avec tant d'insistance qu'il me semblait voir des fleurs en verre d'une dizaine de centimètres pousser sur tout son corps. Elles sortaient d'entre les orteils et derrière les genoux, elles perçaient autour des seins et du nombril, elles se dressaient dans un cliquetis de cristal sur le front et les yeux – et même sur la chatte. Les orgasmes avec Mrs Mare me donnaient un aperçu de ce que la vie devait être pour les humains avant le péché originel. Ils me faisaient deviner comment était structurée l'existence paradisiaque. Ce qui nous en reste aujourd'hui n'est qu'un débris de vie et d'orgasme – un petit prélude à la mort.

Est-ce que nos petits jeux te manquent aujourd'hui, Mrs Mare ?

Je monte par les tunnels dégoulinants d'eau, puis descends au sud jusqu'à ce que la Méditerranée commence à percer sur ma gauche. Munich et Stuttgart ont totalement disparu dans la glace et les brumes du Nord. Tout comme Paris, qui est un enfer de froidure en hiver. Une Rolls vintage ne doit pas être conduite sous les frimas des climats froids. Du soleil et le bruissement des palmiers, voilà ce dont elle a besoin. Car c'est une vieille voiture pleine de sagesse, qui a refusé de prendre la route du nord-ouest. Elle a tant tiré à gauche que j'ai été obligé tout simplement de la laisser faire. Et où veux-tu aller, mon cher Coupe-feu ? Plus au sud ? Peut-être traverser la Provence et le Languedoc sur la longue et magnifique autoroute française ? Tu veux peut-être même grimper un petit bout des Pyrénées ? Tu veux dire que l'Espagne est le seul endroit sensé pour l'homme à la Rolls avec cent mille francs en poche ? Tu as sans doute raison. On dit qu'un étranger qui à un moment donné de sa vie a vécu cinq années consécutives dans ce pays est plus ou moins perdu. Il ne sera plus jamais le même. Se sentira comme un demi-homme dès qu'il passe de l'autre côté de la frontière. Il a eu quelque chose dans le sang qui rend le reste du monde gris et dépourvu de sens, il erre, se sent creux, handicapé et volé de sa vie, et à peine la caisse renflouée, il court directement à l'aéroport le plus proche et achète un billet pour la péninsule Ibérique. Pour avoir la paix. Et l'énergie. La force de vivre. Partir directement pour l'Amérique serait de la folie, Fitzo. Il nous faut recharger les batteries et le seul pays au monde qui possède la bonne charge, c'est España. Où je finis toujours par me retrouver.

Fitzenstrahl conduit en chantant, il passe Rapallo, Nice et Cannes. Par précaution, il s'est équipé d'un casque de pilote en cuir et de lunettes d'automobiliste entièrement couvrantes. Il ne tient pas à rencontrer les habitants de cette région. Reste sur l'autoroute où il se dissimule dans les volutes de la vitesse. Tout en guettant des défilés de manifestants en déroute.

J'ai l'intention d'atteindre Arles aujourd'hui. J'y connais un aubergiste dont la femme se précipite en général dans ma salle de bains avec des serviettes propres dès qu'elle m'entend remplir la baignoire. Se plante devant moi et fixe mon membre viril savonné. À sa dernière visite, elle avait déjà une jambe dans ma baignoire lorsque son mari l'appelait dans la cuisine.

– Juliette ! Descends tout de suite t'occuper de la vaisselle !

Elle s'est rhabillée, les larmes aux yeux.

Demain après-midi, je pourrai voir l'Espagne se dresser devant moi dans cette lumière faite pour le 16 mm noir et blanc. J'irai plein sud, directement chez Paco à Almería. Aura-t-il envie de me suivre dans une nouvelle odyssée ?

Fitzenstrahl rit à gorge déployée devant son volant doré. Plus je m'approche de l'Espagne, plus le rire vient aisément. Dans quelques mois, j'embarquerai pour New York avec la vieille Yugolinia à Tanger. Je mangerai à la table du capitaine. Arriverai chez mon ami Mike à Manhattan farci de terminologie de marin et pointerai une main gantée sur la Rolls-Royce garée devant sa fenêtre.

– Rolls-Royce 29, Mike. Jamais touchée par une main de robot.

– Bon sang, Fitzo. Elle doit valoir une fortune.

– Cent mille au bas mot. Guinées. Quand j'en aurai marre de New York, je ferai un saut sur la Côte Ouest. Je la vendrai à une superstar à Hollywood.

The Rain. In Spain. Nuages menaçants sur les Pyrénées. Mieux vaut éviter le grand poste-frontière où, paraît-il, la police a une mémoire d'éléphant. Peut-être même une mémoire de mammouth. Routes de montagne désormais. Picos de Europa au fond à droite. Les Asturies. Où qu'on se trouve en Espagne, on est plus près de Dieu.

Cette nuit, j'ai dormi d'un sommeil paisible et sans rêve dans un petit village français près de la frontière. Me suis réveillé en pensant à Madrid et Barcelone. On va déchaîner des foudres, Paco. Une bamboula d'enfer. Mais on travaillera aussi. Je sens déjà les plans bouger en moi quand le vent espagnol me souffle au visage : ombres voletantes et ballottés de petites reines sur rails, peaux dures et lustrés d'Anglaises qui se promenaient autrefois dans l'immense paysage de glaise bleue, prothèses de langues dans les vitrines, mangeurs de fleurs en frac perchés dans des arbres sans feuilles, pelles mécaniques en cristal crépitant, contrebasses en pierre, squelettes blancs luisant de sucre, de gros poupons de celluloïd aux yeux morts s'élançant dans de hautes balançoires, animaux à poil qui grognent, les yeux éclatés, la lumière fêlée dans d'antiques galeries des glaces où, désemparé, je fixe les mille copies de mon visage, d'énormes rhinocéros en cire, transparents face au soleil, moines empaillés sur des patins, attaques de hussards sur des vélos de course, cathédrales en bois partant en fumée, visages par centaines plaqués contre l'objectif, locomotives en verre incandescent immobilisées...

J'évolue telle une comète dans mon temps. Je fais du film pour les rapides et les mobiles. Je me tourne vers ceux qui sont équipés de la vitesse de la lumière en ce qui concerne la perception – HOOOOOIIIIIIIIIIIIIiiiiiiiiiiii !!!! Mes films sont des tatouages animés sur la rétine et sur l'âme. Des mythes gravés dans les entrailles du monde. Je suis une façade baroque de lumière virevoltante...

34

ARRIVÉ. Un petit bar dans un village frontalier insignifiant rempli d'Espagnols venus faire leurs courses en France. Le brouhaha dans le local se calme quand je sors de ma Rolls-Royce étincelante. J'adresse un signe de la tête aux visages amicaux et commande un verre de rioja.

– Je regrette, monsieur. Nous n'avons que des vins français.

Je prends l'air déçu en espérant que les Espagnols le voient.

– Du bordeaux ?

– Naturellement, monsieur.

Fitzenstrahl hoche la tête. On lui sert son vin et il s'assied sur le tabouret de bar. Le brouhaha reprend.

Est-ce que le Vieux va lancer un avis de recherche ? Probablement pas. Personnellement, je considère la voiture comme un dédommagement du dur labeur de montage. Plus le labeur d'amour épuisant mais agréable avec les Femmes Abandonnées. L'avant-dernier jour, Mrs Mare m'a obligé à la baiser sous la menace d'un pistolet. Elle était assise sur moi, le pistolet nacré appuyé sur ma tempe. Quand elle a joui, elle l'a laissé tomber sur ma poitrine nue. Il était glacé.

Le Suédois commande davantage de vin. Fait savoir au bistrotier qu'il désire offrir une tournée générale et porter un toast à l'Espagne. Lève son verre en direction des Espagnols. *Viva España !*

Sept ans chez le Vieux m'auraient tué. M'auraient vidé de tous mes films et livres et danses à venir. Cela dit, je l'aimais bien. Et j'aimais bien Mrs Mare, Mrs Hellhole et les autres femmes. Mais on ne peut pas tout avoir.

Les Espagnols parlent de moi et de ma voiture. L'un d'eux m'interpelle.

– Vous avez l'intention d'aller en Espagne, señor ?

– Dans un petit moment.

– Vous ne pouvez pas passer ici. Il vous faut repartir à l'autre passage de frontière.

– Impossible. Je dois passer ce soir. Ici.

– Le pont s'est écroulé, señor. Il pleut depuis une semaine ici dans les montagnes.

– Et vous alors ? Comment vous faites pour passer ?

– On passe à gué. Le fleuve est large ici et profond d'un mètre seulement.

Fitzenstrahl offre une autre tournée. Réfléchit en buvant son vin. Se lève et demande le silence.

– Je dois absolument entrer en Espagne aujourd'hui. J'ai besoin d'une cinquantaine d'hommes pour transporter la voiture de l'autre côté du fleuve.

– C'est impossible, señor.

– J'ai aussi besoin de quatre cordes solides.

– J'ai des cordes, monsieur, dit le bistrotier.

– Allez les chercher. Il me faut des hommes forts. Je paie cent francs par personne pour le dérangement.

Les chaises commencent à bouger. Une dizaine d'hommes viennent me voir. Vingt. Quand le bistrotier revient avec les cordes, tous veulent participer.

– Nous sommes combien là ?

– Cinquante-six, señor.

– Excellent, messieurs.

Ils sortent voir la voiture. Fitzenstrahl donne ses instructions aux hommes. Il démarre et rapproche la voiture de l'eau. Envoie un homme dans le fleuve pour sonder la profondeur. L'homme pose les pieds avec prudence mais disparaît subitement dans un trou et doit revenir au bord à la nage.

– C'est mieux un peu plus en amont, señor.

Un autre s'avance doucement dans l'eau. Il atteint l'autre rive sans problème. Revient. Pas de trous, señor. Vous pouvez commencer.

Je donne l'ordre aux hommes de glisser les cordes sous la voiture. Cinq hommes doivent porter à chaque bout des quatre cordes. Les autres doivent saisir directement la voiture.

– Vous voulez dire qu'on va porter la voiture de l'autre côté, señor ?

– Bien sûr. L'automobile ne doit en aucun cas être mouillé ou entrer en contact avec l'eau sale du fleuve. Ça ne fera que vingt kilos par personne. Une broutille.

Les hommes rigolent et disent que pour cent francs chacun, on portera votre voiture par-dessus les Pyrénées.

Je me glisse derrière le volant. Leur fais signe de soulever. *Arriba !* La voiture monte dans la lumière pyrénéenne, la peinture brille, les roues tournent lentement au-dessus de la surface de l'eau.

– *A España ! Adelante !*

Lentement, lentement, mes amis. En douceur maintenant. *Ahora con mucho cuidado !*

Les hommes soufflent et ahanent. Les foules de chaque côté du fleuve applaudissent. Fitzenstrahl klaxonne avec son gros avertisseur de Rolls et salue de la main le public. Il se lève et s'incline. Acclamez-moi. L'amour du peuple est primordial.

Les porteurs avancent à petits pas prudents. Tâtent avec les pieds avant de les poser sur le fond du fleuve. *Un-dos-un-dos.*

– Dans cinq mètres, nous serons au milieu du fleuve. Nous serons en Espagne !

Dès qu'ils sentent leur pays sous les pieds, c'en est fini du trébuchage et de la prudence. Pour un Espagnol, le pays étranger est une chose incertaine, peu digne de confiance, à peine réel, un marais mouvant, une tourbière verte et bourbeuse, gluante et mouillée, tout comme les gens qui y habitent. L'Espagne est le roc solide où l'on est sûr de se trouver sur terre, le rocher autour duquel tourne l'existence : une réalité compréhensible.

Les hommes posent doucement la voiture en Espagne. Le public riverain lance des hourras. F. Éric von Fitzenstrahl est debout dans sa Rolls-Royce et crie : *El hombre que baila sobre un volcán ha vuelto !* L'homme qui dansait sur un volcan est de retour !

J'ouvre la portière et pose mon pied droit sur la péninsule Ibérique.

Les hommes me suivent dans le bistrot de frontière espagnol. J'offre du rioja à tous et commence à distribuer les billets de cent.

– Señor ?

Le bistrotier fait signe derrière son comptoir.

– Il y a eu quelques hommes qui demandaient à vous voir, señor.

– Des hommes ? Quelle sorte d'hommes ?

– Des étrangers, señor. Ils étaient au moins dix. Dans deux voitures.

Fitzenstrahl blêmit. Finit son vin en vitesse. Merde, merde, merde.

– C'était quand ?

– Il y a environ une demi-heure. De sales types, señor. Je leur ai dit que le pont s'est écroulé et que personne ne peut venir en voiture de France pour l'instant. Ils ont dit que *vous* réussirez à passer et que rien ne peut vous arrêter.

– C'est la police, señor ? demande un des porteurs.

– *Sí.* La police. Ou l'Otan. Interpol. Le pacte de Varsovie. Le Kremlin. Tous.

Te voilà pris, Fitzo. Il n'y a plus de place pour toi dans ce monde. Mais vous ne m'avez pas encore dans vos filets, mes salauds.

– Ils vous attendent probablement au col, señor.

– Il n'y a pas d'autres chemins ?

– Non.

Revenir en France ? Peut-être. À moins qu'il n'y ait une autre bande qui m'y attende. Je peux aussi continuer vers les montagnes en remontant le lit du fleuve avec ses cinquante centimètres d'eau. Rester près de la frontière. Devenir l'homme du no man's land venu de Suède. Monter vers les trois mille mètres d'altitude et m'enterrer avec la voiture dans un glacier. Devenir un homme-mammouth.

– Qu'est-ce que vous pensez faire, señor ?

– Je pense vous demander de me reporter en France.

Les hommes discutent un moment, puis ils disent que cette fois-ci ils le feront gratuitement. Je les remercie et offre encore une tournée. Je prendrai les petites routes pour rejoindre Paris. Conduirai de nuit. Je dois me débarrasser de cette foutue Rolls qui est sans doute pistable par satellite. Un homme dans ma situation ne peut pas se permettre d'attirer l'attention. Ma vie privée doit devenir totalement anonyme. J'achèterai une voiture neutre. M'installerai en banlieue et disparaîtrai dans les masses. Me rendrai invisible.

35

FITZENSTRAHL gare sa Rolls-Royce à l'ombre géométrique de la tour Eiffel. Se dirige résolument vers les ascenseurs. J'ai besoin d'une bonne vue d'ensemble de la ville avant de commencer ma nouvelle vie. Le garde me salue. Il me reconnaît. Sourire empressé.

– Content de vous revoir, monsieur. Cela fait longtemps.

– J'ai été en voyage pendant quelque temps.

Je monte tout en haut. Vois le garde parler avec ses collègues avant qu'ils entrent tous les trois dans l'ascenseur. Est-ce qu'ils collaborent avec la police, ces enfoirés ? Dans ce cas, je suis bon pour la guillotine. Ou pour les geôles sous la Seine. Je saute dans le fleuve ? Je descends par les poutres métalliques rouillées ?

– Monsieur ?

Fais comme si tu ne les entendais pas. Jouis de la vue une dernière fois.

– On aimerait vous parler un instant.

– De quoi, messieurs ?

– On voudrait savoir si vous avez envie de revenir habiter la tour, monsieur. On n'a pas touché à vos affaires. Tout est exactement comme quand vous êtes parti. Il n'y a qu'à emménager.

– Et la police ? Les autorités ?

– Paris a d'autres autorités maintenant. De nouveaux hommes politiques et de nouveaux préfets. Le passé est oublié. Mais nous sommes les mêmes, monsieur.

Fitzenstrahl respire à fond. Essaie d'avoir l'air indifférent.

– Montrez-moi la chambre.

L'homme ouvre la porte. Tout est en place. Le fauteuil de metteur en scène. Le hamac. La table de travail. Le frigo. Incroyable. Et merveilleux.

– Le même loyer qu'avant ?

– Évidemment, monsieur.

– Pas de frais d'installation ?

– Une bagatelle, monsieur. On a pensé à mille francs chacun.

– Et je peux m'installer quand ?

– Tout de suite, si vous voulez.

– C'est d'accord. Je prends.

Je sors mon portefeuille et donne mille francs à chacun des gardiens plus un mois de loyer d'avance. Leur serre la main et les accompagne à la porte. Branche le chauffage électrique et m'enfonce dans le hamac pour écouter le vent venir se déchirer sur l'immense ossature en fer. Je glisse ma main dans le frigo et sors une bouteille de champagne. Un toast maintenant, à la santé de mon invisibilité, et aux forces qui émanent de ce lieu magique qui est le nombril du monde et l'antenne en fer de la planète Terre vers le cosmos. Je ne bouge pas et pense au travail qui m'attend et qui doit être fait. Et, allongé là, bien au-dessus de la ville et ses millions d'yeux, je sens les plans clignotants monter : le labyrinthe s'étend devant moi en longues sinuosités perforées, je suis léger comme l'ombre, le jour terni se pose sur moi en membranes soudées, me comprime jusqu'à ce que je devienne mince comme du celluloïd, les couleurs m'éclaboussent par couches épaisses, me coulent dans l'émulsion même et m'ancrent dans un scintillement double exposé, j'appuie sur l'accélérateur, mes mains blanchissent autour du volant, mon visage se concentre, mon corps sec froufroute sur le siège de la voiture, la route court comme un huit d'éternité sous les roues, la lumière s'approche, me pénètre totalement, je suis irrémédiablement attiré vers l'ouverture et me fais finalement aspirer par la source de lumière où tout s'arrête subitement et se transforme en temps vitrifié. *FADE OUT.*

Mis en pages par
DV Arts Graphiques,
à Chartres.

Cet ouvrage a été achevé
d'imprimer sur système Variquik,
par l'imprimerie Sagim-Canale
à Courtry pour le compte
des Éditions du Rocher
en mai 2007

Éditions du Rocher
28, rue Comte-Félix-Gastaldi
Monaco

Imprimé en France

Dépôt légal : août 2007
CNE Section commerce
et industrie Monaco : 19023
N° d'impression : 10185

L'imprimerie Sagim-Canale
est titulaire de la marque
Imprim'vert®